U0908869

中篇小说选集

康熙宠厨张东官

吴正格 著

中国三峡出版传媒
中国三峡出版社

图书在版编目（CIP）数据

康熙宠厨张东官/吴正格著. —北京：中国三峡出版社，2017.4
ISBN 978-7-80223-986-9

Ⅰ. ①康… Ⅱ. ①吴… Ⅲ. ①中篇小说—小说集—中国—当代
Ⅳ. ①I247.5

中国版本图书馆 CIP 数据核字（2017）第 063634 号

中国三峡出版社出版发行
（北京市西城区西廊下胡同 51 号　　100034）
电话：（010）66112758 66116828
http：//www.zgsxcbs.cn
E-mail：sanxiaz@sina.com

北京画中画印刷有限公司印刷　新华书店经销
2017 年 5 月第 1 版　2017 年 5 月第 1 次印刷
开本：710 毫米×1000 毫米　1/16　　印张：21.25
字数：301 千字
ISBN 978-7-80223-986-9　　定价：45.00 元

目录

康熙宠厨 张东官

【上篇】

1 烟色的《乾清宫千叟宴图》

春根儿底下一个晌午头儿，我溜达一趟故宫里的乾清宫。二百八十八年前的今天，是康熙皇帝的六十大寿。就在这个季节这个时辰，他老人家在这里一下子摆了一千桌筵席，叫千叟宴，把全国各阶层六十五岁以上的老头儿代表，邀请来吃喝了一顿儿。我是特意捕捉这个历史感觉，寻觅这个历史气氛而来的。

当时，我站在乾清宫前面那片宽阔的大青砖地中央，自我感觉是庄重地昂起了头，举目环望历史，周围古意氤氲。这使我胸臆间荡起一股幽情，一股浓重的感怀。头顶上那轮太阳像满洲人盛白片肉的大铜盘子，一时变得昏瞀起来，一骨碌滑下天庭，担在宫脊的瓦檐上。此刻，乾清宫、大青砖地、天空和空间都染上了一抹的烟色。宫前的围墙边恍惚间浮现一排排的黄云缎帏子，成群的侍卫们抬着酒坛、端着碗碟进进出出。熙熙攘攘的游人倏然间都成了拄着拐杖的老叟，暖风吹斜了他们的山羊胡子。我看到，老态龙钟的王公和戴着红顶子帽翅的一品、二品大臣们鱼贯而行，在乾清宫的大殿里和殿外栏阶内两侧，依级傍着金云角宴桌坐下。戴蓝顶子帽翅的三品以下官员和来自民间的老叟们都坐到摆在大青砖地上的砂漆榆木桌前。每张桌上，火锅的炭口处冒着青白的烟气，旁边的羊肉盘子鲜红而丰实，那泌出的血浆快要溢到桌子上了。螺钿盒里盛着凉津津的冷馔，还有蒸食寿意和炉食寿意。什么叫寿意？就是蒸寿桃和烤寿桃。这时候，中和韶乐像深山寺院里的钟声浑厚而悠扬地响起。康熙乘着御辇从后宫缓缓而来，他步出黄绫大轿，升入宝座。赞礼官适时操起公鹅一般的嗓子，高宣“圣祖六旬盛典”的礼式。丹陛大乐随即奏起，把近处几株桃花树上的花瓣儿都震得瑟瑟抖动。管宴大臣崇玉一脸祥容，引导着全体赴宴者向康熙行了三跪九叩的大礼，以谢赐宴之恩。尔后，丹陛乐减，轻柔绕耳。只见崇玉走到御座前跪下，向康熙献过一碗红奶茶。康熙这时候一脸喜气，接过那碗红奶茶徐徐品咂。就在康熙品咂红奶茶时，早有茶膳房两位身手轻灵的侍卫将一张金龙大宴桌抬到御座旁边。随后，一溜小童子从黄幔子后面出来，将十六品各类寿意在宴桌上铺摆整齐。这时候，崇玉又捧起来一个金盘，金盘上覆盖着一方黄地金线桃花边儿的“五福上寿”的寿绸，内遮一个金鼎和一双玉桃。康熙起身下阶，展揭了宴幕，行了“奉觞上寿”的礼仪。赞礼官又一声公鹅嗓子般的喝唤，丹陛大乐复起，四十名升平署的歌手齐唱寿歌。崇玉开始指挥上千名侍卫上膳，一时间人海攒动，嘈杂之音如隐沉的雷声。小龙盒上的海碗菜，五彩盒上的怀碗菜，热腾腾地冒着香气，从黄云缎帏子里往外传递不止。真的是菜味浸地，酒气熏天。一位月面凤眼的六品尚膳蓝翎侍卫，光鲜夺目地站在出膳口处，口令手挥，肴军馔马便组成阵列……

上述，其实是幅烟色的《乾清宫千叟宴图》。没错，那是幅清代古画。我因身临其境，就联想到这画。于是，画中的场景便在思古幽情中幻影般地活动起来。那时，千叟宴声势浩大，举国瞩目，在民间侃为热门话题，即使如今，在一些有知识的老年人当中仍有口传。千叟宴是个历史事件，容易被人们记住。而与千叟宴有关的幕后事情，人们就很少知觉了。就说承供千叟宴的主厨张东官吧，就是前面提到的那位月面凤眼的六品尚膳蓝翎侍卫，没听说有人侃过他。他是何等样子，恐怕鲜为人知。说实在话，我到乾清宫前搬弄千叟宴还不是目的，我的意图是借这个话题去侃张东官，以便引起读者的兴趣。小说上讲，这叫楔子。

2 康熙赐食

张东官在二十八岁那年从苏州入的宫，是江苏巡抚曹荦举荐给康熙的。一个厨子从遥远的吴地来到紫禁城，专给康熙制膳，这就很有背景。分析起来，张东官得以入宫，有两个关节是至关紧要的，一是与康熙的膳事行为有关，另是曹荦的作用。包袱儿得一个个抖落，先就说说康熙的膳事行为，这是始因。

这得从康熙赐食说起。

康熙做帝后，他赐食于臣的行为是大为出名的。他曾立下一个志向，要与大臣亲如兄弟，与大臣饮同食和。他吃什么，就赏食大臣什么，一生如此，没含糊过。单这一点，就看出他是当皇上的材料，大臣们哪有对他不忠之理。就说康熙在承德避暑时听戏吧，听着听着，感到口干舌燥，就想喝八宝野鸡羹。当然不是自己喝，扈从的大臣们每人一份，那叫特赐御膳。喝的东西尽管一样，喝的方式就不同了。大臣们是坐在小木榻上喝，康熙独自坐在新砌的高台上喝，以示帝、臣有别。我就插嘴了，大热天的，干吗喝野鸡羹啊，那不越喝越冒汗吗？来个冰碗多好，凉嗞嗞儿地喝上几口，热汗立马能扎回去。但这样扯闲篇就有点儿不恭，康熙毕竟是皇上，他满脑子想的是国家的统一，帝、臣的意志统一，他自然将自己当成统一的中心，就是说他想干什么，别人得跟着干什么。长期以来，养成了习惯。所以他想喝野鸡羹，就以为别人也想喝野鸡羹。殊不知，鹅吃粮糠鸭吃谷，各人自得各人福。人的膳食嗜好是不同的，康熙不去想这些，这就是康熙的粗心了。

康熙赐食粗心，就有出岔头儿的时候。岔头儿就出在那位举荐张东官入宫的曹荦身上了。

曹荦虽在江苏为官，可不是江苏人，是京都城北怀柔人。他出身豪门，家有膏腴万顷。前几年，康熙巡视京郊时，曾临幸其家。当时，曹荦的父亲曹铭为康熙设宴，竟进奉上方水陆珍肴百余品，随行的王公近侍，甚至抬轿的差役，皆供食馔，一宴耗费了二十万两银子（这是不是最初的满汉全席呢？有待考证）！这桩宴事轰动了朝野，曹铭后被朝廷呼为“本朝富民”。康熙每忆于此，都深为感慨。曹铭殂后，有一次曹荦返乡扫墓期间，正赶上盛京内务府为康熙进献一批细鳞鱼。康熙食鱼时，就想到正在怀柔的曹荦，便差近侍将鱼用春寿大鱼鏇子装着，加了宝盖儿，乘车去怀柔赐予曹荦。您是不知，这细鳞鱼产于新宾苏子河。新宾是哪儿？那是努尔哈赤起兵建立后金国的地方。新宾离京都数千里之遥，那时没有现代交通工具，只能用铁箍车拉，说是鱼要活的进京。无奈细鳞鱼体小鳞细，命弱性娇，经不起折腾。于是沿途州县要备水池接应，养起这些鱼大爷。俟它们恢复精气，鲜活跳蹦，再请屈驾上车，一路如是。虽然这样，细鳞鱼入了京，还是嗝屁着凉了，或是陈腐有加。康熙心知肚明，贡物不可弃，乃照令御膳房悉心烹之，分赏大臣。帝臣皆食腐鱼，心苦脸乐，谁也不便道破天机，幸好还都没出事儿。出事儿的就是曹荦了，曹荦怎么出事儿了？因为康熙赐鱼曹荦，那是御赐之食，近侍不敢怠慢，乘快车赶到怀柔，又差专人将鱼送到曹荦的乡里，这么一折腾就是一天。曹荦接鱼时，那鱼已经腐臭。可鱼是御赐，岂可不食？曹荦锛儿都没打，当即食下，旋而中毒，差点儿断送了一条性命！

康熙闻讯后，后悔不及，这真是好意没得好果。他也是很内疚的，同时感到曹荦这个人对他忠诚之至。

事隔十多年后，康熙五十九岁那年，作了一次南巡之行。这是他第六次南巡了。当时，他亲自登舟，实地踏勘河工，使他感到淮黄和永定河的治理有了明显的进展，也耳闻江南百姓对此很是感激。他对老臣曹荦的印象加深了，觉得他政绩显赫，是个尽忠职守的人。想起那桩赐鱼曹荦的往事，心中又酸又热，涌出一股对曹荦的珍爱之情。回到苏州府行宫，他在赐宴江南各地督抚时，就当众宣布，颁赐曹荦之食要与总督相同，并解释说：“曹荦老臣年高，与众巡抚不同。传朕旨谕，将朕食豆腐之法传于曹荦厨子，为曹荦后半生享用。”康熙这样做是在弥补自己的过失，也是给曹荦一个安慰。曹荦当然受宠若惊。

康熙的食豆腐之法，显然是宫廷御膳房里的烹技秘方，这个秘方只有康熙的贴身御厨常三掌握。常三是个笃实憨厚的满洲人。当他知道皇上要把食豆腐之法传给汉人，就像自己的儿子被强迫过继给别人那样伤心地哭了。哭归哭，还得按皇上的意思办。当时，他闪着哀怨和无奈的眼神对曹荦的厨子说：“我做一遍，你在旁看着；你做一遍，我在旁看着，你就会了。”曹荦的厨子见常三脸色难看，心下就明白几分，忙说：“常师傅，你教了我一法，我会教你三法，不能让你白教。”常三一听能学到汉食，就乐了。两人通过这事儿，后来相处得还挺近便。

如今看来，康熙的食豆腐之法也不神秘，就是做起来绕手。做时，是用切成块的鸡、鸭、猪瘦肉加汤来熬，像将奶酪炼成酪干那样炼成鸡鸭汁儿，渗到捣成泥状的豆腐里，再用葱姜汁、盐、酒、淀粉和匀，装到方形模具中，上笼用小火蒸透。制时切成小块拿油一炸，炸成金黄色。然后是红烧啊、煨啊、炖啊、卤啊的，怎么都行。豆腐经这么一鼓捣，里外可都是浓浓的鲜味了，像放了味精和鸡精粉一样，很是超前的。

常三将康熙的食豆腐之法传给的那位厨子是谁？就是张东官。张东官这时已是曹荦的厨子了。这个关节儿很重要，没这个关节儿，张东官到不了清宫。

3 曹荦的韬略

当康熙还在南巡途中，曹荦就想到张东官了。那时候，大清朝像早晨的太阳腾跃而升，国力日强，国库丰足，万尊之上的康熙对膳食的需求也水涨船高。曹荦很清楚，宫里的御膳仍是满洲食风显重。皇上成年累月地吃那些烧烤的狍鹿、大肉片子和或黏或甜的满洲饽饽，一定很腻歪了。乘着皇上南巡之机，请他饱尝一番吴地美食，会使他脾胃大开，这有助于调解皇上的消化功能，弥补和增助因远行巡视而带来的心力消耗。另外，也显得他护驾尽心。更深一层的用意，他是想使吴地美食进入宫廷御膳中。他认为大清朝虽然是满洲人的天下，但不等于是满洲饽饽和满洲煮白肉的天下。满洲饮食只是塞北的游牧风味，而清宫御膳是代表朝廷的国食。皇上赐宴外使内臣，国食就应该满汉合璧，南北皆宜，尤其要体现出汉食博大精深的风采。吴地傍黄海、接淮黄、拥太湖、临洪泽，而且长江横贯腹部，大运河纵流南北，物产丰饶，资源广集，饮食上馨香多味，绵邈多姿，乃为南食之冠。这样的饮食如不能登上宫廷的大雅之堂，不能为皇上御用和朝廷的礼宴尽益，岂不是太可惜了吗？也愧对祖宗，又显得皇上和朝廷不尽民族交融和饮德食和之仪。但他这些想法又不能向皇上明奏。他知道朝廷为了巩固政权地位，各方面都在强化满洲的礼制习俗。何况光禄寺的宴制中已经有了“汉席”的分类了。如果再主张将吴地美食融入宫廷御膳中，就显得外味压了本味，容易引起猜忌和非议，这是个敏感的事情。多年的官场经验告诉他，这样的进谏不可直露。因此，他采取了曲线利国的方式，让皇上在南巡期间全方位领略吴地的饮食风貌，再借机诱导，让皇上自己去感悟这个道理，说出他曹荦不能明奏的话来，那他的夙愿就算奏效了。

于是，苏州魁星楼炒头火的厨子张东官便被曹荦紧急召见。曹荦熟知张东官，每凡酬宴之事，他必到魁星楼，席上之肴还必得张东官做出来才称意，否则便蹙眉不悦。曹荦也是极有品位的人，张东官烧的菜能将他吃住，可见其俎技之精。

当时，张东官正在膳房里当垆，为街对面聚兰斋点心铺的女掌柜肖手美煨制母油正鸭。只见他斜倚在灶旁，一条腿支撑着身子，另一条腿提起来，弯扭着脚尖，用脚趾上的鞋面处反勾着那只腿儿的小肚子，像鹤一样站在那里，目不转睛地观察釜中的火候。魁星楼的少掌柜拿着曹荦的帖文招呼他，他好像根本没听见。急得少掌柜跺着脚骂，“你个鳖鱼头子，掉到肖手美的裤裆里去啦!”骂归骂，但又无奈。他知道张东官在操俎之时，任何人不能打扰。就是当面骂他，他也听不着，他完全沉浸在鼎中之变的境界中去了。只见他一会儿说，要文火！那烧火的人便迅速减柴。他说一声儿，暂且停烧！烧火的便弃柴不烧了。他说一声，鸭定！旁边的下手厨子就去端来青花盘子，准备盛装。那下手厨子将青花盘子端得迟了，张东官的眼睛里就喷出一股怒火，闪动着像对待仇敌那样的眼神儿，把那个下手厨子祖宗三代好顿骂。少掌柜的忙说：“就别骂了，巡抚爷急请你呢。”说着就把帖文递给了张东官。张东官接过帖文，嘴里仍骂声不绝，“你再乜痴痴地走鸭子步，就拿你当鸭子煨了!”骂完这句，这才看了帖文。一看就纳闷儿了，自语道，“巡抚爷每次都是传我呀，这回是请，还送来帖子?”少掌柜的又催：“还棍似的作甚？快些去吧，迟了，我这传帖子的也担着过呢。”张东官说，“去楼上?”少掌柜的说，“巡抚衙门”。

有三袋烟的工夫，张东官赶到巡抚衙门前，被侍卫引到后堂中，叩见了曹荦。曹荦唤他起身、入座，张东官不敢坐。曹荦说：“本官下帖子请你，你就是客人，如果不坐就是本官无礼了。”张东官这才坐下。往日，曹荦传过几次张东官，是在魁星楼楼上，他吃乐了，赏过张东官银子，还令下官赏他喝酒，但并没有留意注视过他。现在，他倒要仔细端详一番了。张东官虽然长相富态，面如满月，但气韵雄强。天生的吊边眼儿，就像戏子的眼睛那样。本来就年轻，眼角儿还向上倒耸，就显得童气十足，而且，眼神儿里闪烁着活鲜鲜的东西，流动一股少有的机敏劲儿。这人能长寿，这是曹荦的第一个印象。他又感到，此人虽为肆厨，看上去却没有肆俗之气。坐在那里，让人潜意识地感应到那股雄强之劲隐隐外溢，透着旺盛的生命活力。看到这里，曹荦私下里会意地笑了。

曹荦与张东官闲扯几句，才话入正题。先是问张东官每月柴薪是多少？张东官如实答了，是纹银二十两。曹荦“嗯”了一声，捋起垂须想了想说：“你到本官这里司膳，每月柴薪四十两纹银，如何?”张东官听后，脑子一下子涨开了。事情来得突然，他的神情有些局促。他既不敢当面拂了巡抚大人的面子，又不能草草应承，就站起来躬身答道："能为大人效劳，是小厨的福分。柴薪的事多少无妨，随大人赏。只是魁星楼那边离不开小厨，对掌柜的也不好交代。"曹荦说："本官既有此意，自会通禀，这你不必多虑。"张东官又说："小厨在市肆上散漫惯了，野鸟一只，怕是变不得大人府上的鹦鹉。"曹荦就笑了，说："你只按本官之意制膳，别的不受府制所束。"话说到这儿，张东官再不能借故推诿了。巡抚爷是好随便得罪的吗？再说，能为巡抚爷当厨子，纹银赚得又多，别人求之不得呢。想到这里也就应允了。随后，他又被侍卫引到医官那里验了身。就这样，在康熙赐曹荦食豆腐之法的时候，张东官已是曹荦的厨子了。曹荦将张东官聘来，自然另有用意。他是先让张东官纳入府衙供差之列，正了身份，再由张东官的生花妙手，将吴地美食进膳给康熙。

4 秦淮南院子的情缘

张东官出了巡抚衙门，深呼了一口气，让神经松弛些。他不急着赶回魁星楼向少掌柜的辞行，要等巡抚大人通禀后，再去不迟。想到在魁星楼做了整整十六年，说离就离了，未免恋恋不舍，眼圈就潮湿起来。这时候，他的脚步不由自主地朝着聚兰斋糕点铺迈去，他得将这事情先告诉肖手美。

张东官祖籍江宁。他生来早熟，十二岁那年身子板儿就挺硬实了。那时民间有习艺之风，张东官的父母便托苏州的亲属在魁星楼为他找个杂缺。"魁星"是人名儿，也是店名。王魁星的绝技是做苏造肉，菜点也制得极精。他见张东官童颜贵相，人又机敏懂事，颇为喜爱，便收他做了关门小弟子。张东官刚学徒时，在砧板上切菜。王魁星闲着时，悠搭搭地来到他旁边，看着他切。张东官心就紧张，一紧张手就哆嗦，手一哆嗦刀没准儿，手指甲就被削去一块。王魁星哈哈大笑说："你小子，慌甚？早哪，不挨个三千六百刀，哪能学得好手艺？”张东官听后心想，三千六百刀？那手还不切成肉馅了！此后，这个带小肉把儿的就与那柄带木头把儿的较上劲儿了。他整天刀不离手，切起来没完。打烊了，膳房的人都走光了，他还在切。他先是挑着油灯切，切熟了，就摸黑儿切。最后，您猜他切到什么程度了？想睡会儿觉，打个盹儿，上边鼻孔里打呼儿，下边那手仍然运刀游刃，不耽误事儿。有一次，王魁星在灶上制膳，唤张东官去拿罐青酱。张东官背对着他，两只胳臂肘儿支着，正不停地切菜，也不应声儿。王魁星再唤，仍没反应。王魁星就火儿了，这就骂开了，“说你牛 × 大了，使唤不动你！”遂将大马勺“叭”地一摔，几步蹿到张东官面前，扬起油手就要扇张东官的耳雷子。可那手在空中扬起来就不动了。您猜怎么着？张东官双目合闭，鼾声均匀，竟他奶奶的睡着了！可那左手按着块肉，右手操着刀还刷儿刷儿地切着柳叶片儿。王魁星见状大惊失色，麻利将油手放下来，甩到屁股后面藏着，好像那手偷了张东官的东西，怕张东官看见似的。心想这小子有神气，日后必成大器。打那以后，他态度大变，怀着虔诚的意愿，一心要把自己的手艺附到张东官的魂体中。为师的有点儿走火入魔了，为徒的也是入魔走火儿。这两股内劲儿碰撞一起，火盐铸成琥珀光，张东官的厨技哪能不精？

张东官二十三岁那年，王魁星劳疾而终。王魁星临终前，攥着张东官的手，眼角挂着泪，嘴里“嘿嘿”笑着说：“官子，我操你娘！”张东官心就酸了，说，“师傅，你几年没骂我了，骂吧，我心里好受。”王魁星说，“我算对得起你，骂一句，和你小子扯扯平。”张东官就伏在王魁星胸前“呜呜”哭了。王魁星抚着张东官的头说：“你是有贵兆之人，这爿铺子不是你久留之地，为师是图你日后有个发达，也好厨业留名儿了。人就是要争……争口……”王魁星这口气就没顶上来，手就从张东官的头上滑下去了。张东官哭得昏天暗地。此后三年，他没返乡探亲，也没饮酒纵乐，更不染指女色，较着心劲儿往那釜鼎里用，算是对王魁星尽了孝道。直到他二十六岁那年，才回了一趟江宁。

张东官就在那个时候认识肖手美的。肖手美叫肖媚娘，原来的艺名叫玲珑雀儿，本是秦淮南院子的风尘女子。她生得娇小艳秀，丽睛桃唇，但又不单薄。肩很宽，胸又隆，臀也凸，两条大腿曲线丰腴，摆起来就让张东官动了心思。年轻人耐不住欲惑，让他不动风月之念也是很难的，何况又是一个光棍儿。

这天夜里，秦淮河上橹声欸乃，月儿柔靡，从河面吹过来的风也爽人，隐约听得见乐坊的琴弦之声。张东官躺到了玲珑雀儿的软榻上。那时候江宁有狎妓之风。张东官久栖勤行，平日里对那些粉艳的故事听得不少，男女的房帏之事自然懂得。所以，当他趴到玲珑雀儿的身上时，那些间接的性知觉就起了作用。俩人风风火火了一夜，战战停停，停停战战。战时人马刀枪，酣畅淋漓；停时缠缠绵绵，互诉身世。在这个火候上张东官向玲珑雀儿说起了情话，就十分管用。玲珑雀儿见他人端艺绝，性力又好，对自己的情意真切诚挚，是个可以依靠的男人，就盯着张东官的凤眼说："那你发个誓，日后你要对我朝三暮四，受何报应？"张东官从软榻上爬起来，向南跪着，光着屁股朝天磕了三个头说："我日后要有三心二意，扔到油鼎里炸死！"玲珑雀儿"扑哧"一笑，上前捂了张东官的嘴巴，另只胳臂揽着张东官的脖子将他放躺，趴在他的胸脯上问："那我日后做甚？关在宅子里，不是闲死也得闷死。"张东官想了一想说："魁星楼过街斜对面儿，原有爿羊腊铺子，赔了本儿不做了，两间屋子正空着等着租赁。我帮你在那儿开个糕点作坊，你来当店主。"玲珑雀儿听后高兴地说："那敢情好，我做糕点还不赖呢，都是平日里闲着跟南院子的厨子学的。又有你这师傅指点，再找两个佣工做帮手，还怕开不兴！"张东官说："那就定了。回头我换套大些的宅子租下，等收拾停当，你就搬过去。"玲珑雀儿说："你银子够吗？光是赎我一项就得二百两呢。"张东官虽说吃了大劳金，平日里得的赏银也不少，但粗粗过了下脑子，还是感到罗锅上山——钱（前）紧。于是说："那不碍事，我向魁星楼少掌柜的借些，日后从我的柴薪里扣。"玲珑雀儿听了就说："赎我的银子，你得付了，这是你的情分，我不能自个儿赎自个儿。可银子你不要借了，日后的生计，我会想办法。"玲珑雀儿是南院子当红的名妓，人气也旺，她私资不缺……

一个月后，聚兰斋糕点铺开张了。玲珑雀儿洗了风尘，一个心眼儿用在糕点上，又有张东官鼎力相助，所以营销的品种自不一般。玲珑雀儿天生的会应酬，人又小巧丰致，艳如夹岩鞭蓉，招惹得人们争相购买，生意很快地红火起来。她农历元旦卖元阳脔（肉式小吃），上元节卖油画明珠（什锦油饭），寒食节卖眉公饼，端午节卖如意圆；伏日，卖绿荷包子，七夕卖巧果，中秋卖玩月羹和五福月饼，重九卖重阳糕……照常的品种也是酥红露碧，蜜冻瓜凝，糕白如雪，皆小巧可爱。有文人竟称玲珑雀儿的那双巧手是“麻姑指爪”，做糕点使的是神仙手段；吃到玲珑雀儿的糕点，口边仿佛散发出那双巧手中流溢出的脂香。“肖手美”这个艺名就这样被传扬出去了。由于买卖赚钱了，肖手美的口味也高了。每逢肚里有了馋虫，就嘱张东官给她烧两个菜，让手下人送来，只给个成本钱；张东官这边腻食了，就跑到聚兰斋吃糕点，当然是白吃。

说到这儿，张东官已经迈进了“聚兰斋”后作坊的门槛。正在做奶桃的肖手美见张东官穿戴整齐，发辫儿梳得油光闪亮，便笑着说：“不在魁星楼要你的大马勺，八成要去南院子？”张东官见佣工不在场，就逗了哏儿，说：“南院子迁我家了，过去的百人压成了一人压。”肖手美听了，丽睛一瞪，“我叫你贫嘴！”说着小手一扬，一把奶面抹了张东官的半面腮帮子。张东官就势握住了那小手腕子，嘻嘻笑着说：“娘子，别闹了，我与你说正经事。”肖手美抽回小手，眸子里闪起柔光，拿块洁巾去擦张东官脸上的奶面，边擦边问：“什么正经事儿呀？”张东官说：“巡抚爷让我到他府上司膳。”肖手美愣一下，说：“那这边不做了？”张东官说：“不能做了。”肖手美说：“少掌柜的肯放你走？”张东官说：“少掌柜的挡得起巡抚爷？”肖手美听了，蹙着眉说：“这事儿蹊跷，怎就忽悠下子让你去巡抚衙门？”张东官说：“我也这么想。”肖手美转了眸子，突然两手一拍，说：“呀，我听隔壁做熏鱼的张老四说，前两天他到运河边上收货，远远地望见一片大船向南开来，船上都是黄旗羽盖子。八成皇上又来南巡了，让你到巡抚衙门给皇上制膳。”张东官听了，心中一阵紧张，寻思一下说：“娘子言之有理。我听师傅讲过，上次皇上南巡，他被抽编到皇上带来的厨差班子里，给皇上做吴地特食。不久就风传要把他带回御膳房，后来又没讯儿了。可能是年纪大，没去成。”肖手美就问：“那年你师傅多大年纪?”张东官想了想说：“大概有五十三四了。”肖手美说：“你今年多大?”张东官说：“这你还问，二十八了。”肖手美眼一暗说：“玄乎。”张东官也就明白了。

5 验膳官普福挨了一个耳雷子

张东官来到巡抚衙门的那天上午，曹荦亲自折进膳堂，对他又作番职前训导。当时，曹荦板着脸说：“实话告诉你，皇上已经临驾吴地，聘你是给皇上司膳。这是你的福分，足可光宗耀祖。侍候好了皇上，本官自有重赏；如有差池，你要连累本官的。还有，就是司膳无定所，你只管听候差遣，不可多言打探。司膳时，尤要注重荣卫保健。司膳之前，食单必要禀报本官，见本官批示方可制作，不得擅自行施。这些话，你听清楚了吗?”

张东官听后心想，这还叫“不受府制所束”?没拉磨呢，大夹板子套严了。事已至此，也就不在乎这些了。因有所料，他便从容答道：“大人请放心，大人抬举小厨，小厨只想为大人长脸。不过，小厨行膳刁钻，还请大人传下话去，凡为小厨助膳之人、采办原料之人、送讯传膳之人等，必得听小厨摆布。如有违拗，小厨难免动粗，轻者赏骂，重者赏掌；尤重者，头上赏勺子；如造成司膳恶果，小厨便一菜刀砍去。”他说完这些话，凤眼中不经意间喷出一股怒火，又闪起像对待仇敌那样的眼神儿。

曹荦见状，暗吃一惊，两颏上的肉松动了一下。想到为皇上司膳，事关紧要，还是从严为善，就蔼然笑着说：“好，本官就为你传下话去”。

康熙这次南巡，携带的膳事人员除了常三之外，还有一套厨差班子，是专来宴赐江南臣僚的，平日里为随行妃嫔、扈从大臣等供膳。康熙的近侍护兵等用膳，则由曹荦安置府辖各州县的衙厨承供。曹荦这边酬宴皇上，或皇上的日常膳食，均由张东官主理。张东官司膳，每次品种不过七八味，并不以多以繁取胜。他在用料上严律得近乎奇异，甚至很残酷。比如用羊，必得用乳羊。先让乳羊吃饱了鲜嫩的净草，但不给水喝，待羊口渴难耐时，便让它喝足了黄酒，使羊晕醉。然后令助膳人为羊作全身按摩，并要找准穴位，使羊舒舒服服地成为刀下品。助膳人就不解，心想，羊成老爷了？就很不情愿地瞎捏一气，草草了事。张东官一看时辰不到，知他敷衍，二话没说，上前扬起右手就是一个耳雷子，打得那助膳人一歪，掼了个仰八叉。张东官口里还骂着："鳖犊子，你没人性！犯人杀前还管顿酒肉呢。羊是善性，懂不？这叫人、羊两面过得去。你捏巴不透它，那肉能松活鲜美吗？再看你耍滑，我先卸了你！"又如用猪，他必得将猪放在一间大空屋子中，令助膳人持棍撵打。猪逃人追，人、猪就在屋子里转着圈儿，待猪力竭倒地、逃不动时，遂用利刃割猪脊肉一片，用以烹炒。他说其余的腥恶失味，全不可用。有胆大的助膳人对此表示不满。张东官凤眼里就闪着凶光说："猪这东西蠢肥无知，最该杀的；除了被食，别无他用。还对它温文作甚？你懂个屌！这片肉是最洁净的活肉。为皇上司膳，定要用这片肉。你等再有怨言，我就割了你的脊梁肉！"吓得那助膳人再也不敢吭声儿了。

张东官用这种超标准的手段司膳，康熙的食欲哪能不佳呢。

说起康熙的膳食，那是很自律的，他进膳时专一无二。就是说，不食兼味。如食羊则羊，食猪则猪，余以赏人。怪不怪，富甲四海的天子每食仅一味，若不是史书记载，谁能相信呢？康熙口还"漂"，"漂"是什么意思？就是口淡。他从不沾盐酱过重的食物。这样非为表率节俭，也不是赏识淡厨子，是习惯使然。康熙认为这是他的进膳养生之道，是有意而为之。他这样做了，想必是感觉良好，不然不能对曹荦说，"朕行之，久而有益也"。

康熙这番话是他这次初抵江南时，在苏州府行宫里对曹荦说的。当时，曹荦正陪着康熙进膳，他听后不敢苟同。心想皇上不重盐酱，这与女真人自古不知制盐、珍惜重盐的旧俗有关；皇上又极重祭祀，吃惯了清水煮白肉（那时满人食肉，如蘸盐酱是违祭规的），哪能不口“漂”？至于每食仅一味，这是不注重营养搭配，有何益处呢？皇上不吃寡妇菜的，逢膳必双，不能只因恪守食律、循规个人的进食方式，就破了皇俗膳仪，这不成体统。他甚至想到因为皇上的膳食过于“自我”，因而影响了宫中膳事缺乏声色，乏味而单调。他虽然不敢将这些想法明讲给皇上，但他却敢按着自己的意志去安排皇上的宴事和膳食。宴上不超八品，便膳不超四品。肴馔组合又经他严格拟定，做到了水陆杂陈，荤素相间，浓淡有别，口味殊同。既不豪侈，也不简陋，吃得康熙只能说好，难持异议。这正是他善于护驾的长处，也是他严令张东官每次司膳前必得向他禀报食单的原因。这样做，还能充分发挥张东官在司膳上求精不求繁的特长，使他有条不紊地将吴地名食一一展现在康熙的膳桌上。

日子一天天在荤素珍馐间过去。张东官的厨技开始改变了康熙固有的食念。这是一个江南厨子和一个北方帝王在生产与消费之间的独家沟通。您想想，诗人们那些吟哦“莼羹”、“鲈鱼脍”、“蜜蟹”的诗篇，对于崇尚汉文化的康熙来说，不能不产生共鸣的效果。鱼翅、鲥鱼、银鱼的美味又渲染出长江岸和太湖畔的古老掌故，渲染出江宁和姑苏的古都风情，使康熙得到了精神和物质的双重享受。说来也怪，东山碧螺峰的石壁间生长的野茶树，恰在康熙南巡期间突然繁茂起来，异香扑鼻。张东官就用这种香茶汁烹制了鲜活的虾仁，再由曹荦适机解释，竟将康熙吃得乐不思蜀（后来，曹荦专购此茶一批，取名碧螺春，敬献康熙）。再说苏造肉吧，卤肉的酱汤里几十种药料子煨着，卤肉的时候香飘半里地，并依着人体对春甘、夏辛、秋酸、冬苦的节令调剂，投料四季有别。这种肉是肥猪瘦肉，吃起来又没一点儿中药味，绝对的浓香醇美，比起那肥而无味的祭祀煮白肉，口感自然强多了。康熙就像上了大烟瘾，香滋滋地吃着离不开嘴了。

那日正午二刻，康熙照常进晚膳（也怪了，这时辰明明是午膳，朝制中非要定为是晚膳），他终于按着曹荦的意愿说话了。康熙对曹荦说：“听说朕的宴膳都是曹大人的厨子做的？”曹荦忙答：“正是。是皇上赐下臣厨子食豆腐之法的那位”。康熙“噢”了一声，又说：“曹大人厨子的手艺可比朕的厨子强多了。朕这里独享美味，朝中大臣无缘以享，欲赐不得，朕心不忍”。曹荦见时机已到，便撩起袍边儿跪下说：“望皇上恕下臣厨高胜主之罪，如蒙皇上不嫌，下臣愿将厨子进献皇上，为皇上万岁享用。”康熙哈哈大笑，说：“朕只传曹大人食豆腐之法，曹大人却将江南美食之法皆传于朕，朕大利也。”曹荦乘机说：“江南美食之法乃大清瑰宝，此法如能补祐皇上和朝廷膳事隆盛，弘扬大清国食风貌，下臣夙愿已遂矣”。康熙的脑筋能笨么？他随即领悟到了什么，那眼中就射出珍爱的光芒，直视着曹荦说：“曹大人平身，难得你一番用心”。接着站起来喟叹一声，反剪着手踱起步子说：“古有伊尹烹了鹄羹，为商汤以喻治国之理；今有曹荦为朕献了宠厨，助朕兴隆国食之道。古今固然有异，其理同也”。

但是，康熙还有心事一桩没对曹荦直说。明年就是他的六十大寿了，朝廷内呼声甚高，要为他恭办圣寿庆典。他虽然主张节俭行事，但众意不可强抑。想到天下一统，国泰民安，何不借此广昭天下臣民，与他在宫内共享盛筵呢？这是帝民同乐之举，又显得国家荣繁强富。想到这里，康熙心中就运筹了一个庞大的寿宴规划：那一日，他要将普天之下的高寿之人请于宫内，与他共度祥年。康熙既然能想到这里，也就自然想到寿宴的膳事。这等规模的巨型大筵，宫中尚未举办过。此乃国貌朝颜之示，不可差谬分毫，落柄于笑料。因此，加紧膳事筹备，选调精俎之人，以适盛典所需，就显得很重要了。这是康熙相中张东官的重要缘由，是他今日晚膳上婉言提示曹荦的内心动机。

说到这儿，御前侍卫首领索虎轻步进了膳堂。他瞥了曹荦一眼，便放慢步子尾随康熙，有意让康熙往前多走几步，这才又急步赶上，躬身向康熙小声说：“禀报万岁爷，曹大人的厨子闹事啦，他把验膳官普福给打了”。康熙听了，“嗯”了一声，想了想说：“嗬，这厨子倒艺高胆大，为何打人?”索虎说：“为给万岁爷上热膳，普福说不可进，那厨子非要进，两下就争执起来。谁知那厨子脾气火暴，一个耳雷子就将普福打个满脸花。这不反了么？当下叫下官绑了。下官就来请示万岁爷，那厨子当如何处置?”康熙一听，瞪起眼睛说：“松绑！那是曹大人的厨子，不可莽撞!”

索虎便撅了一下嘴，又“嗻”了一声，回身要去解绑。又被康熙唤回来，说：“松绑后带到这儿来，朕要看看这个艺高胆大的厨子”。

曹荦这边依稀听到了话音，浑身顿感紧张起来，就起身不安地拿眼瞄着康熙的脸色。

康熙见状，笑着说：“无事，无事，曹大人坐”。

俄顷，张东官由两名侍卫引着，被带到康熙面前跪下了。

康熙捋着垂须，好奇地端详了一会儿张东官。见他凤眼月面，仪态不俗，雄强之气盈盛，又如此年轻，不禁大为惊异，就对曹荦说：“曹大人，这是你的厨子吗?”

曹荦躬身作答：“正是”。

康熙对张东官说：“你为何出手伤人?”

曹荦一听，想到张东官是打了皇上的人了，不禁惊恐失措，颤声怒斥道：“劣厨真不晓事，怎敢如此放肆?!”

康熙笑着朝曹荦摆摆手说：“曹大人息怒，让他来说”。

张东官答道：“回万岁爷的话，小厨与巡抚大人禀报过，凡助膳、采办、传膳人等，必得听小厨摆布，如有违拗，小厨难免动粗”。

曹荦听了，只说了一个字，“你……”

康熙这边想，既然胆敢打人，必是有打人的道理，就问张东官：“怎么不听你摆布了?”

张东官答：“小厨为万岁爷进献糟烤鲥鱼，那人竟胡说鱼未除鳞，不能进；小厨说进的就是未除鳞的鲥鱼，赶紧进去！那人就是不进，还污小厨不明烹饪之术，说小厨欺蒙万岁爷。小厨见鱼温已退，成味大减，这还怎的进膳？心中一火，就将那人打个耳雷子”。

康熙听了，微然点首，又问索虎，“此事是真?”

索虎答，“正因此事”。

康熙就笑着对张东官说：“你平身，赐坐”。

早有侍卫搬来椅子，让张东官坐。张东官哪里敢坐，仍旧站着。

康熙想着这事新鲜有趣，不禁哈哈笑了一阵子，这才说：“鲥鱼为南食，京都不经见。因其鳞下极富营养，制时不可去鳞。朕几次南巡，曾经啖尝，故明此理。传朕口谕，普福少见多怪，碍了厨子张的膳事，本应以渎职是问。念其初来江南，不知者不为过，免于处罚”。

索虎“嗻”了一声，便去通禀普福去了。

曹荦这边松了口气，心里倒高兴起来。

康熙仍思忖此事。他还没听说过一个厨子竟敢打他的验膳官，而且打得理直气壮，这是极有行膳魄力之举，就感觉到厨子张这人具有主理厨政和持强布膳之能。联想到明年的寿筵庆典之事，需要集合宫中所有厨子通力供膳，膳事繁杂，如无厨子张这样的人统一摆布，则易出疏虞，有损盛典。想到这里，他便对张东官有了安排。于是对曹荦说：“曹大人，三日之后，让厨子张随朕入宫，你看如何?”

曹荦听了喜形于色，躬身忙答，“皇上明鉴，正遂下臣心愿”。

那边张东官反应机敏，也顾不得想别的，早给康熙跪下磕头说：“谢万岁爷隆恩”。

康熙听了，这才转过身来，笑望着张东官。心想，朕这里话音没落呢，你那边就磕头道谢了，机灵！他就越发高兴，想了一下说：“传朕旨谕，广储司衣作随行人即刻赶制六品蓝翎侍卫补服，三日后赐厨子张穿戴了，随膳房班子处回宫”。

曹荦和张东官听了，皆愕然对视。曹荦没有想到张东官会晋身官场，而且越了三级；张东官更没想到他就要穿上宫廷朝服，一脸的神情复杂。

康熙也是要个皇上面子，不能带个无阶厨民随便入宫。

当天下午，张东官经康熙的御医验身无恙，被放回市肆，准其三日内办妥离苏诸事。三日后卯正三刻到巡抚衙门待命列编，随康熙的南巡队伍返京。

6 姑苏夜话

当天夜里，肖手美坐在床榻上，听张东官讲完他即要入宫的事，就说了句，“我说你玄乎吧，真应了这话了”。她嘴角不由得抽动几下，身子一扭，伏在绣绸枕上“呜呜”哭了。张东官诧异道，“你哭甚？”遂坐到她旁边，将身子转着压过去，脸颏贴到她脑后那团元宝鬏上，轻轻地揉擦。这时候，一轮鸦黄古月悬在远处的灵岩山上，窗外小石桥下的流水淅淅沥沥地淌着，白壁黑檐的宅屋上有片片行云飘过，像姑苏女人的蝉鬓。平时，两人早已裹在罗帏之中，现在已近二更天了，谁也没有睡意。

这时，肖手美冷不丁起身一转，把张东官拨拉到一边儿，又顺势把身子扳过来，脸就凑近了他，泪眼婆娑地说：“你发过誓，对我一心一意的”。张东官两手捧起那张艳丽脸蛋儿，俯视着说：“那还会变，君子一言，驷马难追”。肖手美仰颏儿瞅着他，眼眸子在他脸上爬了一阵，说：“咱们赶快跑吧，跑到谁也找不到的地方，开个夫妻店，凭咱俩的手艺过自由自在的小日子”。张东官一听，放下手来，站起身气咻咻地说：“你怎有这念头呢，咱们又不是逃犯，不是贼，跑甚？”肖手美说：“犯傻你呀，你只到御膳房当厨子，还不打紧。不过，到了内宫禁地，你身不由己，咱们很难再过上现在的热乎日子了。可皇上是赐了你内宫的六品膳官，要阉了当太监的。你当？”张东官没细想这些，一听这话就害怕了，麻着爪子在原地打圈儿，说：“太监是死也不能当的，宁肯上边的没了，下边的也不能丢！当厨子的进了御膳房是荣耀，当太监可是羞辱，还没听说哪个厨子当太监。好好的大老爷们儿，下面愣是缺了四两肉，骂个人都没依凭了”。肖手美听了，“扑哧”一声又笑了，说：“你就是留着，谅你也没那个贼胆儿，敢与哪个妃嫔拉扯”。张东官这时像发了神经，恍惚间有一把寒光闪闪的阉刀向他的胯裆处比划过来，身子突然打个寒战。肖手美见他愣怔，就说：“两股道儿摆着，你要当了太监，我回手儿就上吊，赖活着不如好死；再就是收拾细软，跑为上策。是跟皇上还是要我，眼下你得拿了主意”。张东官说：“当然要娘子了，不过，皇上已经下旨，补服给我做了，跑了是抗旨罪，抓着要上枷号的；再说，这是大清国的天下，还能跑到哪里去？”肖手美说：“你随我回余杭，那是我的家乡，归杭州府治，不是曹巡抚管辖的地方。咱们隐名匿姓躲过一阵子。你不说过，皇上过几日就要回宫，他还能傻老婆等乜汉子？宫里又不是缺你做不成槽子糕。等皇上一走，曹巡抚又找你不着，这事儿也就淡了。你讲话了，咱们又没犯法，大不了辞官不做了，还能将你怎样?”张东官听了，寻思寻思，娘子说得也在理儿。硬要去皇宫，娘子再想不通，有个三长两短，那不坏菜了吗？觉得只好这样了，就将心一横，说道：“收拾，咱们去余杭!”

幽深寂寥的驿道上，一辆租车辚辚而去……

7 紫金庵巧遇

张东官如果就这样做了隐士，下文就没戏了。说来也巧，头天晚上，当张东官返回家宅时，曹荦早已带着卫队，陪着康熙和他的扈从人员骑乘在通往太湖新行宫的驿道上了。按着康熙的南巡计划，他还要踏勘太湖一带的水利灌溉和航运，并借机游览湖光古迹。也就是说，当康熙的御辇浴着夕阳在这条驿道上大约驶过四个时辰后，张东官、肖手美的租车便披着星光从这条驿道上覆辙而来。康熙是要赶在入夜前到他的太湖新行宫里；张东官、肖手美是要乘着夜阑人静，远行隐避。因为那时候，苏州通往余杭的驿道是要经过太湖地区的，所以，当曹荦陪着康熙在太湖新行宫中宿了一夜，翌日早晨来到山坳边的紫金庵游览时，恰恰就碰到了正在这里求佛祈佑的张东官和肖手美。

原来，俩人乘着租车来到这里时，天色已经大亮。为了细心起见，不想继续再乘这辆租车了，想在太湖边转乘一辆再达余杭，以便抹掉“眼线”。而且，要借转车的空当儿，到紫金庵拜佛，保佑他们日后平安。此庵自明代修复后，因处僻地，逃过多次兵燹之灾，保留完好。因时辰尚早，庵内游人稀寥。当张东官、肖手美来到佛堂前拈香行礼后，正在顺眼观望那些奇态生动的十八罗汉时，康熙、曹荦等一干人便折进主寺院内。这在以往，康熙巡游之处的杂民都要被御前侍卫们驱赶、回避的。但眼下入围佛门，帝、民皆为慈悲求善，所以，康熙行前，普福据宫内佛堂供献供图一张呈进康熙览过。康熙览后下旨：照例侍候御案佛堂供献一桌，紫金庵摆设。庵内游民不驱。钦此。由于康熙的旨谕，致使张东官、肖手美与康熙、曹荦等一干人闹了个顶头撞。张东官相貌生动，肖手美又艳丽照人，自然引起这一干人的注意。不光曹荦注意了，康熙也看到了。康熙扫了他俩一眼，便问曹荦，“那个像是艺高胆大的厨子张。”曹荦就抬眼又瞅了一下，证实道，“正是。”康熙是重佛之人，他的赐食善举曾使内宫太监们深受感动。太监们视康熙的赐食如神佛的供粥，所以内下都称康熙为老佛爷。后来的慈禧也被称为老佛爷，那完全是因为有康熙这位老佛爷的先例跟着，宫中老佛爷的始称来自康熙。康熙来到佛堂前，自然以佛比佛，就显得慈悲为怀了。他在这里邂逅了张东官，联想到他即要入宫为自己司膳，便以为吉利。一时高兴，就令侍卫去将张东官俩人唤来。

当张东官看到康熙和曹荦一干人折来时，不禁大惊失色。肖手美不知这些来人是谁，还好奇地偷眼打量。张东官忙扯了一下她的衣裙，低声说，“皇上和曹巡抚！”肖手美一听慌了，忙抓住张东官的衣袖就往旁门里钻。这时那个侍卫跟将上来说：“张侍卫，慢走，万岁爷传你”。张东官一听喊他为侍卫，就联想到太监，脑袋里“嗡”的一声，心想完啦，躲避也来不及了，怎么能在幽庵佛静之地偏偏碰到皇上呢？看来这是天意啊，天意不可违。想到这里，心又平静许多。因情急于事迫，他的机敏使他迅速调整了脸上的神色，暗劲儿按了一下肖手美的手，轻声说，“莫慌！”就转过身来，故作惊讶道，“万岁爷驾到？快领小厨叩见”。肖手美吓得还往后躲，被张东官扯住说，“莫慌啊，随我来”。俩人就尾随那侍卫来到康熙面前，双双跪下。张东官说：“不知万岁爷驾到，恕小厨不知之罪”。康熙就问：“你不在家安顿离苏进宫之事，跑到这里作甚？”张东官机敏过人，早想好了答词，就说：“回万岁爷话，小厨即随万岁爷入宫，不知何日返乡，甚是留念，故携娘子浏览湖光古迹，并在此拈香拜佛，祈祝万岁爷南巡福安，圣恩百姓”。康熙就乐了，说：“好你个伶牙俐齿。见了朕，为何又要躲？”张东官答：“不是小厨要躲，是小厨娘子要躲。女人家不谙世面羞见生人，又见是万岁爷来了，便吓得不知所措”。康熙“嗯”了一声，见肖

手美如花似玉，艳色诱人，就说，“这小女子是你娘子？”没等张东官作答，曹荦在旁说：“启禀皇上，是他娘子，苏州府聚兰斋糕点铺的，人称肖手美。重九那日，皇上御购二百盒糕点，颁赐各地州府下官，便是肖手美所制”。康熙听了，惊奇地说：“夫唱妇随，双双擅膳，难得难得”。想了想又说：“只是宫中膳事，尚无女子供差之例，不然随厨子张一起入宫好了”。曹荦听后，老眼一转，遂进谏道，“请皇上容下臣禀奏。南宋时，高宗宫中有刘娘子，人称女尚食，艺色双绝。她制馔济楚细腻，秀色可餐，高宗乐食不衰也。这肖手美的糕点蜚声姑苏，为南食一绝，足可与刘娘子的厨艺媲美。谨请皇上明鉴”。曹荦乘机又推举肖手美，一是想扩大吴地美食在宫中的市场，也有成人之美的意思，意愿张东官、肖手美双双入宫，夫妻间有个心仪上的照应。康熙一听，捻起垂须说：“曹大人博通古今膳事，令朕逸兴遄飞啊”。曹荦的话，倒提醒康熙想起一事，宫中爱妃们闲来无事，时常撒娇吵闹，让他建个妃子膳房，找个好厨子教她们制糕，祭祖祭佛的也有个用场；平日皇上进膳，又能争献个手艺。想到姑苏糕点自古闻名，这肖手美又是个女辈，以后到妃子膳房供差倒很合适。但康熙这个想法不好当着曹荦表露。于是就说：“既然前朝有例，不妨让厨子张携他娘子同往，先安顿到西郊海淀住下再说”。

跪在地上的张东官一听大喜，忙用胳臂肘触了下肖手美。肖手美会意，将头往地上一拱说：“谢万岁爷。小女不才，但制个糕、蒸个饽的，能让万岁爷吃了天天高兴，天天发福”。肖手美本是场面上的应酬人，又有张东官为她撑着胆气，这时候说起话来也不怯场，竟将康熙说得哈哈乐了。康熙笑了几声，就说，“你们游吧”。说完迈起脚来，向佛堂走去。

曹荦心细，他见张东官、肖手美一大早就跑来这里，与他俩照面的刹那间又神色慌张，便犯起猜疑。虽然张东官为皇上解答的蛮有道理，但他知道张东官会说应景话，有随机应变的本事。可是又一想，他被皇上赏了六品膳官，到宫内为皇上司膳，这是哪个厨子做梦都想不到的美事。按照常理推断，张东官方才说的话应该是真的。过深的事情，曹荦当然想不到了。曹荦是官场上的人，他不能像肖手美那样去想，认为张东官当了膳官就成了太监。尽管这样，他仍是不放心。万一这俩人有了意外的想法，如期不归，或是游得劳顿，患了急病，再如戏水淹了，被蛇咬了，让车碰了，被人劫了，这都有可能。如果俩人有了闪失，他这个举荐人就不好向皇上交代了，他的护驾也要在皇上面前打个问号，他让吴地美食挺进宫廷的愿望也秃噜扣了。想到这里，他就放慢脚步，待康熙和扈从大臣们走过去了，就唤来他的下官说："即刻备辆双篷大车，供厨子张和他的娘子使唤，并选两名得力护卫跟着。这俩人日后随皇上回宫，要对他们严加限制，表面不要看得出来。这期间如有差池，本官拿你是问!"说完便急步朝前赶去。康熙正在那里准备拈香以祭。

张东官和肖手美这时才站起来，相视而笑。没容他俩挪步，那下官就走过来笑着说："张侍卫，巡抚大人关照，为你俩人备辆车子，请随卑职出庵稍候"。张东官忙说："多谢巡抚大人了，我俩还是自便吧，休要麻烦"。那下官说："这是巡抚大人交代过的，张侍卫不用车，巡抚大人怪罪下来，卑职担待不起"。

张东官和肖手美只好随那下官出庵。

就在那下官调动车辆、选派护卫的时候，张东官悄悄对肖手美说："娘子，事已至此，余杭不可去了，这是命中注定。赶紧打道回宅，准备随我北上"。肖手美听了，点头称是。

【下篇】

8 "榆蘑大炒肉"的风波

自此以后，张东官随着康熙南巡的队伍北归，一竿子插到内廷的茶膳房里供职。

说到这里，先得掰扯几句张东官这个尚膳侍卫是不是就得当太监？在茶膳房下属的尚膳总领处那一块，下分司膳太监部和尚膳侍卫部。司膳太监部的各等太监人数众多，是专门在膳桌旁侍候帝后妃嫔一日三餐的。内宫美女如云，这等人必要断了情欲。尚膳侍卫部是张东官的具体供职之地，负责管理膳房和厨子，以及御膳安全等，相比之下不近女色。虽然也被提倡净身，不净身也可以，但御前侍卫处就要内控掌握了。一旦发现情形可疑，轻者送所查验，重者刑罚处理。既然不是非得净身，您想张东官能净身吗？张东官想了，我处处循规蹈矩，你御前侍卫处内控不内控又能怎的？再说张东官是厨子，厨子在宫里可没有净身的说法。更深的原因是，康熙不是想要张东官在他六十大寿那天主理千叟宴吗？千叟宴的宴者、侍者或是司宴之人，太监一个不用，这也有说法。太监们都断了子孙根，没了香火连绵，属残缺之人，如在康熙的寿宴中派了用场，乃为不吉。所以凡是皇室各等寿宴之事，都没太监一个影儿。张东官要成了太监，康熙还不干呢。可是深宫与民间相隔如山，张东官和肖手美哪里弄得清这些事？为了不想当太监，就有了夜奔余杭未遂之举，想来也在情理之中。

那么，康熙赐给张东官的六品尚膳蓝翎侍卫是个啥官呢？若论品级，比县太爷还高一等。可说白了，就类似现今国宾馆里的行政总厨，或总厨师长。现今的行政总厨或总厨师长上岗时，虽然头戴高高的白帽，穿着西服领的白上衣，还打条领带，但也比不了张东官神气。张东官穿的是侍卫蟒袍，头上戴的是周檐上仰、饰着砗磲的熏貂皮帽子，帽中嵌有蓝宝石一颗，帽顶上还插有蓝色尾羽，走起路来尾羽一扇一扇的，如一只鹞鸟要飞。他的袍长及膝，马蹄端袖，袍身彩绘八条蟒纹，颈挂石青色朝珠一盘，胸背上补着彪形图案，脚蹬厚底长筒的方头官靴。这身新崭崭的朝服再配上他英态雄强、气韵超群的形象，真可谓光彩照人，成了茶膳房里一道亮丽的风景了。

按着宫制，康熙进早膳在卯正二刻，进晚膳在午正二刻，申、酉以后，另有应承之处，其膳食随意而进，没有定供。康熙的进膳时规，就决定了张东官的供差时间。康熙的早膳用不着他劳手，由常三恭供，但他这时候必须穿着朝服到现场督查。康熙以往不是每食仅一味吗，现已每食增至四味了，显然是受了上次南巡时曹荤为他献膳的影响。康熙的早膳过后，张东官还要到荤局、素局、饽饽局、挂炉局和野意膳房等部循例视察，检验备膳事宜，这都在他的职权之内。这时候，内务府大臣下了早朝，要在他的定所召集属下例会，布置近期内廷的各类宴事。张东官开完例会，这才能脱下朝服，换了青衣青帽的厨装，为康熙恭供晚膳（康熙的晚膳指定由张东官承供）。晚膳常为宴事，而且赐食又多，这就等于张东官几乎每日都得司宴。待康熙宴毕，他又要谋划和布置明日的各类膳事和宴事，安排好上手厨子值班，以备康熙夜膳之需。这些事都办完后，他才能松口气，洗换一番，到侍卫饭房用膳后，可以歇职了。走的是午门的旁门，乘了差马，一路急驶，赶回西郊海淀的家宅中，与翘首以待的肖手美团聚。张东官拿的是六品蓝翎侍卫和一等上手厨子的双薪，属于下中产阶级的小富阶层。

张东官风风光光进了茶膳房，可就引来一个人的嫉恨，这人就是被张东官打了的普福。普福在康熙上次南巡中充任验膳官，在茶膳房的职务是尚膳总管，身份是四品太监。那时清廷鉴于明太监有专横之弊，仅将太监授爵于四品为限。普福就感到他像熬过了二汤的肉渣子，再没熬头了。既然不能擢升，就得稳稳当当保个官本儿。普福摆布茶膳房十四五年了，习惯颐指气使，说上口话儿。哪曾想被张东官给打了，打得他眼冒金星，当众出丑，落下了让人扯闲的笑柄。他认为这是擅打朝官，辱没朝廷，影响恶劣。可是皇上不但没算张东官的罪儿，还险些将他普福以渎职论处。这不狗操猪了，一点儿护犊子精神都没有。他虽然不大清楚皇上将张东官选入宫里的意图，但感觉张东官是在打了他耳雷子之后，就被皇上赏了六品侍卫，这显然是皇上偏重了张东官。因此，他对这事就很敏感，就觉得张东官对他的“官本位”是个威胁。

其实，张东官入宫后才知道，被他打了的普福如今竟是他的顶头上司！就后悔当时鲁莽了。可是，出手的巴掌收不回来。虽然皇上对此事已有明断，大节上是他普福的错，但毕竟打了顶头上司，日后在一起供职，普福难免心存芥蒂，他心里就透着不安。他的犄强禀性又使他不能在普福面前赔礼认错。如果认错，等于替皇上认错了，那不将皇上装进去了？怎么办呢？他想到入宫供职之前，曾到内务府训导处接受过职前训导，懂得了内廷的规矩。于是，竟让他想出一个解开这个疙瘩扣的大胆招法来。

那一日，康熙的晚膳桌上，摆上一款怀碗装的榆蘑大炒肉。康熙举箸一尝，就眉头一蹙，便问在旁侍候的普福，“此膳甚咸，可是厨子张做的?”前文说了，康熙口“漂”，炒咸了的，他当然不吃。普福听了窃喜，答道：“张侍卫侍候万岁爷，怎能将膳炒咸呢?”康熙不悦了，他待人向来恩威并举，就将象牙之箸往手盘上一摔说：“这个厨子张，也按规矩办!”啥叫按规矩办？就是皇上吃了哪个膳品有谬，如过咸、无味、料腐、生硬等，司膳的厨子除了被扣罚柴薪外，还要被上司“赏嘴”。“赏嘴”又是啥？就是挨打嘴巴子。普福当时听了，想了想说：“张侍卫初入内廷，八成怯了场子，心手紧张，料头儿就下重了，是不是……柴薪罚了，赏嘴免了吧!”普福侍候康熙十几年，熟悉康熙的性情，知道这事求情没用。他这样说是包装自己，让康熙觉得他与张东官不计前嫌。不料普福说了这话，倒提示康熙想起上次张东官打了普福的事了。于是就说：“得按规矩办。赏嘴，由你普福去赏”。康熙这话就有点儿笼络和怂恿普福的成分了。他也觉着上次普福虽然渎职，但挨了厨子张的“赏嘴”总有点违悖情理，便想借用这个机会让普福泻泻火。都是他的膳官嘛，不能偏着谁向着谁。普福听了，装作为难的样子说：“万岁爷，张侍卫打过下官，再由着下官赏他嘴，宫里人会误认为是下官乘机报复”。康熙听了，就觉得普福很有修性。但他也得摆出公允的样子，就说：“也罢，但嘴要赏的，不能破了规矩，你可使人去赏”。康熙这句话可坏菜了，过后，张东官竟被打得奄奄一息，十几天没起炕!

张东官十几天没起炕，康熙这十几天的晚膳就得常三来承供。常三是满厨，制吴地美食自然不能得法，膳品就走了模样和滋味儿，康熙也就吃出来了。一问普福其中的原因，普福知道不能相瞒，实说张东官住了医房。康熙勃然大怒，瞪着普福说：“朕谕你使人赏嘴，你是不是图报私恨，将厨子张打伤了？使朕进膳无味”。普福慌忙跪下说：“万岁爷息怒，容下官禀报：下官本不想赏嘴，因有万岁爷的口谕，不敢不赏，就按万岁爷的口谕使人赏了。哪知张侍卫拒赏，反将赏嘴人打了，赏嘴人就与张侍卫撕扭起来，火头儿上失了分寸，便将张侍卫打伤了”。康熙一听张东官拒赏，那火气就转移了方向，冲着普福喝道：“将厨子张押来，朕要亲自审问这个艺高胆大的东西！”普福嗫嗫嚅嚅地说：“回万岁爷，张侍卫他……他不能行走”。康熙听后叹了一声，就传来索虎，令他将此事送刑所查稽，三日内向他禀报因果。

本来张东官因打了普福，在内廷就传开新闻。这次炒咸了御膳，又抗拒赏嘴，被打得半死，人们就觉得张东官目无朝规、桀骜不驯，是自酿苦果。若不是卧床不起，少说得发遣原籍贬官为奴二年。可是过了两日，又有一条更大的新闻令人们目瞪口呆：尚膳总管普福被革职查办，由敬事房首领太监瑞德继任。那两个被使的赏嘴人各刑杖四十，被赶出宫门，后被流徙吉林乌拉原籍，赏给卫戍协领为奴。

原来，张东官是故意搞一回错，将榆蘑大炒肉炒咸了，让普福有机会扇他耳雷子，出出气。他想这样就摆平了，也让普福挽回了面子，有了台阶可下。可是康熙处理这些小事常是粗心的，他让普福使人给张东官赏嘴，岔头就出在这儿。他没想到普福使的人是他的两个心腹，为替普福解恨，又仗着有皇上的口谕，便肆无忌惮，任意出手，结果将张东官打进了医房。然后仨人又串通口径，硬说张东官拒赏，其实张东官就是等着挨打的。但普福引例张东官敢打他为依据，又为何不敢打赏嘴人呢？这就造成了人们一时的错觉。但皇上的刑所人是干嘛的，那是清代的福尔摩斯。刑所人一番盘查核对、攻心考疑，事情就真相大白了。胸襟开阔的康熙洞悉了张东官炒咸了榆蘑大炒肉，是为了消解普福的嫉恨时，竟高兴地又冒了一句，“这个艺高胆大的东西！”

9 夫唱妇随

张东官在医房里康复后，正想着穿戴了前去述职，新上任的尚膳总管瑞德来了。这老太监软绵绵地一身媚气，大脸盘子又圆又白，一双小眼睛像游动的蝌蚪，说起话来京味女腔。他这次来，一是表示上司对下属的探慰之礼，二是传递内务府大臣崇玉签署的牍文。俩人行了礼节，寒暄过后，瑞德将牍文交给张东官。牍文中写道：

奉圣祖谕，兹由内务府茶膳房六品尚膳蓝翎侍卫张东官供职之便，家宅自西郊海淀迁至前门外鲜鱼口处，房租由茶膳房拨银支付。准尔以假安顿宅事，周后入宫复职，直属内务府“圣祖六旬盛典筹办处”，专筹圣祖六旬盛典（千叟宴）事。妻室肖媚娘不得入宫，永归市廛。内务府大臣崇玉。康熙五十二年十月二十日。

张东官看完了牍文，没容他多想，瑞德这边就开始喋喋不休了。瑞德说：“这个牍文是走过场，其实新宅子已经置得了，立马能回宅与小娘子团聚，度个新宅之夜啦。不过，张侍卫不要与小娘子提及被打之事。因为前些日子茶膳房已差人与小娘子过话儿了，说张侍卫近期宴事缠身，落桌儿忙，没得回宅子。您要说实话可把茶膳房装进去了”。接着就骂起了普福，说：“这个普福够阴损缺德的，他是个没断净的东西。您瞧见那两颗眼珠子没？忽闪闪的蹿着淫色”。瑞德又说起他自己，“本总管这辈子算废了，看哪个宫女都像花椒树，麻煞煞的没个念想”。然后就夸张东官，说：“您简直就是一把大马勺，天生搁在火上的材料，翻动不完厨子的手艺灵气。荤素料头经您的大马勺一颠，得，全成了极品，把万岁爷吃得离您不开。这阵子万岁爷一进膳脸就沉着，万岁爷是缺您张侍卫没得司膳啊！这牍文是万岁爷特谕崇玉大人给您发的。本总管入宫四十年，没听说万岁爷想着给侍卫发牍文的。您哪，是给万岁爷留了念想啦。万岁爷知您被打成这样，万岁爷心疼。万岁爷就施了恩，给您换了新宅子。您是没看见，新宅子阔，那是四品官的待遇，还戳在闹市，海淀的农家院没法儿比。您过去车差马颠儿在宫宅之间得多少时辰？现在您撒丫子一刻钟就到了”。瑞德最后就说到康熙的六旬盛典，说：“您张侍卫被万岁爷重用了，万岁爷六旬庆典中的膳事，您得唱主角儿。到时候光禄寺那边的厨子也归您管，全宫四百个厨子您是头儿。这还不算，您不是归了庆典筹备处了吗，庆典筹备处的人都能上早朝，您也得上早朝了。这您敢想吗？上早朝咋不济也得三品大臣，您差了三四级呢。您说您荣光不？”说到这儿，瑞德感到口干舌燥，伸出白嫩的手往桌旁一够，用拇指和中指夹起茶盅，二指和小指像女人那样翘起，一仰脖将温暾茶水儿裯了。又从腰间掏出绣花薄巾，拭了拭嘴角。那双蝌蚪小眼游移了几下，又说：“得啦，本总管该说的都说了，就此告辞。嗳嗳嗳，甭谢甭谢。您也该回宅子了，咱们周后见。记住，牍文不能带到宫外，这是规矩”。

张东官送走了瑞德，又将牍文细看了一遍，想了想瑞德的话，觉得也贴谱。但唯独没说娘子为何不得入宫？他猜测一定是宫内尚无女厨职例，不便破例安置。但又看了“永归市廛”这句话，觉得不对了。“永归市廛”就是没有资格入宫的意思。张东官机敏过人，他哪能不想到玲珑雀儿在江宁南院子的身世呢？瑞德是圆滑人，他是有意不说，留个悬念让张东官自己去琢磨。

张东官离开医房时，医官嘱两名医护陪他回宅子。张东官说不必了，这事不可使内人知道。医官就明白了。为了活动活动筋骨，他一路溜达到鲜鱼口，回到宅内，肖手美丽睛一瞪，说：“你半个月不回来，八成姘上哪个妃子了？”张东官嘿嘿一笑，就按照瑞德的话与肖手美说了。肖手美听后道：“皇上山吃海喝的，不管厨子累死累活。有能耐还是当皇上好，咱们有了儿子，叫他当皇上，不能随你干这种累死人不偿命的差事”。张东官一听，吓得连忙用手捂上她的嘴说：“你可别胡咧咧，让人听着犯忌杀头的”。然后随话机灵一转，又说，“我担心娘子日后到宫中当厨，嘴没个把门的，违了宫规要背一辈子黑锅呢”。张东官不想将牍文中的“永归市廛”的意思与肖手美明说，那会伤了她的自尊。他这是搬道岔儿，试着将肖手美往宫外引。肖手美不明个中原因，就说：“我与你还讲哪门子规矩，到宫里自然不会乱说”。张东官身在内廷，又是膳官，似乎暗地里听说过康熙要为妃子们建膳房的事，要选个师傅教妃子们做糕点的手艺。于是就拿这事作话柄对肖手美说：“据我所知，娘子若到宫里，是到妃子膳房当师傅”。肖手美听了一惊，说：“妃子？那都是皇上的小老婆。我给她们当师傅、教她们手艺？”张东官乘机说：“是啊，宫里都称妃子为主子，你这差事可难做”。肖手美说：“主子当徒？这事怪稀罕的”。张东官说：“宫里有妃子向皇上献膳的规矩。她们闲来无事，想学点儿手艺，为皇上献个殷勤”。肖手美为难地说：“妃子不比佣工，随意使唤。我这师傅，可怎个当法？”张东官说：“难就难在这儿嘛。你这师傅得给徒弟下跪，得由着她们的性子，看着她们的脸色行事。妃子又不是一个，到时候七嘴八舌，各使主子们的尊严，你是听哪个的？你顺了一个妃子，就得罪了另个妃子。哪个妃子你得罪的了？”肖手美就“哎哟”一声，说：“那我是去不去呢？”张东官说：“我看娘子就别去了。在京都市面选个址，还当你的糕点铺掌柜的吧”。肖手美疑虑地说：“那宫里来了旨令，你讲话了，不是抗旨么？”张东官哈哈一笑，说：“没事儿，这我去通融，我不是皇上的膳官吗。”肖手美就信了。张东官又说：“趁着我歇假，咱们说办就办，这就租铺子去！”肖手美拿眼一锥他，撅起小嘴说：“就这么走，亏你还是个男人”。张东官一听，那凤眼就在肖手美身上乱扫，心中陡地发热，上前抱起肖手美就往榻上送。

事后，俩人穿戴整齐，锁了宅门，信步往东面溜达。这时候正是秋高气爽，秋货上市的季节。肖手美走着走着，忽地想起一事，便道：“听人说卖烤肉的宛氏兄弟，推着车子混街发财了。最近在宣武门里什么安儿胡同开了店铺，风传烤肉支子是明朝崇祯年间的家伙，油吃得足，肉不沾支子，烤的肉特别好吃。你用了精劲，又难得在市上走动，咱们去吃烤肉宛，长长秋膘，也就着寻个做生意的务向”。张东官说：“随娘子意。那一带地处闹市，开个糕点铺是个好地方”。肖手美问：“开了糕点铺，还叫‘聚兰斋’?”张东官想了想说：“我看叫‘肖手美饽饽铺’吧，扬扬娘子的艺名”。肖手美说：“饽饽，你说的是满洲饽饽？这我可做不来”。张东官说：“都是面活儿，一法通百法通。赶明个儿我抄了笔帖式的饽饽单给你，一点拨你就会”。肖手美说：“咱们南人叫顺了糕点，叫饽饽总是别扭”。张东官说：“这你就不懂了，宫里光禄寺承办的满席，就俗称饽饽席。那是用在重大庆典、帝后婚丧的事上，膳位至高无上。娘子开了饽饽铺，就顺了顾主趋食御膳的念想，格位上就赢定了，还怕发不了财?”肖手美点点头说：“有你这个靠山，光禄寺的招牌我也敢打”。张东官又惊了，小声说：“又胡来了。娘子只可做光禄寺的饽饽，不可用光禄寺的牌号。那是御膳之所，咱们有几个脑袋?”

俩人一路唠着，打听着，就寻着了烤肉宛。这店把着安儿胡同西口，两间门脸的旧瓦房。一进门，靠南边斜对角放着两只铁支子，正所谓明朝的烤肉家伙，一架烤东屋的，一架烤西屋的。屋子吃烤肉的人还真不少。宛老大见进来的两个人男贵女靓，形貌不凡，就显得很殷勤，招呼道：“来了您哪，两位东边儿还是西边儿?”张东官说：“东边、东边。”宛老大马上唱起一嗓子，“东边三十二号两客”。那客字的尾音由高下滑，至低处又向上挑了个弯儿，听得肖手美就笑。宛老大也跟着笑几声，说：“里边烟熏熏的怕污了两位的身子。您哪，在近处遛个弯儿，两刻钟折回来，保您烤肉进肚儿”。张东官听着这京腔京调的就乐了，说：“掌柜的，姓宛?”宛老大说：“腚大的铺面，哪敢称掌柜的，叫我宛老大好了”。张东官说：“宛掌柜的，这近处有没有要租的铺面?”宛老大说：“有哇，那铺面都瞧着您了。您回身正脚往前走，过街就是。两处铺面一大一小，怎的发财您自个儿选”。

两刻钟后，当张东官、肖手美折回烤肉宛吃烤肉的时候，街对面那间大的铺面已被租定下来。这是京都饮馔史上值得提及的一笔，老北京第一家民间饽饽铺就要在这里开张了。据后来的民俗学家考证，“肖手美饽饽铺”的装潢格局是留有金代风格，铺子前的幌子是奇大无比的点心和月饼；幌子下面缀有各色彩绸条子，飘飘摆摆，十分扎眼。进了铺门，柜台两侧的山墙上有暗色的彩画，古意盎然，与别家买卖的气氛迥然不同。所售各类饽饽大小八件等，竟有百二三十种之多，有烙者、蒸者、烤者，或制以糖，或以椒盐，或做龙形、蝴蝶形，以及花朵形，还有内中装有肉馅、果酱的。另一类如提褶小包子、小排叉、小蚌壳、小花鼓、玉佛手和各种象形点心等，小巧玲珑，形态各异，是肖手美将姑苏糕点风格融了进来的成果。肖手美饽饽铺在鼎盛时期，饽饽的售价竟金子一样贵。那时肖手美五十多岁了，徐娘半老，风韵犹在，手艺越发高明精湛。肖手美殁了后，张东官让儿子张永寿继业。张永寿不务他老娘的手艺，却迷上了唱戏，一得空儿就往附近的泰昌茶楼溜达。到得早来个“锁玉龙”，到得晚人家唱“法门寺”，他给配个刘彪。张东官知道后，觉得不对路子，就强令儿子在柜台管账收银，使他脱不开身。可这张永寿还真有一手儿，就坐在柜台边练嗓子，一会儿吊一声“接客呀”，一会儿大喊“慢走了您”，把嗓子练得又高又亮。这都是后话，不赘。

10 张东官上早朝

今日早朝，内务府大臣崇玉要向康熙禀报“圣祖六旬盛典”的应备仪文和筹备事项的拟案，并由各部院大臣对拟案参奏，最后由康熙定旨，按此拟案行施。论职位瑞德应该跟着崇玉上早朝的，瑞德是太监，张东官就顶了缺儿。

康熙升殿后，皇威统摄。尽管上早朝的人数众多，可还是井然有序。张东官见满朝都是高官显宦、文武大臣，自己职位低微，没敢再跟着崇玉往前头走，就溜了边儿，蹿到大殿后角处待着，远远地瞄着崇玉。

当崇玉向康熙禀报了筹办处的拟案后，康熙旨谕殿下众臣对此参奏。您甭看这只是康熙要请全国的老头儿来宫里吃顿寿宴，吃寿宴也就那么个把时辰，可真要做出此事，那可是树摇万叶动，麻烦事您都想象不到。这不，工部大臣首先说话了，说“皇上花甲昌期，寿字宏开，盛宴全国高寿臣民，这是国强隆世之举，要乘机会给大清臣民留下神圣的印象，展示宫廷风貌、皇殿尊威。营造司必得调集全国能工巧匠，将宫门朱墙、殿宇房间、飞檐流瓦、雕梁画栋等，全部修葺装潢，油饰一新；高寿人进出的过木门槛均要降低高度，使他们不致被磕了跌着；并要增建临时茅楼（厕所）二十处，望皇上准奏”。户部大臣又接茬了。他说“皇上六旬圣寿，天下臣民胪欢祝嘏。但臣民与皇上平寿者不可请，一则有虞帝、民之别，二则筵所容纳不下。延请臣民宜限定六十五岁以上者，如限岁模糊，显得朝廷行事不严。且岁时之差，则误多万千矣！户部要俗行烟户暨人口普查，符旨者报过内务府，方可正式发帖延请。请皇上准奏”。

这时，礼部大臣说话了。他说，“臣启禀皇上，皇上圣寿之宴，膳桌前侍者和传膳人等，需提前接受礼部训导，熟谙礼仪行为，端正侍者本分，以示皇上礼贤下士和朝廷的尊长之风。此事至关重要，望皇上准奏”。礼部大臣想得就是周到。前面说了，康熙六旬寿宴上，不能有司膳太监供差，连瑞德都要回避。膳桌侍者或传膳人等，均要由御前侍卫处和乾清门侍卫处拨人顶替。这些人可都是为皇上守院门、围着皇上转的御林军，平日里纵骄恃威惯了，让他们一下子去当跑堂的刘三儿，抠着碗底侍候平头老爷子，没准儿要出乱子。弄不好他们成了老爷子，老爷子成了三孙子。侍候不耐烦了，兴许就冒出一些不恭不敬的话来：你休要唠唠叨叨，磨磨叽叽！老老实实给我快吃！这还不把老爷子吓着，哪还能吃好？脾气犟的说不准儿一摔饭碗，嚷着退席。弄到这份儿上，您说让皇上尴尬不？所以，对这些人不训导训导哪成？

礼部大臣说完了，那边邮差部执事官早等急了，抢着说道，“臣启禀皇上，不论诸位大人如何奏议，必得给邮差部半年时间传递宴请帖文。帖文在三个月前必得传到高寿人手中，确保高寿人封印之前云集京城，以免途远者为行程所碍，耽误宴期。望皇上准奏”。大臣们说的话都很重要，但又遗漏一点，这一点被“掌关防处”的郎中补充了。那郎中说，“启禀皇上，千叟宴乃宫中盛典，除大人们和各等官员外，高寿庶人入宴者，衣装要有所定规，以不失宫中体统。下臣认为，高寿庶人入宴的衣装，宜由广储司衣作设计了样式质地的标头，再通禀各省督抚，按此就地量体制作。衣装费用由朝廷统一拨银，为皇上御赐。高寿庶人入宴后返乡，御赐衣装必能广为人知，如视瑰宝以被珍藏，皇上圣恩则深入人心也。此为下臣愚见，奏请皇上明谕”。这郎中能想到这里，说明也不简单。现今的高级酒店，衣冠不整者还不准入内呢，何况是宫中盛典之日。到时候真来了一群补丁遍身的穷困人，或是四处讨食儿的老丐帮，破衣啰嗦，蓬头垢面，您说是撵他们出宫，还是请他们当座上客？

康熙不时地捋着垂须，饶有兴致地听完了众臣的奏议，就说：“诸位大人所言极是，朕皆准奏。筹办处要据此酌情拟了牍文，由内务府通发各省督抚，以昭隆重。诸位大人还要奏议一下庆典宴事。此乃朝廷盛举，务必求全以备”。

光禄寺大臣已有耳闻千叟宴要由茶膳房主持承办，便心有不甘，他想借此奏议之机再要据理力争。于是首先说话了，说“臣启奏皇上，光禄寺以承办大筵为本，且满、汉宴制并列，庖厨技艺精良。皇上的千叟宴规模宏巨，非光禄寺恭办莫属。臣特为请旨，望皇上准奏光禄寺承办”。

崇玉一听，哪里肯依，生怕光禄寺抢了他为皇上效力的机会，麻溜儿说道，“皇上寿宴，历来由茶膳房恭办，这已成宫中的定例。光禄寺还是不要做越俎代庖的事吧”。

光禄寺大臣一听，脸都气歪了，说：“圣上此次寿宴，实乃盛大国宴。国宴历来为光禄寺恭办，怎能是越俎代庖呢？”

康熙那边听了，就说：“二位大人不必争执。朕已算过，庆典那日尚有朕所赐宴经筵讲书、会典编纂告成日等各类满、汉席。朕不能分身，是时，由光禄寺代朕赐宴。千叟宴这边，还是由崇玉大人做管宴大臣吧。光禄寺除留守司宴人等，其余暂归茶膳房统领。庖厨暂归尚膳侍卫部统领”。康熙说到这里，就问崇玉，“那个艺高胆大的人来了吗？”

崇玉忙答：“来了，来了”。说着转身去寻张东官。

张东官就从殿角处机敏地闪到前面，躬身向康熙说道：“尚膳侍卫张东官在”。

康熙见他补服加身，一股英态雄强的气韵，衬在这些年迈颜衰的老臣堆儿里，越发显得生气勃勃。心想，还是年轻人有气数，便意舒心悦地说：“庆典那日，前面由崇玉大人和礼部、鸿胪寺赞礼官统管了；瑞德不在场，膳房那块由你统管。宴中膳品至关重要，既要满汉并陈、南北皆宜，又要昭示宫宴风貌、朝廷盛情。如有疏漏或膳品失嘉，非同小可，朕可要拿你是问”。

张东官听了，非但不胆怯，反而触发了他那恃强好胜的禀性，作答道：“请皇上放心，下官自能胜任，如有差错，任凭皇上处置”。

康熙就笑了，对崇玉说：“崇玉大人哪，这承供庆典膳品的事，就由这个艺高胆大的禀奏吧”。康熙觉得庆典筵事浩大，宫中尚无前例。涉及膳品承供诸事，满朝文武没人能说明白。张东官是司膳里手，富有实际经验，由他来禀奏，事情便能贴切入轨了。崇玉本想如此。这样盛大的筵情，他还没经历过，涉及后厨膳事，他更是心中无底。自己如果禀奏不当，让皇上和满朝文武看出外行，岂不是有失身份？只因张东官职务低微，没敢让他僭越禀奏。眼下皇上主动说了，他自然爽快答应。

张东官清了下嗓子，说：“皇上，下官斗胆询问，千叟宴的筵所定于何处？”

康熙听了心想，奏议了半天，在哪儿开筵还没定呢，这话问得实在。就想了想说：“只有乾清宫和畅春园的正门前适于筵所。嗯，就定在乾清宫吧”。

张东官说：“下官为皇上司膳，宫中筵所较为熟谙。以下官之见，乾清宫筵所，以六宾一筵，不宜超出一千筵。如筵数超此定额，是时拥塞，供膳不济，筵果失所望也”。

康熙听得明白，连连点头，说：“嗯，你的话都很实在，再往下说”。

张东官就说：“皇上，那日司膳时，现有膳房远不足用，且距筵所较远，供膳极为不便。请营造司铁库在乾清宫墙垣下打造生铁行灶五十座，蒸笼铁锅五十套，鹅博铁杓一百个，板沿锅一百个，生铁炒锅一百个，并加造排烟风筒，外面用黄云缎帏子罩了，充作供膳之处。避处还要搭蓝布凉棚，加造坠风青白石鼓，用以脔切肉料，洗涤菜物。宫中要备齐水车百辆，五十辆取水，五十辆候用，轮番运作，方可供给得上。筵具一项，因是皇上庆筵，皆要更新。以千筵为准，每筵一桌、六杌、两火锅、六冷馔、四碗菜、六热馔、四面点、六骨碟，托盘、作料盒各一套。这个筵具数目乘以一千，还要多些储备，以防筵时损耗。即宜设计品质样式，饬令匠工分头赶制，以不延误宴时所用。另外，要增建大型天然冰冷库一座。熬蜜房的蜜池也要暂归尚膳侍卫部所用……"

康熙插话道："你要蜜池作甚?"

张东官说："回皇上话。皇上喜食荔枝，荔枝为吉果。届时，福建巡抚大人定要为皇上进献大批鲜荔枝。但荔枝不易保管，如将荔枝剥了放在蜜池里浸渍，便不致腐坏，还能达到鲜果所不及的美味，以确保皇上筵中赐食臣民"。

康熙听了，心下叹服。他更不会想到，张东官剥荔枝浸于蜜池之法，后来被高寿庶人入宴者传入民间。京都市肆上便衍生了果子铺，即现今北京蜜饯果品的前身。当时康熙只觉得这个艺高胆大的人，竟然有搬得动肴山馔海的本事！就突然想起老臣曹荦，于是说道："内务府听旨，江苏巡抚曹荦，虽只六十有三，朕要亲自发帖延请。庆典那日，准其入殿，与王公、一品大臣同座……"。

11 满厨额尔哈酗酒闹事

这次早朝后没过多久，"圣祖六旬庆典"的定案再经康熙钦定后正式启动。到了春意渐浓时，保和殿下三台以内便成了沸腾的工地。康熙率着眷属暂迁到西郊的好山园驻跸，张东官只领着常三和后妃们的上手厨子跟着，大多数厨役都当了修葺膳房的帮工。这好山园为颐和园的前身，最初是金废帝完颜亮在位时建的行宫，明时改建为好山园的。虽久无人住，但都保管完好。康熙借机驻跸这里，也有缅怀前世帝祖的意思。

这期间内廷的一应筵宴都移交光禄寺承办，张东官就相对地清闲不少。一日，他无事帮着园匠在菜园里收割韭芽，被散步的康熙看见。康熙见他满身泥土，就不悦道："你是朝廷膳官，怎的做起这等闲杂事来？"张东官跪在那里说："回皇上，下官是闲不住的人，闲着比受刑还难受。一是手痒，二是查看土质。因下官见浙江林大人贡的那些箱笋尖，头部发烂，已有恶味，不可食了。下官就想来年在这里种些毛竹笋，春季采些笋尖，给皇上尝鲜，下官不拘规节，还望皇上宽恕"。康熙听了就转怒为喜，心想：这厨子不但艺高胆大，还手勤心细。就笑着说："朕明年可等着吃你的清炒笋尖了"。张东官说："下官定会办到"。说完这话，又想起一事，便接着说："启禀皇上……"康熙便打断他的话，说："你平身吧，平身说"。张东官就站起来，抖抖身上的土，说："皇上的圣寿大典日期已近，下官惦记着宫里头膳房那块。到时候茶膳房、光禄寺的四百个厨子混杂操作，如不提前统一训导，因人制宜，编排合套，一旦忙出乱子，下官怎能担待得起？但下官每日为皇上恭制照常膳，更是头等重要的。因此下官心绪不宁，又不敢惊动皇上，就抢割起韭芽，借着劳手安定自己"。张东官这话说得十分得体，既让康熙明白了他割韭芽的用意和心情，又提示康熙重视圣寿大典的膳事筹备工作。果然，康熙听后就对身旁的索虎说："传朕口谕，过周后，光禄寺那边的厨子每日晚膳过了，到乾清宫前集结一个时辰，与茶膳房的厨子一起接受张东官训导，熟谙供膳之事。还有热河、滦河、张三营和盛京旧宫的厨子，都要调来。庆典宴事，举国注目，定要有备无漏"。索虎领旨去后，康熙又对张东官说："朕食你制膳，每每脾胃大开，一日不可缺也。但庆典事大，你可过周后回茶膳房，敬谨筹办诸项膳事"。张东官听了心下释然，欢愉领旨。

且说过了一周，张东官就回到茶膳房统筹庆典膳事去了。

光禄寺的珍馐署署正和瑞德的级别一样，是四品官，但不是太监。珍馐署不设侍卫部，署正的副手称署承，署承下面就是各膳房的庖掌了，庖掌就是厨师长。这一干庖掌中，数满席膳房庖掌额尔哈最邪乎。额尔哈是

清太祖努尔哈赤的御厨雅喀穆的孙子，正黄旗人，祖宗三代已经侍候了四个皇上。再说满席膳房至高无上，宫中最高规格的宴席都得从额尔哈的手里出玩意儿，所以他自恃高人一等。额尔哈可不比常三老实巴交，他平日里骄纵惯了，长得又虎背熊腰，满脸横肉，说起话来铜锣大嗓。光禄寺的厨子都惧他三分，也惹不起他。当额尔哈听署正说每日承供完了晚膳后，还要到乾清宫前接受张东官的训导，心中老大不服劲儿。心想历来是满人管汉人，这回咋就颠个儿了？我额尔哈是光禄寺厨子的头把交椅，论资历、贡献、厨艺，哪个敢比？你张东官算老几？本来这次千叟宴，以为皇上能让他当主厨，哪曾想冒出个张东官？他就憋气。这回，还要当面听他训导，您说他能痛快？不痛快就喝闷酒。厨子喝酒本是违规的事儿，可谁敢管他？额尔哈与酒局库的库吏是亲戚，想喝酒还不方便？珍馐署的署正也是个酒包，他想喝酒也得通过额尔哈来搞。再说珍馐署是个承办酒宴的部门，沾点儿酒谁能说什么？筵席上剩的坛酒或瓶酒，都是销了账的，不准喝就得扔，与其扔到垃圾筒里，还不如灌到肚子里。所以额尔哈喝酒，就是检举也没证据。他能说这是库吏给的吗？他准得说这是筵席上的剩酒。要检举额尔哈喝酒，顶多就检举到署正那块儿。署正可是额尔哈喝酒的保护伞，他能处罚额尔哈吗？他处罚了额尔哈，也就牵连了自己，而且也没酒喝了。所以珍馐署的人对这事儿都明镜儿似的，谁还去惹这些麻烦？这不，额尔哈承供了衍圣公来朝的晚宴后，又喝足了酒，就带着满腹的牢骚，夹在光禄寺的厨子堆里去了乾清宫。

这时候，乾清宫和周围的景物已首先修葺一新，在京都风沙混沌的春天里显示着煊赫而凝重的气象。宫墙下扎起的黄云缎帏子像一串串的蒙古包，在天体的光色下闪动着纯金般的光泽，里面的行灶用器也已齐备。桃花树上蓓蕾新枝，秀姿招展，有某种粉黛的气韵。在宽阔的大青砖地上，全宫里的厨子，包括各个行宫和盛京旧宫的，已经黑压压地站满了一片，足有四百来号人。事前，张东官故意请瑞德给厨子们训训话。瑞德得了面子，就媚声尖调地笑着说："宫里头有规矩，本官不便介入。您哪，可越级恭请崇玉大人训话"。张东官就去请了崇玉。崇玉觉得全宫的厨子集会，训训话是必要的，就及时到场了。他像严厉的将军给士兵们布置一项十分重大的突击任务那样，讲得刀子乱飞，除了规矩就是规矩。因为除了规矩之外，他也说不出行当里的道眼来。崇玉讲完了话，最后扔了句，“你们都得听张侍卫的摆布”，就鸭步鹅行地走了。

崇玉一走，厨子们好像都松绑了。俗话说，官大压死人。朝廷重臣训话，厨子们自然老老实实去听。张东官训话时，效果大不一样了。茶膳房这边的还说得过去，光禄寺那边的就说不过去了。光禄寺那边的觉得张东官资浅年少，又视他为同行，同行之间就有某种同等的标位，所以受训的心情轻松多了，心情一轻松就随意起来，气氛随之活跃。平时，外朝和内廷的厨子们绝少有接触的机会，这次聚在一起，就有说不完的话。尽管茶膳房这边的注意在听，无奈光禄寺那边缠话连篇。这样一来，会场的秩序就乱套了，四百号人都在搭腔，声音聚蚊成雷。张东官讲什么谁听得见？所以他讲一会儿就讲不下去了。他想这样下去那还了得，到时候摆布不灵，千叟宴中非出娄子不可。一出娄子，皇上要拿他是问。想到这里，心理压力就重，一股火就蹿上来，眼睛里又闪出对待仇敌那样的目光，手也就痒痒了，想要打人。这时他就往人堆里走。厨子们一看张东官那目光，就都惧怕起来，知趣地不说话了。额尔哈嗓门儿大，仍在不停地说着。张东官听得清楚，循声往他这边走。在旁的人见状，就捅咕额尔哈说：“老庖掌，别吱声了，张侍卫来了”。额尔哈听了，打个酒嗝说：“什么张侍卫，不就是张东官吗？他来不来咋的，小汉厨崽子，我看他咋训导我！”他这是借着酒劲发泄抵触情绪。张东官当然都听见了，又是二话没说，上去就是一家伙，张东官打耳雷子是有点功夫的，加上气头上，出手就很重。额尔哈哪想到张东官敢打他，根本没防备，一下子就被扇了一个仰八叉，被打得半天没起地儿，这就将在场的厨子全镇住了。额尔哈资深历高，在宫中膳房赫赫有名，敢打他的得是什么人？额尔哈的几个徒弟见师傅被打，不能看着不管，就虎了巴叽地上前要打张东官。茶膳房这边的厨子就过来劝架，也是护着张东官。由于劝架是劝偏架，双方很快动起手来，一时场序大乱。直到乾清门侍卫们赶来，双方才肯罢手。这事很快传到崇玉耳中。因为额尔哈是光禄寺的人，崇玉不便擅自处理。又感到张东官、额尔哈都是皇上看重的厨子，这还牵涉到满人和汉人在宫廷里的规矩，更觉得束手难办，就及时禀报了康熙。要说康熙是位英明的君主呢，他和努尔哈赤一样，具有“满汉一体”的精神。一位满洲帝王如果遇事只偏袒满洲人，仗势欺压汉人，他怎能打得了天下？

康熙听了崇玉的禀报后勃然大怒，说“艺高胆大的赏嘴赏得好，额尔哈酗酒寻非，滋扰庆典大事，本该永远枷号。念他祖上侍候先皇有功，按酗酒规矩杖刑后革职，到乾清门侍卫饭房洗器。”洗器是干什么？就是刷大碗，并为此下了旨谕：宫内四品以下满、汉官员及供差人等，务宜谨循朝制宫规。满人如违此谕，以势轻法，藐视汉人，从重治罪；汉人也不准因降此谕任意所为，诬诳满人。满汉人等各行自律；必需恭谦互礼，和睦共业。钦此。

从此，张东官就得了“耳雷子”的绰号。这绰号不仅在宫里的厨子们中间流传，满、汉官场上也尽人皆知，有人评论说，自古以来靠读书、经商、时运，或是心机城府发迹的屡见不鲜，没听说靠打耳雷子发迹的。张东官一个耳雷子打了普福，打出个六品膳官；二个耳雷子打了额尔哈，又被皇上嘉赏。这第三个耳雷子不定是谁挨着，谁挨着谁倒霉。一时间张东官的耳雷子被传得神乎其神，说好像耳雷子扇过来时，掌上有黑云，射出白光，裹着邪风，挨上准得中邪，后半辈子没得好果。这种传闻就笼罩着御膳房，哪个厨子还敢不听张东官的摆布？所以厨子们都忌讳张东官的耳雷子。心想，打哪儿都成，就是别打耳雷子。

12 康熙与藤萝饼

转眼间就到了春根儿底下了。这一天，康熙在好山园里呆得寂寞，见外面春光明媚，风和景明，就动了凡人念头，想到京城里转转。于是与索虎乔装打扮，换了民服，乘着辆不显眼的半旧马车，悄悄从旁门里驶了出来，直奔京城闹市。康熙这种行动，史称“微服私访”。

说话间，两人已来到宣武门一带。那时候，这儿和前门里都是京城闹市。二十四步宽的街衢两侧，商号鳞次栉比，过往的行人也多，店铺掌柜的口音各异，买卖无非都是茶楼、酒馆、药铺、蜡店、鲜花店、典当行、戏院之类。店铺之外，还有摆地摊和走街串巷的小商贩，街头街角有推独轮车卖飞师黑阿峰（切糕）的、奶乌他（软奶子饽饽）的。一个担挑两个小红柜的小贩从巷口里出来，站在街口儿，操着京腔高喊熏鱼、熏鱼。一帮人就循声过去，将小贩围住了。康熙久居深宫，偶然来到民间，任凭着兴趣左观右看，看什么都觉着新鲜。他看见一帮人围住了那个喊熏鱼的小贩，也就凑上前去卖呆儿。可红柜子里装的都是烀猪头肉，没有熏鱼，他就摇头不解，就让索虎去问。一个买主就对索虎说：“这您不懂吧，这贩子的烀猪头肉是宣武门里的一绝，出了名啦。听说他烀猪头肉，是将猪头收拾净了，拌上葱椒蒜酱腌了，上下汤盬子扣定；然后只用一根长柴火插于灶内，隔水烀到柴火燃没了，猪头也就烀得肉烂骨脱，香滋滋的五味俱全。可满街嚷嚷烀猪头，多粗俗啊，人家就嚷嚷熏鱼。听着嚷熏鱼，您去买猪头肉准没错”。康熙近旁听了，就点首会意。心想，这小贩倒有些卖艺的城府。

俩人又向前走着，有爿店铺左首门外有堵磨砖影壁墙，中间有个磨砖斗方，上写“聚兰斋记”四个字，便引起康熙注意。他琢磨这四个字有点儿不通文理，聚兰斋就聚兰斋吧，为何还加个“记”字，这不多此一举吗？再循上望去，食幌高挑，鲜丽耀眼，“肖手美饽饽铺”的店匾赫然在目。康熙眉毛一挑，指着那店匾问索虎，“这个肖手美，可是那个艺高胆大的娘子？”索虎答：“八成是。听说他娘子开了饽饽铺，开得挺红火。去年重九，您在苏州还订了她二百盒赐食点心呢”。康熙听后，说进去看看，两人就折进铺内。这季节正是白丁香和紫藤花烂漫盈枝、狂蜂闹蕊的时候，按着京都食俗，饽饽铺的藤萝饼就该上市了。肖手美正领着几个佣工在柜台后面的面案边赶制藤萝饼。她虽然见过康熙一面，可那时正受着惊吓，哪敢正着眼睛细瞅皇上？如今康熙又化了装，她又想不到康熙会屈驾到她的店铺里，所以她只将康熙等人看作是来买藤萝饼的客人。康熙听肖手美打过招呼后，就问她："你这铺子外面的'聚兰斋记'四个字，看去不顺。斋即是斋，记即是记，缘何重叠而用?"肖手美嫣然一笑说："其实一点深文奥义都没有。聚兰斋是小女子过去在苏州开的铺子，迁到京城希图着念想；叠着写斋记，是故意这样做的。只不过在商言商，想给铺子拉点儿生意而已。要是不用这不通的怪招牌，怎能吸引客人呢？老爷您不就是看着这块怪招牌进来的吗?"康熙听了哈哈大笑。肖手美也跟着笑了几声，又说："老爷，您先看着样货，小女子那边活儿紧，失陪了"。说完，又退到柜台里的面案边去做藤萝饼。康熙随后走过去，隔着柜台向里张望。这时候，康熙是用闲怡的心情去观察肖手美。他发现这个小女子艳丽超凡，鲜活诱人，比他的许多宫妃们还靓。特别是那双纤秀的小手，在紫藤花瓣和酥面剂子之间穿来绕去，像两只玉蝶翩翩对舞。康熙看得入神，就不禁说了一句："真是肖手美"。这几个字说得舒缓沉稳，有股尊严的腔韵，不用说是带出点儿皇上味儿了。肖手美在里面听了，又抬头朝康熙来个俏笑。这时她就感觉这声音耳熟，好像在哪里听过。再瞥一眼康熙的神情气貌，女人的灵敏感应使她认定这就是在紫金庵里碰见的皇上。慌得她忙向佣工们喊一声，"都跪着!"说完，她自己先跪下了。跟着就说："不知万岁爷驾到，请恕罪，小女子给万岁爷请安"。那几个佣工听了这话，吓得不知所措，也都跟着跪了。康熙暗吃一惊，嘘了一声说："赶快平身，不许声张!"肖手美一听，马上领悟了。见又进来些主顾，就站起身来对康熙笑盈盈地说："黄老爷，您要尝藤萝饼，派人传个讯儿就成，我使人送您府上去，还用得着您亲自劳身么？这藤萝饼可不比翻毛月饼，馅儿是新鲜的紫藤花瓣儿，一根儿细茎都没有，拌上松子仁和桂花酱，吃下去满口的清香甘沁。小女子先送您几盒尝着，尝不好多提意见，尝好了拉个主道"。说着就将新出炉的藤萝饼装进四个礼品盒中，叠起来用红绸绳儿扎几转，一翻手又套个活扣，还留个提手，就递给索虎说："这位爷，要烦您拎着。黄老爷，小女子这儿客人多，恕不远送了"。肖手美这番话，等于给康熙圆了场，也给自己圆了场。当康熙走出店门的时候，想到自己竟让肖手美给赐食了，觉得方才的情景十分有趣。他回到宫里后，带着这股子兴趣就吃了两块藤萝饼，吃得他连声说好。肖手美的为人机灵和场面上的圆滑，又给他以回味；那兜揽生意的语言技巧，又使他不能白拿了四盒藤萝饼。皇上怎能吃白食儿？出于尊贵和体面，他是必得在“肖手美饽饽铺”订购藤萝饼了。就这么着，他给崇玉下了旨谕：订购宣武门里“肖手美饽饽铺”藤萝饼五千二百四十盒。庆典日特赐参宴高寿人等人手一盒。钦此。

张东官从崇玉那里领旨后就懵了，眼下离“圣祖六旬庆典”日只有三四天的时间，那可是两万多枚藤萝饼（每盒四枚）啊，凭肖手美五六个人手，砍掉脑袋也做不出来！做不出来就甭接活儿啦，那哪成！别人的面子好卷，皇上的面子卷得了吗？您要摊上这事儿怎么想？接的是笔大生意，发一笔财不说，藤萝饼曾经御购，等于皇上捧场，您的生意从此就会走红京城，财源滚滚而来啦！这样的商机做梦都寻不到，如今却找上门来了，哪有不接的道理？接了再想办法呗。张东官就这么想的。所以他领旨后，拿过笔帖式的订食单，立马就去了“肖手美饽饽铺”。他这是秉公办事，用不着讳忌别人。肖手美看了订货单也懵了，说：“这可怎么办呢？累死我也赶不出来！”张东官说：“娘子别着急，我在路上就想了，这事儿得求助内饽饽房。内饽饽房的庖掌满嘉禄是常三的徒侄儿，我不便与满嘉禄直说，我让常三去说，让满嘉禄调些人来帮你”。肖手美说：“你说得轻巧，宫里的厨子是随便调的吗？违了规矩，你可吃不了兜着走！”张东官说：“那有啥法子？事情逼到这儿，只得这样了，想法儿赶出来再说”。肖手美说：“你不说常三在好山园侍候皇上吗，你怎么找他？”张东官说：“今儿个午后，所有厨子都要聚到乾清宫前，听我宣布供膳部署，我自然能与他说。你赶紧张罗备料吧，还要加紧备烤炉。先下手干着，我这就回去”。说完匆匆走了。他回宫后，下午碰到常三，就将这事与他说了。常三厚道，听后“嗯哪”一声，就实惠惠地将这事儿办了。这样，内饽饽房就调出去六个硬手，帮着肖手美去做藤萝饼。

13 千叟宴背后

翌日午后，鋈阳偏西。宫中四百号厨子又都齐刷刷地站到了乾清宫前那片宽阔的大青砖地上。这时候，除了黄云缎帏子被风吹出的声音外，再就是桃花树上偶尔传来鸟儿的尖细鸣叫，此外就没有什么嘈杂的动静了。厨子们的脸上挂着敬畏的神色，静静地聆听张东官做最后的供膳部署。

这是烹饪王国里鼎俎精英的一次宫廷大聚会。可惜那时候没有录像机，连照相机也没有。倘若留此存照珍藏至今，不说价值连城，起码比一张最走红的集邮小型张值些银子。

按照张东官的供膳部署，六品螺钿盒冷馔由内廷储秀宫各妃嫔膳房拨过来的厨子和光禄寺汉席膳房的厨子恭制，为三满三汉，三满为北食，三汉为鲁味。三满馔由储秀宫的厨子恭制，为三朝元老、偷梁换柱、玉镯镶金；三汉馔由汉席膳房的厨子恭制，为佛手香蜇、望梅止渴、秘制鸡干，上手厨子为丽景轩膳房庖掌刘金山和汉席膳房庖掌郭永忠。四碗菜由盛京旧宫调过来的厨子和光禄寺上中席膳房的厨子恭制，为二满二汉，鸡鸭鱼肉各一，盛京旧宫的厨子制百果鸭子、鹿筋万字肉；上中席膳房的厨子制炸八件鸡、松鼠桂鱼，上手厨子为盛京旧宫茶膳房总庖掌双林和上中席膳房庖掌沈金保。六热馔为茶膳房荤局、素局、挂炉局和热河、滦河、张三营三个行宫的厨子恭制。荤局恭制八旗佑主，素局恭制御园果蔬，挂炉局恭制片皮双烤，热河行宫的厨子恭制金盏鹿脯，滦河行宫的厨子恭制罗汉面筋，张三营行宫的厨子恭制东坡蹄镟子，上手厨子为常三和热河行宫御膳房庖掌李顺。四面食由光禄寺满席膳房厨子和茶膳房饭局、内饽饽房、外饽饽房的厨子恭制。满席膳房恭制炉食寿意，饭局恭制肉丝烫饭，内饽饽房恭制蒸食寿意，外饽饽房恭制羊乌义（羊肉小包），上手厨子为满席膳房副庖掌佟得林和内饽饽房庖掌满喜禄。双火锅由光禄寺司羊膳房和内廷野意膳房的厨子恭制。司羊膳房恭制羊肉涮锅，野意膳房恭制野意火锅，上手厨子为司羊膳房庖掌额什突和野意膳房庖掌支二。赐食二品由长春宫膳房和重华宫膳房的厨子恭制，张东官亲任上手厨子。乾清宫膳房和永和宫膳房的厨子为备膳队，哪块儿忙了吃紧了就堵哪块儿，由张东官随时调遣。司膳太监们也不能没事儿闲着，专负责洗器，用过的盘碗器物由车载到后宫膳房，由瑞德指挥着，都猫在那旮旯充当了洗涤工。

张东官宣读完了供膳部署，眼睛里又闪出像对待仇敌那样的凶光。他虎视眈眈地说："千叟宴是万岁爷宴请大清国民的盛举。如今天气已热，原料堆积如山。诸位又是四方混合，人多手杂，务必敬谨行膳，配合默契。如果哪方疏虞，出了乱子，损了万岁爷的寿气，再让高寿人吃出毛病，我张东官就得掉脑袋。我掉脑袋之前，先扇那供膳不利之人八个耳雷子，再一刀捅了他！"他这话像个霹雳，将全场的厨子都炸个哆嗦。

"各自就位，即刻备膳。"他又一声吼。

俟厨子们四下散去，崇玉使人来传张东官。

崇玉见了张东官，满脸怒气地说："你好大个胆子，竟敢私自派差，指使内饽饽房的厨子跑到宫外，帮着你娘子赚钱！"原来，满嘉禄一时疏忽，派出去的六个厨子中，有一个是额尔哈的徒弟，是从满席膳房转到内饽饽房来的。这人为替师傅报复张东官，将这事儿捅到了珍馐署署正那里，他知道署正与额尔哈的关系。署正又把这事儿捅到了内务府，崇玉闻后即怒，声言要严加处理。

张东官明白是有人举报了，但他心中有准备，便从容答道："禀报大人，内饽饽房的厨子是下官派出的，下官不派出他们，'肖手美饽饽铺'的藤萝饼因御供量甚大，做不过来，到时误了万岁爷的赐食，下官担待不起"。

崇玉说："那你为何不事先向本大臣禀报，擅自做主？"

张东官说："下官不是不想向大人禀报，只怕使大人为难。大人一向厚待下官，如准了下官的请奏，违了规矩，大人要担着责任；如果大人按宫制行事，不准下官的请奏，便断了下官的路子，万岁爷的赐食就没了着落。藤萝饼恭供不上，又辞退不得，怎么的都是抗旨。所以下官就自行作主，指使内饽饽房的厨子去了”。

崇玉听后，气遂消了。心想，难怪皇上说此人艺高胆大，果然这事儿做得仗义、有心计。于是就说：“本大臣体谅你的难处，不该责罚于你。无奈光禄寺那边的人从中作梗，捅到了内务府，本大臣就难办了。无论如何，你是违了规矩，这要杖刑四十的。我看你就认了吧”。

张东官听了，哀叹一声。心想：万岁爷御购藤萝饼，大概出于好意，给我张东官个隐释罢，以示娘子不能入宫的慰藉。万岁爷哪会想到他要赐食，到头来我得挨杖四十！又一想，这也怪不得皇上，他怎能将藤萝饼的事情想得这样细，认就认了吧。于是就说：“下官认是认了，只请大人暂缓杖刑。下官被杖刑了，必然通身是伤，卧榻不起，万岁爷的寿筵无人统筹了。待下官恭筵完毕，再杖刑不迟。只是……只是下官被杖刑之后，不知何日痊愈，万岁爷的膳食可就无人替制了”。

张东官最后这几句话说得聪明。这也提醒了崇玉，真要把张东官杖刑得个把月起不来炕，皇上食不得味，必要查究。到时候怪罪下来，还是我崇玉的不是。再说张东官有被杖刑的心理，情绪不宁，在承供千叟宴中如有闪失，更是糟而糕之。我这主管大臣哪能不受到连累？想到这里，他再不敢坚持刑杖了。就改口说：“你可真是艺高胆大呀，本大臣都奈你不何！免杖啦，你快去忙吧”。张东官有惊无险，就叩头谢过了崇玉。

过了一日，张东官到常三处巡查备膳时，顺便将自己险遭杖刑的事情与常三说了。常三听后，气得脸色煞白。过后找到满嘉禄，竟也学起张东官，扇了他一个耳雷子，骂他不会办事，说：“万岁爷的藤萝饼到时候恭供不上，我和你没完，你也别再认我这个师叔！”满嘉禄捂着嘴巴，觉得有负张东官，就害怕藤萝饼做不出来，后果不堪设想。于是领着内饽饽房的厨子加班加点，帮着烤制藤萝饼。张东官又将备膳队的厨子调过来一半，也跟着忙活。那时候宫里已忙成一片，各顾各的活儿，谁还有心思查看别人干什么？这可就成全了肖手美。因为肖手美那边只有一间小作坊，充其量能多加两个烤炉。人手是多了，可都窝在那里。藤萝饼的坯子做得出来，炉子少，烤不出来。这不是干着急么？她听了张东官使人传讯，告诉她内饽饽房的烤炉又大又多，让她将生坯子装到礼品盒里送到内饽饽房，由内饽饽房这边烤制，便大喜过望，就依着张东官的主意做了。不然肖手美准得吃挂落，肖手美吃了挂落，张东官就跟着倒大霉了。

满嘉禄这边还是憋口气，他心里清楚是谁告发的张东官。待那个厨子回到内饽饽房，满嘉禄将他叫进面库里，反锁了门，二话没说，先是一顿胖揍，然后骂道："我操你额娘的，你敢给我整事儿！张侍卫那是万岁爷的宠厨，连内务府大臣都不敢判他的杖刑，你个小×崽子能整到哪儿去？我他妈非把你的腿打折不可！"说着上前又要打。那厨子就跪在地上说："满庖掌，我一时糊涂，饶了我吧，我再不敢了……"。

张东官这时正在制作他主理的赐食二品。甭看这只是两道菜，每道菜可得做一千盘。单说苏造肉吧，每盘成品规定是一斤二两，可是生料二斤都挡不住，因为这得算烹饪后的出成率。就算一盘用二斤生料，一千盘就是两千斤。两千斤生料要经过宰杀活猪、剔骨除皮、脔切、浸漂、水焯、炖煨、卤酱等多道工序才能制成，制成后还要切片码摆一千盘。您想这是多大的工夫劲儿？所以张东官领着众厨子鼓捣完这两道菜，已是下半夜四更天了，一宿没闲着。其实，不光是张东官他们一宿没闲着，所有的备膳厨子和侍宴人等也都是一宿没闲着。

这时辰康熙和后妃们睡得正香甜。可是张东官连日来不得休息，就有种深度的困倦。他打个长长的哈欠，伸个懒腰，又马上振作起精神走出帏子，到各处监察备膳去了。外面天色晴朗，挂在西天的月亮仍然溢下来浩渺的银光，乾清宫的琉璃瓦顶被映照得幽幽闪亮。周围一片灯火通明，喧杂声此起彼伏。数不清的侍卫们正忙着干跑堂的活计，铺膳桌的，摆椅子的，抬酒坛的，端餐具的……我不说过吗，举办千叟宴是根动树摇的事，越往高处晃动得越厉害。就是说，越是下层越是忙得脚打后脑勺。不仅四百名厨子和近千名侍卫在忙活，掌关防处的菜库、酒库，广储司的茶库，营造司的炭库、柴库，掌仪司的果房、冰库，官三仓的佐料库，恩丰仓的米面库，乃至光禄寺的良酝署、掌醢署、珍馐署等，所有的笔帖式、拜唐阿、应承人、披甲苏拉，都忙活得一宿没合眼。写写记记，称称量量，搬搬抬抬，里出外进，像蚂蚁大搬家。就连鸿胪寺的丹陛大乐队和升平署的寿歌队，也都早早赶到乾清宫试弦吊嗓子，叮叮当当、呜呜哇哇地闹成一片。

张东官到了上中席膳房的供膳处监查备膳时，离千叟宴开宴的时候只差一个时辰了，这些厨子们正在制作炸八件鸡。何谓炸八件鸡？就是一只嫩鸡按着脖颈、双翅、双腿、胸部和脊部等分档解开，成为八块，用葱椒盐酒腌入味后，再以热油炸透，然后按整鸡形状码到盘里就成了。此时，张东官站在庖掌沈金保旁边看炸鸡。张东官因连日来极少睡眠，进食无规，消化也不正常，突然憋不住"卟"地放个响屁。屁的"卟"声和"蹼"字同音。沈金保以为张东官在说"蹼"。"蹼"是什么？原指某些水栖动物趾间的皮膜。但在烹饪上，又是干淀粉或干面粉的古老俗称，比如包饺子擀剂儿，要用点干面粉，就叫蹼；炸鸡前，鸡身上拍匀干淀粉，也叫蹼。于是沈金保"嗳嗳"地应着，赶忙抓起干淀粉就往鸡块上拍。张东官愣了一下，就说："你忙糊涂了，拍哪门子蹼啊！"沈金保说："您方才不是说蹼了么？"张东官有多机灵，凤眼一转就想到放屁的事，遂被逗得哈哈大笑，笑完了就说："我那是放屁哪！我放屁你还搭腔，你狗屁不懂啊，嗯？"沈金保哧哧笑着说："反正您上边、下边都是出气的地方，赶巧了出来一个动静。您上边说不过来，下边就帮着说了"。张东官听了，气得嘎嘎直乐，扬起手就要扇沈金保的耳雷子。吓得沈金保连忙哀求说："跟您说笑话哪，说笑话解乏。您可别真打呀，要打，打哪都成，别打耳雷子……"。

接下来的事情就是张东官脱下厨衣，换上侍卫蟒袍，先是向崇玉禀报备膳完毕，又与传膳官衔接好了，就带着备膳队，站到了出膳处的位置上，开始指挥出膳。

当丹陛大乐奏起，升平署的寿歌队唱起寿歌时，张东官成了菜将军，一声声令下，一次次挥手，肴军馔马便组成阵列。一次历史上最高规格的、声势最大的千叟宴，便在他的口令下和挥手之间完成了。

14 张东官的故事仅是开始

至此，我已将《乾清宫千叟宴图》画面背后的故事补述完毕，这篇小说也就该结束了。但张东官这时候只有二十九岁，他今后的日子像树叶一样多。他活了多大年纪，说出来能吓您一跳。乾隆是康熙的孙子吧，乾隆五十年逢国大庆时，乾隆也在乾清宫举办了一次千叟宴，也是张东官主厨。有人就说了，你这是编派，你编派唬人能吓谁一跳？张东官既然是康熙五十九岁那年入的宫，也就是一七一三年左右入的宫；一七二一年康熙朝结束，这就是八年。接着是雍正十三年，加上乾隆五十年，这就是七十一年了。张东官入宫时二十八岁，七十一加二十八是多少，是九十九了。张东官九十九岁？还能耍动大马勺？你这不是编派是干啥呢？要这么说，那我就答了，张东官岂止是九十九岁，他活到一百〇六岁才没的，纯粹是老死的。没了之前，在鲜鱼口自家宅子厅堂里喝茶水，喝着喝着往背椅上一靠，就睡过去了，就没了。张东官是在乾隆五十年那次千叟宴之后离开茶膳房的。他在九十九岁之前，耳不聋，眼也不花，手脚还利索，在茶膳房指挥众厨子排个宴、制个馔的不耽误事儿。九十九岁以后也不是不行了，是为避讳卸职的。避什么讳？避年岁讳。甭看宫中上下皆称皇上为万岁爷，那是神呼，哪有人活一万岁的？活一百岁就金贵了。不是说长命百岁吗？宫中将一百岁寿限的名额只定给了万岁爷。张东官要在宫中活到一百岁，就是克了乾隆的寿限，犯大忌了。所以那时的尚膳总管肖云鹏告诉他，“做得了万岁爷的千叟宴，您老就衣锦还乡吧。”然后就把嘴里的热气一直哈到张东官的耳根子上，悄没声儿地说：“一百岁，那是万岁爷的寿啊”。张东官就听明白了，这么着离开的茶膳房。要不，肖云鹏哪能搬动他？他因制膳而得到三位万岁爷的赏银、赏物有多少，没人计算得清。据乾隆朝茶膳房笔帖式金简斋分析，光是张东官受赐的大小卷绸、卷缎一项，就足够开一爿绸缎店了。金简斋是辑录乾隆膳事的写字人，他的话想

是贴谱的。乾隆念及张东官厨历资深，尚膳有功，从不呼他是厨子，称他是“张老翁”。比如辑录乾隆东巡的膳事档案里，就有这样一段过节儿：肖总管（指肖云鹏），今日晚膳的燕窝鸭子热锅和炒苏肉，让张老翁做，其他的可众厨子做。乾隆下了口谕，是说他想吃燕窝鸭子热锅和炒苏肉了，点名让张东官掌勺。

人是各走一筋的，像张东官这样的奇厨，在森然的清宫里被钳制了各种欲望，精神和身躯体内的宣泄就完全倒向了为天子献膳的鼎俎之境中。所以，他的职事做得那么非凡，那么有声有色。

在乾隆五十年举办的千叟宴上，按宫中循例，为乾隆进献红奶茶和恭托“奉觞上寿”的仪式应该是内务府大臣毓恒的事。但乾隆事前下了旨谕：进寿之礼可由毓恒转承赏宴中年寿最长者行之，以示官民同乐，不拘朝制。钦此。毓恒还不满六十岁，这次进寿之礼就没他的份儿了。当时，宫内和直隶各省文武满汉大臣、官员、学子、庶民等赴宴者共计五千零四人，其中六十五岁以上者二千四百四十人，七十岁以上者一千六百六十五人，八十岁以上者八百七十三人，九十岁以上者十五人，九十五岁以上者十一人，最大的两位九十九岁，其中一人为福建老民钱国沛。他得知皇上要赐宴于他，欣喜若狂，不顾高龄和眷属劝说，执意要去。那时没有飞机和火车，只得骑乘兼行。钱国沛年衰体弱，断不能像官差那样双脚夹着马肚子玩命狂奔，得抻抻悠悠赶路，这样足足走了两个月才看到京城的宫檐，一时传为轶话。另一位九十九岁的便是张东官了。这两人同庚同寿，像是足球比赛，踢成了平局；那就得罚“点球”了，要看两人的生辰时日，钱国沛生于十月二十九日，张东官生于十月六日，比钱国沛大二十三天。此讯传到乾隆那里，他就感喟一声，捻须说道：“这个张老翁真有他的，为朕主司千叟宴是他，为朕进上寿之礼还是他，有功有功”。遂就传旨：张老翁进上寿之礼前，升四品顶戴进礼；钱国沛礼后赏六品顶戴；九十五岁以上者其余人，赏七品顶戴。钦此。

这“升”和“赏”不一样，升是实职，赏是荣誉。张东官的四品膳官就是这么得来的。这官与知府一样了，等于现今大城市的市长。乾隆是当了三年太上皇以后死的。乾隆殁时，光禄寺盛办了一等满席，称为随筵，至隆至重。张东官死时，他儿子都没赶上给他办丧事，是他孙子给办的，在当时的京城最有名的苏菜馆玉山馆订了五十桌燕翅鸭全席。嘉庆特派毓恒出席殡仪，给了张东官一个极高的殊荣。到了嘉庆十年，盛京有个文人章文修写了《两都竹枝词》一书，其中有一首写道：

秦淮认得雀儿娇，四品寿厨历三朝。
内廷出个耳雷子，无他不制槽子糕。

这首竹枝词无须注释，一读便知是谁了。

原载《章回小说》2002 年第 3 期 ◎
《小说月报》2002 年增刊转载 ◎
《大连日报》2002 年副刊连载 ◎
2002 年，被北京紫风阳光影视文化有限公司改编 ◎
为电视连续剧《满汉全席》(32 集)
2004 年，此剧在台湾东森电视台首播 ◎
2004 年后，此剧在香港和各省电视台续播 ◎

御厨传奇

1

喧赫一时的御征考厨已近尾声。

这是1934年的仲夏，爱新觉罗·溥仪告天登极，已经当了几个月的满洲国傀儡皇帝了。他踌躇满志，十分讲究排场。但是使他难堪的是，他的御膳房虽然能承办第一流的西餐和地地道道的日本料理，却摆不出一桌宫廷大宴和满汉全席。这对以恢复祖业自命的溥仪来说，实在是一个绝大的讽刺。为此，他下令宫内府重金招聘御厨，并把这项任务落到了御膳房司膳总管华富贵的头上。

这个华富贵原是江苏扬州的富豪子弟，有三十多岁。此人少年时代习文练武一事无成，只有一样看家的本事，就是深通南菜、北菜各系食谱，称得起是吃喝一道的行家里手。就凭这套本事，他从天津追随溥仪来到“新京”（长春），在伪满洲国宫内府充当了一名司膳总管。华富贵当主考官已经三天了，虽从应考人中挑选了几名高手，但没有一个能制作满汉全席的。清朝退位已经二十多年了，看来能制作此席的厨师是难以寻找了，急得他抓耳挠腮，坐立不安，只怕皇上怪罪下来，断了他升官发财的通路。

正当华富贵满心焦躁的时刻，外边通报：又有人来应考御厨。华富贵吩咐："传他进来！"

只见从外走进一个人来。此人中等身材，体格匀称，面色黑中透红，穿着一身半旧的月白裤褂，与其说他像个厨师，倒不如说他像个洋车夫。历来掌勺的师傅哪个不是体态肥胖，细皮嫩肉的？此人看着不像不说，年纪也轻。经验告诉他，能烹制满汉全席的也该是四十岁往上的手艺人，看来这一个又指望不上啦！华富贵心里泄气，身子不由得往椅背上一靠，照例问道："叫什么名字？"

"庞恩福。"

"什么地方人？"

"江苏人。"

"哪儿出的徒？"

"天津'江南春'。"

"师傅是谁？"

"胡义！"

这"胡义"两个字竟像有提神壮气的作用，只见华富贵一下子两眼放光，坐直了身子。这胡义原本是清末御膳房有名的上手厨子，侍候过咸丰皇帝和东西两宫太后，厨术十分高超，民国以后流落民间，因为年事已高，早已不能亲手操作。后来被天津"江南春"的王家英老板访得，请到"江南春"当了坐堂的厨师。四尺长的金字招牌，就挂在饭店的门口，的确给"江南春"招来了不少名流贵客。"江南春"为此生意兴隆，大开财源。这些，华富贵是早已知道的。但是，他仍然半信半疑地问：

"既然胡义是你的师傅，那么我来问你，你可通晓'满汉全席'？"

"师傅教过。"庞恩福不慌不忙地回答。

"'满汉全席'有多少个菜？"

"一百〇八个，其中满菜五十四个，汉菜五十四个。"

"'满汉全席'贵其叠也，席分几度?"

"六度。每日午、晚各开一度，需连开三日。"

"每度席的八个主菜是什么?"

"四满菜、四汉菜。满菜多山珍野味，汉菜多燕翅鲍参。"

华富贵一个问题紧接一个问题，就像打了一串连珠炮。庞恩福是从容不迫，对答如流。三天来，华富贵的这一套威势，曾使多少个厨师嘴唇打战，手足无措。使他奇怪的是，这个庞恩福昂首挺胸，不卑不亢，两眼明亮地直视着他，完全是一副胸有成竹的样子。华富贵知道，今天遇上行家了。他狡黠地笑了笑，突然又发问：

"说说席中重馔烤乳猪，怎么个上法?"

"上烤乳猪时，先要准备好二尺四寸长、一尺半宽的银盘子，上垫白光纸，烤好的乳猪趴放在上面，并用一块红绸子覆盖。上菜时由专门烤制乳猪的厨师端着上席。银盘放上餐桌，揭去红绸，先请客人过目。然后端至另一桌上执刀分解，按规矩由颈部往后片起，先片四大碟，再片十二小碟，最后上猪尾和脑花，表示上齐。为避免客人食时口干，随配一碗鲜汤，名叫'凤舌吹明珠'，汤上过后，再配八个小件。这八个小件是：'凤凰戏牡丹'、'雪梅映月'、'红霞映金蝉'、'二龙双会'、'枯木逢春'、'冬后春光'、'八仙过海'、'鸳鸯戏水'。"庞恩福说到此处，双唇闭合，微微颔首，表示说完。真是有板有眼，没有一句废话。

华富贵一看"满汉全席"考不住庞恩福，他的兴致更来了，伸手拿过宫廷菜谱翻了几页，然后盯着庞恩福问：

"你知道'金凤卧雪'这个菜吗?不要你讲烹制方法，单讲典故来历!"

庞恩福略一思索说："'金凤卧雪'这个菜的典故，出在慈禧太后老佛爷避难陕西的途中。当时，八国联军打进北京，太后庚子西狩，来到陕西界内。一天，天下大雪，太后下令在道旁几间农舍歇息。由于旅途劳顿，太后在农家土炕上很快就睡着了。当时北风呼号，窗纸破旧，吹进来的雪花在太后的被子上落了薄薄的一层，太后仍然安睡不醒，左右也不敢惊动。当时山村荒野，没有什么珍馐供奉。传膳的时候仅有一盘嫩鸡奉上。太后吃着十分可口，问这个菜叫什么名儿？李莲英总管回说叫‘金凤卧雪’，太后一时高兴，又问菜名何意？李总管说：‘回老佛爷，今天风大雪紧，雪花吹进屋里，洒满了炕上地上，也落在了您的被子上，您却安然酣睡十分香甜，就像一只金凤卧在雪里。所以，奴才想了这么个菜名孝敬您老人家。’以后，这种民间做法的嫩鸡，在宫廷里就叫‘金凤卧雪’。”

华富贵听罢更来了精神。他觉得这个人谈吐得体，举止稳重，不是一般没见过世面的厨师。这样考法，考不住他。只听他高声喊道：“来人哪！试试庞师傅的眼力如何？”

话声刚落，有人手捧一个匣子来到庞恩福面前，匣子上面有红绸覆盖，从匣中散发出来一股淡淡的荷叶清香。揭开红绸，只见在紫檀嵌金花的匣子里，碧绿的荷叶上托着一盘核桃色而甚大的东西。这是华富贵的一着“撒手锏”，多少满怀希望的厨师都因不识匣中之物落选了。华富贵得意扬扬地看着庞恩福，满心等着看他的狼狈相，哪知庞恩福眼瞅木匣并不慌张，张口说出来三个字：“麒麟面。”

“麒麟面乃宫廷所称，民间称为何物？”华富贵紧追不放。

“用民间话说，就是麋鹿鼻子。麋鹿的角似鹿非鹿，头似马非马，身似驴非驴，蹄似牛非牛，所以俗称‘四不像’。它的肉味和牛肉近似，最珍贵的是鼻子，宫廷中也称它为‘神捅’，是烹调中稀有的珍贵原料。麒麟面有多种做法，有一品麒麟面、酒锅麒麟面、红扒麒麟面……。”

不等庞恩福说完，华富贵摆手叫他停下，唤人又拿来一个紫檀盒子放在他的面前。

“这是何物？”华富贵又问。

“这是凤爪蘑，也叫鸡腿蘑。这种蘑菇极为稀有，只有出产金矿的地方才能生长，所以也叫‘金地牡丹’。”

其实，“金地牡丹”这个说法，华富贵还是头一回听说，但他不敢反驳，而是不懂装懂，连说“对，对”。

看来华富贵肚子里那点“学问”已经山穷水尽，再也提不出什么刁难问题来了。谁知他忽然喜上眉梢，想起来兴安北省省长凌升刚给皇上贡献来一份礼物，皇上看后命人送到御膳房收用。华富贵也只匆匆看过一眼就征考厨师来了。连他自己也没来得及弄清究竟是什么东西，至于如何烹制，他更是一窍不通。现在正好拿来考问庞恩福，看他懂也不懂。在他看来，将厨子考得晕头转向、张口结舌，甚至跪地求饶才是一件赏心惬意的快事。他十分相信自己是个天下少有的饕客，连我司膳总管都不识，你个小小厨师，谅难见过。华富贵想罢，立即命人将兴安北省刚刚送来的礼品拿来。不一会儿，礼品拿来放到桌上，原来是两只凸面有花纹的银盒子。打开银盒，华富贵抬头对庞恩福说："你走近来看，这是什么?"

庞恩福走上几步，往盒中一看，见是两枚茶碗口大小的棕色圆东西。他略加辨认遂即答道："这是虎丹。"

"虎丹!"这一回，华富贵可真是闻所未闻。但他仍摆出一副考官的架势说："你说说看，虎丹产于何地？取于何物?"

庞恩福说："虎丹产于兴安岭。取于何物，在下不敢直言。"

"但讲不妨。"

"这是兴安岭雄虎的睾丸，有壮力、大补的功效。既是贡品，必然是一双。如贡奉单一，不恭皇上，有欺君之罪。"

"你说说如何烹制?"

"虎丹要用上好的鸡鸭汤煮制。煮时，汤不要大沸，大沸煮制的虎丹外部老艮发硬，内部不熟。需用微开不沸的双吊汤，用文火煮制一个小时左右，直到用银针扎进，不冒水浆为好；捞出后，剥去外层皮膜，用双吊汤泡透，然后用钢刃银刀平着片成纸一样的薄片，摆成牡丹花型，佐以香菜、蒜泥等调料食用。"

庞恩福的一席话，不但把华富贵说得直脖瞪眼出了神儿，就是在场的监考和随侍仆役，也都听得目瞪口呆，大开眼界。偌大个房子，鸦雀无声。

华富贵好半天才醒过神儿来，他哈哈一笑站起身说："来人哪！领庞师傅去洗澡，更衣。两个小时以后，到御膳房听候考核实际操作。"

……

2

庞恩福是江苏扬州华家庄人，本名叫华英杰。这个庄子大部分人家都姓华，庞恩福的父亲给本姓一家财主当长工，勉强养活着一家老小。他十岁那年，家乡闹水灾，父亲华德林在财主家抢险受伤落下了残疾，被财主推出门外，再不能挣钱养家。庞恩福的小弟弟不久也病饿而死。经人介绍，庞恩福的母亲只好去孙传芳部下的一个支团长家当了奶妈，担起了生活的重担。谁知祸不单行，只干了四个多月，支家的小少爷忽然嘴上生疮，哭叫着不肯吃奶。支太太怪罪说是因为奶妈喂奶前没有把奶子洗净，庞恩福的母亲感到冤枉辩白了几句，把支团长给惹火了。这个家伙又凶又狠，竟然拳脚相加，庞恩福的母亲当天因腹痛而死，据说是赶巧被支团长踢断了肚肠。那年庞恩福刚十四岁，殡葬了母亲，他仇恨难忍，背着父亲偷偷磨快了家里的菜刀，趁着黑夜，从树上爬进了华家大院——支团长的公馆就设在华家财主的跨院里。当年父亲在华家扛活，后来母亲又在此当奶妈，庞恩福对这处宅院是十分熟悉的。他人小身子灵便，从墙外树上翻进墙去，夜深人静之后，偷偷摸到了支团长床前，狠狠地砍了一刀。跑回家来才告诉父亲知道。父亲一听他闯了大祸，在家难留，连夜收拾了一个破布包，又把手上仅有的十块钱给他带上，打发他到天津卫国宝杂货庄去找郭福林，这郭福林是华德林当年扛活时的朋友。世道无奈，只好指望郭福林给儿子找个饭碗学点手艺。庞恩福千辛万苦来到天津，从此不敢再用华英杰的真名实姓，也不敢说是华家庄人，另起了个名字叫庞恩福。

庞恩福到津之后，正赶上“江南春”饭店生意兴隆，扩展门面要添人手。这“江南春”是天津卫有名的大字号，老板王家英是旧军阀楚玉璞的拜把子兄弟，此人根子硬，手腕活，在勤行里是个数得着的人物。他看庞恩福身体瘦弱，年岁又小，本来不想收留。但看这孩子眉清目秀，沉稳中透着一股机灵劲儿，就决定把他留下专门侍候胡义老爷子。

胡义当时已有七十多岁。早年虽是宫廷名厨，但年至耄龄早已不能亲临厨政。王家英高就高在有魄力、点子多，他在后院收拾了一间净房，把这位胡义老爷子请来，一日三餐鸡鸭鱼肉地供养他，还派人专门侍候着。这老爷子也果真指指点点，掏出几样绝活儿，从此“江南春”的宫廷菜就驰名平津，给王老板赚来大把洋钱。

胡义是个太监出身，有不少怪癖脾气，很难侍候，学徒的伙计换过好几个，没有一个对他的心意。到庞恩福得了这份差事，却很快就把老爷子侍候了个舒心乐意。老年人尿勤，这位老爷子解手时又最怕被人撞见，庞恩福记在心里时时留意，每逢老爷子解手，他总站在外面望风，碰巧有人走来，他就拿话绊住，不许任何人随便闯入。再就是老爷子的白铜水烟袋是他的心爱之物，成天捧在手上。庞恩福每天不见亮起床，第一件事就是把老爷子的水烟袋细心擦拭，所以胡义手上的水烟袋，任何时候都明光锃亮，纤尘不染。至于点烟用的纸媒子，铺被用的“汤婆子”，咳嗽用的痰盒子等等，没有一样不收拾得妥妥帖帖，适时应手。时间越长，胡义老爷子越喜欢这个小伙计，常常把宫廷膳食方面的知识讲给他听。庞恩福一件一件都记在心里，在王老板和其他师傅的面前，胡义也都过了话。因此，“江南春”上上下下对庞恩福都高看一眼。

一晃三年过去，庞恩福长到十七八岁。他是个有心计的人，一心要把勤行的手艺学到手，除了侍候胡老爷子，他得空儿就到厨房帮忙，想从师傅们那儿把手艺学来，这件事虽然是胡老爷子和王老板认可的，但真正做起来可真难啊！他到厨房什么都干，掏炉灰、擦灶台、上小佐料；到加工室刮猪爪子、摘鸡毛、收拾下水，赶上冬天手浸在刺骨的冷水里，指头冻得像胡萝卜；关板后，赶紧到水案和灶台上帮着师傅们打扫卫生，把面案、水案都能刷出木楂子来。哪位师傅的刀钝了，他给磨，工作服脏了，他抢着给洗。尽管这样，师傅们表面客气，实际上还是不肯把真手艺教他，“教会徒弟，饿死师傅”，老板又惯会“卸磨杀驴”，哪位师傅不留点后手呢！

当时，饭店的活儿分堂、灶、案、尾四大部分。堂是前厅服务工作；

灶是掌勺炒菜；案分水案和面案，指切菜和做面活儿；尾是指配制凉菜。学艺要先学做尾子，尾子做好了，才能到案上切菜，赶切菜差不离儿了，才去学做面活儿。待把这些手艺都粗通了，才让摸大勺的把儿，就这样，庞恩福一步一把汗，含辛茹苦一磴一磴爬到了灶台上。

常言说，“师傅领进门，修行在个人。”庞恩福在“江南春”饭店勤学苦练，虚心求教，又不惜力气苦练操作，把各位师傅的拿手活儿都偷偷地学到手里。他的师傅胡老爷子高兴的时候，更把几样绝招儿单独传授给他。比如挤小丸子：一般厨师是左手的虎口中挤出一个，右手的拇指抠一个，然后下到油锅里，他挤小丸子能用左手的指头接连一带，一串挤出五个来，真是麻利快当，事半功倍。胡老爷子还传授他做“眉毛丸子”，是将一小块调好的肉馅放在左手掌心上，右手执一利刀，快速不停地用刀刃接触掌心横刮，将肉馅刮成像人的眉毛一样，带毛边儿的小丸子。再说他打土豆皮吧！也不用玻璃碴子、刮皮刀什么的，而是左手捏住土豆，右手执快刀飞旋而削，能把土豆削得像鹅蛋那样光滑。俗话说熟能生巧，以致大勺、刀具终于能在他手里摆弄起来，就像巧女手里的绣花针那样轻捷灵巧。

1932 年正月的一天，王家英的大千金过生日，他点名让庞恩福做一桌酒席，款待胡老爷子和各位师傅。庞恩福这年二十二岁了，正式学徒也已经满了五年，这是王老板铺了席面借机考察他的手艺呢！这桌席做好了，他就该吃大劳金了。离家八年，他虽也省吃俭用给父亲捎过钱，但实在少得可怜。只要吃上劳金，养活父亲是不成问题的。这桌席，庞恩福把学到的本事都拿出来，精烹细调，将一款一款的菜肴做得色、香、味、形俱佳，不用说满桌食客叫好，就是胡老爷子也咂嘴称道。王老板一时高兴，对庞恩福说：“从今天起，你满徒了。论手艺嘛，全天津卫也能排个名次，是名副其实的小御厨。要在我这‘江南春’上灶嘛，有各位师傅在前，实在埋没了你，正巧北平荣华楼的郝老板是我的表亲，他捎话要我给他物色一名高手头火，你要愿意呢，就请收拾收拾走马上任吧！”

庞恩福在北平前门荣华楼饭庄当了一年的头火师傅。北平是藏龙卧虎之地，前门更是三教九流会聚之所，前清的遗老遗少，民国的达官贵人，个个都是吃嘴的太岁。小御厨的名声很快就誉满京师，荣华楼也成了赫赫有名的大饭庄，还在长春开了个分号。谁知好景不长，庞恩福在厨师生涯中遇到了第一次转折。

当时常到荣华楼吃饭的，有一个军阀的姨太太名叫韩丽娜，此人是交际花出身，场面上鼎鼎有名的人物。开头是专点庞恩福的各样名菜，每回都三十、二十元给小费。有一回，一次就赏了一百元钱，在她看来庞恩福这位名厨和那些肥头大耳的掌勺师傅完全不同。此人俊秀中透着质朴，恭顺中全无谄容，身置勤行却无俗气，这些都引起了她很大的兴趣。特别是庞恩福做的菜，更是舒心开胃，百尝不厌，她就不惜重金软硬兼施买通了郝老板，把庞恩福“请”到她在“新京”的公馆里，当了保安司令章公馆里的大师傅。

庞恩福从小没有念过书，在天津学徒时，给师傅配菜要看菜单子，那些爆、炒、煸、烧、焖等同偏旁的字形，在不识字的人看起来，实在差不多。庞恩福是个有心人，他从此下狠心学认字，先是一口一个大爷地侍候账房的郭先生，给他沏茶、倒水、买烟、跑腿，见人家空闲、高兴，请人家教两个字，用木炭或者柴棍在地上反复练习。时间长了，庞恩福不但能看菜谱，连石印的唱本和鼓词什么的，自己也都能看了。胡老爷子本来是识几个字的，但光会认，不会写，加上年岁大了，眼力不济，遇到用字的地方，还得庞恩福给他念呢！

自打到荣华楼吃劳金起，庞恩福就常给父亲捎钱，自己在生活上也十分俭朴。他烟酒不动，诸如推牌九、押大宝、逛八大胡同之类的事，他全然不沾边儿。只是想把钱攒下汇给父亲，将来在家乡定上一门亲事，生儿育女，给父亲养老送终，好像只有这样才不枉规规矩矩地为人一世。他离开荣华楼到章公馆，一方面是迫于章姨太的威势，另一方面也是看重了章公馆丰厚的薪水和赏钱，希图早日攒下一大笔钱实现自己的愿望。他万没想到，就在他到新京后的第二个月，邮回家乡的钱被打回来了。原来父亲头两个月就已经病故了，被乡邻们草草埋在了祖坟旁。

庞恩福心里悲痛，章公馆的生活他也过不惯。从到新京，章姨太就大肆夸耀，成天请客，唯恐别人不知道她家有一个小御厨，不光在家里请客，有时还把他借给其他公馆去掌勺。单说端午节一天，他一天之中就开过十六桌宴席，加上材料、下手都不像大饭庄那样齐备、凑手，真把他累了个精疲力竭。公馆里还有少爷、小姐、副官，一帮一伙很难侍候周全，完全不像大饭庄那样，凭手艺吃饭来得痛快。姨太太这个人喜怒无常，高兴的时候大把赏钱，不高兴的时候摔盘子打碗，而她高兴与否，常常和饭菜好坏毫无关系。虽说在下人中，他是章姨太最抬举的一个，但他越来越看清了，在别人的眼里，他这个小御厨的地位和姨太太喜爱的那条小哈巴狗不相上下。他渐渐觉得，他侍候的这些人表面上衣冠楚楚，实际上都是支团长、华财主一套号的人物，只不过比支府、华府更讲吃喝，更会享受罢了。在公馆里服侍这些家伙，能把正直的手艺人窝囊死了。父亲死后，他曾向姨太太请假要回家去上坟。章姨太说："人都死了两三个月了，还奔的哪门子丧！该不是在我这儿呆得不顺心了，想溜号吧？告诉你，好好干有你的好，要是给好不识，你可看错人了，无论你走京串卫还是去上海、回老家，只要我韩丽娜一句话，他们乖乖地得把人给我送回来！"她见庞恩福气得脸都变白了，竟浪声浪气地一阵大笑，"看把你吓得那个小样吧！我是疼你，舍不得你走！"

"我凭手艺吃饭，也没有卖给你！"庞恩福心中抗议，却不敢说出声来。他听说原先有个年轻的听差因为闹着要走，姨太太忽然丢了钻戒，硬说是他偷的，捆起来打了个半死。财多势大压死人啊！一个侍候人的厨子，有什么办法呢？

章公馆这地方，庞恩福是一天也不愿意呆了。春暖以后，趁着章姨太去上海不在家，他连行李也没拿，只身逃出了章公馆。

庞恩福既不能回北平，也不能去天津。除了这两个地方，自己又没有熟人可投。有心回趟扬州乡下，兵荒马乱不说，手里的积蓄也不多，再说父亲已经没了，还回去干什么呢？

庞恩福到底走了。他去的地方只有一个人知道，这个人就是当年荣华楼的二火，现今“新京”分号——贵华楼的头火，庞恩福的盟兄弟薛发奎。

照饭店的规矩，厨房都分头火、二火、三火、四火四个等级。炒头火的厨师是首席厨师，拿头等薪水。当年北平荣华楼饭庄的头火，原本就是薛发奎，他是山东济南府人，绰号“薛四大”——大手、大脚、大脑袋、大肚子，活像一个油面生光的弥勒佛。莫看他模样长得粗笨，手底下的活儿却很精巧，只是脾气犟了点儿，点火就着。有一回，他用“抱怀刀”片猪外脊片，这“抱怀刀”是将刀刃向胸前的方向片动，好像一下一下地往怀里搂东西，这种刀法技术性强，片出的肉片要同牛皮纸一样薄。常言说，老虎还有打盹儿的时候呢！薛发奎同人说了几句应酬话，一个不小心，刀刃擦到了手掌上，鲜红的血冒了出来。薛发奎一看来气了，咧嘴骂了起来：“嘿嘿，娘的，才流了这么点儿血！老子肥粗老胖的，正叫血憋得难受呢！”就势又在手掌上划了两刀。亏得身旁有人及时制止，才算罢了。

这薛发奎在荣华楼炒头火干得不错，可总和郝老板有点儿不投脾气。到了1932年，郝老板从天津卫请来了小御厨庞恩福，他这个头火薪水不减，可实际上变成了二火。薛发奎见庞恩福年纪轻，心里不服，就想在手艺上压他一头，给他点厉害瞧瞧。

一次，有人包了两桌燕翅鸭席，点明燕菜要各吃。各吃就是每人一盅，不在一起共餐。薛发奎心中一动，借着到库房取燕菜的机会，偷偷地在一两燕菜之中抽出二钱，然后才交给庞恩福，说：“小御厨，这回看你的啦，露了脸得赏钱，别忘了请老哥喝酒。”

他嘴里这样说着，心里却想：等着看砸锅吧！我老薛一两燕菜泡发后，做成八碗还稀拉咣当。这回给你抽出二钱，让你做成八碗跑肚水。他眼看着庞恩福把燕菜掂了掂，却一句话没说，就把燕菜发上了。他心想，这回该瞔等着笑话了。万没想到，庞恩福用这八钱燕菜做成的八碗，每碗燕菜都凸出汤面半寸多高，显得膨松胀满，晶莹洁净。这使薛发奎倒抽了一口冷气，心知此人身怀绝招，不可小视，但心里到底还是不服。

又一次，北平有名的“食神”马七爷点了一款“扒三白”。这个马七爷口馋嘴刁，天上带翅儿的，地上长腿儿的，无所不吃。每逢品菜，若发现一点儿焦煳的葱花，过量了一点儿的汁卤，或是口咸口淡，他马上就能指出毛病所在，立命端回重做，分文不给。薛发奎的“扒三白”本是他的拿手菜。他把勺里的肥肠、白肚、白菜，都早已片好码齐，煨透了火候，单等着翻勺就可以上桌了。正在这时，他却“哎哟，哎哟”叫唤起来，声称忽然扭伤了手腕子，翻不得勺了。庞恩福见状，立刻过来接过勺把，继续操制。殊不知这是薛发奎在耍花枪，他想，“扒三白”的技术全在翻大勺这一着上。勺翻好了就成功，勺翻砸了就坐蜡，你想啊！勺里那码得整整齐齐的一摊坯料，已经煨得稀糊烂软，拢上芡后，要求全凭手劲把底面儿翻到上面，盛在盘子里仍然整整齐齐，纹丝不乱，没有十分的把握，是不敢轻易比划的。只要你庞恩福翻坏了大勺，那个吃遍全市名菜的马七爷决不会饶你，立刻就会使你在荣华楼丢尽脸面，名誉扫地。庞恩福呢？心里并不糊涂，当他操过勺把时，就意识到这是“薛四大”在耍心眼儿，但这心眼耍得也太不高明了，早不扭腕，晚不扭腕，偏偏在翻大勺的时候扭腕，这不明摆着是要我的好瞧吗？但是艺高人胆大，只见庞恩福微微一笑，权当不知，他手执大勺左臂向后斜处扬起，一个凤凰单展翅的架势，菜肴已从勺中轻轻抛起。然后左臂又向前斜处一伸、一带，利利索索地来个顺手牵羊，菜肴早已稳稳当当回落勺中，真是滴水不漏，纹丝不乱。眨眼工夫，顺势轻轻一推，“扒三白”早已端端正正地盛在盘中，挑不出一丝差错。这一招儿把个薛发奎都给看傻了，脸上幸灾乐祸的表情，一下子变成了敬佩的笑容，他马上接过庞恩福手中的大勺，擦净放好，回过身来搓着两手，只管对着庞恩福傻笑，意思是说，我“薛四大”从此真的折服了。

常言说不打不成交，从此以后，两人真诚相处，礼义相待，活儿干得合手，话说得投机。薛发奎比庞恩福大几岁，更处处像关照亲兄弟一样爱护庞恩福，后来两人干脆焚香叩头结拜了把兄弟。

1933 年，荣华楼的分号贵华楼在“新京”开张。柜上派薛发奎到贵华楼担任头火师傅，哪知到了年底，庞恩福就被章姨太从北平带到了“新京”。庞恩福在“新京”无亲无故，心里憋闷，只好找薛发奎叙叙心怀。

庞恩福决心逃离章公馆的事，曾和薛发奎多次商量过，他们觉得如要在平津两地的勤行露面，总逃不过章姨太的耳目。恰好薛发奎有个表弟在林区伊春当木把，他章公馆权势再大，也没法在深山老林寻找走掉的厨子，就决定先往北去躲个三五个月再说。为了消磨时间，庞恩福有时乘车，有时步行，到过通化、牡丹江、哈尔滨、佳木斯、齐齐哈尔等地，最后才来到伊春。一路上寻师求艺，结交厨友。在小兴安岭，他发现了一种名叫猴头蘑的珍贵特产，猴头蘑也叫对脸蘑，总是两蘑相对生长。传说这种蘑常有虎狼守护，所以又叫虎守蘑。当地居民视玉为瓦，不懂烹制。是庞恩福创制了它的烹饪方法，以后才传到勤行，成为宴席佳品。小兴安岭还有一种珍禽，名叫飞龙。清时就有狩猎队专门捕来贡奉慈禧太后。因这种鸟身体不大，捕猎时要求必须击中头部，而飞龙的头部甚小，翔速又快，捕猎不易。民国以来，军阀混战，这种鸟在市上就更为少见。庞恩福在林区专门拜访了狩猎老人，而且按照胡老爷子传授的方法，亲手烹制飞龙鸟给狩猎老人下酒。

庞恩福随身行李简单，除了换洗衣服，就是一套锦缎烫金外用牛皮纸包皮的账本。上边记的是慈禧太后庚子年前每天吃的菜谱和制作方法，是庞恩福学徒期满时，胡老爷子送给他的出师赠品。原来，八国联军攻打北京时，西太后和光绪帝出京西逃，宫内一片混乱。有些太监趁火打劫，偷盗财物，古玩字画、金银珠宝也不知丢了多少，唯独这些记载御膳的账册无人理睬。胡义当过多年御厨，于心不忍，随手拣来一册珍藏身边。后来，他看庞恩福心高志坚，又粗通文墨，就把这本账册传给了他。庞恩福得到账册如获珍宝，一直带在身边，一有空闲就反复翻阅熟记。谁能想到，正是这本奇特的账册，有一次竟帮了他的大忙。

那是走出“新京”进入通化境内的事。庞恩福早就听人说过“胡子”这两个字，他想，我单身一个穷光蛋，有什么可怕，心里并不在意。这天正行走间，忽听有人喊他站住，跟着过来两个人，查问他是干什么的？庞恩福心想，这回真的遇上胡子了。他听人说胡子有个规矩，他们不抢邮差和厨子，就赶忙应声说：“我是厨子，是个过路的厨子！”来人初还不信，及至打开包裹一看，里边除了几件破旧衣物，就是这本记着各种菜名的账册，以及用布包着的一把菜刀。来人态度和气，经过仔细盘问，并不为难他，放他走了。

正当庞恩福跋山涉水到达伊春，看着茫茫林海不知何去何从的时候，伪满洲国帝宫招考御厨的消息在“新京”传开了。手艺人从来争强好胜，有的是想拿大工钱，有的是图到帝宫里开眼界，似乎一经考取，就可以身价百倍，就连天津、北平也有不少人赶来应考。知道消息后，最乐的一个人就是薛发奎，他想，这一回庞恩福该出头了。他本来就是个小御厨，凭他的手艺，十拿九稳能考上。只要考上，谁敢到宫里抓人去！什么章公馆、李公馆全都不在话下了。任是侍候谁，还有侍候皇上要紧吗？

薛发奎连发三信给伊春的表弟，要他告诉庞恩福立即赶回“新京”。庞恩福回到“新京”，招考期限已经是最后一天了。遗憾的是，在御厨招考中，薛发奎落选了。经过庞恩福的再三保荐，才使华富贵总管相信这是一对上下手厨子，缺一不可。华富贵身为司膳总管，懂得手艺人最讲义气，他也乐得做个顺水人情，把薛发奎也招入宫中。

庞恩福和薛发奎进入伪满洲国帝宫执厨，一开头倒是满心高兴，谁知时间一长，酸甜苦辣什么滋味全都来了。最使他俩不安的，就是总管华富贵这个人，像个魔影似的，每时每刻都压在他俩的头上。

本来，庞恩福从十四岁起就在胡义的身边长大，两耳成天灌满了“老佛爷”、“皇上”这样一些字眼，使他一直把御膳房看成是个十分神圣的地方，如果让他像胡义那样净身当太监，他当然不干。但像现在这样凭手艺挣饭吃，他倒觉得是个很光彩的美事肥差。认为自己有一身的本事，只有在这样的地方才得施展。但是，真正当上御厨以后他才知道，这个地方并不比章公馆好呆，比章公馆更黑暗，更霸道，规矩更多。

御膳房的灶房是个长约一百米，宽约三十米的大房间，顺长靠墙的左右两边，整整齐齐排列着两行白瓷砖镶砌的炉灶，每行有五个灶眼。每行灶台按规定有三个人负责：上手厨师一人；下手厨子一人；烧火杂役一人。庞恩福的这行灶台也由三人组成，即他自己任上手厨师，薛发奎任下手厨师，还有一个姓柳的河南人充任杂役，专门负责擦拭灶台、生火、掏灰和打扫卫生。备膳前，上、下手厨子一律在休息室待命，预先洗澡、更衣，换上漂白细布的工作衣准备领牌上灶，灶台上只有杂役在生火、加煤、吹风，在做准备工作。司膳总管办公室专门设有彩漆大柜，像档案橱柜那样分层、划档，里边装的是刻有各种菜名的牌子，每个牌子三寸长、一寸半宽，上镂龙凤花饰，正面是菜肴名称，背面是烹制要领。备膳前，总管把牌子发给上手厨师，厨师按照要求上灶制膳。

司膳总管华富贵是个心狠手毒又贪得无厌的家伙，他每月俸禄能顶三个上手厨师。但这只够他的零花，贪污中饱、盗卖菜库和敲诈勒索手下的厨师，才是他的生财之道。他手上有一本小账，上面记着厨师孝敬他或者是他向厨师们“借钱”的详细账目。“头再硬顶不破天”，一般厨师知道，入了御膳房就跳不出这个魔头的手心，只好月月受他的盘剥。庞恩福和薛发奎虽然手艺超群，但是“人在屋檐下，哪能不低头？”同样时常被华富贵敲竹杠。

有一回，柳杂役右腋下长了个小疖子，红肿鼓脓一夜没有睡好，庞恩福和薛发奎知他搬柴、铲煤、擦洗灶台都将十分困难。这天备膳前，两人没有在休息室等候，而是到灶间帮着柳杂役干了几样粗活。这一天也是活该有事，华富贵竟比平时提前二十分钟到了休息室。这家伙大概是头一天在牌桌上赌输了，今天进门就没有好脸。只见他进得门来不哼不哈，两眼看了周围一圈，摆手叫身后的随侍把装牌子的彩绘匣子捧到面前，他开始点名发牌了。当叫到庞恩福的时候，厨师们面面相觑，没有一个人敢出声，也没有一个人敢去招呼庞恩福和薛发奎，大伙儿心里明白：要出事儿了。

正在这时，庞恩福和薛发奎从灶房赶来了，他俩一看不好，赶忙站入队列。

华富贵下巴耷拉着，一言不发地走到庞恩福和薛发奎面前，左右开弓，每人扇了两个耳光子，厉声喝道："干什么去了？"

庞恩福只好如实回说："到灶房帮助柳杂役忙活儿去了。因为他腋下生疖子，干活不方便。"薛发奎性子直，接口说："都是勤行的人，有活儿帮着干，没活儿一块儿待着。何必分得那么清呢！再说，这不没有耽误备膳吗？"华富贵两眼一瞪，冷笑一声说："你忘了这是什么地方了？这是御膳房，不是你们打连连交朋友的地方。这儿的规矩早给你们交代过：各司其职。失职、越职同样受罚，咱们照规矩办事儿，不是我姓华的不客气。"说罢吩咐侍从，把他们推到宫墙下，罚了"顶头刑"。

什么叫"顶头刑"？也不知是华富贵的发明还是前朝留下的规矩，要求被罚者离墙一米左右，双手反绑，以头抵墙，身子的其他部分不许着地，只以双脚和头顶来支撑全身的重量。这样一直要站两个小时，受罚的人往往不等站满时间，就会昏倒在地。只要仍有知觉，还得起立重站。庞恩福虽听胡老爷子讲过宫里有掌嘴、受杖等责罚，但那都是老年间的旧事了。没想到在这个伪皇宫里，竟还保留着这么野蛮的惩罚。

庞恩福闭目咬牙，硬是挺了两个小时，这两小时他心里像一锅开水在翻腾，他想到弯腰驼背的父亲和被人踢死的母亲，想到自家那两间破旧的草房，和华家那所青堂瓦舍的大院，想到那个像肥猪一样土匪出身的支团长、棍不离手的华老财，还有他那穿洋服戴礼帽的大少爷……离开家十多年了，连学徒时候算上，哪里受过今天这样的屈辱。想到这些，强忍着的眼泪通过鼻腔，被他咽进肚子里。等到人们把他扶起，解开手上的绳子，他"扑通"一声栽倒在地上。等他缓过劲来抬眼找寻薛发奎的时候，左右并不见薛发奎的影子，地上留有一摊鲜血。原来薛发奎身高体胖，平时又常有淌鼻血的毛病，站着站着鲜血淌了一地，直到昏死在地才被人抬走。

溥仪的家规中有一条“上级对下级犯过的人，须在发现之后立即加以责打”，所以华富贵惩罚厨师是名正言顺的。但对家规中的另一条“不准舞弊赚钱”，华富贵倒装得像没事人一样。

华富贵这次大耍威风事出有因，原来前些天庞恩福独得了一百元赏钱，华富贵却一文没有捞到。

前些时溥仪出宫“巡狩”，宫内府一个头目串通溥仪的近支亲王，以考察御膳房的管理情况为名，来到御膳房视察。华富贵陪同，把库房、灶房、账房等处好歹看完了，最后来到休息室，把厨师召集一起训话。这位亲王是个出名的吃家，一生别无所长，专门会吃，更兼花花点子甚多。这天训话当中一时高兴，从溥仪“巡狩”扯到了康熙秋访。当时给厨师们讲了这样一个故事：

“当年康熙爷南巡苏州时，正值苏州河上举行一年一度的民间彩船会，先帝一时高兴，换了便装，随带一名心腹太监，乘坐一艘描金绘彩的小船，穿行在各样彩船之中。真是一代圣主，与民同乐。时近正午，康熙老佛爷要在船上用膳……”讲至此处，王爷打住话头，捧起烟袋吞云吐雾，意思是要留个空闲给厨师们品味品味。

厨师们肃立恭听，心里却想：康熙爷与民同乐谁知是真是假！我们这位康德爷“巡狩”倒是大家亲耳所闻，亲眼所见。宫门未出，军警、宪兵就满街抓开了“可疑分子”和“有碍观瞻”的游民。广播电台用日本话、中国话交替广播“皇帝陛下启驾出宫”的消息，街上却是沿途军警，禁止人们通行，谁在窗户上探头探脑也会认为是可疑分子。皇帝乐不乐，咱不知道，老百姓可是没有什么可乐的哩！

王爷一袋烟抽完才又接着说：“康熙爷要在船上用膳。你们琢磨琢磨，此时、此情、此景，当以何种佳肴贡奉先帝？你们要各施技艺马上去做，一座灶台烹制一款。特优的发给重赏。”

一听说做好有赏，每个厨师都用心思谋，竞相逞能，把所有的本事都拿出来了。有的做个“寿星仙桃”；有的做个“万字扣肉”；有的做个“金鱼鸭掌”；还有的做个“宫门献宝”。轮到庞恩福的一道菜呈上桌案，不由得满座皆惊，原来他做的名叫“龙舟渡金水”。只见满盘黄澄澄的“金水”上，卧着一条昂首翘尾的大鱼，宛如一只龙舟在破浪前进，“龙舟”上堆着“麦穗”、“稻捆”等诸多花样，喻为五谷丰登之意。行家一看便知，这龙舟是用一条大鲤，剔出主骨但两边鱼扇仍和首尾相连，鱼扇内部剞上刀花向外翻卷，再把尾部像套环一样拧卷起来，就成了一只首尾高翘的“龙舟”。这“龙舟”是经过各种佐料腌制，挂匀薄糊，用清油炸熟并用汁卤煨透的，不但形美，而且味鲜。船上的“五谷”全是用猪腰花、鱿鱼花、里脊花、肚仁花、鸡肫花等制成的“全爆”，样样都是入口甘香的美味。“龙舟”周围的金水是由“熘黄菜”制成。“龙舟渡金水”一上台面满座喝彩，其他菜肴相形之下则黯然失色。王爷当场把一百元钱赏给了庞恩福。

华富贵满心以为庞恩福得了赏钱，至少会分给自己三十、五十。为了应付这次视察，他往上打点确已破费不少。他哪里知道，前些天薛发奎接到家信说老爹卧病在床，急等捎钱回家。正是因为这个原因，庞恩福才如此卖力弄来了这笔赏钱派了用场。除了给柳杂役的二十元，他和薛发奎的钱早邮回山东去了。救病如救火，他哪里肯把到手的钱白白送给华富贵呢？

华富贵钱没到手怀恨在心，借机抓住把柄，到底罚了两人一个“顶头刑”才算出了胸中的一口恶气。其实，最使庞恩福不安的，并不是挨罚这件事，而是华富贵左边膀子上的那块伤疤。

华富贵也是江苏扬州人，这是庞恩福早已知道的，还和华富贵认过扬州老乡。初次见到华富贵，就曾觉得有些面熟，但他十多年来遇人很多，一时没想起此人是谁。以后不久，他就认出了华富贵原来就是华财主家的少爷华万金。华富贵比庞恩福大有七八岁，除了身体发胖外，模样没有大变。虽然他从小在扬州念书不常在家，他的眉目庞恩福还是隐约记得，所以很快就认出是他。庞恩福当时年岁很小，又改了姓名，所以华富贵并未

想到是他。

有天晚上，华富贵逛街回来要喝酒，叫庞恩福炒菜侍候他。他酒酣身热把协和服都脱光了，露出了两个大膀子，有个侍卫班长问他：

“总管，你这身上的伤疤是咋来的?”

他酒后吐真言说：“咋来的！睡人家娘们，让人家砍的。”

那侍卫班长嘿嘿一笑说：“古语说得好，奸情出人命啊!”

华富贵一听火了：“放屁！我睡过多少娘们！谁敢把我怎么的?我知道是谁砍我的，那小子有一天叫我遇上了，这一刀之仇我非报不可!”

原来，当年庞恩福的一刀并未砍在支团长身上，那天碰巧支团长到南京听训未回，支太太和房东少爷早有勾搭，这天晚上正好睡在一张床上。华富贵当时被砍，以为是奸情败露，支团长对他下了毒手，吓得他连夜逃到扬州，接着又逃往天津，在天津结识了溥仪在“静园”的随侍。待到溥仪粉墨登场当了皇帝，他也正好在天津混不下去了，这才赶来“新京”，巴结上了一个司膳总管的差事。华富贵本是他的表字，当了总管以后，他觉得光发财不过瘾，还得升官，就不再用“万金”两字，而用了华富贵这个名字。

华富贵和庞恩福冤家路窄，十年之后竟在“新京”相遇。这时两人都已知道了“一刀”的真相，但是一个在明处，一个在暗处，窗户纸随时都有戳破的危险，难怪庞恩福要为此心怀不安了。

5

溥仪一天吃两顿饭，白天十二点到两点一顿，晚上九点到十一点一顿。他天天下半夜三点睡觉，上午十一点起床，念佛的时候常常吃素。虽然报纸上天天登载“皇军”胜利的消息，但这两年，御膳房的菜库、钱粮却不像在早那样充足了。厨师们倒比以前清闲了不少，休班时候，出外玩玩逛逛的时候也逐渐多了起来。

帝宫旁边新近修建了一座“建国神社”，里边供的是天照大神。这天照大神是日本天皇的祖宗，1940 年 5 月，是溥仪亲自从日本把这位“祖宗”请回来的。从那以后，这个日本天皇的祖宗也就成了伪满洲国皇帝的祖宗，似乎这个康德皇帝和胡义老爷子侍候过的慈禧、光绪已经不是一家子了。每逢初一、十五，溥仪都要去“神庙”祭祀，而且规定平时任何人经过“神庙”，都得恭恭敬敬地鞠躬行礼，不然就是犯了“不敬处罚法”。庞恩福和薛发奎为了避开行礼，上街只好绕远走，这对他们实在是增加了很多不便。

因为是上下手厨师，休班自然是一起的。可是庞恩福和薛发奎嗜好不同，庞恩福喜欢听书曲，那些《三国》、《水浒》、《大隋唐》什么的，确实增长了他不少见识，将古比今，有时还像有一点儿光亮透进了他的心窍。薛发奎却不一样，他这个人听滑稽、看热闹还行，越是庞恩福爱听的段子他越坐不住，有时候就一个人溜走了。他对庞恩福不瞒不掖，憨笑着承认是寻开心去了。他说：“兄弟，你没成过家，不知道单身在外的滋味，这年头，混一天算一天。我当哥哥的也不往那种地方领你，你听完书，还到街拐角上‘李三饭馆’等我就是。”

这个李三也是山东人，俎技挺好，又擅于酬客。所以“李三饭馆”是他两人常来喝酒闲坐的地方。虽说薛发奎和李三是老乡，要论起交情来，李三对庞恩福更加感念不尽。事情的原委是这样的：

有一天，庞恩福和薛发奎正在李三饭馆随意便酌，就听有人大声吵嚷，看热闹的人立时把门口堵满了。李三也从后灶赶到前边，来问出了什么事儿。

原来，有三个横眉立眼的家伙，霸着一张桌子已经吃了两个钟点了，残羹剩菜摆了一桌子，这三个人借着酒劲耍开了无赖，其中一个瘦子喊来堂倌，用大烟鬼爪子指着门口说：

“你们挂的这‘熘炒俱全’是当真呢？还是骗人的？”

堂倌一看势头不对，赶忙赔笑说：“既在外边挂着，当然是真的。有侍候不到的地方，还请三位多多包涵！”

另外一个“毛胸脯”一拍桌子喝道：“少他妈的来这一套！告诉你，老子今天就是没有吃满意。我再点四个菜，看看你全不全，你要能做上来，算你没吹牛，要是做不上来，老子分文不给不说，你们赶快把门口的牌子摘下来，砸了烧火去！”

千不该，万不该，堂倌年轻没经验，不该接茬说：“要吃哪四个菜，请您老吩咐吧！”

这时，那个瘦子冷笑一声张口了：“小子，你竖起耳朵听清楚了，头一个叫‘里边皮儿’、二一个叫‘外边皮儿’、三一个叫‘里外皮儿’、四一个叫‘皮打皮儿’。这四个菜端上来，万事皆休，端不来今天没完！”

这时李三已经迎了上去，一听这个口气，知道是地痞流氓成心讹诈来了。这样四个菜名，不但不会做，还是头一回听说呢！正在为难，觉得有人轻轻拍他的肩膀。回头一看不是别人，是庞恩福在向他点头，示意应下。李三心里立刻一块石头落了地，点头赔笑说：“三位不就是添四个菜吗？好说，好说，您稍候啦，这就给您做去。”

李三这边把三个地痞应酬好了，里边灶房庞恩福和薛发奎“四个皮儿”烹制完毕，这时门口看热闹的还有不少人等着不散。堂倌一挑门帘儿，把四样菜端了过来，口唱一样，手摆一盘，四样俱全。原来“里边皮儿”是熘肥肠，“外边皮儿”是焖猪皮，“里外皮儿”是酱猪耳朵，“皮打皮儿”是烧猪尾。菜一上桌，连看热闹卖呆儿的也都喝起彩来。那三个家伙知道遇上了行家，在众人面前不好赖账，乖乖地掏钱付账，灰溜溜地走了。小堂倌把手巾往肩膀上一搭，站着门口冲着他仨的背影吆喝道：

“嗳，里边皮儿的来，外边皮儿的来，四个皮儿一起来，香喷喷的真不赖。先生您要没吃够，欢迎下次您再来！……”

旁边还有看热闹的没有完全明白，嘀嘀咕咕说：“猪尾巴怎么叫‘皮打皮儿’呢？”就有那爱说话的代答了：“你想啊！小肥猪的尾巴直摇晃，甩打着屁股蛋儿，不是‘皮打皮儿’吗？”说得人们哄堂大笑。

庞恩福这年已经三十岁了，还没有家口。为这事操心的有两个人，一个是薛发奎，一个是华富贵，两人的用心却完全不同。薛发奎完全出于兄弟情谊，他托同乡李三加意物色。李三也给提过几个，无奈庞恩福眼眶甚高，没有一个中意。那华富贵呢，却另有他的打算。他看庞恩福手艺高强，是自己升官发财用得着的一张王牌。如果同乡之外再攀上亲戚，就算把庞恩福真正攥在手里了。恰好他有一个远亲，带着女儿逃难投奔到他的名下，姑娘生得百里挑一。他就在庞恩福身上打了主意，并把这事亲口托给了薛发奎。

其实，庞恩福的心事连薛发奎也没有摸透。他亲眼看到这个伪满洲国完全是日本人的天下，心里越来越憋屈，总想攒够一笔钱就回关里去。可如果一旦成了家，拖家带口就更难走了。华富贵的小九九，他也全明白，对华富贵的为人他本来就厌恶，何况还有“一刀”之谜时刻可能戳穿呢，要换别人可能想巴结这个总管，庞恩福成天小心在意，躲他还躲不及呢？哪里肯和他攀亲扯故。薛发奎媒人没有当成，只好编个借口回绝了华富贵。薛发奎这人心实口笨。华富贵被驳了面子，心里窝火，越发疑心是薛发奎从中作梗不卖力气，从此专找薛发奎的别扭。

这天早饭，溥仪要吃“金钩挂银条”。这个菜原是从孔府中流传到宫廷的。“金钩”就是海米，因其颜色金黄，体形弯曲，所以喻为金钩；银条就是豆芽菜，豆芽菜形似“如意”，所以也叫“如意菜”。今天溥仪要吃的“银条”是指把豆芽菜掐头去尾，光吃中间的一段，这中间的茎段是白色的，所以喻为“银条”。此菜的操作方法并不复杂，只是把两种发好的原料放在勺中，调以葱、姜、绍酒、盐等佐料，煸熟即成。只不过豆芽菜的加工要费些工夫，必须一根根地掐去根须和芽梢才能炒制。这时，庞恩福和薛发奎两人正在掐豆芽菜，已经掐满了一大盘，正要上灶制作，就在这时华富贵来了。他把盘中掐好的豆芽茎段拨拉了一阵子，然后煞有介事地立睖起眼睛说：

“这豆芽为什么掐得不一般齐？”

“一般齐呀，每根都是二寸左右。”薛发奎是下手厨子，这本来是他的职责，所以他来回答。

“二寸左右？那一左一右不就齐不了啦！”华富贵分明是鸡蛋里挑骨

头了。

“那我为总管摆齐了看看。”庞恩福低声慢语说着，果真把掐好的豆芽茎放在墩子上排好。只见那豆芽像一长溜儿的火柴杆儿，整齐划一，没有一点儿毛病。

“这……”华富贵无话可说，可他仍不甘心。眼珠一转又说，“这宫廷菜讲究‘一口实’，原料要量口下刀，不长不短，入口恰好。你这豆芽每根二寸，和皇上的御口是一样的吗?”

“是一样的。”庞恩福答。

“二寸长?”华富贵又问一句。

“是二寸长。总管不信……”庞恩福声色不动，意思是不信你去量量。

华富贵挨了一句呛，气得直瞪眼，他哪有胆量去量皇上的嘴呢？一股火憋在心中，一时说不出话来。

“就是长点儿，也不能横着扁担过城门哪，竖着进肚不就结了。”薛发奎忍不住冒了这么一句。

华富贵正无处寻衅，听了薛发奎这句话，立刻冲薛发奎来了：“你满嘴喷粪，有辱皇上，这是‘大不敬’罪。来人哪，给我拉下去狠打!”

几个人把薛发奎架下去了。这个山东汉子有股子犟劲，他推开众人，拿出豁出去的架势冲着华富贵喊道：“你也太欺侮人了。今天就是把俺打死，俺也不服，俺的话有错吗？你说说，这豆芽究竟掐成几寸几分几厘才行？你说呀！你说不出来就是‘失职’罪。闹到宫内府去我也不怕，我就是死了，也不服这口气，也得把你的魂儿勾走……”

“你……你跟谁说话?”华富贵仍然暴跳如雷，但他知道，在场的没有一个人肯帮他说话。

庞恩福知道华富贵是强词夺理，成心找事，决不会善罢甘休。好汉不吃眼前亏，只好耐着性子向华富贵求情说：“华总管，他是个粗人，说话没有深浅，冒犯了您，还得请您多多担待，不要和他一般见识。出了这个事，我也有责任，该打该罚随您。我们两人一起承担，您就不要生气了。”

众厨师也一起上来求情。

庞恩福在华富贵面前这么赔礼说软话，这还是第一遭儿。华富贵觉得自己的面子也算有了，于是趁机下台说：

“那好吧！我看你们的面子饶了他这一次。不过咱们照章办事，‘大不敬’罪该打三十鞭子，‘备膳不力’罚款三十元。庞恩福免去责打，只罚款三十元，都从工薪中扣除。”

这事以后，庞恩福和薛发奎表面隐忍，心中对华富贵更加愤恨。薛发奎是个粗性子，心里有的面上藏不住。华富贵对这个五大三粗的山东大汉心里发怵，只怕他发起性子拿剔肉的刀子捅了他。不久，借口厨术平常，把他驱逐出宫，不再留用。

华富贵留下庞恩福，并许愿想要提拔他当班长。他知道离开庞恩福，他这个司膳总管就没法当了，只好阴一面阳一面地拉拢他。庞恩福从薛发奎走后更加苦闷孤单，帝宫的生活越发使他难以忍受了。

6

薛发奎离开御膳房以后，荣华楼又请他回去掌头火。他不便去看庞恩福，庞恩福倒是一有空闲常去看他。

这天，庞恩福来在薛发奎的住处，只见薛发奎拿着一叠新崭崭的绵羊票子，手蘸唾沫正在数钱。

“你哪来的这么多钱？”庞恩福不禁问了一句。

“哪来的？赚来的。”薛发奎一边说着，一边抬起头来。薛发奎告诉他，头午“凤花轩”的老鸨子办生日，请他去给办席去了。那老鸨子吃满意了，送了他五十元钱。散席以后，老鸨子拉着衣袖不让他走，死留活拽地说：“胖师傅，我们这儿的小妞儿漂亮着哪！你就住上一宿玩个痛快吧！”

“那你怎没住下呢？”庞恩福问。

“哈哈，我可没有那么傻。要是住下呀，这五十元钱可就不是我的喽！”薛发奎说完，抽出几张揣在身上，把其余的钱放在了箱子里。拉着庞恩福的手说：“走吧！先到李三饭馆坐坐去。”

这“李三饭馆”坐落在两条街的拐角上，离“凤花轩”和茶馆、书场都很近。当时正是初冬季节，小广场上汇集着大群的小贩，有卖面酸梨、毛子磕的，有卖糖葫芦、糖山药的，也有卖馄饨、馅饼的，大呼小叫，都在招徕生意。

那“凤花轩”的设计不同于一般楼房，几座二层楼房像屏风似的形成一个圆圈，围着一个小广场落成，一色的平顶青砖，磨砖对缝。各个门户都挂着花门帘，门前是半人高的一圈红漆雕花栏杆。有几个穿戴得花枝招展的姑娘正站在门前搔首弄姿，楼里说笑声、唱歌声和留声机的声音混杂一片。庞恩福和薛发奎正在慢慢踱步，忽然从一座楼梯上连滚带爬摔下一个人来。那人爬起后顾不得疼痛，拔腿就跑，恰好从庞恩福的身边擦过。庞恩福这才看清，原来是一个披头散发的年轻女人。这时就听老鸨子在楼上喊：“抓住她，抓住她，快给我截住！”庞恩福回头再去看那女人时，早有一个中年汉子像老鹰抓小鸡一般，揪住了女人的后脖领子。那女人连连哀求说：“老爷，老爷！你行行好放了我吧！”那人不理，拖着女人往回拽。这工夫老鸨子也已赶到了，又追上来好几个不三不四的人。

“臭丫头，我花钱买了你，不是白养活你的。咱们这样人家，不是养贞节烈女的地方。进了门槛儿，没有哪个不听老娘摆弄的，你趁早死了那份心……”

女人被拖到楼梯口，双手紧抱栏杆，不肯上楼。一个“王八”模样的人上前拳打脚踢，那女人也死不松手。

庞恩福看着不忍，走上前来劝解说：“哎，有话好说，别打人啊！”

“王八”不理，照着女人又是一个大耳刮子，嘴里还不干不净：“一边待着，少管闲事。哪个婊子的裤裆破了，露出这么个闲虫来……”

庞恩福心火上窜，一把抓住“王八”的手腕，把他甩了个趔趄。庞恩福手腕有功夫，平时掂起十来斤的大勺，毫不感到压手。何况在天津学徒时，曾和一位常到“江南春”吃饭的武举学过些拳脚。当时不过年轻好胜，看见有些混混吃菜挑剔，往往寻机闹事，殴打厨子，自己学来只不过为了防身。以后这些年他天天早起，没有把功夫丢掉。庞恩福至今身材精悍，可能与此有关。庞恩福的一手，先使人们愣了一下，接着几个人一起围了上来，眼看就要吃亏。这时薛发奎挺着胖肚子挤进来了，他护住庞恩福，连连道歉说："住手！住手！有话好好说，不要伤和气！"

这时，老鸨子、"王八"等人已经认出是薛发奎。老鸨子拿腔拖调地拍着薛发奎的肩膀说："我当是谁呢！是胖师傅，您到底丢不下我们家的小妞儿不是！这位是谁？怎么瞅着面生似的。"

薛发奎说："这是我兄弟，他这人心软，刚才莽撞了。请多包涵。"

这工夫，"王八"又在动手去拖那个女人，那女人忽然双腿跪地，抱住庞恩福的大腿说："好心的先生，您就救救我吧！我不是卖娼的，我是良家妇女啊！……"说着泣不成声。

薛发奎问老鸨子："金老板，这位是怎么回事儿啊！"

老鸨子说："这是个新来的，死脑瓜骨。我好话劝了三千六，她就是不随和。天天不挣钱不说，寻死觅活的，还得搭上人看着，这不，刚才一眼没瞅见，她倒撒丫子跑啦！这种人不给点儿厉害不能服软。我见得多啦。不出十天您来逛吧！保管叫她笑脸接您……"说完浪声怪调地笑了起来，把庞恩福听得头皮发麻。

那个女人看来是下了狠心，任凭怎么撕掳，她抱着庞恩福的腿就是不放。倒使庞恩福拉也不是，站也不是，不知怎么办好。庞恩福这才看清，这个女人有二十岁上下，虽然蓬头垢面，倒是长得十分端正，一脸泪痕盖不住天然的秀气。特别是那一双绝望的大眼睛，竟像锥子一样，一下子刺疼了庞恩福的心。

那女人终究气力单薄，到底被人剥开手臂拖起来了，临走还不断回头望着庞恩福喊：

"先生，好心的先生，救救我啊……"

庞恩福呆呆地望着被拖走的女人，感到在这世界上自己实在是太渺小，太无能为力了。老鸨子让他和薛发奎屋里歇着，他也全然没有听见，两耳只听见那个被拖走的女人又在哭喊，显然她又在遭受毒打了。薛发奎虽然粗鲁，却也听见了女人的哭声，看出了庞恩福的心事。他从衣袋里掏出一把票子递给老鸨子说：

“金老板，这些钱你收下，叫他们不要难为她了。今天这个铺，就权当是卖给我了。”

老鸨子笑嘻嘻地收下了钱，仍然一盆火似的非邀他们到屋坐不可。庞恩福哪里肯去，他拉着薛发奎像躲避狼狗圈似的，急急忙忙地逃走了。

这一夜，庞恩福翻来覆去睡不着，女人那充满怨恨、恐惧、绝望的眼睛，一直浮现在他的眼前。“好心的先生，救救我，救救我吧！……”我能救她吗？薛发奎的钱救了她一夜，我能救她一生吗？不错，现在手上是攒了一笔钱，这是准备安家用的，救了她，自己安家怎么办？如果就娶她当老婆呢？从窑子里娶个老婆！这种想法把他自己都吓了一跳。“娶了个窑子娘们儿”，别人会对自己怎么看呢？先不管别人怎么说罢！这个女人姓甚名谁？为人怎么样？怎么到了窑子里去的？自己一无所知，胡思乱想些什么！想到这儿，连自己也觉得好笑了。

第二天，庞恩福到底带着多年的积蓄找薛发奎去了。经过薛发奎的奔走，庞恩福用一千元钱把人赎了出来。

姑娘名叫郭玉梅，今年二十一岁，天津卫生人。出了窑子没处落脚，薛发奎把她安排在了李三家里，和李三十五岁的女儿挤着凑合。庞恩福有言在先，他花钱把玉梅赎出来是当妹子的。先离开火坑要紧，至于以后的事，等玉梅姑娘养息几天，再从长计议。

郭玉梅不但是个漂亮姑娘，而且心灵手巧，性格沉稳。她管薛发奎叫大哥，管庞恩福叫二哥，满心眼儿把他们当成自己的亲人，向他们诉说了自己的身世。

玉梅的父亲是江苏人，母亲是天津人。父亲早年是一家杂货店的外柜，家里倒也有吃有穿。前二年父亲瘫痪在床，家里孩子又多，日子一天比一天艰难。玉梅上有两个姐姐，下有三个弟弟，两个姐姐出嫁以后，一家六口全仗她和母亲给人做些手工零活养活，根本没钱给父亲治病。一个月前有人说东三省招收纺织女工，先给家里二百元钱，出徒以后汇钱养家自便。东三省招工的事以前也有过，走了的人也真有给家里捎信捎钱的。玉梅一家就相信了，跟着招工人先到了奉天。哪知招工人黑了心肠，把几个长得出众的姑娘挑出来，一人五百元钱分头卖给老鸨子入了妓院。

自从有了郭玉梅，庞恩福就像花木逢春，过去沉闷性格也变了。好像整个一颗心给郭玉梅倒去了一多半。郭玉梅更是个有主意的姑娘，她特意找到贵华楼告诉薛发奎，此生此世她跟庞恩福跟定了，除了他，她谁也不嫁。庞恩福呢？越来越瞅着玉梅处处顺眼，这些年来他挑三拣四，自己也说不清究竟是想要个什么样子的。现在有了郭玉梅，他心里透亮了。他多年向往的不是别人，正是郭玉梅这样的姑娘。薛发奎办成了这件大事，乐颠颠地笑着对庞恩福和郭玉梅说：

"怪不得皇上成天的又是拜佛，又是算卦的，那玩意儿还真有点灵呢！去赎玉梅那一天，我打了一卦，是上上卦，上面说'婚姻成，行人归'。你们不信？千里姻缘一线牵嘛！这媒人不是真给我和李三当成啦！"

庞恩福取笑他说："得了吧！华富贵打你那天早上，你还打过一卦呢，也是上上卦，上面说'官司赢，财宝得'，你倒好，被罚钱不算，打了一顿还给开出来了。"

说得连李三一家在内，一屋子人都笑了。

事情妥了，本来就该办事成亲了，只是庞恩福的积蓄已经所剩无几，所以，这婚姻大事，一时只得拖了下来。

7

御膳房的差事越来越难干了，就是好干，庞恩福也决定不干了。郭玉梅已经和天津家里打好了招呼，一旦准备妥当，他们就要双双逃往天津。这时，庞恩福已经知道，郭玉梅原来不是别人，正是当年国宝杂货店郭福林的女儿。

日本人打败仗的消息天天都有传闻。管制再严，各种流言还是不胫而走。每次庞恩福到贵华楼来，都能从薛发奎处听到新的消息，连贵华楼的老板也带着家眷去了北平。

溥仪的脾气越来越怪。大热天的，厨房里难免有成群的苍蝇，但御膳房的规矩是对苍蝇只许轰走，不许打死，因为溥仪看了一本什么六道轮回的书，说一切生物都有佛性。所以每顿吃饭，溥仪都要念一遍“往生咒”，为的是给被吃的肉主超生。苍蝇落过的东西，是不能给皇上吃的，既然不许打，苍蝇的袭击就成了厨师们最大的苦恼。有时苍蝇落过而又被华富贵发现了的话，正好成了他敲诈厨师的借口。有一次，庞恩福做了一个“椒麻鸡”，这个菜的主要调味品是花椒。烧好后，有个带小尾巴的花椒粒附在一块鸡膊肉上，进膳时溥仪发现了这粒花椒，端详半天，认定是苍蝇腿，下令华富贵罚了庞恩福三元钱，庞恩福有口难言，哪敢申辩，只好认罚完事。打那以后，庞恩福凡用深色佐料都特别注意，用花椒粒的时候都要装在葱管里，两头用细线扎紧，以免皇上再把花椒尾巴当成了苍蝇腿。

正当庞恩福准备齐全，要和郭玉梅逃离“新京”前往天津的时候，华富贵突然宣布：今后御厨一律取消休班，不论是宫外有家的，还是宫内住宿的，一律不许外出。还专派警卫看管厨师的行动。这真是事出意外，把一切计划都打乱了。

原来一夜之间，御膳房的厨师就逃走了两名。宫外住的是全家逃走；宫内住的是休班外出，一去不回。这也难怪，这几年东北的老百姓越来越苦，什么“粮谷出荷”、“报恩出荷”、“支援圣战”种种名目，变着法儿要老百姓出血。近来说是“支援圣战”，连伪皇宫同德殿的门环都被敲下来贡献给日本人了，内廷的地毯也都卷走了。日本人作威作福，完全像是这个国家的主人。日本话被指定为国语，连这些做饭的厨子也得学“国语”。刚到东北时候，日本是“友邦”，过了几年，变成了“盟邦”，又过了几年，更变成了“亲邦”。当时薛发奎曾经请教过华富贵，问他“友邦”、“盟邦”和“亲邦”有什么不一样？华富贵说：“打个比方说吧！你和杂役大柳是朋友吧？你和庞恩福呢？是盟兄弟，你说说，你和大柳的交情深，还是和庞恩福的交情深？‘友邦’好比朋友，‘盟邦’好比盟兄弟。你明白了吧！”他看薛发奎点了点头，又接着说，“你和庞恩福的交情不是挺深吗？可我问你，庞恩福和你爸爸比起来，你和谁更近便呢？当然是你爸爸喽。至亲骨肉嘛，哪能和盟兄弟相比。大日本好比是爸爸，满洲国好比是儿子。这一回，你该明白什么是‘亲邦’了吧！”华富贵是个不掺假的汉奸骨头，恨不得他自己认个日本老子才称心。宫内府待卫处长工滕忠就是一个日本人，华富贵见了工滕忠，比儿子见了爸爸还恭敬，弯腰低头，一口一个“哈伊”，回话用的是满口蹩脚的日本话。虽然他明明知道工滕忠的北平话说得比他还要地道。为这些，庞恩福看着华富贵就有气，真恨自己为什么当初一刀没有宰了这个坏种。

这几天，庞恩福已经和同屋四个厨师暗中商量妥了逃跑的计划。这天下午，厨房里烟气呛人，对面看人睁不开眼睛，这是事先做好的扣子。庞恩福借着开天窗的机会，把一架梯子趁人不见搬到了御膳房的外墙下。这御膳房离宫墙只隔一个通道，如果两个人架着梯子一溜小跑，一分钟就可到达。到了晚上收拾完毕，他照例给华富贵备了几样酒菜，侍候华富贵和他的两名亲信喝酒消夜。只不过今天的酒菜，庞恩福特别卖了一番力气，为的是让他们灌饱黄汤，酣睡不醒。

本来华富贵平时是不住宫内的，自从宫内府下令看管御厨，防止逃跑以后，他才搬进宫来，每天在菜库前边的御膳房办公室睡觉。

约莫下半夜两点，柳杂役轻声呼唤庞恩福：“庞师父，师父，该行动啦！”柳杂役叫柳小林，他早已把庞恩福认作师父。

“不行，你听！”庞恩福制止了他的话声，两人侧耳细听，外面果然传来一阵轻快而又急促的脚步声。

“咦，奇怪，是不是已经有人逃跑了？”柳小林说。

“我看咱们也得赶快行动。”庞恩福当机立断说，“你先出去解手，探探动静再说。”

柳小林出去了，不一会儿，悄悄领进一个人来，屋里四人不由得大惊，庞恩福伸手握紧了怀里那把剔骨尖刀。进来的这人不是别人，正是看管他们的一名警卫。柳小林赶忙解释说，“师父，这个警卫和咱们想到一块儿去了。我们两人已经把梯子戳到宫墙上了，咱们赶快走吧!”原来这个警卫早想逃跑，一直没有机会。他今天留心察看，发现了庞恩福藏下的梯子，断定他们五人也想逃跑。换班以后，看着别人都入睡了，就主动来找庞恩福等人想要合伙出逃。人多胆壮，彼此也好有个照应。

此时，庞恩福才松了口气，问那警卫：“华富贵睡了没有?”

“我刚才看了，屋里闭灯，直打呼噜呢!”

“嗯，咱们马上就走。”说完，一行六人，警卫在前，快步来在宫墙根儿下，一个一个攀梯而上。到顶的一人拿出事先备好的绳索，扣紧在宫墙上，丢下去了。庞恩福告诉他们，越墙之后分头逃散，不要等他，他折回身来，直奔华富贵的卧处。

原来，华富贵一向勾结侍卫，经常盗卖宫里的字画、瓷器等物。近来趁乱，越发放手大干。庞恩福曾见他到手一套《御食经诠》的手写本，记载的是清廷历朝皇帝喜食各菜制法。今晚上菜时，看到这套书就摆在华富贵的床边。庞恩福心想，这套珍本落在华富贵这个败类手里，比落在灶炕里烧火强不了多少。他爱书心切，决定临逃之前要救出此书。他来到华富贵卧室之外，轻轻推门，见门是插死了的。时值夏季，两扇纱窗挡着窗帘。他听见华富贵还在酣睡，摸出剔骨尖刀划开纱窗，摘开铁阀，轻轻跳进室内。撩开蚊帐，华富贵睡得正香，并不知觉，庞恩福探手摸书，摸出一看，隐约看清正是那本《御食经诠》。他随手扯过一条遮盖食品用的罩单，把书包好，结在腰上。正要离去，忽听床上一响，华富贵在床上坐了起来。庞恩福一看不好，一时情急，跃身上前掐住了华富贵的咽喉。同时左手握刀，一下子刺穿了华富贵的胸膛。华富贵哼了一声，再不动了。其实，华富贵是因梦魇才突忽坐起的，他并没有看见庞恩福进来。华富贵平时十分钦佩日本武士道精神，有一次在画报上看到一幅日本人手拎“匪”头的照片，他就大吹自己亲手杀人经过，有鼻子有眼，讲得像真事一样。时下庞恩福手刃了这个恶棍，心中暗道：当年一刀杀你不死，现在补一刀就算我给遭你毒手的冤魂报仇!

睡在隔壁的是华富贵的两名亲信，其中一名听到了一声哼叫。但是，华富贵睡眠不安，爱发呓语已经是习以为常了。他听了一会儿再没动静，嘟哝道："少做点儿恶事，省得做梦一惊一乍的。"翻了个身，呼呼地又睡着了。

天亮以后，"新京"市郊的大路上，一辆三套马车正在扬鞭前进。车上坐着衣装简朴的一男一女，外加两件简单的行李，正向着临近的一个小火车站驰去，这一男一女不是别人，正是庞恩福和郭玉梅。他们本来是要和薛发奎一道进关的，薛发奎说："不端人碗，不受人管。我早和御膳房毫无瓜葛了，他能把我怎么的？真要询问起来，我一跑反像有鬼似的。况且，郝老板临走把贵华楼托给我照看，受人之托，忠人之事，我不能这么甩手走了。这些年，咱们是茶壶里泡豆芽——受够那份子'勾头罪'了。你和玉梅出头的日子总算到了。你们走吧！到家来信。"

车轮滚滚，向着前路奔驰而去。

原载《鸭绿江》1983 年第 1 期并获《鸭绿江》优秀作品奖 ◎

《小说月报》1983 年第 2 期转载 ◎

《长沙晚报》1983 年副刊连载 ◎

荷州厨人

荷花套大营的往事钩沉

我的故乡荷州，有个古荷塘叫秀女湖，盛产莲子。因湖面瘦长，湖沿儿曲线弯弧、凸凹有致，活脱脱勾勒出一个裸女的体形。怪不？土地也爱美人。所以，老早年时这里称秀女湖镇，顺治元年改称荷州的。康熙八年，朝廷修建通往盛京的御路，御路从秀女湖边筑过，荷州便成为清帝东巡的临时驻跸地，并派有八旗兵驻防，街面上也渐趋繁荣起来。康熙四十年，荷州升府。乾隆以后，不知咋整的，荷州被朝廷暗下呼成了“荷花套大营”。我查过乾隆东巡盛京的底档，按照乾隆当年沿着御路的进程计算，过了武殊庙便是荷州，出了荷州就是岔沟屯了。武殊庙和岔沟屯中间那疙瘩应该标明荷州，可这底档里却说乾隆到了“驻跸荷花套大营”。我咋关注起这份乾隆四十三年的底档了呢？因档中披露，这年荷州莲子被乾隆钦定为贡品，荷州籍厨人常二在这年也被乾隆选进了内务府的御茶膳房。

那年，乾隆东巡盛京时，沿着御路，二里多长的队伍霓旗远张，达途羽盖，就像条蠕蠕移动的彩花巨蟒一样盘旋到我们荷州。红女黄童之众，远远地匍匐瞻望，麇集而无哗。这天是八月十四日，乾隆驻跸佟府西大院西厢房，总管肖云鹏为乾隆的晚膳安排了黄盘野意酒膳。翌日申初，佟大老爷在东大院里大摆豪宴，为乾隆欢度中秋佳节。筵至玉兔东升时，一块足有二十斤重的莲茸大月饼就摆到东大院里的膳桌上。这如马车轮子一样的大家伙是本城“燕京楼饭庄”的名厨常二做的。乾隆虽然携带一个厨役班子，但没人敢鼓捣这种大活儿，就连六品蓝翎侍卫、乾隆的宠厨郑金山也不敢，常二就敢。常二敢操笊篱的原因是他的手艺高，艺高胆儿就大。做月饼得用模具，这样大的模具常二没法淘换，常二是用手工代替模具的。用手工代替模具就不是一般的技术了。饼沿处的花边和饼上外圈的万字图形，还有中间“嫦娥奔月”的饼面，都是常二镂刻出来的。这还不算，月饼烤出来又得不变形不走样，饼面焦黄锃亮，饼底淡褐一致，饼内皮酥馅松，能拿得起放得下。乾隆看了、吃了大月饼后就记住了常二。乾隆当然不能把这块大月饼都吃到肚里去，而是令总管肖云鹏将其一切两爿。肖总管切月饼之前先去净了手。粗心的小太监没想到肖总管净手后需要擦巾，他就到货车上去取。肖总管这就等不及了，脱口骂了声：这个没眼的小阉货！然后就用湿湿的手扑落扑落马褂的胯处。这个动作一举两得，一是他把这块大月饼当月神了，切开前先要跪祭一下；二是把马褂临时当了擦巾。那马褂的胯部里边裹着肖总管的屁股，外边呢，又蹭着肖总管坐骑的马屁股。也就是说，马褂的胯部是被人、兽两个屁股夹在中间的，而且那块地方很长时间在荒山野岭里风尘仆仆地颠簸，缎料的纤维里浸透着肖总管的下体气味儿和马汗味儿。他这样擦手远不如不净手的。当他做完这个别人看着像那么回事的卫生程序后，就用这双沾满着他的下体气味儿和马汗味儿的手去切大月饼。肖总管毕竟是肖总管，他切开大月饼后，就在一爿断面的中间，像查看西瓜沙瓤不沙瓤那样切下一个小三角来。这个小三角部位置于大月饼中央，不仅烤得火候最佳，而且皮薄馅厚。肖总管拿着防毒的银筷子小心翼翼地把这块小三角月饼夹到金龙盒里，就躬着腰捧着金龙盒来到堂屋中，说了声，请万岁爷过节。乾隆搛起那块小三角月饼，翻来倒去地瞅了几眼，就嚼一口吧嗒吧嗒，然后眼一扬“嗯”了一声，说，这莲茸馅甚是鲜香，比江南河道吴嗣爵大人进的强多了，是荷花套产的吧？肖应：是。好哇，乾隆说，那就传旨吧，吴大人进的往后免了，改荷花套进的。自此，荷州府于每年入秋之际，要选送三百斤现制的干莲子供于内务府。接着，乾隆又下了两道口谕：一是常二归到他的厨役班子中去，随他祭祖后返京到御茶膳房供差；二是令肖总管把那一爿缺了一个小三角的月饼分赏给随他东巡的颖妃、蓉妃、惇妃、顺妃等人，把另一爿不缺小三角的月饼使人带进京去分赏宫内的愉妃、阿哥和公主们。我们荷州离京都足有一千多里，就是邮差骑快马也得跑上四个整天。肖总管警告派去的人，不可像邮差那样跑马，那样会将烤得酥透的月饼颠倒零碎了，把万岁爷的赐食颠倒零碎了，也就等于你们的身子不会完整了。所以这一干人宁肯让马走成鸭步鹅行，也不能让这爿月饼掉一点儿碎渣。这就足足走了半个月才回到京内。秋天是食物极易腐坏的季节，那爿月饼又里外三层地包裹了半个月，当皇室的人分到月饼时，月饼的皮面上生满了绿毛，里边的莲茸馊味刺鼻。但皇室的人想到圣上千里迢迢使人送来象征阖家团圆的月饼时，都感动得不得了，就只去想圣上的赐物不可不食，不会想绿毛馊馅了，结果众人吃了后自然跑肚拉稀，有两个体弱的公主旋而中毒，差点儿断送了性命……常二的大月饼虽然在宫里取得了人仰马翻的效果，但与常二的手艺无关。常二侍候乾隆祭祖返京后，就派到郑金山的野意膳房里做了上手厨子。常二是在嘉庆四年春天里染疾而终的，他生前没有郑金山的运气好，只熬到庖掌的位置。郑金山是啥人呀？前面不说了吗，那是六品蓝翎尚膳侍卫，比县太爷还官高一等呢。能获此殊荣的厨役在清宫中仅有两位（另一位是康熙宠厨张东官）。郑金山的职衔是终身制，为皇上司膳也是世袭的。就是说郑金山死后，他的儿子、孙子乃至滴了耷拉的孙子，都能进到御茶膳房供差。常二就不一样了，常二死了就死了，他的儿子只能在“燕京楼饭庄”耍手艺。大清朝倾覆后，御茶膳房也随势解体，郑金山的第六代孙郑昌盛就回到祖籍扬州开酒楼去了。读君问了，你不是在说常二的事情吗，咋扯到郑金山和他的后代身上去了？不是我跑了题儿，因为下面的故事与郑金山的后代有关，我是先交代几笔，打个铺垫。

回过头来还要继续钩沉荷州的往事。道光以后，海内危机四伏。荷州因是两京之间的必经之地，军事位置尤显重要，所以在这里统领八旗兵驻防的都是武职将军。道光二十一年七月，一个叫“双喜”的将军在秀女湖“荷花入暮犹愁热，低面深藏碧伞中”的时辰，率着亲信从盛京赶来接管了荷州的防务。双喜将军一到，荷州知府关崇秀就在“燕京楼饭庄”设宴为他接风。关知府知道双喜将军是汉人入旗，特让“燕京楼饭庄”主灶的，也就是常二的第三代孙常显贵仿制了几桌“汉席”，因而接待气氛就很融洽。过了两天，双喜将军在府上回请了关知府。双喜将军也知道关知府是旗人，就让他的汉人家厨、擅制鲁菜的蒋振祥仿制了几桌“满席”，接待气氛同样很融洽。后来两位军政长官为了搞好军政一体的关系，就隔三岔五地按着上述这种宴式互相酬请。这就使佟府的那位佟大老爷的后世佟福不满了。佟福仰仗着祖上对修筑御路捐资有功，被道光封了个二品护路使的官衔，并加授了三等公爵。佟福认为双喜将军和关知府这种做法是互相投其所好，忘乎所以。再说，如今国库空虚，朝局吃紧，连道光皇上每天都只吃一个猪肝烧豆腐，你们山吃海喝，乃属挥霍国家资财、图谋私欲之举，就放风要向道光皇上弹劾他们两个。双喜将军听到风声吓得够呛，忙将蒋振祥放出了将军府，另聘本地一个满厨做了家厨，以避非议。但他背地里资助蒋振祥在御路旁的闹市上开了“华馨楼饭庄”，自己当了后台老板。为了对付佟福可能性的弹劾，他把关知府请来商议此事。两人共识后就敲定，日后凡互相酬请，一律不再反串“满席”和“汉席”的节目，席中定要满、汉肴馔各居一半，以示不分彼此。这种做法就挺聪明，也能堵住佟福的嘴。蒋振祥因与双喜将军过从甚密，很快领悟了这个用意，就率先在“华馨楼饭庄”打出了“满汉全席”的牌子。“燕京楼饭庄”的常显贵也心有灵犀，遂即亮出了“满汉大宴”的招法。后来两家的买卖都做到了“知味停车，闻香下马”的良好地步。这样，在地方军政长官和两家大饭庄的带动下，大小官府里就掀起了一股满汉共食的旋风，就连满、汉市井小民之间如逢年节或有庆贺之事，也都照此仿效。如今我们荷州地区有些雅肴俗馔，十分有名的，如满汉鱼翅、满汉狍鹿、满汉福肉、满汉羊肉、满汉椿鱼、满汉豆腐等，都是那个时候流传下来的。

荷州能显山露水也有地理和经贸的原因。这疙瘩西南面不远够得着渤海湾，北面与松辽平原能扯上连襟，东部尾巴梢挂着长白山余脉，西方直通内蒙古大草原，清初就是水陆林山货物的集散地。四方周转过来的物产都得打上荷州的字样，不少品种后来陆续成为贡品。这就等于清帝的膳食结构里，有许多是我们荷州饮食的营养成分。凡经贸集散之地，附属商业就像跟屁虫，尤其是康熙以后，因地擢置府，经贸活动倍加繁盛，这里的酒楼饭馆也像一大帮小丫头蛋子，女大十八变地变成了大姑娘，又由大姑娘变成了小媳妇，下了老鼻子崽了。到了道咸时期，已是食坊林立，酒肆几及六七百家，烧烤羹汤的烹饪之术也算源远流长了。

民国以后，我们荷州餐饮业也随势有变。由于宫府的膳食随着清解而淡化了，市肆上的满族饮食也从原来主导者的位置上跌落下来。拿“燕京楼饭庄”来说吧，主灶的常启明，也就是常显贵的第四代孙，他就感到生意大不如前。“燕京楼饭庄”在鼎盛时期与常二进宫当御厨颇有关系。常二没了后，这生意就低下来几成；大清朝没了后，生意更趋下降。好在这地方民风淳朴，庶民百姓在吃的意识中没有渗进多少政治变革的因素，“燕京楼饭庄”这时还能维持经营。与“燕京楼饭庄”长期竞争但一直处于劣势的“华馨楼饭庄”，这时生意却逐渐兴旺。掌柜兼主灶的蒋清和，也就是蒋振祥的第四代孙，他就感到风水轮流转了，以致他又沿着昔日的御路延展了几家分号，足见其强劲的经营能力。这个时期荷州又闯进来个“苏扬酒家”，经营者和主灶的正是郑昌盛的两个儿子，哥哥郑财是商人，只管投资做买卖，弟弟郑库是世袭的厨坛高手，两人一唱一和，“苏扬酒家”一开业就火得厉害，没多久又在城内东西南北四个地脚陆续开了四家分号。郑氏兄弟为啥来荷州开酒楼？普遍的传闻是他们祖上郑金山因得宠于乾隆，郑昌盛回扬州开酒楼就开得很有名气，以致有“淮扬第一楼”之称。清朝一亡，郑昌盛的酒楼受到了前所没有的冲击，这老爷子一急就攻火烧心咽了气。郑财、郑库给老爷子送终后，为避反清情绪带来生意上的逆反，才决定挪个窝的，于是他俩瞅准了“南菜北移”的商机。这样一来，郑氏兄弟的苏扬风味与蒋清和的齐鲁风味等于不谋而合地组成了烹饪联军，胜利会师荷州。各自为政的本地酒楼饭馆势孤力单，哪能抵挡住这种强大攻势？许多店家就望风转舵，纷纷扯起白旗来，改成了齐鲁或苏扬的饮食番号。

几十年后，到了 1961 年，我入厨门时，荷州餐饮业已呈三足鼎立之势，鲁派、苏派和满派平分了这里的饮食天地。三大帮派的掌门人分别是蒋清和之后蒋大炮，郑库之后小如来和常启明之后常秀才，他仨当时被称为荷州厨业的“三驾马车”。下面，我就讲讲“三驾马车”的事情。不过，“三驾马车”都是我的前辈和师长，按着行业里的规矩，我得“你老、你老”地称呼他们；但我这里是写小说，这得像我们荷州公众舆论那样习谓他仨的诨号才有意思。解释这点，也为避嫌，免得同行间说我这小子犯上不恭。

鲁厨蒋大炮

蒋大炮乃蒋瑞，胶东人也。他只念过二年私塾，因长期行迹厨行这种文化低层区，因而他的说话就像早年农家院里盛炖菜的大海碗一样粗糙和实惠，带有毫不修饰人体本性和内心欲望的那种直白。他的嗓膛豁亮无比，出口的声音约莫比常人大出三倍。能发出这样大的声音，可能是体内从上到下的器官都不曲里拐弯，上下气畅通无阻，说话像竹筒倒豆子，放屁也嘣嘣山响，为此他得了个“蒋大炮”的诨号。有次他与小如来和常秀才被饮食公司的赵经理约去，在一间屋子里研究厨师晋级考核的事。赵经理还没有来，蒋大炮坐着坐着，突然肠气下坠，想要放屁了，就对那俩人说，俺要放屁了，提个醒，免得吓着你们。常秀才说，有屁外面放去，别熏臭了屋子。蒋大炮眼一瞪，说，找挨骂呀？你这不难为俺吗，让干部们听见俺在走廊放屁，寒碜不？再说响屁不臭，臭屁不响，俺又憋不住了。小如来说，行行行，有屁你快放，我俩有精神准备啦；不过赵经理来时，你可千万别吭气儿。蒋大炮就浮出一种连怒带笑的神情瞅着小如来，放了两个很响的屁。那俩人听了心笑脸不笑，脸要笑出来可妥了，蒋大炮肯定要骂，为了屁事挨骂不值得。接下来好像是小如来开的头，他把对着蒋大炮的脸扭过来向着常秀才说，你家祖上常二爷在我家祖上手底下干活儿那年头，为乾隆皇上做的可都是苏扬菜，这回厨师们试菜定级，我看还是按着老规矩，以“苏扬酒楼”的风味当评定标准好啦。小如来说的他祖上就是那个六品蓝翎尚膳侍卫郑金山，他说这话可就把常秀才和蒋大炮惹得不痛快了。常秀才说，荷州的吃喝都是北食，你们苏扬是南食，南食咋能给北食定框框呢？再则，我家祖上和乾隆皇上是一个宗族，宗族的饭菜在御茶膳房里才是为主的，你们苏扬菜是配头，你别主次不分。要说老规矩，还得以“燕京楼”的风味为评定标准才行。这时，蒋大炮憋不住话了，敞开大嗓门儿说，你们两个都在显摆祖上是御厨是不是？俺可提个醒，俺们山东掌灶的可是你们御厨的爹！常秀才和小如来听得一愣，就都生起气来，同声指责蒋大炮，说你狗屁连天，也太不像话了，咋能戏弄我们祖宗呢？蒋大炮说，咋？戏弄你们祖宗？这不放狗屁吗！俺问你们，是明朝在先还是清朝在先？那两人都说，当然明朝在先啦。蒋大炮说，这不得了，明朝就是清朝的爹。俺爹听俺爷说过，明朝宫里的御厨都是俺们胶东人，顺治入关后，把俺们胶东御厨留下来一大帮做“汉席”。你们苏扬菜是顺治的儿子康熙和顺治的重孙子乾隆下江南时鼓捣到宫里去的，哪有俺们山东菜的资格老？明朝是清朝的爹，俺们山东掌灶的就是你们清宫御厨的爹，是这么个理不？是俺们山东菜，加上你们苏扬菜和满族菜，三股搓条才把清宫御膳拧成个大麻花。还讲啥老规矩？老规矩是俺们山东菜，山东菜是北食的老大哥。要俺说，“华馨楼”的风味做标准才最他娘的合适！那两位听了，噎气是噎气，可也说不出个啥来。就这样仨人各说各的理，这事一时就卡壳了。后来还是蒋大炮说了公道话，他说，其实俺没想把山东菜当框框，俺看你们两个都争着当主，俺才这样说的。这么的吧，厨师做哪派菜，谁就当主，谁就是海参，别人是葱段；做山东菜，俺是爹；做苏扬菜，你小如来是爹；做满族菜，就轮着你常秀才是爹了。这成不？他见两人不吱声儿，又说，咋不听响？那等于放闷屁了，俺就把这个意思汇报给赵经理……

蒋大炮生得平头方脑，身宽体壮，走起路来一股子冲劲儿，带着粗拉拉的雄气，腰板挺得倍儿直。他和小如来、常秀才虽然像嘴里的牙齿时常磕磕碰碰，但谁又离不开谁。那次蒋大炮休息，到“苏扬酒家”看望小如来，他是穿着白汗衫黄军裤走进厨房的。小如来见他来了，忙扔下手里的活儿，眉弯眼扬地招呼他坐到自己歇气喝茶的地方。厨房里的小厨师们见店里的祖师爷对这人如此殷勤，以为是大包房里吃喝乐了的老将军下厨房里慰问来了。小厨师们在学校里都受过革命教育，对老将军那是很尊敬和崇拜的，不知谁就喊了一声，向老将军致敬，向解放军学习！接着就噼噼啪啪响起一阵巴掌声。蒋大炮听得一愣，接着哈哈声响得像一片老鸹叫，说，啥他娘老将军，俺是火头棒子，是你们二爷。蒋大炮不是乱摆谱，他与小如来和常秀才在岁数上说，他排老二，因此在厨行中惯以二爷自居。这时小如来就笑着说，这是蒋瑞蒋师傅，你们都少花眼哪，别乱喊乱拍的。

小如来当着小厨师们的面对蒋大炮称姓呼名，这是给蒋大炮一个脸面，他和蒋大炮单独说话时张口就是蒋大炮了。他要和常秀才背后叨咕蒋大炮时，蒋大炮就被叫成蒋屁筒子。别看小如来和常秀才随着不同场合管蒋大炮叫这叫那，但对他烧得一手好菜心里都服气，可嘴上却拉硬，就像下棋的输了招儿还说赢了一样。有一次饮食公司的业务会在“华馨楼饭庄”召开，蒋大炮在会中现场表演“扒三白”，这菜是他的绝活儿。只见一个大翻勺翻过去，呈饼状的软塌塌黏稠稠的菜面就从底部翻到上面来，盛到盘子里后，白菜段、肥肠片、龙须菜三趟溜直，明油亮芡像一层玻璃罩扣在上面，白菜中含有虾鲜，肥肠内浸着火腿香，龙须菜里有奶油味儿。一个菜三个味儿。小如来在旁看了，拿手遮起嘴对着常秀才耳旁说，现在谁稀罕白菜，做得再好也没人吃。常秀才也背过身子，对小如来小声说，芡太大，黏糊糊地吃着腻味。小如来说，芡大油就大，油不大芡抓勺，那勺能大翻过来么？就是大油大芡呗，这菜没法吃。蒋大炮做完了菜，把大马勺往勺架上“叭嚓”一甩，说，两位，行不行呵，提点意见。小如来马上竖起大拇指说，高！色香味形样样俱全。常秀才说，提啥意见哪，你是逼着我们表扬你呢。

蒋大炮本来有望当学子的。那时候蒋清和开饭庄发了财，想一改厨师世家的门风，指望蒋大炮念个大书，将来光耀蒋家门庭。蒋大炮十二岁时被蒋清和逼着念书，念到十四岁时说啥也不念了，蒋清和打他骂他或耐心开导他都无济于事。有一天蒋清和忽然就明白了，鹅吃糟糠鸭吃谷哇，啥人啥命，骨血里都注定的。唏嘘叹息了一阵后，就把蒋大炮放进了厨房里。蒋大炮恰似如鱼得水，务厨道学手艺贼灵，这叫各走一筋。蒋清和见状，又是一番感慨。他仗着财大气粗，为了把儿子撸成一把好灶头，参翅鲍肚供着他，令他只管大胆去烧，烧砸锅了倒掉重来。可以说，蒋大炮练就了一身绝技，那是用成吨的山珍海味的废品换来的。蒋大炮二十多岁就蜚声厨坛，尤以制作高档筵席见长。内战时期，蒋介石多次来荷州视察军情，在“华馨楼饭庄”宴慰属僚，都是点蒋大炮主的灶。

蒋大炮是我的带手师。那年我高中毕业后因患疾病，没赶上考大学，父亲鼓励我参加社会工作，正恰财贸战线要吸收一批新生力量，我就被选送到“华馨楼饭庄”当了厨徒。其实，我的志愿是想当一名地质学家，戴着旅行帽、背着行囊、扛着测量仪器去探索祖国大地的奥秘；最好我的眼睛再近视一点儿，架个金边眼镜就更够样了。我让奇峰绝巘、沃野平畴都留下我的大脚印。如果当不成地质学家，当一名远涉重洋的水手也中，每日看碧波粼粼，听鸥鸟嘤嘤，再伸开双臂放开喉管冲着大海“啊”地一声，那份浪漫准得让我晕眩。当时我对厨师这个行当还只是觉得新鲜有趣，学学烹饪就算我生活中的小插曲吧，将来至少能给老人做度寿宴或是给老婆孩子搞搞周末晚餐。我自信宏伟的前途还在后头哩，所以我感觉我当厨徒是颇具生活远见的。当时我拜蒋大炮为师时，他已经五十岁了。

学厨时，我发现蒋大炮还真把我这个啥也不会的豆包当成干粮了，他整天瞟着我的一举一动，使我觉得我像个小偷被个老警察给盯上了。起初，我活儿出了差错，他只是大声呵斥，这算客气。常了，便大开骂戒。我头一次挨骂与两只王八有关。我们厨业称王八为甲鱼，那时厨房里有个大水池子，池子里养着甲鱼和各种淡水鱼类，没事时我就坐在水池边看着水里的动物游来游去的，觉得好玩。当时我发现两只甲鱼在水池里咬起架来，就捞起它们想制止这种互咬。甲鱼是狠种，牙像钉子，任凭我咋掰扯，这两个混账东西就是不松口，气得我“叭叽”一声把它们撇到水里，一看它们两个仍是咬在一起。我不信就治不了你们！回手就把灶台上挑炉圈用的火钩子烧热了，再把它们捞上来，往池台上一放，然后把热头火钩子冲着它们咬在一处的地方捅了上去，只听“吱”地一声，不知是烫了皮肉发出的声音，还是两只斗殴爬虫疼得叫喊起来，反正随着这声音，它俩即刻分离，急速地蹬着爪子逃进水里。我正得意用这高招平息了水中的这场战斗时，冷不丁就挨了一个脖儿拐，随后就是蒋大炮的骂声：王八犊子，你吃饱撑的！你把它们烫死了，还咋当活的卖？企业要受损失，就从你这月的工钱里扣！晚上你不能下班呵，罚你切两个小时的肉丝，切不好，把你耳朵割下来！我当时连惊带疼，捂着脖子一龇牙，嘴也咧到一边去。那放二踢脚一样的动静唬得我差点晕了过去。

山东馆的师傅们被俗称“山东帮”，灶台掌灶的也等级森严，耍手艺要排座次。每至营业时，蒋大炮在头灶烹制高档珍馔，我在尾灶炒个饭煮个汤啥的。哪号灶台的人炒哪类菜，都有内定，不可造次。那日是星期天，老忙了，各个灶台旁的案子上堆着要炒的配菜简直铺天盖地。我见蒋大炮正埋头忙活，别的师傅紧着颠勺扒拉，就乘人不注意，偷着拿过来一盘配菜做起“干烧兔块”来。菜做完了由传菜员端走了，传菜员刚端到厨房门口，被蒋大炮一嗓子给喝了回来。我见状吓得一伸舌头，心想糟了，这老警察是把我黑上了。传菜员把那盘菜端到蒋大炮面前时，我注意到他的气色就变了，冲我吼一声，你小子给我滚过来！我胆突突地像被他拿枪逼着似的乖溜溜地就过去了。他这就骂开了，小兔崽子，做的啥玩意儿，呵？黑不溜秋，水了巴叽。你挺会偷门盗井呵你。不会做你问问哪，混他娘整，企业的名誉不叫你败当完了吗！这个菜你赔呀，从你这个月的工资扣！说完把那盘菜往案上一掼，那盘兔子生了腿儿似的顺着他的掼力就从盘中跳了出去，一半跳到案上，一半跳到地上。我一见旁边围了那么多老少爷们看着，窘得我恨不得像土行孙钻到地沟里去。当时我的脸热得像发烧，我想一定是红胀胀的，大概整整地像一盘红扒乳牛面。我想树有皮，人有脸，咋能当众把我损得像个王八犊子似的呢？呵，我摆弄王八，就骂我王八犊子，我摆弄兔子，就骂我小兔崽子。这回呀，我啥也不摆弄啦，不侍候爷啦，就赌气说了声，我还不干了呢！就跑到外面，蹲在墙旮旯哭起来。没过多久，蒋大炮找我来了，说，你小子懂不懂，打是亲，骂是爱，不打不骂我就拿脚踹。你的三个师兄，一个叫俺骂到京城钓鱼台做国宴去了，一个叫俺骂到老美，还一个叫俺骂到墨、墨啥的哥了，都他娘出息成熟了。俺不骂你们，你们好不了。你们做错了，俺就骂，想不挨骂，活儿得做到家。你还想不干了，问俺干不干？你要明白，俺是要给你骂出来，别他娘的四六不懂。还像丧家犬蹲这干啥，给俺干活去！我听了，有点寻思过味儿来了，嘴一撅，说，干活就干活去！说完撒腿跑了，耳后听到蒋大炮说，嘿嘿，小兔崽子还挺犟。

发工资那天，我把装在信封里的钱数了数，一分没少。我对会计说，你忘扣我一个菜钱了吧？会计是一个烫着卷发的老女人，她龇着两颗大金牙说，不就是那个什么兔子菜吗？我说，对呀，是兔子菜。老女人说，你师父让我扣他的了，没你事了。我一听急了，说，我做坏了菜，咋能扣师父的钱？不行，你得扣我的。老女人说，你师父不让呵，不扣他的钱，我抗得起他骂吗？我说，那我去还师父的钱去。老女人说，哎哎哎，你可别去还，他的脾气你还不知道？你提还钱的事准得挨骂。我一想师父骂人时那副凶样子心就突突，站在那儿不知如何是好。老女人用一根手指头戳了我一下脑门儿，说，你呀，好好做活计，你师父就乐，这比啥都强……

就这样，我在蒋大炮的骂声中成长，在刀光火影中壮大起来。三年后在一次全市青年厨师的烹饪锦标赛中，我以制作“绣球甲鱼”和“干烧兔块”两款菜魁名高中，竞技夺冠。当时的裁判除了蒋大炮外，还有小如来和常秀才。

嗣后，听说我被评为第一名还有一场争议，因为厨业里毕竟还有些帮派间的排他性。蒋大炮的徒弟夺了标，小如来和常秀才就有些不服气。当时常秀才对蒋大炮说，蒋大炮，你徒弟做的菜你不能说一好百好，这不成护犊子了么？你得让我们说好才成。蒋大炮听了又瞪眼了，说，放你娘的罗圈屁，好就是好，孬就是孬，俺护啥犊子了？那你说，他这两个菜，色、香、味、形、器，哪块有差？就是俺做，也够呛做到这份上。他不第一谁第一！该咋的是咋的，俺是鸡蛋里挑不出骨头来。常秀才挨了骂，又找不出道理说我的菜做得不好，只好笑着说，好好好，我拗不过你。我是秀才遇到兵，有理说不清呵。这时小如来又说了，蒋大炮，你徒弟这两个菜做得不赖不假，可他是第一不能从你当师父的嘴里说出来，事情不在这儿吗？蒋大炮说，你这是啥道行，呵？他菜做得好，让俺说不好，那俺是啥裁判。当裁判就得公正，他的菜要是做不好，俺当场就骂，还容你们两个拐弯抹角？小如来听了，愣给眼到那块儿了，无奈地摇摇头，就不再言语。

我当了青年厨师冠军后，蒋大炮再也没骂过我。不但不骂我了，还对我相当客气，这使我受宠若惊。习惯了挨骂的人忽然像姑老爷一样被人客气起来，心里头还真有点不得劲儿。我说我像姑老爷那样被蒋大炮客气起来并非空穴来风，我的下唇长得挺厚，相学上说下唇厚的男人老实厚道、可交。不管这种说法是否可信，反正蒋大炮认这个理。我听过他与别人叨咕过，说我这小子忠厚、实在，可能就是指我的厚嘴唇说的。咋忠厚实在了，我还真没理会。我只是想，在蒋大炮面前我还敢不老实？他是我的师父呵，师徒如父子，我不对他老实就是对父亲的轻薄和不孝。那段时间，我和蒋大炮之间的“私气”渐渐浓了起来，当然这种“私气”主要来自蒋大炮那方面。每当我休息的前一天，他就问我，明天你休息有事吗？我说，没事。我说的是实话，一个光棍休息天能有啥事，有事就是玩。蒋大炮说，没事明天你上俺家去，帮俺干活儿。我说，干啥活儿？蒋大炮说，打煤坯。他家住在一个老式宅院里，冬天没暖气，入秋之后必须把过冬烧炕或做饭用的煤坯打出来晒干，然后垛到偏房里，随用随取。蒋大炮的话对我来说就是圣旨。尽管我想在休息天一觉睡过晌午头儿，再找个小饭馆来盘熘三样，喝冰啤酒，吃两张油乎乎的牛肉馅饼，然后到秀女湖划船，让船儿随着秋天的湖波漂荡，一直漂荡到夕色中，看天边的落日映进湖水里。看来这是浪漫的梦境了，也就是说，我在这个休息天里必须龙腾虎跃般地跳到煤堆子中间手舞足蹈，直到精疲力竭，弄得满身一块一块黑煤泥像个瘦熊猫。这样冒大汗的重活计后来我干了不少，打完了煤坯后，下个休息天就劈烧火的木柴，然后渍酸菜、搭火炕、搭火墙、装土暖气、垒鸡窝、修烟筒……干得我直腻歪，心想师父的家务活儿咋像西瓜皮揩屁股磨磨唧唧呢？这么折腾，还不如把房子扒了再重盖新的。我记得最遭罪的是雨季前的某个休息天，那一天我愣是在他的院当腰刨出个四五米深的下水井来。因为他住的宅院中间的土面很低，一下雨就积水，一积水院里就成了小湖泡子，挖个下水井就能把雨水输到地里去。当时蒋大炮也特意串到这天休息，准备和我一起挖井的。但我能让他动手吗？他一大把岁数了，哪能让他吭哧瘪肚地抡大镐？所以我就护着锹把子紧攥着镐头猛个劲地刨，刨完了就拿锹把刨松的土扬得像天女散花，以显示我无穷无尽的体力。干完了甭提累个啥熊样了，就感到两只掌面疼得蝎虎，伸开一瞧，每只掌面的指根下处竟磨出五个像玻璃球那样亮光光的大水泡来。当时我也没吱声儿，洗巴洗巴吃点儿饭就蹬车回家了。第二天我就握不住大勺了。蒋大炮见我握勺时龇牙咧嘴的，就猜想到我的手出了问题，就说，你手咋了？我说，没咋的。蒋大炮说，过来我看看。我说，手有啥看的。我就没过去，蒋大炮见我没过去，他就过来了，说，你这个小兔……呵，你这小子咋这么犟呢，我看看你的手！我只好张开掌面让他看。蒋大炮一看也就明白了，他用一种很有感情的眼神瞅着我，我就朝他嘿嘿嘿地一门子傻笑……

后来我才知道，没有儿子的蒋大炮让我到他家干活儿是个美丽的爱情圈套，他有意要收我做个倒插门的女婿。他的二姑娘长得如花似玉，我敢说，天底下这样的美人寥若晨星。那回打煤坯我头一次看见她时，脑袋里顿时就一阵晕眩，心里像突然蹿进一只小兔子狂跳不已。蒋大炮是希图我到他家里去发挥男子汉的生猛，并为我创造一个与他二姑娘结缘的良机。他二姑娘在一家银行上班，和我休息同一天，这是有意安排的还是巧合，我就弄不懂了。他二姑娘特别腼腆，每次吃饭时都是满脸通红地上菜上饭，完事就躲到屋里不出来，也不吃饭，蒋大炮老两口轮班去唤也不好使。蒋大炮对他姑娘不能打也不能骂，气得只好说，这个死丫蛋子，她不吃拉倒，咱们吃！当时我要是脸皮厚一点儿，或者见到她头不晕心不跳，就像勇敢的拿破仑一样，准能把她扯出来。可当时我觉着那屋里像藏着一尊艳光四射的女神，她可千万千万别出来显圣呵，更不能和我同桌吃饭。那样的话我非得把饭吃到鼻孔里，把白酒灌到眼睛中不可，或者当场就能瘫在那里。我要是瘫在那里，她一定会帮着她爹扶着我上医院。她要是扶我时一定是扶着我的膀子和胳臂，那极有可能使我在沉昏中冷眼见了她，就惊吓得岔了气儿，说不定没到医院就像心脏病突发那样甜甜蜜蜜地死去。后来我分析过她不出来吃饭的原因，往好了说，是她喜欢上我了，女孩子最初喜欢上男孩子，是绝对不愿意当着爹娘的面与心上人同桌同食的，这种羞赧的心理会促成如果我三天三夜不走，她就宁肯三天三夜不出来；往坏了说，是她压根儿就讨厌我，在爹娘面前，与一个她厌恶的男孩子吃饭，就像在厕所里吃炸酱面，没法往嘴里秃噜。也许，我这都是胡思乱想。

这个朦胧的爱情正在我心里刺刺挠挠作怪时，“文革”就来了。“文革”是没有爱情的年代，两口子还都文攻武斗呢。那年头谈情说爱就是小资产阶级情调，要想彻底闹革命，就要与爱情划清界限。我虽然也这么想过，但我的家庭出身和客观条件不允许我做彻底的革命者。既然做不了彻底的革命者，就得提防着点儿别因一着棋下错误导了自己又连累了别人，所以我对蒋大炮的二姑娘的爱情寻觅就视为畏途，也不敢再去多想了。我的家庭成分虽然“未划”，但造反派研究了我的家史，认为我的爷爷在伪满时期的荷州机械局当过会计，是个不折不扣的伪职员，后来在荷州郊区买了十亩地，这就构成地主成分了。地主肯定是放高利贷榨取穷人血汗的。土改前，这老地主又把地给卖了，说是家境败落，其实是老奸巨猾，见风使舵，想弄个无祸一身轻。你老家伙骗得了历史，骗得过造反派的火眼金睛么？地主就是地主，“未划”就是漏网的地主，于是我就被定为地主阶级的狗崽子，地主阶级的狗崽子是没有权利参加革命的。当时，“华馨楼饭庄”的齐鲁风味一夜之间就成了“四旧”，菜牌子被红卫兵收罗一起，一把火烧了。蒋大炮也成了黑帮，我也就被当成蒋黑帮精心培养的修正主义苗子。蒋大炮成为黑帮的罪证之一就是他给蒋介石做过菜。那次造反派在“华馨楼饭庄”的宴会大厅里召开现场批判会，蒋大炮在前面的小舞台上站着。造反派问他，蒋大炮，你和蒋介石一个姓，是一家子嘛，怪不得蒋介石一到荷州就找你做菜。你老实交代，你和蒋介石啥关系？蒋大炮说，有关系呵，他是“华馨楼”的老主顾，一来荷州就到俺这儿摆宴请客。俺爹说，老蒋不差钱，得给他点儿面子，打个八折吧。俺一听就不高兴，他那么有钱，赏钱都不甩几个，还打什么折，不打！可俺爹还是给老蒋打折了，气得俺一摔大马勺，三天没给俺爹玩活计。造反派听了虎起脸说，你扯啥王八犊子，你倒成了反蒋英雄啦。蒋大炮就火了，说，你骂谁扯王八犊子，你小王八蛋子跟二爷咋说话呢。说着上去就给那个造反派一巴掌。他是把造反派当成惹他生气的徒弟了。造反派那年头顶天立地，打造反派就是打击革命。于是几个造反派扑上来，把他摁倒在地一顿胖揍。蒋大炮长这么大岁数，除了他爹之外还没人打过他，他心里就挺奇怪，奇怪之中忘了疼痛。他一边扒拉着那些挥过来的拳脚，一边说，×你们娘的，拉倒吧，别闹了别闹了。他说完这话，见那拳脚仍然在他身上擂打不休，这才急眼了，就大吼一声，别闹了！那声音像个炸雷“咔嚓”一声，把那几个打手震得一哆嗦，就像触电似的缩回了手脚。挨了蒋大炮一巴掌的那个造反派是个小头目，这时他瞥见台底下不少人拿凶狠狠的眼珠子瞪他。他就知道蒋大炮还有不少徒子徒孙，把他们惹翻了自己肯定倒霉，就连忙用眼神把那几个打手撵到一边去。但他还得要面子，就说道，我们造反派认为，蒋大炮极有可能是蒋介石当年密谋授意、潜伏荷州的特务，这个特嫌分子有待进一步核查，不久要向广大革命造反派通报核查结果。蒋大炮坐在小舞台上揉着腿，听了这话就说，呵？归齐你们不是闹着玩呀，你们想叫二爷当特务，×你娘的，好，我站起来再说。说着就笨了巴叽地要站起来。这时台下忽拉蹿上来一大帮人，我随后也掺在里边。我本来属于“黑五类”子弟，搞造反闹革命、参加批判会都没我的份儿，我的任务是起早贪黑老老实实给大串联的红卫兵们做大锅菜。红卫兵们走饿了、走渴了到这里随便吃随便喝，没人敢向他们要钱。当时，我在厨房里听到前面一阵吵嚷骚动，意识到出啥事了。出去一看，蒋大炮正被几个人摁在小舞台上挨揍呢。我心中顿时火起，就折回厨房操起两个大马勺冲了出去。打蒋大炮等于打我爹一样，狗崽子的爹也是爹。当时我豁出去了，头掉下来碗大个疤，我不能瞅着师父挨打。等我冲到小舞台前，那些造反派已被我那帮师兄弟还有徒侄啥的吓跑了。蒋大炮见我圆瞪豹眼，一脸怒气，抡着两个大马勺的样子，就嘿嘿笑着说，你干啥呀，岳云耍双槌呀？我梗着脖子说，算他们腿快，有能耐别跑哇，我不把他们脑袋瓜子砸扁两个就不是人揍的！蒋大炮说，你可别给俺惹祸呵，赶快滚回去烧菜……

“文革”过后，百废俱兴，餐饮业走上正轨。蒋大炮不是黑帮了，我也不是狗崽子了。到了1975年，荷州成立了烹饪专业学校，我因有高中学历，又挂着青年厨师冠军的光环，就被选拔到学校里当了教师。临调走的那天晚上，蒋大炮和“华馨楼饭庄”的一些同事们为我设宴饯行。当时蒋大炮酒酣耳热，在那里大发感慨，说，没想到哇，俺还骂出个教师爷来。嘿嘿嘿，俺他娘的有种。然后就把两颗有点儿散光的眼珠子转过来盯着我说，你小子当了教师爷，可不兴骂人哪。教师爷没骂人的，俺要听见你在学堂骂人，俺就到学堂上骂你去！他说完这话后，我见他的眼眶里很湿，在灯光下亮闪闪的，眉眼间显出很动情的神态。他的眉棱跳动了几下，嘴巴略微张开，脸上的红润度也增强了，这使我感到他可能有蓄意已久的话要说。果然不出我所料，我正奇怪这位直肠子师父咋还有这么复杂的表情时，蒋大炮就与挨着我的那个人调换了位置。这个动作很正常，师徒俩在酒席桌上挨着坐着，不会引起旁人在意。蒋大炮坐在我身边时，先是扫了一眼周围的人，见大家或站或坐地把着酒杯，争着抢着说些拼酒的调皮话，就把嘴凑到我的耳边说，你小子呵，啥都不赖，就是搞对象，木，比木头疙瘩多口气。俺管天管地，管不了你们拉屎放屁，白让你在俺家干了那么些活儿了。我听了脑袋里轰的一声响，全身发起烧来。蒋大炮说得很含蓄，但我听得很具体。十多年前的事了，他还想着这时候表白一下，足见他也有城府的一面。那时候，他二姑娘确实让我心旌摇荡了好一阵子，她常常在我的梦中出现，惊得我在半夜里睁大眼睛睡不着觉。从蒋大炮方才的提示里分析，这本来可以发展成一个丽影成双的美好故事，由于我的过分木讷和胆怯，就把它抵消得无影无踪。看来爱情需要勇气和大方，更需要有穿透思想障碍的胆魄。尽管我是一个抓不着爱情的傻小子，可还有抓得着傻小子的爱情。后来，“华馨楼饭庄”来了位叫田美美的新服务员，她正巧住在我家的前一条胡同里。我们下班时都很晚，她收拾完前台就坐在那里等我，大大方方说一个人回家穿小胡同害怕，要等我一块下班。她这样做就给我创造一个心无鬼胎与她结伴回家的气氛，再后来她就勇敢地说要与我交个朋友。一个男人被女人缠上了，十有八成要成为爱情俘虏。再后来我们真成了一家人，如今已有个十岁的孩子。想到这里，我的情绪很复杂，一种晦气悄悄袭进心房。晦气又很容易变为怨气，那怨气就在我心中发作起来，我就想你这个大炮师父咋当的，能把我骂成冠军，骂成老师，咋就没有能耐把你的二姑娘骂给我当老婆呢？

苏厨小如来

荷州烹饪专业学校坐落在秀女湖西畔的老城街北撇，原址就是乾隆曾经住过的那位佟大老爷的府宅。府宅的门楼上翘起的飞檐和墙顶的琉璃瓦早已蚀迹斑斑，失去了光泽。瓦缝砖沟里长满了小草和野花，给人一种颓败之感。校牌子挂在门右侧的大青砖墙壁上，门前的石阶坑坑洼洼，留着一个朝代的历史履痕和岁月风雨的剥蚀。只有很高很厚的两扇大门新涂了红漆，尽管与周围陈旧的物体不甚协调，倒还溢出一股盎然生气。如果不走近门前看到校牌子，很难想像这座古老的建筑与谈吃讲喝的学校有啥内在的联系。我到学校报到那天曾有过思古幽情，站在校门外的台阶上往前观望好一阵子。马路那边人行道的红栏杆后面便是秀女湖了。这时正值中秋时节，这个时节我站在这里，就感到周遭的悠悠古气在无形地弥漫，校身前面那条御路早已变成繁华的街衢了，市尘之声恍惚传来乾隆东巡时的车辚辚、马萧萧，扈从队伍的嘈杂动静依依袭耳。秀子湖上漂浮着的一片片荷叶已经枯黄，这也是一种历史的颜色，令我想到那位神秘的秀女是不是搂着八旗兵的一堆残矛断戈在一潭沉沉的绿水里长眠呢？

按照校方安排，我被定职为小如来的助教。小如来也是新近被委任为学校教研主任的。这就是说，他不仅是我的专业导师，还是我的顶头上司。小如来的正名叫郑广宇，比蒋大炮大一岁，比常秀才大两岁。他的前额宽而端正，凸凸亮亮的，嘴巴阔大，耳根有很长的肉坠，加上他的细眉弯眼，这就很引人往佛面上去想。人们对他的这种祥泰感觉，他也体会得十分入道，所以年轻时候就索性剃了光头，即使在冬天，头皮上也无一根毛茬。他身板子也挺厚实，我想他的脚板子也不单薄。因为他走路时，身子向前移动得很稳，看不出有起伏感，这肯定与他脚掌的厚肉层有关。如果脚掌是皮包骨，一硌地必然一颠一颠的，像我就是这样。小如来的诨号也有个缘由，一般被人津津乐道的是这么回事：有一次，“三驾马车”到饮食公司开会，会前仨人坐在一起闲聊，常秀才打量一阵郑广宇的光头，对他说，你老伙计，只是缺件袈裟，多位老妪，不然就是小如来。蒋大炮接话说，俺说秀才，你少转着酸文捧他，他啥小如来呵，不就是少件黄斗篷，多了个老婆，不然就是老和尚吗？叫他老和尚算恭敬他，惹了俺，俺就叫他老秃驴。郑广宇听了瞪眼绷脸，出手就给蒋大炮一巴掌。蒋大炮用手捂着挨打的地方，嘿嘿笑着说，佛门不开斗戒，你抬手就打人，是他娘的假和尚……尽管蒋大炮调侃逗骂，过后还是接受了常秀才的观点，也叫起郑广宇为小如来。两个厨坛闻人这样叫来叫去，就把“小如来”的诨号叫出去了。小如来对我到学校工作，当初是怀有戒备的，这是手艺人帮派间的排他性反映，对此我早有思想准备。我刚上班那天，他就给我来个下马威。他对我说，你是蒋大炮的徒弟，也就是我小如来的徒弟。我连忙说，那是那是，你们都是老前辈，都是我的师父，往后，你老就把我当徒弟使唤好啦。小如来“嗯”了一声，说，学校是讲课的地方，拿什么讲呵，要拿嘴讲。你要跟我学讲课，动点儿嘴皮子功夫。别像蒋大炮，他是茶壶里煮饺子，有嘴倒不出，一说话还骂人，这能当老师么，是不是？我听后不是滋味儿，像吃了几口馊饭。心想，你知道我是蒋大炮的徒弟，咋能当我的面埋汰他呢？你小如来这是很错误的嘛！尽管我心里这样想，但当他的面是不敢这样说的，更不敢背后传话。对前辈之间的是是非非、互相揭短，我历来是这个耳朵听，那个耳朵冒出去。这时候我就使个狡猾的伎俩，我说，蒋师傅说啦，让我跟你老好好学，拜你老为师。其实蒋大炮没跟我这么说，他跟我说，你可别学那老和尚一门子瞎白话，他能把死人白话活了，得实实惠惠教人家点儿真玩意儿才行。小如来让我这几句话说得好像很感慨，他就说，你师父那人骂是骂，该咋的是咋的，菜做得不赖，以后叫他来给学生做做菜。我听了心中一喜，也觉得有了台阶下。徒弟辈的就得这么当，得会两面光，会两面抹润面霜。

由于小如来让我答对得挺高兴，这天下午，他领着我在这座昔日的佟府里绕场一圈。上司屈驾陪一个新来的下属熟悉教学环境，这是工作将要接轨前的一个重要细节，可以起到礼贤下士的作用，所以我很感动。这个占地足有一万平方米的古建筑由三个差不多相等的大套院组成，正堂正楹、配厩耳房已经粉饰一新，窗棂上都新安了亮闪闪的玻璃，大青砖铺就的地面依然故旧，常被踩着的、已经踩了二三百年的地方，像一堆堆被切菜刀磨得变了形的磨石那样拼凑在一起，不常踩着的地方仍很平整，边边角角处长着苔藓。枝干比壮汉胳臂根还要粗的古老丁香树，在套院四周或屋角墙边参参错错地默立着，给人留下一片紫色的回忆。斜阳祥和地照在这片院子里，周遭是这么静谧和安宁，这很容易引起观者的怀古思绪。我就想，这里的门官、家丁、马夫、妇奴都已消逝得无影无踪了，膳房里那些面黄有须或面黄无须的前辈们呢？哪里是他们灵魂的栖泊地？一种寄慨遥深的感情在我心中涌起。临来学校前，我特意到图书馆查阅过光绪年间的《重修荷州府志》，志中对当年乾隆东巡盛京途中驻跸荷州佟府时，载有这样一段文字："荷州佟氏，膏腴万顷，纯庙（乾隆——笔者注）东巡驻跸其家，时逢中秋佳节，进奉上方水陆珍馐百余品，燕京楼庖掌常二主理。妃嫔、王公、近侍及厨差杂役，皆供食馔，一日之餐，费至二十余万。"这就是说，以郑金山为首的乾隆厨役班子在这一天里都没有碰过勺把子，而是当了边席上的客人，吃起常二主理的饭菜来。筵至玉兔东升时，就有了常二给乾隆做大月饼的事情。看来民间传闻与史载差距不大。我特别对佟大老爷为乾隆进献的百余品水陆珍馐感兴趣。我想乾隆是喜食汉菜的，不然汉厨郑金山不能当他厨役班子的头儿。佟大老爷对乾隆这一偏嗜不会充耳不闻，因而这"水陆珍馐百余品"里无疑是有许多汉菜的，这是迎合乾隆食念之举。但佟大老爷也绝对不敢全用汉菜款待乾隆，那又是触犯宫规食制的。所以，我猜想这次豪宴肯定是满汉风味兼容并蓄，我怀疑它就是满汉全席，是满汉全席的最初形式。如果是这样，那将是荷州饮馔史上的重要发现，起码使荷州在道光年间举办过满汉全席的记载上溯了七八十年。当我把这种认识向小如来说了后，我俩已走到西厢房的东大院里。这时我留意到小如来的脸色有点儿神采飞扬，稳稳前行的身子变得大摇大摆。我正纳闷他为啥这样得意忘形时，我的袖头被他扯了一下，他拉着我在丁香树下的石凳上坐下来，然后才说，你认识得还真在理儿。实话告诉你吧，我的家谱上说，我祖上郑金山没进宫前，在扬州做满汉席那是大名鼎鼎的。家谱上说，乾隆皇上第五回巡视山东时，同皇后到曲阜祭孔子，并将女儿嫁给了孔子第七十几代孙了。记不清了，我回去查查，是嫁给叫……呵，叫孔宪培的人。陪嫁品你猜是什么？是一套能装一百九十六道大菜小食的满汉席餐具，都是银锡质的象形餐具。这皇上可不简单，他赠给孔府这玩意儿，意义太大啦，这不是在提倡满人和汉人同食吗？聪明人也就从中领悟到什么了。很快官府和市面上的大型酒楼就时兴起满汉席来，我祖上就是这时候做满汉席做出名儿来的。你说的那位佟大老爷给乾隆皇上设筵接风，过中秋节，那时正是满汉席风行南朝北国，所以那次酬请十有八成是满汉席。我听后，对小如来顿生几分尊敬，心想他还真有点儿做烹饪教研室主任的水平。这时小如来指着旁边那一排已成学生宿舍的耳房对我说，你知道吗，乾隆皇上当年就是在这套院子里过的中秋节，这溜房子是临时的御茶膳房，我祖上在这里领着众厨役为乾隆皇上做的黄盘野意酒膳。小如来说这话时，两道细眉梢向上一挑一挑的，一双弯眼里闪着很亮的光，端正的嘴上溢出一股掩饰不住的兴奋。我听后“哦”了一声，说，你老咋知道这样细节呢？小如来说，谁不留心祖上的事呵。比方你吧，来校前还要留心查查校址的历史呢。我是听常秀才说的，有一本叫《荷州缙绅旧闻记》的书，里面提到我祖上在这里给乾隆皇上做菜的事。这本书里说，中秋节那天，乾隆皇上的晚膳是用两张长供桌摆的，桌上罩着黄缎绣龙桌套，左边是月光彩屏架，架上捆着一对斑竹笋，上面挂着秀女湖产的子母藕；右边桌旁，挂着两串一尺五寸长的黄豆角。我祖上做的菜是燕窝红白鸭子南鲜热锅、蒸肥鸡烧狍肉鹿尾攒盘、火熏猪肚、鸡蛋奶子折尖，还有什么啦，想不起来了，反正都摆在黄缎大膳桌上，是主菜。常二爷做的那块大月饼是额食，上不了正桌的，只能摆到后面那张折叠小膳桌上。咱不是背后说道常秀才祖上，做二十斤重的月饼，赶上小碾盘了，怎么吃呵？传说馅没烤熟，还是放的时间长了，皇上的大小媳妇全吃得拉肚蹿稀。嘿嘿嘿嘿，你笑什么？我可不是胡诌。要说我祖上，那是堂堂的六品蓝翎尚膳侍卫，在清宫御厨腰牌册上排的是第一号，第一号就是第一厨呗，清宫第一厨就是天下第一厨。我是祖上的第九代传人，我可是把老家底儿都告诉你啦，你小子别有眼不识泰山，就老老实实跟我学吧……

小如来是在他的原籍扬州随他父亲郑库学成的手艺。郑财、郑库兄弟俩要来荷州创业时，他没有随往，非得拗着要独自闯闯世界，尝尝吃大劳金的滋味儿。手艺人行艺四海闯荡江湖，自古成俗，经多识广也是本钱。老手艺人郑库理解儿子的想法，于是就写了封举荐信，让小如来带着去了天津，在同乡经营的酒楼里掌了灶。冯玉祥逼宫时，溥仪躲到天津的静园里，当时正缺少个角儿硬的宴会厨子。一个清廷旧臣得知小如来是乾隆宠厨郑金山的后世传人，就把他举荐到静园为溥仪当厨。小如来在那里干了半年左右，溥仪就要到新京去当傀儡皇帝了。当时，溥仪是准备带着一帮遗老遗少和静园的勤杂人员一起去新京的，小如来没有去，他开了小差，溜到荷州躲起来了。因为他在静园当厨时就有与世隔绝之感，要是到了满洲国的宫廷里，就更没一点儿自由了。再说他还怕冷，一想到北方的天寒地冻心里就先打战战。他溜到荷州当然是躲到“苏扬酒家”他父亲掌灶的厨房里。他父亲胆小怕事，就让他隐名匿姓，充成个吃劳金炒二火的。直到光复后，他才恢复真姓名。解放后，郑财、郑库兄弟俩已经赚足了钱，就以年迈体衰为由返乡养老去了。原想将酒家交给小如来经营，可是小如来说啥也不干，说他不是当掌柜的材料，就乐意无牵无挂，要手艺吃个大劳金，所以酒家只好宣布倒闭。小如来也没跟着回去，就在荷州待了下来。荷州饮食公司成立时，他被聘为公司的业务。后来，“燕京楼饭庄”在政府民族政策的扶植下扩大修建，生意逐渐兴旺起来。公司就派小如来去那里与常秀才联手主灶。公司赵经理是照相的出身，对餐饮业有点儿外行，因此这事就办得糊涂，咋能把个苏扬菜大师和个满族菜大师放在一起搅马勺呢？时间长了，那矛盾自然就来了。那次，小如来认为常秀才吊汤吊得不好，对常秀才说，我说秀才，俗话说，酒楼的汤，马连良的腔，要的都是有味儿。好菜没有好汤煨着哪成？你吊汤只放几根猪骨头棒子，这不糊弄人吗。说完，当着常秀才的面就把那桶汤倒进下水道里，又拿来整鸡、整鸭、火腿、牛肉等重新吊汤。小如来敢当着常秀才的面把常秀才吊的汤当泔水倒了，足见他是有金刚钻敢揽瓷器活儿的手。小如来的吊汤技术那可是祖传的，想当年郑金山吊的“苏造汤”曾在御茶膳房当成秘宝被保留下来。这种“苏造汤”是用四五十种调味料和中草药配制而成，专用来给皇上卤煮御食的，不仅营养丰富、香气异常，还吃不出一点儿中药味儿。难怪清代随园老人袁枚断定：满菜多烧烤，汉菜多羹汤。袁老夫子这里说的汉菜，主要指淮扬风味，可见苏扬菜的吊汤技术好生了得。小如来倒掉汤之后，常秀才当然吃不住劲了，那脸就黑了，气得他连“小如来”也不称呼，干脆直呼其名地说，郑广宇，咱可都是耍手艺的，你这不是眼我么？我摆弄几十年大勺，吊个汤还用不着谁来教我！我是为企业节省成本才这样做的。像你这样吊汤，那菜得卖多少钱？客人承受得了吗？再说，我们满族不用牛肉的，你用牛肉吊汤，不是违了店里的规矩吗？常秀才说满族不用牛肉不假，那是指前清时期皇太极的旨谕而言。那时候牛是主要的负载和农耕工具，把牛都杀吃了，谁去拉货和耕田呢？所以皇太极谕禁宰牛。如今火车、汽车满世界跑了，犁田也有了机械化的设备，牛的主要作用已转变为人的食物，因此小如来用牛肉吊汤不算回事的。常秀才是想用历史的条律去捉挟小如来。小如来哪是白给的，小如来说，你为企业着想，首先得为客人着想。你吊这清汤寡水的玩意儿，烧的菜能好吃吗？客人能满意？客人不满意还谈什么为企业着想？你烧的满菜又辣又咸，要不要好汤我管不着，我这苏扬菜没有好汤可不行，没有牛肉吊汤也不行。常秀才说不过他，被噎得憋口气，心想，你连满菜都埋汰，还又辣又咸？你不说辣吗，我就辣给你看看。他知道苏扬菜少辣，苏扬厨师一般都怕辣味。第二天他就增加了一批辣味儿特猛的菜，并嘱服务员大力推销。小如来确实怕辣味儿，一闻辣味儿就咳嗽，眼里就掉泪。这边常秀才一个劲地拿辣椒爆锅，弄得满厨房辣烟滚滚，呛得小如来咳嗽连天，双泪横流。他实在挺不住了，气得把大勺一摔，就找到经理说，和你说一声，我不干了！经理一惊，说，哎哟，如来师傅，咋不干了呢？小如来想说受不了辣味呛，又想这不是道理，厨师怕爆锅呛，不成了士兵怕闻硝烟味儿一样了吗，那不是丢自己的脸嘛？于是就说，我月薪赚的少。经理说，你老和常秀才的月薪一样的，少吗？小如来说，少。经理说，那你老要赚多少钱哪？小如来说，比常辣椒多一分钱就行。经理说，常辣椒，啥常辣椒？呵，是常秀才吧？哈哈哈哈，一分钱你老还争个啥劲儿，我每月给你一分钱就是了。小如来说，那不行，得体现在月薪表上，得财务入账。经理说，你老这不是难为我吗？你们“三驾马车”的月薪都是商业局特批的。为了一分钱，我还得向商业局写报告申请，这不扯淡嘛！小如来说，好好好，我不跟你扯淡，我找公司赵经理去！小如来到了饮食公司，就和赵经理闹腾开了。他对赵经理说，我也是“三驾马车”之一，蒋大炮有个“华馨楼”，常秀才有个“燕京楼”，我倒好，拉屎上茅楼才有个窝！你让我到“燕京楼”炒菜，这不是把鸭子往鸡圈里扔吗？苏扬菜和满族菜是两个帮派，两个路数，那能干到一块去吗？你赵经理做事不公平！赵经理对“三驾马车”都很尊重，见他气成这个样子，感觉自己的工作有点儿失误了，认为他说的有道理，就笑着说，如来师傅，你老别上火。当初，我们也想和“苏扬酒楼”搞个公私合营，这样你也有个窝了。可你父亲他们年迈弃业了，这想法就没落实。既然说到这儿了，我们研究一下，尽快给您老一个满意的答复。过后赵经理就写了报告给商业局，得到商业局的批示，不久就筹建了“苏扬大酒楼”，礼聘小如来去主灶，这才平衡了这桩事情。

小如来能到学校当教头，是他极擅口舌，颇能讲演。我到学校任教后，耳闻他健谈的轶事很是不少。有一次饮食公司为了加强科级以上干部的专业学习，请他在公司小礼堂讲授一次烹饪大课。他讲课时眼睛从不往下瞅，他不往下瞅说明他不备发言稿，也没有讲课提纲。只是偶尔斜睨一下右下方的桌角，因为那里摆着一个茶杯，那是想要滋润嗓子。从早八点开始他的语音闸门一开，扬州味的普通话就滔滔不绝，就从巴颜喀拉山泻到了大东海。他讲课是以他在鼎俎生涯的亲闻实历为主线，上挂下连，左右逢源，不仅不跑题，还带点儿说评书的味道，也掺杂着令人感到很贴切的原始口语。他从黄帝造饭讲到易牙蒸儿子，从齐国发明大铁勺讲到汴京酒肆中的银餐具，从淮扬南院子的妓厨讲到北京牛街的回回馆儿，从康熙食羊讲到溥仪吃烩饭……他讲的这些不像书本里写的那样僵硬死板，而是揉进了许多合情合理的细节，那细节也描绘得十分熟络，就像易牙是他的大伯哥，康熙是他的小舅子一样，因此听的人就像抽上大烟，十分上瘾。乃至中午，听的人仍是痴痴入迷，讲的人仍是呱呱上劲，都忘了吃饭。直到日头偏西了，小如来“当”地一声敲下桌子，高声叫道，人是铁，饭是钢，一顿不吃饿得慌！众人皆吃一惊，这才从吃世界的幻觉中猛醒过来，才发觉肚子饿得咕嘎乱叫。赵经理为了答谢小如来的知识付出，就让食堂的师傅多炒几道菜，讲课的和听课的便在一起聚餐。因为小如来把吃的东西都讲绝了、讲神了，听课的干部们全身每一处细胞好像都变成了馋虫，每一根神经都熏染了五滋六味，饥渴地呼唤着万方美食，瘪了半天的肚子再也承受不了美食的诱惑。食堂的师傅又要在小如来的面前露几下子，以致那次聚餐都像饿死鬼托生的一样，一个个食量惊人。第二天，就有三四个科长没来上班，八成是把胃撑出毛病了。

能说善道有时候使人风光，有时候又能招来祸害。不是有句“话到舌边留半句”的警言吗？小如来却不大懂得其中的道理。平时，他愿意让更多的人知道自己是清宫御厨郑金山的后世传人，这类话就常挂在嘴边上，也爱炫耀他在天津静园为溥仪做菜的事情。他可能以此为某种资本或荣耀，但是否有渲染曾为御厨之意，尚未找到证据。但听的人就嗅出这点儿味道来了。人们就有非议，说郑金山是御厨不假，小如来的烹技受过家传也不假，但他生得太晚没进过宫内，所以就不算御厨。还说溥仪在紫禁城里是皇上，出了紫禁城就不算皇上了，天津的静园算啥东西，咋能跟清宫相比呢，就认为静园里的菜不是御膳，小如来在静园里操马勺也不算御厨。这就是说，小如来咋攀咋够也沾不上御厨的边。可是“文革”一来，造反派却对他首当其冲，批“御厨”的大字报白花花贴满了厨房，说他是乾隆老儿的追随狂，是溥仪小儿复辟封建帝制的急先锋。批斗大会上，造反派问他，你祖太爷是乾隆的大红人，对不？小如来答，史料里都写着呢，算是吧。造反派说，还“算是吧”？×！你祖太爷的黑技术一代一代传没传给你？小如来就没说“家谱里写着呢”这句话，他把家谱藏起来了，怕造反派抄他家抄出来当“四旧”烧了，因此多个心眼儿，只答，算是传过吧。造反派一瞪眼，说，又“算是吧”，算你妈拉个巴子！那你就算吧，就算你是御厨啦？小如来脖一梗，说，那可不算，我没给乾隆做过菜就不算御厨。造反派眼睛一亮，就拿话赶他，那你给溥仪做过菜没？小如来说，那算做过。造反派问，给溥仪做菜算不算御厨？小如来就不吱声了。他既没到过紫禁城里玩大勺，也没到过缉熙楼中耍菜刀，就不能承认是御厨，那不是给自己添罪吗。造反派耐着性子问了他这么些话没问出个结果来，当然不干了，就说，你他妈不吱声就是对无产阶级“文化大革命”的无声抗议！来人哪，给我打，非得把他打出个御厨来不可！于是一顿拳碰脚踹，打得小如来招架不住，只好承认是御厨。后来他被落实了政策，自然是一腔牢骚，乃至我到学校任教后，还听过他为这事耿耿于怀呢。记得他说，你说这人坏不坏，呵？先前嘛，不承认我是御厨，推着搡着扒拉着不让我沾御厨的边儿，不是御厨就不是御厨吧，我也不争。“文革”来了，嗳，糊大字报就揭发我是御厨，我说我不是御厨，就批我斗我打我骂我，愣说我是御厨。嘿嘿，人嘴两层皮，都是什么鸟变的，我×他个妈的！

小如来的能耐也不光是在嘴巴上，他的菜也做得精当细腻。学校开学后，我常有机会亲睹小如来为学生们表演苏扬大菜。小如来表演菜时，我就充作助厨，给他摆个盘子码个花边啥的。他做菜前都要习惯修修指甲，白衣白帽穿得平平展展，临灶时神色端重，身姿板正，就像僧侣走进佛堂的那种样子，他一拉勺一舀调料的动作都十分规范。他用手勺从调料罐中舀调料时，每舀一种调料放到炒勺中后，再舀另一种调料前，必得用洁布将手勺擦净。他擦手勺时，那托着洁布的手腕子轻轻地在手勺下面灵巧地一转，洁布就在手勺里打一个旋儿，那动作和手势又像魔术师煞有介事地要在手绢后面扯出个烤火鸡来。他这样做是给学生们示范，一边做菜一边给学生们讲解。他说手勺不擦净，沾了味精再舀醋，沾了酱油再舀糖，那不仅会把调味罐中的调料弄得混味儿，而且手勺后面沾着的调料不易察觉，带到勺里会影响调料在菜中的投放比例，从而有损菜肴的应有特味。他说特别是精盐，当你觉得该往勺里的菜中放精盐时，手勺一下子触到精盐罐里，这时手勺的正面和背面就都沾上了精盐。你只是凭着经验和感觉，认为手勺正面的舀入量合适了，就把手勺抽回来，把手勺中的精盐放到勺里，但你没注意手勺后面精盐的沾入量。这个白精灵沾边儿就赖，藏到你的手勺后面随着你的手臂一挥就落进炒勺的汤汁里，马上消失得无影无踪。精盐那玩意儿不像别的，贼拉咸，多一点儿都受不了。当你知道做咸了时，已经晚了，因为精盐已经浸到菜肴的肌理之中，你还能把这做咸的菜料倒进漏筐里拧开水龙头去冲吗，是不是？厨师是要盐的，东汉那位王莽说，盐者百味之将，是说盐在调味中的重要地位。厨师是调味兵马大元帅，厨师让盐给耍了，就像耍猴的让猴给耍了一样，也像婴儿抱奶妈，县官抬大轿，司令扛大杆枪，皇上坐小板凳……学生们就听得嘎嘎直笑。小如来用了这么些比喻，我明白他的意思，他是在强调厨师是调和鼎鼐的专家，连调味都调不准当的，那还能算是厨师吗？

每逢小如来讲大课时，地点是在乾隆当年过夜的西厢房西大院的大堂屋里。大堂屋的间壁都已拆掉，变成一个宽敞的大厅，能容纳二三百名学生集中听讲。当小如来端坐在太师椅上准备开讲时，他那光头晃日般的神采使学生们虔诚得像佛教徒要听佛经。因为小如来不是泛泛地讲烹技饪理，而是用夸张的手法和带有渲染性的语言，绘声绘色地将种种的“吃”演绎得富有动感的特征。比如讲猴头蘑时，他就把一个猴头蘑拿在手里摆弄着说，这玩意儿清代称“麋尾”。麋是什么？是麋鹿。麋鹿是什么，麋鹿是“四不像”，也叫罕达犴。这畜生长得有意思，犄角像鹿不是鹿，脑袋像马不是马，身子像驴可又不是驴，蹄子像牛当然又不是牛。它的尾巴根子粗，越往下越细，细到尾巴尖上，嗳，尾巴尖上是一个桃形的茸毛球，猴头蘑就跟这个茸毛球差不多，说猴头蘑是“麋尾”的道理就在这儿。现在的人不这么称呼了，称它是猴菌、猴菇、猴菜，云南一带叫它羊毛菌、花菜菌。你们看这玩意儿，像不像个猴脑袋？像不像你们说呀？学生们就都说像。小如来接着说，说像狗脑袋的请举手。学生们就笑。小如来说，要像狗脑袋不就成狗头蘑了吗。学生们就大笑。小如来说，这玩意儿长在东北、河南和云南等地的山林中，在树杈上长，一长就是一堆。你在一个树杈上发现它了，你就向后转，在后面的树杈上保证还能找到一堆。这玩意儿阳面色淡，阴面色深，所以又叫鸳鸯对脸蘑。依我看哪，叫它相思蘑不也行吗？它们两堆一窝公，一窝母，各在树杈上挤着，大眼瞪小眼，瞅着干着急，到不了一块去，喊不会喊，叫不会叫，就是从树上下来，也光有脑袋没有腿走不了路。不过，你采猴头蘑可得十分小心。什么，它咬人？你挨过猴头蘑咬吗？没有？没有你在那儿打什么岔。猴头蘑不咬人，大虫咬人。大虫是什么？大虫是老虎呵，这还不懂。大虫咬你那叫咬吗，还不把你的脑袋瓜子啃下来。我可不是说笑话，猴头蘑有股子气味儿散发，大虫就爱闻这味儿，可猫师傅没教大虫爬树呵，大虫就够不着它们，就在树旁转悠，淌没淌哈喇子我可没研究。所以呢，有猴头蘑的地方常有大虫出没，猴头蘑又被叫成了虎守蘑。

真是近朱者赤，时间长了，小如来这套说教在我心中起到潜移默化的作用。我的口才也在不觉间长进，脑海里也浮动出长江里银光闪闪的鲥鱼，浮动出湖塘中活蹦乱跳的青虾，还有竹簸里鲜嫩的笋芽和娇绿的油菜。苏扬菜变得亲切而温馨，好像清秀雅丽的江南美女向我婷婷走来……

那是一个下午，学校没啥事，小如来拽着我要去看望蒋大炮。我俩来到“华馨楼饭庄”的厨房时，蒋大炮正坐在那里喝茶。他见小如来来了，忙着让坐进茶。手艺人嘛，虽有帮派之别，但还讲究过场和面子。蒋大炮也显得兴冲冲地，这种情形下俩人就唠得挺近乎。小如来要走的时候说，蒋大炮，我来请你到学校讲课，你也是老师嘛，学生们也有要求。蒋大炮说，你可别糟践俺啦，你小如来会念经，铁嘴钢牙。俺三跳蹦不出两个屁来，你让俺讲啥，讲骂人？哈哈哈……小如来说，你别打哈哈呀，不会不骂人嘛。你徒弟现在讲课可是呱呱叫了，口头上也没啰嗦。蒋大炮说，你这话可臊死俺了，×他娘的，那俺就讲！不过，话说头喽，俺讲课时，万一溜了号，抖落出个娘娘奶奶的，你当众就把俺轰下台好啦……

满族常秀才

那一年秋天，新生活出版社要出版一本《烹饪指南》的书，出版社委托荷州饮食公司编写。公司赵经理对此事极为重视，经领导班子研究，认为常秀才既是烹饪大师，又颇通文墨，且在同行中深孚众望，就将他从“燕京楼饭庄”借调出来，担任这本书的执行主编。赵经理是名誉主编。常秀才到任后，要求赵经理给他配名助手，并点名道姓提到了我。赵经理同意了。这样，我就从学校抽出来，来到饮食公司特别腾出的一间写作室里，协助常秀才舞文弄墨。

在我调动工作的头天晚上，小如来和学校的几个老师在“苏扬大酒楼”摆桌酒席，算是欢送我。蒋大炮也被邀来了。起初，酒桌上的节奏很缓慢，大家都很客气地呷酒品菜，谈一些时局天气老婆孩子，没有欢送我的那种气氛。没有欢送的气氛也很正常，因为我没有被任命为商业局长或是到国外当大使，我转来转去也没有转出荷州府，变来变去也还是蒋大炮的徒弟、小如来的学生。前辈为欢送晚辈设宴，开始的气氛大概都很平淡，不会怎样热烈，这与下属为上司擢升而设宴饯行不大一样。不过后来，席面上酒盅碰来碰去的次数就见多了，喝酒喝红脸的人往往会坦露本色，说话也会直抒胸臆。这不，蒋大炮“吱”地一声像咬了耗子一样把一盅白酒咂到肚里后，就开说了。他对小如来说，俺这个徒弟也不容易，成了公用大勺了，俺使唤完了，你小如来接过去使唤，这回，他常秀才也要试巴试巴，就不怕使漏底了？再这么使唤下去，俺可不当回收废铁的。小如来听了，赶紧把一口菜咽下去，说，你这话可不对，啥叫公用大勺啊，这叫香饽饽。你愿意你的徒弟是块馊饼子、没人理睬没人吃？这时，旁边一个老师也附和着小如来的话说，你老的徒弟跟你老学做，跟郑主任学讲，跟常老学写，将来就是色香味俱全的一盘好菜。蒋大炮说，好菜不好菜的不说，俺徒弟到学校是领导安排的，俺不说啥。常秀才会整景，还来个唐伯虎点秋香。他是觉着俺的徒弟又当了你小如来的学生，他没捞着老师当，这回就得补个缺儿。手艺人呵，都他娘的死要面子。这时小如来把脑袋扭向我说，常秀才爱写，他有能耐当作家去，咱这行当又不是作家协会。你干腻了找个借口赶紧回校。学手艺都讲口传身教，老写东西那不搬道岔了？你将来可别学成个刀笔邪神，那没大用。蒋大炮听了就不乐意了，把一块鸡骨头“呸”地一声吐到小骨碟里，说，你说啥，他还跟你回校？拉倒吧，他得跟我回“华馨楼”，我干不动了，他得接班。小如来拿餐巾抹抹嘴说，我还干不动了呢，学校的班谁接？蒋大炮说，你们学校，还没他做不成槽子糕啦？小如来说，他已经是当教师的料啦，你还一门子让他炒菜干啥！鱼池盘就别当调味碟用啦。蒋大炮听了脸一沉，把筷子“叭”地往席面上一摔，说，那你说俺是调味碟？小如来怕他要骂人，就软了口气说，你别瞎扯好不好，我是说你徒弟当教师能培养更多的接班人，不单是接你我的班啦。蒋大炮“嗯”了一声，说，你这还算人话，就凭这话俺让一步，俺俩划拳，你赢了，到时俺徒弟跟你回学校；俺赢了，对不起，俺可领着徒弟回“华馨楼”了。来来来，俺俩划！小如来说，划就划。你可小点儿声，别像打雷似的再把屋子震塌了。蒋大炮咧嘴笑着说，少扯没用的，你出拳！结果蒋大炮输了。蒋大炮说，不算不算。小如来说，你要赖呀？蒋大炮说，俺说不算就不算，俺俩谁说了也不算。俺徒弟将来是上天是下地，领导说了算，你赢了白搭。小如来细眉一挑弯眼一扬说，你老家伙啥时候肠子接个拐把啦，没看出来呢……当时，我在这种场合里啥话也插不进去，我真感到自己像一块木头疙瘩了，两个老辈的对话像一把锯，在我身上推来拉去……

第二天，我到常秀才那里报到时，他从一大堆书本里探出个脑袋来，先是扶正了那张扁平脸上架着的黑框眼镜，然后又用左手像宽齿的木梳一样把黑白参半的头发向后撸巴了两下，那两个镜片后面的眼睛里就闪出一种很是郑重的神采。他坐着不动地说了声，你来啦。我赶忙做微笑状答，来了。这时我注意到他的右手抬了起来，抬到桌的上面。我以为就他的资格来讲，和我坐着握手也很正常，就像老资格的科长见着新来的小科员，不必非得站起来握手。我就把手伸过去，等着他那只手来碰我。他那只手却向下一滑，夹起一支烟卷来，叨在两片很宽的嘴唇间，接着“嚓”地一声火光一闪，我的眼前就滚过来一团腾漫着的灰蓝相掺的烟雾，烟雾后面又像蹿出来一只唐老鸭。常秀才的口音有点像李扬。我就核计满族人咋就有李扬的动静呢？那动静说，你是小如来的学生，也就是我的学生。我听了这话就势把伸出来的一条胳膊向上又往回一带，手就摸到我的后脑勺上抓挠起来，笑着说，那当然，学生就是拜师来啦。常秀才“嗯”了一个长声，微微点点头，这“嗯”的声音像是把生硬僵直的气氛松化了，他缓了口气说，写书是功德无量、流芳百代的事。你要跟我学写书，动点儿笔头子功夫。别像老和尚，光说得云山雾罩，他就是把死猪说得能喘气，不还是人过声无吗，是不是？他说这话时，那双眼睛好像从镜片里穿了出来，跑到我脸上爬来爬去。我当时没动声色，因为我对付这种情形已是老手了，我绝不能“是是是”地点头应答，那不太虚伪了吗？我如果那样应答，就对不起小如来对我的教诲。但我又不能说“不是”，我没那个胆子。我只好像泥鳅鱼一样哧溜向旁一滑，说，写书的事学生不敢当，帮着你老抄个清，跑跑道，收集收集资料啥的，还凑合了。接着，没等常秀才再说话，我又故技重演地说，郑主任说啦，说你老笔杆子硬，让我跟你老好好学，将来编个教材、写个讲稿啥的都用得着。我这话是急中生智现编的。常秀才听后脸色就显得很开朗，我猜摸他心里头也能挺舒坦。他就说，小如来这人，嘴巴厉害，他要是把讲的话变成铅字，也许就是好文章。我寻思这本书里也给他留块地方，让他写点试试，不行我再帮他加加工。我听了心中又是一喜，自感方才的润面霜抹得还挺匀乎，两面光的角色再度被我扮演成功。

常秀才叫常文贵，是常二的后世。常二后期在御茶膳房当庖掌时，也兼任笔帖式。笔帖式是啥？就是皇上行膳的记录者。这个职务是乾隆三十四年宫中增设膳事档案处时设置的，其职事就像现代大酒店里的厨师长为客人开菜单，并负责饮食资料管理的差事。常二能当笔帖式是因为他的字写得好，字写得好的人往往文笔也不赖，就像会烧菜的人刀功也熟络。那年，他给乾隆做的大月饼上面有“嫦娥奔月”四个字，没点儿翰墨功夫整得了吗？荷州这地方自康熙以后崇尚习文，旗人家有竞学汉文之风。常二没进宫前，是“燕京楼饭庄”少掌柜的，自然也受这种风气影响。他读书习文的功夫都用在了写请帖发启事记食谱录料账的事情上。这种擅写重文的风气被常家一代一代承袭下来。常二的后世以常二为楷模，认为祖上能为乾嘉两个皇上恭录御膳，等于是皇上的饮食秘书了，是光宗耀祖的事情。旗人要脸面，并有遵循祖风之德，要是祖上一肚子墨水，后代一肚子糟糠则是有辱门风。这种家族的传统精神自然也激励着常文贵在司厨之余阅书不倦、笔耕不辍。解放初期，他竟在荷州书局出版了一本《燕京楼食单》的书，颇有点儿像袁枚写《随园食单》的那种味道。那时餐饮业的人高小毕业就算有学问了，人均文化水平像是个流鼻涕的三年级小学生。常文贵出了书，等于餐饮业的文化沙漠里飞出一只金凤凰，把荷州地区的报纸、电台都惊动了，于是编辑们不断向他约稿，请他写节日菜谱，写饮食掌故，也请他写反映饮食业经营面貌的文章。这样一来，人们对他刮目相看，尊崇备至，他成了荷州餐饮业的名人，“常秀才”的诨号不胫而走。

“文革”一来，可就把常秀才毁了。造反派说他是刀笔邪神。小如来不是说不让我学常秀才成为刀笔邪神吗，这辞儿的典故正是从“文革”中过来的。那时有细心人把常秀才在报纸上写的文章都剪辑一起，像给皇上进贡物那样献给了造反派。造反派如获至宝，就召开了“揭批资本家孝子贤孙常文贵反党黑文”的专题批斗大会。造反派拿着一块剪裁的报纸问常秀才，这上面“酥合心咀”一菜是你写的吧？常秀才瞄了一眼那篇豆腐块，说，那不印着我的名吗？造反派说，那你说，你写“酥合心咀”是啥意思？常秀才说，酥是酥糊哇，酥糊，懂吗？就是用全蛋，全蛋是鸡蛋清和鸡蛋黄的统称。用全蛋掺白面，再加猪油、苏打粉合成的，就叫酥糊，“合”就是这个意思。然后呢，腌过味的猪心块，拍匀干面粉，再挂酥糊，用油炸得外酥里嫩就行啦。我再补充一下，心咀是指生猪心，用时把心根那块白色部位切掉，不用是不用，不能扔了，可以给职工做伙食菜用。切心咀时，要切小滚刀块，大小要一致，不然炸时受火不匀，这个菜的特点是……够啦！那个造反派大喝一声，气得眼睛都竖了起来，你干啥哪，耍大刀哇？你还是想蒙混过关！你拿我们当傻子耍是不是？我们是“揭老底”战斗队，今天就是揭你老底来了！我们认为，酥指苏修，合指联合，心指无产阶级的心，咀指无产阶级的嘴。你阴谋让无产阶级从心中变质，在嘴上说投降，和苏修搞联合，用心何其毒也！革命战友们，用做菜演变修正主义，是反动派的一大发明！我们要百倍提高革命警惕，坚决粉碎资产阶级在饮食领域里的猖狂进攻！打倒黑秀才常文贵！常文贵阴谋复辟修正主义，罪该万死……

常秀才被批斗时，蒋大炮和小如来也相继挨整。造反派说他们一个实干做黑菜，一个鼓舌放毒，一个摇笔杆子造舆论。仨人紧密配合，呼应默契，把个好端端的荷州餐饮业搞得乌烟瘴气，这不只是拉资本主义“三驾马车”的问题，也是北京那个“三家村”的回光返照，把荷州餐饮业也照出个“三家村”来。造反派认为常秀才放毒的性质最严重，他的黑文章通过报纸走进了千家万户，所以对他批斗得也最凶。那时饮食公司已被造反派夺了权，赵经理被定为走资派，被撵到“燕京楼饭庄”刷大碗，公司大楼成了囚禁“牛鬼蛇神”的集中营。常秀才被造反派专政期间，关在赵经理的办公室里。后来造反派掀起了专政高潮，蒋大炮和小如来也未幸免于难，都被押进这幢阴森森的大楼里。有一次放风时，这仨人都到厕所里撒尿。蒋大炮扭头一看四周没人，对小如来、常秀才说，俺们老哥仨个，数你常秀才倒霉。俺做的菜，几个钟头变成臭屎了，他造反派批斗臭屎去？你老和尚把死鬼说成活人，把活人说成神仙，可都没影没踪，他们批风批影去？常秀才可毁了，那是白纸黑字，没个遮挡，够你娘的戗的。老伙计，你可得挺住哇……

常秀才想起这些往事就心酸。后来，也是带着反抗混沌年代的愤怒意志，那字被他练得更好，他的文章也越写越精美了。那次新生活出版社的主编到饮食公司落实《烹饪指南》一书的出版事宜，对赵经理说，老常文笔精湛，又是内行，这本书我们就不设责编了。可见常秀才的文笔和名气已得到出版社的认可。

《烹饪指南》一书的内容分为烹饪简史、饮食文化、烹饪理论、菜肴实例四部分。前两部分难度大，我写不了，由常秀才执笔；后两部分我比较熟悉，因为在教学中经常应用，就由我执笔。当然，我写的篇什还要由常秀才作文字润色和总纂。在文字上，我毕竟还嫩得多。按照出版社要求，这本书要侧重地方特色，特别是菜肴实例部分要以“三驾马车”的拿手菜为主。蒋大炮、小如来的拿手菜我心里有数，常秀才的拿手菜是些啥东西就不托底儿了。我的印象中满族菜是与草甸、平岗、山坡和沟谷连在一起的，一个游牧民族能留下啥个荤素珍馐？好像是《金志》里说的，和岳飞打内战的金兀术那辈人，吃稗子米饭还往里面拌生狗血和大蒜末。就算稗子米抗饿，生狗血补养，大蒜末解毒，那饭也吃得生番。再不就是拿大铁锅煮白肉块子，看着就腻人。白肉煮熟了切巴切巴，加把蒜末一拌，就叫蒜泥白肉；拿酸菜血肠一煨，就叫白肉血肠；拿宽粉一炖，就叫猪肉炖粉条子；拿大葱一炒，就叫煸白肉……我担心这些东西太土，要是常秀才主张把它们都写进书里去，岂不有失大雅？那不等于把乡村老娘们的家常菜当成烹饪经典了吗？但这个意思我又不敢对常秀才直说，也拿不准我的看法是否偏狭。我知道满族人自古称白肉为福肉，杀猪前，司俎要往猪耳朵里灌黄酒，猪能舒坦吗，就可嗓子嚎，这一嚎，就是福音来了，像常秀才这样的老满族听了就乐。因而我就断定常秀才的拿手菜离不开白肉，他没准儿就是吃白肉长大的。这使我心里像装个事似的，核计着有个机会兜兜常秀才的底儿，弄清楚他与白肉的关系到底发展到啥程度了，这对领会常秀才的编书意图和把握我的写作分寸都是很必要的。

那天下晌，趁着常秀才喝茶歇息，我就凑了过去，故意盯着他茶杯里的茶水说，这么浓，我猜，你老肯定爱吃白肉，油腻大了才喝浓茶的。常秀才听了一笑，说，你可说错了，我不吃白肉，连瘦肉也很少吃。但我喜欢喝浓茶，这叫食俗吧。我一听，心想扑了个空，没套着话，只好顺竿儿爬着说，是呵，你们老前辈都喝浓茶，我师父也是，那茶喝的，像药汤子似的……常秀才好像不习惯谈这些闲言碎语，就顺话转题说，说正经的吧，你师父那些拿手菜，你抓紧替他写了。我说，嗯哪。那——如来师傅的菜呢，咋整？我也就话赶话。常秀才说，你也去一趟，征求他的意见。他要能自己写，就让他先划拉着；要是有困难，你帮他写。我说，那中。不过，你老的拿手菜，就自己写吧，我不懂。常秀才说，也得你写。哪天你跟我到“燕京楼”去，我做菜拍照片，你给我当助手，不就会写了吗。我说，那敢情好了，学生偏得了。说完寻思寻思，又说，其实菜肴实例部分，还得以你老的菜为主。“燕京楼”是荷州最古老、最有地方传统风味的酒楼了，鲁菜、苏菜都是外来的，学生这话可哪说哪了哇。我承认我这话有点儿给常秀才戴高帽，也有点儿口是心非，甚至有出卖鲁菜、苏菜之嫌。但反过来说，你让我这个小字辈在“三驾马车”之间还能咋样？我哪个不得溜须，我敢戗着谁呀？常秀才听了我这话显得挺高兴，说，不是哪说哪了，确实就是这么回事儿。满族菜在荷州地区是原汁原味儿，就说我祖上常二爷吧，他当了御厨后，就把“燕京楼”的饭菜带到宫里去了。后来，祖上又以传家书的方式，把宫里的饭菜输送给“燕京楼”。这样一来，“燕京楼”的饭菜就和宫里的饭菜几乎一样了。我听了这话心思一动，连忙顺风扯帆地说，敢问你老，满族菜是……是不是……就是……就是白肉菜呵？常秀才脸就歪了，拿眼白着我说，你吭哧瘪肚的说啥呢？满人习食白肉不假，那是清代祭祀活动把人给捆绑住了，不吃白肉不行。现在皇历换了，谁还老吃它呀！你咋也把白肉当成满族菜的标志了呢？你不能不知道吧，“燕京楼”是以做满汉全席闻名关内外的。满汉全席你懂不？那是天下第一宴！满汉全席还是“满”字当头呢。你是不是把满族菜和骑射民族相提并论了，好像满族菜就是八旗兵袋囊里的肉干和炒面，就没有看到满族入关，建立清朝三百来年，满族和汉族的饮食交合，就比如男女成婚一样，生了多少个崽儿呵，满汉全席就是个大崽儿，清宫十二朝御膳呢，那是一窝十二个崽儿，还有全羊席，盛京陪都御府菜……这都是崽儿，都是满汉混血儿。不是我常文贵夸大满族菜，汉菜是老大哥，这点定了，问题是你们浅薄历史，忽视满族菜的作用……

这时我就毛了，心想我也真是的，平时不缺心眼呵，今个咋叫白肉腻糊涂啦？这话问的，简直像杆儿触了常秀才的肺管子。于是我那两只手盲目地乱搓一阵，忽又上前握住他的手，急着说，你老别……别生气呀，恕学生无知。你老这一教诲，学生不就开窍了吗。往后，你老多教我就是了。这也叫大人不记小人过，嘿嘿嘿……常秀才说，这也不是你的事，准是大炮筒子和老和尚闲得瞎扯，把你给传染了。我一听更毛了，麻利解释说，不不不，你老这可不对了，他俩从来不跟我说这些，灯在那，天地良心。我说完这话，心想我成三面光了。不三面光咋的？我这个角色要当不好，惹得三个掌门人互相结怨，我不成了烹饪罪人了。所以节骨眼儿上我宁肯把冰镇啤酒说成是烫热的老白干，也得叫常秀才喝下去暖烘烘的。常秀才见我说的这样肯定，就放了口长气，神情也转为正常了，说，其实，我也不是反对白肉，在我们荷州，有些白肉菜流传了好几百年，家喻户晓，得算地地道道的传统风味。别说白肉，就是猪皮冻都是名菜。猪皮冻可说是满族对烹饪的一大发明。老年间叫火燎猪皮冻，是祭祀的祭品，一片片猪皮在祭盆里煮着，煮烂糊了，冷却后就成了皮冻。别看这玩意儿不起眼儿，不是高贵客人还吃不到嘴呢。现在的皮冻成孙猴子七十二变了，鱼冻、虾冻、蟹冻、贝冻……老鼻子啦，但都是熬皮冻的原理改良的。所以写书时，这些有价值的东西都要选进去……

一个星期后，我跟着常秀才来到“燕京楼”，他主灶，我助厨，这样足足折腾了半个月，才把他的拿手菜折腾完。我用“折腾”这个词一点儿不扯玄。因为这些菜不是客人等着吃的，要是那样菜会做得三下五除二，在勺里颠翻一会儿就是一个。因是照相用的，这就不同了。菜的形态、颜色和盛器的样式、规格都要做到完美的统一。菜做成了盛到盘里后，还要用筷子左扒拉右扒拉，直扒拉到菜体整齐周正，或是摆放得匀称划一时为止；啥菜料还得配啥点缀，啥造型得配啥花边，都得耗费不少脑细胞。拍摄菜照的是饮食公司的赵经理。我不是说他是照相的出身吗，他当了经理仍不忘本行，公司里有动弹相机的事准少不了他。他的照相技术确实挺高，有几幅作品还得过省级的摄影奖。这次编写《烹饪指南》一书的菜照插页他当然都包揽了。他拍静物很有经验，也很讲究，水平不啻香港或日本的同行。正因为这样，他对拍摄现场要求得很苛刻。他让我把门窗关紧，说屋子里不能有风在流动。赵经理指挥我布置完了现场，就与常秀才开了几句玩笑，说，我可是正黄旗呵，倒退一百年，你见了我得行叩头大礼，今儿个就免了。我拍完了照，甭给我摆金龙大筵桌，来二两老罕王酒，一碗酸汤子就得。常秀才说，哟，那哪成呵，请个摄影师还得招待两菜一汤呢，你是公司头儿，又是旗主，最不济也得四菜一汤，还得是进献皇上的御膳。不然，不是慢待了你赵正黄了吗。赵经理笑着说，赵正黄？这名字好哇，你可真是秀才。行啦，别扯犊子了，赶快做菜去。常秀才一笑，就到厨房去了。常秀才做菜时，我在旁侍候。他说，添煤！我抓起小锹，往灶下的煤槽里一戳，乌黑锃亮的小嘟噜块就戳满了一锹，然后对着炉口那么一纵，随即把锹快速一抽，那煤会成一个片形撒落到火面上。不是吹，这个动作就是功夫。因为这时炉膛里火的燃点正旺，煤要撒得均匀，要薄薄一层，这样不压火，又能保持火对菜肴的热度不减。如果煤在火里堆成一团，煤对火面覆盖不匀，就会冒生烟，使火力受到压抑；没了新煤的旧火燃量消尽，就变成了煤灰。用这样的火情去烧菜，就像温暾水煮饺子，势必因火候欠缺失当使菜肴不能达饪。

常秀才每做完一道菜，我马上拿筷子修形，再迅速用洁巾拭掉盘中的余汁或盘边的油星，随即一溜小跑端出厨房，端到赵经理设置的衬绸上。这个过程非得手急眼快不可，这是赵经理特意交代我的，为的是能把菜中的流荧、油珠和散发的热气都拍出动感来。赵经理拍照时可就不这么手疾眼快了，他好像左顾右虑地选择入拍的角度，前思后量地找准距离，慢慢吞吞地调动光圈，总之是鼓捣老半天才肯“咔嚓”一下。然后他还得调换角度依然如此这般。他拍照时，我这边就开始按照他的口令紧着折腾，一会儿把照明灯扯远，一会儿又扯近；一会儿拿幕布遮光，或移动灯伞拢光；一会儿转动桌面上的转盘。有时得跪着，有时要站在椅子上或踩到桌子上，折腾得我满头大汗。我心里就想，当年乾隆使唤打碗盖的司膳小太监也没这么整的，这也证明赵经理摆弄我摆弄得还挺顺撇儿。这样折折腾腾每晚才折腾出四个菜来，你想，可不得折腾半个月咋的。

以后的三个多月里，我除了协助蒋大炮、小如来拍摄菜照外，就一门心思撰写分派给我的那部分文稿。大约是过了半个多月的某一天，常秀才把他写的第一章文稿交给我，说，你拿去看看，疏误之处帮着修正修正。我说，你老可别开玩笑，这不等于徒弟上灶，师父刷勺吗，我可没这个资格。常秀才说，你这话可不对呀，郭沫若郭老写的书稿，还能挑出几个错别字呢，我写的咋的，就千真万确？文笔再高，也当事者迷。所以写东西不能自得自满，要多听听别人的意见。这也算我要教你写书的道理。我听了连连点头，过后就把他的文稿像在涨发的燕窝里挑燕毛那样仔仔细细地审读了。我想既然常秀才这样说了，要是从中不挑出些毛病来，就是违了他的本意，也显得我没有鉴别水平。所以在审读时，我一直握着笔，笔尖就在文稿上转悠，那笔尖就像想吃蝌蚪的鸟嘴，神情专注在流动的水洼间捕捉小猎物，但一直没有下嘴的机会。常秀才的钢笔字是那种老派的正楷，字迹里透着书法的功力，遣词造句与稿面同样地干净利索，很难找到涂改的痕迹，这就使我越是审读却越胆怯起来。这时我才感到我像扛了一个猪肉爿子参加四百米跨栏比赛那样力不从心。我觉得他的文稿若经我的改动，就会由正确变成谬误了。不过我终于找到一处笔误，那就是前一页稿纸中最后一个“的”字，在后一页稿纸中最前面又重复写了。当我把文稿交还常秀才时，顺便提及了这一点。他听了挺高兴，说，这证明你认真看了，也吸收了文中的知识，还帮我除掉一个废字。

我的文稿写成后，大可不必像常秀才那样自谦，而是必须交到常秀才那里审正。他把我的文稿拿去了差不多半个月才又交给我。我接过来随便一翻，吓得连吐舌头。因为每一页都被他改成了“大花脸”。他对我说，你的字写得不规范，咋形容呢？就像发面时没放酵母，面倒是面，没有内张力，所以笔画都抽缩着，这与你笔力不到和写作心态都有关系。还有的字，如“日”和“曰”，“了”和“3”等，看不出区别。再就是行文啰嗦，比如你写“红烧塘鲤”一菜，文中说，鲤鱼摔死，去鳞、鳃、鳍和五脏，再洗净，除掉血水和污物……这多啰嗦呀，我看用‘鲤鱼治净’四个字就行了。另外，你写菜肴实例时，各种调料的投放数量都认真核实了吗？现在有的菜谱书，作者不是厨师，还硬充内行，拿笔杆子当秤杆子，真按照他写的调料数量做菜，那菜不能吃，啥奶奶味儿就不好说了。咱可得替读者负责，不能坑人。你的稿子我都认真看了，你回去抄写清，看看我是咋帮你改的，这对你有好处……

《烹饪指南》出版时，当我看到封面上我的署名竟排在常秀才前面时，我的脑袋忽地一下就涨了起来，那种心情我无法形容，好像吃了花椒粒熬山楂那样不是滋味儿。我认为这是出版社的重大失误。本来我不署名都是可以的，把我放在第一作者的位置上，你出版社不是要大刀要得刃背不分了吗。为此我气呼呼地去找出版社，要求他们回收图书，更改作者的署名。出版社主编笑吟吟地说，小老弟，这可莫怪我们喽，我们是按老常的意思排列作者名字的，他是编写这本书的负责人，我们得听他的。回过头来我又找到常秀才，我说，你老咋这么整呢，我的小名排到你老的大名前面，这不真叫徒弟炒菜、师父刷勺了吗？我成了门缝里的人了，成了……成了窃国篡权的袁大头了！常秀才哈哈一笑，说，啥袁大头哇，你哪有那么大的脑袋。你想多了，想多了。长江后浪推前浪嘛，我老了，排头浪就得你们挡。再说，这也是赵经理同意的……

几年以后，赵经理退休了，我擢升为饮食公司的经理。“三驾马车”这时也都年过六旬，告老还家。我返聘他们为公司的技术顾问。回想自己的人生之旅，我是乘着“三驾马车”前行的。老马识途呵，我跟着他们才跟出了前途，所以我离不开他们。当时，我新官上任，壮志满怀，脑袋里总是寻思如何把“华馨楼饭庄”在全国连锁经营，把“苏扬大酒家”开到日本和新加坡去，把“燕京楼饭庄”开成高星级酒店。我早已把当地质学家和远洋水手的理想忘到爪洼岛去了。那天傍晚，一场细雨洒过，我乘“奥迪”房车下班，途经秀女湖时，适见他们仨人在湖畔漫步，蒋大炮在前，小如来和常秀才并列在后，呈“品”字形缓缓走着。这种不经意很自然走动的队形却使我深受触动，我马上叫司机停车，情不自禁地下车向他们走去。我陪着他们并站在他们身后，倚着湖边的栏杆看雨后的荷塘景色。这时候夕阳在一片云彩飘过后露出灿烂的脸来，湖水深沉碧透。雨后的荷花像秀女鲜艳的粉面，碧翠的荷叶上凝着晶莹的水珠，又像秀女缀着银花的绿裙。荷州的夜不久就在一曲袅袅不绝的历史余音中降临了。

原载《北京文学》2003 年第 6 期　◎

八珍宴

算是楔子

宴席这玩意儿，是个老古董。自从社会有了积余产品，人们有了礼尚往来，这玩意儿就应运而生。有人弄不明白，是“筵席”还是“宴席”呀？筵席乎？宴席乎？这不难。咱们来个乡巴佬看线装书——假装斯文地引上那么一段古词充当佐证。《周礼·春官·司几筵》贾公彦疏：“凡敷席之法，初在地者一重即谓之筵，重在上者即谓之席。”就是说，筵和席都是铺在地上的坐具。筵一般用粗料，是蒲、苇编成的；席一般用细料，席边围缀着帛什么的。后来呢？“筵席”二字就成了宴饮酒席的统称。现在说顺嘴了，就成了宴席。从那以后，这宴席就不得了啦。唐代韦巨源招待唐天子的烧尾宴，用了五十八道各式菜点，已经够显摆的了，可南宋张俊招待宋高宗的宴席竟有二百五十件荤素珍馐，厉害不？你赶慈禧六十寿宴，一个多月前就开始吃，一人吃，千人陪，光是用白银就达二十三万两，更邪乎！她平常也是顿顿一百碗菜，这一点儿不扯玄。所以我就想，中国享有“宴席王国”之美誉，是不是帝王将相给吃起来的？可这又标志着中国烹饪的辉煌历史！怎么讲？两面观呗。历朝历代的贫苦百姓吃窝头咸菜，往好说吃碗干饭炒俩菜，能吃出个“宴席王国”？我不信。所以我又想：夏商周秦汉，唐宋元明清，朝朝代代、代代朝朝，中国都产生过多少宴席？每台宴席都有个特定背景，有个故事，都是一篇小说。有时我就琢磨：这些宴席怎么能写成小说呢？韦巨源咱没见过呀，张俊、慈禧也没见过。想来想去，还是写个现代的宴席吧。因为现代的好写，不用查黄卷老籍。需要采访，可以找到活生生的人；对哪台宴席不明白，可以请教请教老厨师。正好，前儿个星期天，我的朋友周文博被邀请到华南商学院烹饪系任系主任，临走了来我这儿辞行。那天一早儿，我爱人和孩子回娘家了。我只好亲自动手炒几个菜为他饯行，并谈了整整一天。周文博是特级厨师，又会写一手好文章，我们是酒友加文友。他主要和我讲了他创制“八珍宴”的经历和前前后后的过程，后来竟说得怆然泪下，黯然神伤。我也有同感，我劝他写篇小说，自己写自己。他不写，还说一定让我写，说我最了解他，我写能更客观些。咋办？盛情难却，恭敬不如从命。于是我就写出来了。

下面，就是根据周文博给我提供的素材而写成的一篇小说。

他们能搞“红楼宴”，我们就能搞“三国宴”

二十世纪八十年代往前数，这个城市中的“珍味楼饭店”的设备还很陈旧，楼面驳蚀，有的地方露出条条青砖，就连店门的门槛儿也是凹凹凸凸的，虽说如此，终归是老字号了，所卖的宴席还是远近闻名的，高档的是“鱼翅”、“海参席”；中溜儿的是“八八席”、“六六席”；再不济的也是“八菜一汤”、“六菜一汤”，小名儿曰“套菜”。虽说都是老框套、老行式，可食客们习惯成自然，吃得也蛮顺嘴儿，就好比是鲤子鱼的肉，尽管有土腥气，可也得意这口儿。

八十年代往后数就不同了，珍味楼翻修扩建，又像个时髦的大姑娘要找婆家，从门脸儿到内装修，都制巴得里外三新。店门前还开辟个停车场，面包、轿子总有个十辆八辆地停在那里。店匾是请了省城最有名的书法家写的，那字虽然写得哆哆嗦嗦，可每个字值二百大块！为啥呀？图的是名气，现在都讲这套。

世事的发展变化总有个原因。花骨葖啥时候开成了花儿，谁也闹不清；可花骨葖开成了花儿，这可是明摆着。要说珍味楼变化的原因，琢磨琢磨，也能品出个滋味儿来：对外政策的开放，把大量的洋男女们都吸引到这个城市中来；经济体制的改革，也使老百姓们的私囊鼓了起来。“第三产业”这个词儿响当当的绕人耳际。洋男女们要开“中荤”，老百姓们开始追求“美食生活”。珍味楼是市内第一号名牌老店，又是厨师培训中心，号称市内烹饪最高学府。你想，它不变变样行吗？眼下，从商业管理局到饭店服务总公司的各级领导，都对“珍味楼”的改革十分关注。

饭店的改革咋搞？反正离不开经济效益。翻修楼房，更新设备，可都是赔钱的事儿。赔钱是为了赚钱，退一步，进两步。拿啥赚钱？还得拿饭菜赚钱。饭菜好比花儿，别的都是叶儿；可饭和菜比较，菜是花儿，饭又是叶儿；菜中又分宴席和零散单卖，那宴席是花儿，零散单卖的是叶儿。这样分析起来，宴席可就算珍味楼的花中之花、花中之王了。几十年来，珍味楼就是靠着经营各种传统的宴席而创出的牌子，成为市内烹饪园地里的一朵牡丹花儿。

花开也有花落时。最近一个时期，珍味楼经营的宴席面临着严峻的挑战，牡丹花儿眼瞅着要凋谢。这是因为从全国餐饮市场上掀起了一股强台风似的宴席热：杭州的饭店把南宋皇帝迁都临安时吃的玩意搬了出来，打出了“南宋御宴”的牌子；南宋源于北宋，河南的饭店当仁不让，也挂起了“北宋御宴”的幌子，据说还经营起了与武则天有关的“洛阳水席”；西安就更神了，那是六朝古都，那里的饭店要配合秦始皇兵马俑，搞了“秦王宴”，还要把唐宫的御宴抠出来。强中还有强中手，齐鲁之邦的饭店也有好戏可瞧，居然将孔府的家宴公之于世，“孔府宴”一时在大江南北的城市中风靡一时。楼外楼还有天外天，北京的一家饭店出人意料地将曹雪芹在《红楼梦》里写的肴馔都复制了出来，称之“红楼宴”，得到了红学家们的首肯和赞扬，并在各地开起了分号。这使珍味楼饭店的副经理侯得志为之眼热，他不无嫉妒地说：“他们能搞‘红楼宴’，我们就能搞‘三国宴’，专做诸葛亮喜欢吃的菜，谁吃了谁能长三个脑袋；高中生吃了，保准能考上清华和北大!”——就是这股宴席热的强台风，从江南、中原和西北，登上了这座塞北都邑。于是乎，靠湖边的饭店搞起了“湖鲜宴”，卖水产菜的饭店搞起了“海味宴”，命名“牡丹”的饭店就搞“牡丹宴”，命名“松鹤”的饭店就搞“松鹤宴”。鹅吃砻糠鸭吃谷，各家自有各家福。这些新宴席迎合时代新潮流，荤菜素做，粗菜细做，细菜精做，清淡雅观，讲求花色，图个名堂，一窝蜂地追求现代时兴的“吃得营养，吃得艺术，吃得排场”的进食心理。这就把珍味楼这类油多芡大、大盘大碗、造型古拙，被人俗称“干满实惠热”的传统宴席给挤兑了，以致门庭冷落，食客越来越少。侯副经理为此也患了经济恐慌症。

看来，珍味楼改革旧宴席、创制新宴席是势在必行、端在人为了。这不仅关系到企业的生存，也关系到企业的声望。堂堂的以经营宴席著称的珍味楼，却被人家的宴席给盖了帽了，这不等于他妈的虎落平阳被犬欺吗?!

周文博打开房门，见爱人与一个男人一起睡觉

侯副经理四十多岁，因为秃顶，头型不好看，所以无冬吝夏总戴一顶鸭舌帽，也总穿一身干部服。他人精瘦，白脸，一副深度近视眼镜后面有一双狭而长的眼睛，使人看去便知这是一位脑瓜灵活、办事机敏的人。他原是个工学院毕业的大学生，后来又到外国语学院进修了两年葡萄牙文。毕业后，不知道是工学造诣不够，还是葡萄牙文没有派用场，还是想改改行，反正是顺应了“改变商业干部文化素质”的情势，来到市商业管理局

办公室工作。那几年的“文凭热”高涨得很，加上他在领导面前斡旋得也够机灵，很得赏识，不久就晋升到副处级。他又是个喜好交际的人，好要面子，他的许多老同学都在这个城市中的一些单位当上了县团级或更高级的干部。为了与这些老同学加强关系，联络感情，少不得利用工作之便，隔三差五地到珍味楼去开开荤。常了，他就觉得这饭店领导工作既体面又实惠，既符合他广交高朋的心愿，又可以有机会当个“第三产业”的弄潮儿。于是，经过现今一般人都领悟的一番斡旋、疏通，他调到了珍味楼饭店。先是安排他当党支部书记，他觉得这是个搞政治的差事，不合时尚，于是又经过一番斡旋、疏通，终于以自己的“文凭”为优势，以有能力帮助珍味楼的厨师总结烹饪经验为缘由，当上了主管业务的副经理。可是，他刚刚上任两个月，就碰到了这种棘手的经济危机。这对他来讲，算是个严峻的考验。他当初来的时候，只想到好的一面，没想到还有这种危及他官运安全的事情。

怎么办？这是个走一棋而关全局的大事。弄得好，不仅能得到上级领导的表扬，而且还会被认为是改革者而得到荣升；弄不好，就会给上级领导留下没有能耐的印象，说你没有开拓精神，不懂业务，那情况就很糟糕了，不知要付出多少代价才能抹掉，说不定他这个令人眼热的位置就要让给别人。这可不是闹着玩儿的。

珍味楼应该创出个什么宴呢？还得在“珍味”上下功夫，这大概是可以定向的。就叫“珍味宴”吧？不行！“珍味”都包括哪些东西？侯副经理吃不准。再说，“珍味”的内容也太广泛、太空洞，天上长翅儿的，地上带腿儿的，水中生鳞儿的，那也太多啦。即使叫“珍味宴”，也太俗气、太一般化。现在时兴的，一个是洋，一个是古，要洋就洋到天，要古就古到底儿。叫“珍味宴”和洋的刮不上边儿，和古的又挂不上钩，不洋不古，不成二刈（读 yi）子货了么？到时候说谁起的名儿？是他侯经理。还不得背后挨骂？挨骂也不要紧，可上级领导会说你没水平，对你就会印象淡薄，那你这个官就当得不舒贴。

为了稳妥起见，侯副经理让特级厨师周文博拿出一个创制新宴席的设计方案。周文博，你听这名，就有一股墨水味儿。他算得上出身名门望族。据他的家谱记载，他的祖先是随清兵入关的，后来在清宫内务府的档案房里充任主事，是个文职正四品官儿。后因触犯宫忌被贬到盛京内务府管理膳事。退职后返回辽南家乡创办了金岭书院，此后就一代一代地经营这个书院。清朝中叶，周家的官运又有了转机。这里的地方志是这样记载的："周氏高祖周汝鼎，自清初由内务府移居本境。嘉道间，科第继起，周书剑、周书儒、周书案、周书斋、周书墨、周书卷、周书竹均以举人起家，举茂才者尤多。周书剑官河南郑州知州，周书儒官龙江府知府，周书案官直隶昌黎县知县……周书竹又赴东洋深造，后任奉天机械局局长。"这周书竹便是周文博的爷爷。解放后，周书竹是市政协的副主席，周文博的师傅马景春也是市政协委员。周文博因病没赶上考大学。1961 年时，有一次在市政协的小组会上，周书竹对马景春说："马师傅，老朽欲让孙儿文博认你为师，你肯赏脸否？""周老，贵府书香门第，干咱们这行……""嗳，马师傅错矣。新社会了，行行出状元，你不就是厨师状元吗？哈哈哈。""周老，有您这句话，我收他当徒弟。"马景春最敬佩读书人了，他见周文博老实厚道，心灵手巧，文化也好，又有周书竹的面子，所以潜心教授。于是，周文博鼎盛春秋，在厨房里"摸爬滚打"了十八九年。马景春辞世时，他已出类拔萃，成为厨行中的佼佼者了。周文博不仅制菜的功底扎实，而且手笔相应，对烹饪文化、理论也很有造诣，"文革"前就经常捅个报屁股什么的。现已出版过《创新宴席纵横谈》一书，1982 年时，还应日本学者之约，为他们编撰的《中国饮食文化汇典》一书，撰写过两篇烹饪论文，因此在烹饪界声望日渐增高。周文博是 1978 年从市里清和居饭店调到省城迎宾馆的，这期间又在我驻外使馆执厨三年，1984 年初又从省城迎宾馆调到珍味楼的。当初他调到省城迎宾馆，是因为迎宾馆的赵总经理认为他是个人才，说是迎宾馆的厨师文化素质低，让他来帮助总结烹调经验。于是赵总经理疏通了市里的宋市长，就将他调来了，并答应周文博的家属在一年内迁到省城。周文博调来后，因迎宾馆的接待任务很忙，一直没有做上总结烹饪经验的工作，要天天应酬宴会的制作。他手艺很精，做出的菜高人一等，深获宾客赞誉，以致凡有重要宴会，都归于他来主厨。一次，赵总经理的儿子办喜事，在迎宾馆摆了四桌宴席，说是每客五元标准，并请周文博掌灶。周文博老实木讷，迂气得很，有点不通当今的人情世故，他当真按每客五元的标准做菜了。迎宾馆历来没做过这样低规格的宴席，亏得周文博想得出，他选料低廉，巧施烹技，以素代荤，四桌席做得清淡素丽，格局高雅。比如有款菜叫“金钩挂银条”，原是孔府菜，后传入清宫的。金钩为何物？海米也，因海米金色如钩，故名。银条又为何物？绿豆芽掐梢去根之嫩莲也，因色白如银，故名。每根银条中还要瓤进些许肉馅，与海米同炒成菜。但赵总经理的儿子吃了此席却大为光火，只是碍于当时的场面，又是他大喜的日子，没有发作。回到家里，赵总经理见他一脸愤愤之气，就问：“今天是你的喜事，干吗眼珠直勾勾地，气成这个样子?”“眼珠直勾勾？吃了一天和尚菜，油水都没有，眼珠子转得动吗?!”“怎么吃了一天和尚菜?”“哼！你要来的那个小子，连个海参都不舍得给，让我们吃庄稼院菜炒豆芽，也太不像话啦！我到哪儿吃饭，也没栽过这么大跟头。”“你钱给得少嘛。”“钱给得少？给得多还用得着他!”……从那以后，周文博就被调到办公室总结烹调经验，编了一年的书。《迎宾馆菜谱》出版后，他已调来两年了，家属仍没有迁到省城，他为这事找到赵总经理。赵总经理对他说：“现在体制改革，人权都在省委人事局。我说了多少次，他们也没吐口，就这样。”“我爱人没爹没妈，又带个孩子，不容易。如果实在调不来，我就先回去吧。”“那也好。不过，你是个人才，咱们的钩不断，有机会我替你想着。”就这样，周文博又返回市里。市里各大饭店的头儿们听说他回来了，都明拉暗扯地想把周文博调到自己的单位，那情景不亚于一桌食客见到了一盘红扒鱼翅。结果终归是珍味楼气大腰粗，以教学的名义将他抢到了手，并以给他一个“大套”为条件。但是，就在周文博到珍味楼报到的第二天，市商业管理局的杨局长就给“珍味楼”的许经理来了个电话，说是局里要编一本《小吃集锦》的书，以适应当前旅游工作的需要，请周文博担任主编。许经理说：“杨局长，局里那么多‘杆’将，他刚调来，咳，刚抢来的，就别让他去了，我们这教学……”“不行！不能搞本位主义嘛，局部服从全局嘛。出版社等着要出书，他是专家，他不主编，谁能胜任呢？好啦，就这样吧。”就这样，周文博的关系落在珍味楼，可一直没在这儿上班。又一年过去了，周文博被安排在德县疗养院编完了《小吃集锦》，又被省饮食服务专业协会借去编了一本《饮食指南》。编到大半截时，就被侯副经理以“营业危机”的名义临时请了回来，让他设计新宴席。周文博回家的时候已是深夜，他用钥匙打开房门，见爱人与一个男人一起睡觉，他的脑袋顿时“嗡”地一下，心里也像吃了一大把蒺藜豆，扎扎刺刺地疼，他没有想到和他生活了多年的妻子会做出这种见不得人的事。他气得真想做些粗鲁动作，但随即又冷静下来。他把他俩叫了起来，俟那男的穿好衣服，他让他走了。那男的走后，他又对她说：“强拧的瓜不甜，咱们离婚吧。”只见他爱人托着雪白粉嫩的双乳，低垂着眼帘，先是紧张得浑身觳觫，后来抬起头，用惭愿求恕的眼神望着他，再后来就捂着脸呜呜地哭了，一边哭一边说：“你和书过日子，和烹饪结婚吧。”周文博心软了，他想：夫妻一场，离了也别成仇人。没过好，得离好，别让人当笑话看。于是俩人和和平平地准备离婚了。她说孩子是她的心头肉，是她的精神支柱，她要。他想：孩子从小是她带大的，孩子没爸差些，没妈不行，孩子也毕竟是他自己的孩子，大了还要找他。他应允了。他对她说：“为了孩子，家产、财金我都不要，给你。我只要书和家里的一把大勺——那是我师傅辞世时，送我的纪念品。”“行。我还有一点要求。”她说。“你说。”“不看我面看孩子面，这件事，你别同人说了。你说了，我没脸活了。”“好，我不说。”（这件事情对他的打击实在太大了，后来，竟使周文博的胃炎发展到胃溃疡，做了胃镜透视）。第二天，周文博以夫妇长期两地分居、感情不合为缘由，向法庭起诉离婚。法庭不允，要调解。周文博没办法，只好照实说了，他请法庭同志保密。法庭同志说，这是他们的职责。直到法庭将离婚传票发到珍味楼时，周文博也将“八珍宴”的设计平面图以及制作方法搞了出来。这两样东西几乎在同一时间送到了侯副经理的手中。

“文博呀，你是怎么搞的？家里出了这么大的事，怎么不和组织上说一声，也好帮你们调解调解。”侯副经理见到周文博时这样说。

周文博苦不堪言，闪着惭愿的眼神说：“我在珍味楼只拿工资不干活，已经很不好意思了。领导挺忙的，家有了事再麻烦你们，更不好意思了。”

“究竟为啥离婚啊？”侯副经理对这件事感到非常惊奇。

周文博本想说出原委，可又想到孩子和她今后的出路。他更担心的是说了实话，就会牵扯到他们的住房问题。法庭判了他俩一人一间房子，单位会以她犯了生活错误为由，撵她和孩子走。她没爹没妈，带个孩子上哪儿去住？他不忍心。自己的条件总是好些，将来也不会总没房子住。想到这里，于是他说：“长期两地生活，感情淡薄，淡薄久了，这夫妻间的勃豀……哎，就离了。”

“你看你这事儿搞的”，侯副经理蹙着眉头说，“既然你们离了，组织上又不知道内情，也就不便管了。你吃亏就吃亏在能耐上了。他们迎宾馆、商业管理局，还有饮服行业协会都只管用人，不给人解决实际问题！当初你家属要是调到省城，哪有今天的事儿，你说是不？以后你呀，可别干这驼子跌跟头，两头不着实的事儿啦。”

周文博听后，胃一阵阵胀痛，翕动着嘴想说什么，但什么也没说。

“这样吧”，侯副经理又说，“你设计的‘八珍宴’我看了，我是外行，外行看热闹，内行看门道。这一半天，我把闻庆喜他们几个厨师找来讨论一下。然后嘛，向许经理请示一下。你心情不好，先休息几天，到时我找你。”

周文博低着头，踽踽地走了。他一边走一边想：上哪儿休息呢？法庭判了他俩一人一间房子，关起门来还是一家，真离婚假离婚闹不清。可一时又有什么办法呢？

许经理的话虽非一言九鼎，但也说了算数

照理说，侯副经理完全可以为“八珍宴”拍板定调。但是他又不能这

样做，因为他是副经理，得向许经理请示。正经理、副经理，一字之差可大不相同。尽管别人也叫他侯经理，可他深知这正副之间的差距，也知道自己树小根浅。按级别，他是新十五级，许经理是老十三级，出差可坐软席，而且是局党委成员，在局里树大根深，基础很厚，可以直接决定着干部们，当然也包括他的命运。因此，侯副经理在日常工作中已经自觉地养成一种随时向许经理请示的习惯。这是他给自己规定的一个原则。因为他知道，许经理对一些晋升很快的大学毕业生持有一种反感，这是他从局里一些干部私下的言谈中了解到的。所以他更注意与许经理的关系，决不能使自己的言行引起许经理的反感和不满。于是，他拿着周文博设计的“八珍宴”方案向许经理汇报。

许经理是工农干部出身。他中等个子，国字脸，一双眼睛亮而有神，显得很精明。他以前一直在市商管局主管基建工作，盖房子造大楼算是个行家里手。后来，局里调来一些大学毕业生，干部结构逐渐发生变化。没过几年，这些大学毕业生有的就晋升到副处级、正处级，甚至到副局级，超过了他。对此，他心中不服。这种感受就像他走在田地里，却赶上了雷雨，心中自言自语地埋怨，忿忿然。可有啥法儿呢，只得挨着。他又想自己是五十八岁的人了，爬到副局级格子里的事儿，那是死了独生女的寡妇——没啥指望啦。不如来个“曲线救国”，到下面干去；这样做，可以表明自己是让职退位，赢得领导的好感，又能捞到实惠。离退休不远了，有些事该办的也得抓紧。于是他选中了珍味楼这个地方。因为珍味楼翻修扩建后，已达到三星级宾馆的标准，局里批准为正处级单位，而且已经挂起了市饮食服务技工学校的牌子，目前正在楼后增建校舍和教师住宅。于是，他与局里沟通了自己的意思，这些想法也正与局里的意思一拍即合。老干部啦，既然没有机会晋升，也需要有机会照顾一下。这样，他便来到了珍味楼当上了经理，并兼任建校筹备组的组长。

这时，他手里正拿着侯副经理交给他的“八珍宴”的设计方案。这套设计方案是用三十二开图画纸绘制的，每一张纸上用彩笔画着菜肴成菜时的平面图，旁边扼要地标明着所用原料和制法。许经理显得很郑重地一篇篇翻着："你别说，这小子还真有点功夫，画得挺有水平。菜做出来是啥奶奶样可不知道。"

"外面盛传他菜做得好，哪天是不是叫他把这些菜做做？耳听为虚，眼见为实。"侯副经理顺势说。他知道许经理有品尝新菜的习惯，但不能无因由地品尝，要合理品尝。这种事许经理自己不好说，这就得当下级的巧妙安排。侯副经理方才说这番话，就有这个意思。

许经理听后，也就不谈这事儿了。他好像突然想起来似的，说："周文博咋离婚了？怎么事先一点也不知道？两口子两地分居多年也不至于离婚，那两地分居的多啦！"

"是啊，"侯副经理睃了一下许经理的表情说，"我也奇怪，四十岁往上数的人了，还扯啥离婚，真让人不可思议。"

"你调查调查。如果是喜新厌旧，觉得自己翅膀硬了，就当陈世美那号的人物，那可不行！"许经理说完这话，停了停，又说："还有房子问题，我们不能再解决了。谁离婚分家就再要房子，我们哪有那么多房子！"

"这事我一定查明。说离婚就离婚，这显然是受现代开放思潮的影响。"侯副经理也煞有介事地说。

"至于'八珍宴'嘛"，许经理这才接回方才的话题，"现在有这么个问题，你想过没有？咱们这儿有两个特级厨师，一个周文博，还有个闻庆喜。闻庆喜可是坐地户，从小就在这儿学的徒。他师傅死后，他成了这里的元老了，满厨房都是他的徒弟。你让周文博设计'八珍宴'，还让他领衔操作，闻庆喜和他的徒弟们还不得撂挑子不干了。手艺人之间这些帮派意识，你不会不了解。"

侯副经理听了这话，知道自己的想法没和许经理合上拍。许经理说的闻庆喜，只念过两年书，闻庆喜常说自己提起笔来就头疼。所以，侯副经理心想：这样的人是厨匠，菜炒好就不错了，让他变样儿能变到哪儿去？就好比肉片炒白菜，颠倒个个，叫白菜炒肉片，再变一下，成了白菜肉片一块炒。指望他能研究出什么东西？你让他设计宴席，那简直是换汤不换药。堂堂的烹饪学府，创制出来的宴席不伦不类，不温不火，首先会遭到同行高手的挑剔，从而降低珍味楼的威信。再说啦，如果闻庆喜能创制新宴席，他早创制了，珍味楼也不至于到今天的地步。因此，他感到许经理方才说的那番话失之轻率，有点儿实用主义，缺少改革精神。可你又有什么办法呢？他的是非观念和处理问题的方式方法就是珍味楼的大方向。许经理的话虽非一言九鼎，但也说了算数，至少在他任职的时候是这样。你的是非观念和处理问题的方式方法务必要与他合拍，这才是关键问题。许经理说东，你尽管说往西是对的，到头来也证明你是对的，可这又有什么用？由于和许经理意见不一致而把问题搞僵了，你便再不好工作下去。许经理到局里一反映，说你对他的工作配合不好，将珍味楼技术队伍的思想搞混乱了，那就糟糕透了，自己这个副经理就没法儿再当了。想到这里，他便附和着说道：

“还是许经理想得全面。是啊，周文博从调到珍味楼就没干过活儿，现在是单枪匹马，根基不牢。他设计‘八珍宴’，必得他主灶，过不了几天不知又让哪个大衙门借走了。闻庆喜他们再撂挑子不干，那将来还不乱套了。”说到这里，他摘下眼镜，掏出手绢擦着，又说：“哎，我怎么没想到这一点呢？”

许经理见这个大学毕业生说话的态度顺和又诚恳，使他内心深处的洋洋得意不由自主在脸上的笑纹里洋溢出来。于是进一步说道：

“依我看，周文博是能力大、贡献小。他落脚到珍味楼这几年来，我们根本沾不上他的光。他编这个，写那个，炸这个，炒那个，和珍味楼有啥关系？啥关系也没有！他占着我们学校的一套宿舍，到时候来拿工资，净给别人干活，我看这样的人也养不住。再说，他这个人给我的印象是很傲慢，连自己的老婆也瞧不起，闹离婚。这时候，你再叫他搞‘八珍宴’，更会助长他的傲慢情绪，认为哪疙瘩缺他都不行。没他搞‘八珍宴’，我就不信珍味楼会黄铺！”

侯副经理听到这里，也就能猜测出下面该怎样做了。于是接话道：“那是不是叫闻庆喜也设计个‘八珍宴，他手下还有一帮徒弟，群策群力，三个臭皮匠还顶个诸葛亮呢。”

“我主张百花齐放，不要一花独放。一花独放不是春嘛。”

“许经理考虑问题全面，分析问题透彻。我这个知识分子出身的，也自愧不如哇，得好好向老干部学习。”

“那你就夸奖啦”，许经理不乏得意地哈哈笑了起来，“我再干一年半载就退休了，这个天下将来还不是你们的？你年轻，有文凭，能上能下，今后岂止当经理，要当总经理，当局长。”

俩人又都得意地笑了起来。

俗话说：强龙压不住地头蛇

闻庆喜是个大高个子，贼胖，面孔红扑扑的，上面有一层油光，两只眼睛很黑，细细的，像是用墨笔画了两道横。他脾气暴，说话铜声响器。但待人处事却很活泛。他的手艺不赖，很会逢迎各级领导的口味，因此颇得一些领导的好感。自从他的师傅辞世后，他的地位开始稳步上升，先是当上了餐厅部主任，接着被推荐为市政协委员，后来又入了党，提了干，成了科级干部。近些年来，市内有不少学员来珍味楼学习，他们毕业后，闻庆喜总要选几个得意的收为徒弟。这样一期挨一期，他的学生就遍布市内的宾馆、饭店、餐厅乃至食堂。后来，他又从这些学生和徒弟当中精选几名脾气合得来的、看得上眼儿的，调到自己身边来，他们也就成了烹饪专业教师。有一次，市里举办烹饪大赛，邀请闻庆喜当主考官，他就将这几位得意门徒都整进了前十名，使他们被评为一级厨师。为这事儿，尽管舆论哗然，同行多有不服，但木已成舟，生米做成了熟饭，再有意见，还不是嘴上抹白灰——白说。从此，这些徒弟们像众星捧月一样捧着闻庆喜，对他恭敬胜若父母。闻庆喜委曲，他们就背后骂皇上；闻庆喜发怒，他们也跟着瞪眼珠子。成立市烹饪学会时，闻庆喜没有被安排当理事，这帮徒弟们就骂起娘来，就去告状，吵吵嚷嚷，搅搅闹闹，搞得市烹饪学会的赵会长无可奈何，到底是把闻庆喜安上了理事了事。这回，当闻庆喜知道珍味楼的创新宴席要由周文博来设计，他心里就骂开了：X他个妈的，他算哪个山寨的？你兔子跑到磨道里，冒充什么大耳朵驴！嫌我们珍味楼没人啦?！这不明摆着瞧不起我闻庆喜么？手艺人可咽不下这口气。这天下班后，他气咻咻地冲着两个徒弟说："明复、德全，你们俩下班上我家喝酒去!""好嘞，师傅，你准备啥吧?""稀屉屉！六点来啊!""哎哟，让我们吃屎，成狗喽，嘻嘻嘻。"

掌灯时分，闻庆喜的会客厅里摆上了一张折叠桌。桌上放着砂锅鱼翅、盐卤大虾、白斩鸡和一盘白菜丝拌蜇皮。三人围桌而坐。闻庆喜拿起一瓶酒，把瓶嘴儿咬在嘴里，"吱"地一声，瓶盖开了，又"呸"地一口，将瓶盖儿吐到地上。他刚要斟酒，王明复忙抢过酒瓶，看了看："哟，泸州特曲！师傅，真有你的!"

"你师傅什么时候喝过孬酒！斟！喝!"

斟过酒后，三人一饮而尽。

闻庆喜举起象牙筷子，点点划划地说："尝尝鱼翅，这是你们师弟唐彪那小子上次考试前，给我孝的一份心。现在啥都先进了，鱼翅也有罐头的。吃!"

三人又像吃粉条那样吞噜吞噜往嘴里抽。

赵德全夹了一口虾放在嘴里嚼着，边嚼边说："师傅，这虾，是不是上回我送你的那坨?"

王明复听他这话，就不耐烦地说："兄弟，行啦，你甭在师傅面前显摆啦，送坨虾算啥！你问问师傅和师母，那两辆永久车谁送的？真是!"他说完，"吱"地一口，把一盅酒灌进肚里。

"得得得，你们的心意，师傅我都领啦"，闻庆喜打岔说，"今天让你们来核计个事。妈了个×的，周文博要给咱们爷们摆'鸿门宴'，咱他妈吃那套！这不是往咱酒盅里撒尿吗?"

"师傅，不干！让他设计'八珍宴'，你往哪儿摆!"赵德全伸着脖子，瞪着两颗大眼珠子说。

"师傅，要真那样，你就解围裙，咱们也脱白褂子，让他自己干吧!"

王明复大声嚷着，“啪嚓”一声将筷子摔到桌上，然后又站了起来。

“吵吵啥呀，坐下！”闻庆喜不满地说，停了停，语调又转为平和，“你们说的，对倒对。可我和周文博都是手艺人，还得要个面子。就是不干，这事也不能太那个。弄不好啊，咱爷们儿也寒碜。周文博那小子也不是白给的。”

“师傅，这事儿不用你出头”，赵德全转了转大眼珠子说，“你就装傻，权当不知道这事儿，咱们找去。咱们一闹，就给他闹黄了。”

“不行。你们还得稳着点儿”，闻庆喜粗中有细地说，“周文博那小子道行大。过去讲话，武林高手功夫到了家，家都不要了。周文博搞烹饪，搞的老婆孩子都不要了。叫咱整‘八珍宴’，咱还真整不过他。”他说完，“吱”地一声呷了一口酒，又伸出筷子：“菜这么些呢，都快往肚子里整啊！”

“师傅，你这话不对”，王明复用筷子挑了几根蜇皮丝，嘎吱嘎吱地嚼着说，“俗话讲，强龙压不住地头蛇，一个庙一个神。咱们抱成一团，他再能耐怎的？还不是打铁掉在地上，白搭一伙！这地盘是师傅你打下的，他远来的和尚也不好念经。”

“哪个和尚不好念经啊？”许经理推门进来时，听见王明复最后那句话，就笑呵呵地接茬道。

三人一见许经理，急忙站起来打招呼。

“你们喝你们的，”许经理摆了摆手，用眼睃了一下桌面。

“给许经理倒酒哇。”闻庆喜支使两个徒弟。

于是，一个搬椅子，一个斟酒。许经理坐到桌旁，嘴里说着：“不喝，不喝。”可手却拿起了筷子。许经理和闻庆喜住一个楼房，是二层，又是对门。宿舍刚建成时，许经理是分房子的主管。闻庆喜家搬到他的对门，是他的有意安排。当领导的到一个新地方，谁不笼络几个亲信。闻庆喜是珍味楼炒菜的台柱子，他当然要近便他。闻庆喜家三口人，按道理只能分两间房子。许经理说闻庆喜是特级厨师，要搞点特殊待遇，结果就给了他三间房子。闻庆喜成了许经理的邻居后，怀着感激之情常到许经理家走动走动。每次走动也不空手，反正带的东西都是徒弟们送的，也不搭钱。许经理家来了宾客，他就去掌灶，炒菜的原料都由他操办，许经理睁一眼闭一眼。过年过节的，闻庆喜还要教许经理老伴几手活儿，如做水晶肘子啦、辣白菜啦、香酥鸡啦什么的。闻庆喜有求许经理的事，如儿子到珍味楼参加工作，女儿在珍味楼转干的事，许经理也一概应承，并都认真给办了。这就使两家的感情处得越来越融洽，听说闻庆喜的儿子和许经理的老姑娘正在谈恋爱。今儿晚上，许经理说是来随便坐坐，其实也是来商量事情的。只见他在三人劝让之下呷了一口酒后，瞅着闻庆喜说道："你的左膀右臂都在，和你们说个事。我和侯经理商量啦，制作'八珍宴'还是以你们为主。你们合计合计，拿出个方案来。明复能写，这两年讲课也锻炼出来了。"

王明复听了，说："周文博不是设计了吗？我们再设计一个，到时算谁的?"

许经理从烟盒里抽出一根烟，叼在嘴上说："这事侯副经理考虑得不周到，是他让周文博设计的，当时我不知道，过后我批评了他。"

"侯经理是知识分子，瞧不起咱们大老粗"，赵德全拿起打火机，"嚓"地一下给许经理点着了烟卷，"做菜这玩意，得动真家伙，设计算个屁!"

"你这话对，"许经理吐了一口烟说，"我虽然是外行，可我寻思，'八珍宴'也没啥了不起。选八种好材料，什么熊掌、鱼翅、燕窝、猴头，凑合八样，好好做着，看起来好看，吃起来好吃，不就成了！我就不信你们搞不了。我这个人最重实际，你们炒菜就是实际。'八珍宴'不就是八种美味吗？你们炒八样好菜就行啦。他周文博就一定比你们炒得强？我不信。"

三人一听这话，互相交换了一下眼神，然后闻庆喜说："行。我们今天夜里不睡觉，也要把它琢磨出来。"

"师傅，你放心，不就八个菜嘛，有啥了不起的，我一会儿就写。"王明复说着，又往自个儿的酒盅里斟了一下子酒。

"你们得注意身体呀"，许经理一边用筷子挑着鸡脯肉，一边说，"明天咱们开个会，会上把你们的方案叨咕叨咕，听听意见。到时候你们三人都参加。”

“周文博参加不?”闻庆喜问。

“嗯……我考虑也得参加，”许经理说，“因为侯经理已经交代他设计了，不让他参加也说不过去。”

“许经理”，王明复着急地说，“你让周文博参加，你别看他平常说话不多，要讲烹饪这玩意，铁嘴钢牙，谁也讲不过他，到时候我们就不好说话了。”

“哎——，你们三个人都参加，是三比一，我们按照多数人的意见办事。再说，不还有我们吗？啊？哈哈哈，我们把关定向。你顾虑什么？对不对?”

三人一齐乐了起来。闻庆喜兴奋地对王明复说：“去，把电冰箱里那块水晶肘子拿来，切薄点儿片。许经理最得意这口。”

她狠狠咬了他一口，鲜血顺着他的胳臂往下淌

就在许经理和闻庆喜他们喝酒时，在这栋宿舍的六楼一间朝北的屋子里，紫蓝色的烟霭一圈圈地向空中上方漫溢着，周文博坐在写字台前喷云吐雾。他左手夹着烟卷，燃着的一头冲着烟缸中，并用无名指不紧不慢地磕着它，他右手拿着一支钢笔，笔尖在稿纸前轻轻地晃动，但没有落笔。这是他在写东西时没有考虑成熟而苦思冥想时的一种特征。“八珍宴”的平面设计图虽然画好了，但还要写一份补充材料，从历史沿革和继承性的角度，来论证他设计的“八珍宴”是推陈出新之作。这需要查阅史料，要有点治学精神。

此时此刻，周文博这样专心致志地写东西，可以说是违心的，也可以说是不违心的。今天下午，法庭已经正式判决了他们的离婚案子。这就是说，从判决书到他手里的时候起，他和她已经不是一家人了。对婚姻的依

恋之情和男子汉受污辱的心绪在他的胸中痛苦地轧轹着。人生之路往往是这样：有获取，也就有丧失，有欢乐，也就有苦恼，这是人生法典中带有孪生性的本质。然而，使他可以自慰的是这几年来，他利用工余时间又写了两部书稿，一本是《中国烹饪工艺学》，将我国传统的烹饪技法加以科学的总结，使它上升到营养学和理论的高度；一本是《清代烹饪简史》，他认为清代烹饪不仅是我国历代烹饪发展的高峰，也是现代烹饪的纽带和形成的基础。为了写成这本书，他的头发不知不觉地已经白了几绺，他也不得不戴上了350度的花镜。这期间，在古籍书店中觅到一本有价值的书，在档卷中抄录一则原本的真迹，甚至在笔记小说中查阅到几句有关烹饪的只鳞片爪，都会使他感到亢奋和快乐，那心情不亚于他给一位外国元首成功地烹制了一台宴席。他为什么有这样的心情？为什么要死死地抠着这些东西？他找不出萌发的根源，就像他为什么会长成一米八的个子，为什么体重会发胖到一百七十斤那样。他甚至在早晨洗过脸后，对着落地衣柜的镜子梳理自己的“少白头”时，发现镜子中的自己竟是那样地憨相十足：似乎浮肿的眼皮压垂了细长的眼角，有点像黑人一样的厚厚的嘴唇爆起了几块白色的唇皮；他再看看自己的“将军肚”和那双长大的双脚，很为这蠢笨的形象而自叹。每到这时，就会引起他奇怪的联想：世上的每一个人都因有某一种优点而为社会活着。脸蛋儿长得俊秀，可以当演员、当迎宾员，让人们的眼睛在你的五官中得到满足；身段长得漂亮，可以当健美运动员，甚至可以当模特，让人们从你的形体中得到美感；声带或音质如果动听，可以当播音员，当歌唱家，让人们有一个悦耳的享受。可是他想到自己，脸蛋长得平庸，身段是个大块头，而发声却有股子土麋子味儿。既然先天性的各种自然之美他不具备，那只有靠努力去获取后天性的特异功能了。他十八岁进饭馆学徒，当时，店经理见他人高马大，粗胳臂大手，一脸憨相，就说：“这小子能有把力气，看上去也挺实在，让他上灶吧！”这话一锤定音，使他在厨房的刀勺油火之间滚到了现在。想到这事，又会引起他的一番联想：倘若这位经理当时觉得他是位高中毕业生，说道：“这小子文化好，让他学个会计吧！”那么现在他很可能成了一名会计师，至少是位助理会计师，成了钱财和账本的仆人。人生之路真是不可思议。可是，他毕竟是个书香世家出身的子弟，他也毕竟是个经过名师严格培训出来的高徒，这两种基因像两种金属铸成的模具，使他在特定的环境中成坯、成型，脱颖而出，并跃入属于他的新型模式中继续铸造。二十多年来，他是将书香和菜香这两股香气，并掺着勤奋、求索、刻苦、务实等多种“调味品”，糅合在他那洁净、新鲜并充满灵秀的内在气质中，使他成为全国烹饪界一颗引人瞩目的新星。他亲手烹制的佳肴美馔，款待过无数位来省内访问、参观和旅游的外国元首、政府要员和豪商大亨。他感受最深的就是那些外国老头子和壮汉们在饱尝了他的烹饪成果之后，同他拥抱贴脸时，那粗硬的大胡子扎得他脸又痒又痛的滋味。而他近几年来的辛勤笔耕，也使他在烹饪的另一片田园里结出了令人羡慕的硕果。他可以利用一个休息天，一口气地写出十篇用不着打底稿的短稿，供为他开辟“名馔荟萃”或“美食趣谈”专栏的一家报纸用上两个月。他可以在国内最有权威的历史学术刊物上接连发表有关烹饪题材的各类论文。他甚至可以将随时想到的，然而却是认真思考过的关于我国烹饪事业发展的有关问题的看法，成为广电部的内参机密文件，供省级以上的领导干部参阅。只要他愿意，他可以到西雅图的长城饭店和东京的赤板饭店去吃大劳金，入境异国的一切手续均由邀请方办理。记得有一次，他在一家报纸上发表一篇援外于异国时的饮食市场见闻，竟引起一位妙龄女郎的极大兴趣，她通过编辑部辗转找到他。她对他说：“我是英文翻译，我舅舅在英国开了一家很大的餐馆。只要你愿意，我们结伴而行，我保准你这辈子成为百万富翁!”当然，他宛然谢绝了她的美意。难道他不想发大财呵？他不想领受西方文明吗？他不青睐于眼前这位靓女吗？他想。但他同时想到了自己未竟的事业，想到了自己周围那种温馨的，然而又是令人怨艾的气氛，想到了总是与他阴阳不和的妻子，想到了刚上省城重点中学的孩子。就是这种做人的惯性，像糯米纸或猪网油一样将他包住，好像传统的中国菜所反映出来的某些特征那样，而明显地区别于外域之菜。

然而，他终于和他平日阴阳不和的妻子离婚了。她是丹东人，丹东女子生得俊。她是女人的标准个头儿——一米六五，鸭蛋圆脸，虽然鼻子趴了一点儿，但却不影响她的五官所组成的妩媚型线条；她的皮肤白得像雪花膏，走起路来真可谓袅袅婷婷，浑身透着一股女性的柔美，使一些心术不轨的男人看到她，会生起一股欲念。这种事怨谁呢？怨她吗？她是个老姑娘，从小没爹没妈，指望能找到一个能体贴她的丈夫。她见他厚道、老实，为人正直、诚挚，她嫁给了他。他们的小孩两岁后，他先是借到省城，后来出国，再后来就东调西借，足有七八年的时间是两地分居。偶然回来十天半月，晚间就忙着写书稿，三更半夜仍伏案疾书。她躺在床上连声假咳嗽，示意让他上床。可他兴致正浓，思路不能中断，他没有理会她。常常是这样，她闷闷地自睡了。于是，她几次忿忿然地说："你和书结婚吧，和烹饪过日子吧，这个家有没有你一样。"他听了，嘿嘿一笑说："好男儿志在四方，闯荡事业，好女人在家守堆、护孩子。一个索取，一个经管，这是上帝的安排。我连在报纸上发个豆腐块文章的稿费都寄到你的单位，也算对得起你。再说，我在外面混好了，你也好，孩子也好，家也好。"她听了，媚眼一瞪说："我需要有个男人守在身边过日子！你既然有能耐出国，为什么没有能耐把家调到外交部!？你既然有能耐被人东借西调，为什么没有能耐把家调到省城!？我带个孩子，屎一把，尿一把，上班送，下班接。孩子病了，三更半夜上医院，谁帮啊？冬天来了，一冬的煤坯，你打过几块？有一次，我和孩子一起病了，谁也照顾不了谁，孩子哭了一宿，我哼哼了一宿，你听见了吗？"他听了，低头思忖一阵后，又说："我何曾不想调在一起呢？我是党员，让我出国，我不去行吗？我东借西调，这是工作需要，我讲价钱不是拿把吗？我也知道调家的事，只要花些钱，送送礼，也不难办，可我根本不想这样做。解决夫妇两地分居，应该是组织上的事情，我为什么要花这笔冤枉钱？记得有一次，我想向你要些钱，送送礼，你不是一听就炸了吗？""我……你……你怎么这么横不讲理，不通人性！""我不通人性？这些年，我眼睛累花啦，头发累白啦，身子累出病啦，我图啥？我是上为国，下为家。我通人性！""你是个冷血动物！""什么……你……你出去，上那屋去！"随着就是"咔嚓"一声摔门响，她出去了……

午夜了，外面起了风，从窗棂的缝隙中能觉察出呜呜地风声。校舍内电杆上灯的光柱的范围内，刚才还有无数白色的蛾子狂乱飞舞，此时已被风吹得无影无踪。远处的街面被灯光映成了暗金的颜色，偶尔有一二个骑自行车的人出现，那速度必是很快，但从高处远望，仿佛是在懒懒的爬行。周文博终于将“八珍宴”的补充材料整理好了。他长长地舒了一口气，揉了揉累酸了的双眼，又燃起一支烟，狠狠地吸了一口，那大概能报销了一支烟的五分之一。这时，他书房的门开了，她走了进来，坐在沙发上，表情很平静。大约沉默了两分钟，她说话了：“今天，咱们就算分家了。这套房子，法院判了我们一人一间。明天怎么办？我带个孩子没地方去，只得住在这里。你，明天在哪儿住？”

“我就在这儿住呗。”

“在这儿住？真是白念书了。我问你，这套房子，关起门来是一家。咱们还在一块儿住，外人见了，我们是离婚没离婚？真离婚还是假离婚？”

“那让我怎么办？我没处去，和你一样。”

“你现在是光棍一条，抬腿就能走，行动方便。可我是女人，带个孩子，你应该到别处住去。”

“你要是这么正经，我也不会跟你离婚了。”周文博这话一出口，有如在平静的湖面上忽然投入一块大石头，激起对方勃然大怒。只见她气得浑身觳觫，先是四处张望，欲寻砸什么东西发泄。猝然，她看到了案桌上那摞“八珍宴”的补充材料，就疯了似的扑上去，抓起来就要撕。周文博见状，火星子窜天门，他紧紧地往外掰着她的两只手。她见撕不了，狠狠地咬了他一口，鲜血顺着他的胳臂往下淌。但他仍没有松手，硬是让她咬第二口、第三口。她咬他的时候，周文博却冷静地说：“好，好，我现在就走，我现在就走，你别撕了好不好？”她的手松开了，稿子撒了一地，他把她的手也放开了。她失魂一样地半躺在沙发上，大口喘着粗气，他们就这样静静地沉默了约一刻钟。忽然，她坐了起来，恢复了冷静，擦了擦眼角上的眼泪，对他说：“我咬了你，赔你治疗费，还有件事情得商量好。”

“你说。”

“你提出离婚的，孩子归我抚养。那攒的两万块钱，还有家产，没你的份儿了。”

“这事法院判决了，不必重复。我只要我的书和那把大勺。”

“那也不行。孩子越发大了，爱看书，这六书柜的书，你得给他留三柜。大勺也不能拿走，我这些年就是拿这把大勺，又当锅又当奶罐儿，把孩子喂大的。你拿走了，我闪手。”

“书当然要给孩子留，这你不用操心。勺我得拿走，那是我死去的师傅送给我的念想儿。”

“当厨师的，大勺算什么稀罕，不有的是。”

“再不，我给你一把新的，换这把？”

“不换，就这把顺手。”

这时，周文博心中蹿起一股怒火，他把厚大的手猛劲儿攥成了拳头，他要对她施以暴行。但理智却提醒了他：那样做的结果，将会出现夜半哭声，就会有连骂带嚎、连滚带踹的场面，就会惊动四邻。他看到她的眼睛又盯上了那摞“八珍宴”的补充材料，于是，他攥紧拳头的手马上松开了，蹿起的怒火又遽然熄了下去；他的心像给黄檗汁泡过的一样，他的眼泪从眼眶中汩汩地涌了出来。他用像变了调的留声音样的声音说：“大勺，给——你！什么——我也不要。可……可我的知识，我学成的手艺，你……你没法再要去了！”

哎呀，这么折腾，那猪羔子不熬成糊涂粥了

翻建装修后的珍味楼已经里外一新。冷眼一看，也显得富丽华瞻，但仔细观察，并非考究。也许谈不上有什么风格特色，楼体的外形缺少那么一点儿灵秀之气，一色儿用铺浴池使用的白色瓷砖嵌就，给人一种弄巧成拙的感觉。迎宾厅内，有一个一般商号里常有的大座钟，厅内一隅是一个

完全用玻璃组装的小卖台，厅壁一周摆了一溜儿长长短短的沙发。米黄色的长条服务台后面，坐着几位穿红色西装的女服务员，都在低头忙着什么。这种红色西装，最初是法国餐厅男招待的装束。不知什么原因，这种装束后来就在中国各式的高级中餐厅里流行起来，而且都是女的穿，以示高雅脱俗？其实未必。尤其是岁数大的女服务员穿着它，就像男人穿上了短裙那样扎眼。厅内的右侧有一个小型会客厅，会客厅里坐着三个人：王明复趴在稿纸上写着什么，闻庆喜和周文博都担着二郎腿儿，你一口我一口地抽着烟，闲聊着。

“文博呀，你那个性格得改改，太死气了。左邻右舍都是学校的人，一个庙儿的，没事常走动走动。”闻庆喜说这话时，颇有一种兄长架势。他比周文博大三岁。

“没时间啊”，周文博答道，“几部书稿压得我抬不起头来，每晚都得赶写。我到别人家串门儿，别人也要到我家串门儿，串来串去，晚上的时间都串没了。再说，现在串门儿多数是你求我办事，我求你办事，搞人际关系，人情关系，走后门，说长道短、是是非非。我没那个闲工夫。”

闻庆喜听了，没再吱声，狠狠地吸了两口烟。在那弥漫的烟雾后面，两眼流露出一丝愤然之意。

这时候，许经理、侯副经理、赵德全依次进来了，各找一个方便的位置坐下。许经理坐下就说：“有事来晚一点。”他看了看腕上的手表：“八点开会八点半到，我带头检查。这个讨论‘八珍宴’的会，咱们争取十点结束。十点以后，我还要到局里开会。怎么样，侯经理？”

“行”，侯副经理说道，“开吧。嗯……你们几位谁先说说？闻科长、王老师，你们——”他有意点拨。

王明复从稿纸上抬起头来，看着闻庆喜为难地说：“师傅，没写完哪，还有一点儿，咋办？”

“那……写完再说呗。”闻庆喜说完这话，心里就骂开了：完蛋玩意儿！昨晚你喝了八两酒，喝得不知东南西北。还说你保证把“八珍宴”写出来，狗屁吧！

“那我先说说”，周文博从提包里掏出一摞子厚材料，理了理，“侯经理让我设计个‘八珍宴’，我叨咕叨咕，汇报一下，大家听了多提意见。”他略加思索，又接着说：“我觉得，设计一台创新宴席，要融继承和创新为一体。因为没有继承就没有地方特点和地方风味；没有创新就没有前进和发展。继承忌老套旧框，创新忌放任自流。创制‘八珍宴’，首先要结合地方的历史沿革，还有传统文化和食俗特色，也要结合当地擅长的烹调方法和原料特产。再有就是每款肴馔起的名字，要与做成的菜式名实相符，要贴切、文雅、不俗，冷菜、热菜、汤菜、甜菜、饭菜、面点的编列组合，既要错落有致，又要协调统一；既要考虑每款菜的独立性，又要考虑整个席面的统一性：既要考虑每款肴馔的原料搭配，也要考虑整个宴席的选料范围；既要考虑每款肴馔的营养成分，又要考虑到整个宴席的营养平衡；既要考虑到每款肴馔的构思、造型，又要考虑到整个席面的构思、造型。而且每款肴馔，当然也包括各种面点啦，都要与宴席的主题丝丝相扣，就像人体的动脉和静脉，就像大树的根和须那样……”

“哎，文博，插你一句”，许经理从头靠沙发的闭目静听状态中，忽然直起身来说：“你是不是碾砣砸碾盘，实打实地说，别净来稀的，啊，哈哈哈。”

周文博听了这活，好像正咕噜咕噜喝啤酒，忽然挨了一口呛，于是很是正儿八经地说：“我这话都是干的，没来稀的。好，既然认为这是稀的，我就捞干的说。创制‘八珍宴’，要先对‘八珍宴’有个明确的认识。什么是‘八珍’？我国最早有‘八珍’之说是在周代。那时候的八珍是什么？你们可能不知道。据《礼记·内则》载：是淳熬、淳母、炮豚、炮牂、捣珍、渍、熬、肝膋。如果解释一下，淳熬是盖浇稻米肉酱饭；淳母是盖浇黍米肉酱饭；炮豚是经烧、烤、炖诸法制作的小乳猪，炮牂是经烧、烤、炖诸法制成的小羊羔；捣珍是肉松，又说是脍肉扒；渍是酒香牛肉；熬是五香牛羊肉干；肝膋是烤网油包狗肝。就拿烤乳猪或烤小羊羔来说吧，洗净后，将肚子里塞满枣子，外面用芦草裹起来，再抹匀湿黏土，放在火上烧。等黏土烧干了，把土揺掉，揭去芦草，再把米粉调成稀糊状，抹在外皮上面，然后用油炸过。炸后，切成片状，整整齐齐摆在小鼎里，配上调料和香料，再把小鼎放在大汤锅里，用文火隔水炖，炖它个三天三夜。取出后，用酱醋调味食用。哎，你们说说，这种方法高明不高明？这是在上古时代呀！我们的祖先就掌握了这么高超的烹调技法，真了不起！”

许经理眼睁睁地听到这里，又插话道：“哎呀，这么折腾，那猪羔子不熬成糊涂粥了。咱们可卖不了这玩意。”

周文博听了这话，心里又是一阵不舒服。但他还是接着说：“‘周八珍’是古代食品，其烹饪技法，对后世影响很大。于是后来就有了‘天厨八珍’、‘上八珍’、‘中八珍’、‘下八珍’，以后又有了‘海八珍’、”陆八珍’、‘山八珍’、‘素八珍’等。值得一提的是宋、元时代的‘迤北八珍’。这种‘迤北八珍’，据我考稽，当时就流传在我们这块地域。”

“噢，‘齐北八珍’，‘齐’是山东古称，齐北，就是山东北部的八种珍品了呗？”一直没有说话的侯副经理，觉得自己是个知识分子，谈这些饮食文化的事儿，似乎也要插上两句才符合自己的身份。

“不是齐北，是迤北，迤逦的迤。”

“啊？对对对，是迤北、迤北。我听错了，也是你没有说清楚。”因欲弄巧而成拙，侯副经理很不自然地自圆其说。

“‘迤北八珍’是当时蒙古大汗在御宴上所用的八种珍贵原料。按照蒙古族俗，每年六月三日，蒙古大汗要举行泎马宴，八月要举行马奶宴，这些御宴上都少不了‘迤北八珍’。”周文博说到这里，兴致大增，甚至有点眉飞色舞，完全沉浸在他所痴迷的境界中去了，他好像忘记了自己是向领导做汇报，而是在给学生们讲课：“你们知道吗？‘逝北八珍’，又是什么？我考证了，元末明初文学家陶宗仪在他写的《辍耕录》卷九中有过说明。他说是醍醐、麋吭、野驼蹄、鹿唇、駞乳麋、天鹅炙、紫玉浆、玄玉浆。为了节省时间，我不一一介绍了，只举两三个例子。比如说醍醐吧，是啥玩意？李时珍在《本草纲目·兽一》中说：‘作酪时，上一重凝者为酥，酥上如油者为醍醐，熬之即出，不可多得，极甘美。’麋吭是什么？你们咋也想象不到，是幼獐脖子上的一块肉，幼獐的肉就够嫩了，脖子又是活肉，那要嫩到啥样？赛过豆腐脑。再有驰乳糜，你们更不知道，是骆驼肠壁淋巴管中的淋巴，呈乳白色，含有丰富的微小脂肪粒。你们说说，那是宋元时期呀，选料竟如此考究，又是个少数民族，真是令人叹为观止。”

许经理听着，心里越发不得劲儿，他就是不喜欢有文化的人卖弄学问，他觉得周文博就是这样。特别是听他的口气，有点颐指气使，简直是给学生上课，拿我们老干部当小崽子了。想到这里，他越发不高兴，于是就说：“什么大汉、老汉的，那玩意都是老皇历了。再说，整来整去，整到少数民族那里去了，咱不能弄那玩意。”

“许经理把我的意思弄拧了”，周文博有点急切地说，“我是交代一下有关‘八珍’的来龙去脉，并不是照搬老套。我们这个地方是个内陆城市，但在长白山脚下。因此我想，应得启于陶公‘迤北八珍’之说，鉴袭此规，依凭长白山上乘美味之隽，划定新八珍，作为我们设计‘八珍宴’的原料根据。我精心选择了一下，觉得用鹿茸、野参、熊掌、猴头，就是猴头蘑，古称麇尾，还有野雉、罕达堪、飞龙鸟，飞龙鸟清时称树鸡；另一个就是蕨菜，日本人称它为‘山菜之王’。用这八种原料比较合适。这既顺乎传统进食意念，也能充分反映出我们这个地区的原料特产。”

“周文博，许经理的意见你要认真考虑”，侯副经理听出他们之间的谈话合不上榫，觉得是应该表态和提出看法的时候了，“我同意许经理的意见。古人的东西再好，和现在比也是落后的。比如现在有味精，那时候就没有。你说哪个先进？我们现在是振兴的时代，是改革的时代，要敢于创新。至于你说什么这个浆，那个浆的，那东西上哪儿找去，你说是不是？”

“你说的当然有道理。不过我想，……怎么说呢，打个比方吧：传统性的东西是藕，创新性的东西是莲，有藕才能长出莲，有莲就知道下面有藕。光有莲没有藕，莲成了水上浮萍；光有藕没有莲，藕就会被泥沙埋没。我想，这就是传统和创新之间的辩证关系，起码在中国烹饪的领域内是这样。侯经理大概读过《红楼梦》吧？那是被称为‘伟大’二字的不朽之作，它所取得的伟大成就，也是现代艺术所要学习、借鉴的。这您又该怎样解释？《红楼梦》写了许多名菜。北京一家饭店搞出了《红楼宴》，许多外国人一下飞机就直奔那里品尝，你能说这些菜就没有生命力吗？那时没有味精，我们现在补上一点儿，谁还能说你是放了人骨头渣儿。”

侯副经理听了这些话，当然有些不快。他觉得他顽固、执着，顽固得令人感到反感，执着得过于死板。作为领导，他很不喜欢这种性情的人，他似乎对周文博有了进一步的了解。从心里讲，他仍欲为之争论一番，也好让许经理知道他是个受过高等教育的人，并非等闲之辈。要是电器问题或是说葡萄牙文就好了，他准能将周文博说得哑口无言。可是现在，他觉得肚子里空空如也，什么像样的词儿也没有。为了使自己不至于更加难堪，也为了维持目前的谈话气氛，于是就无杆打枣地问：“什么达……汉的，那是啥东西？”其实他问这话，另一面也是真不懂。

“就是四不像。”王明复在旁解释。

“不是四不像，”周文博纠正道，“四不像是麋鹿，而罕达堪是驼鹿，都是鹿科，但不是一个种类。西清写的《黑龙江外记》载：罕达堪古称猩唇，因此兽唇厚，它的鼻子是上乘美味，自古就是贡品。至于‘罕达堪’这个名词，是来自满族语言的译音。”

“我又说你净来稀的了。你是不是把‘八珍宴’中的菜具体讲一讲。”许经理说这话，一半是听得不入耳，一半是不耐烦。

“‘八珍宴’中的热菜是这样：首菜玉液茸翅，是汤菜，各吃各的，每人一小罐”，周文博答道，“我国的传统宴席一般是将汤菜放在最后，这样不够科学。如作为首菜，可以起开胃、滋润食道的作用。我们的国宴就是这样，这是周总理提倡的。因此我们也应该革新一下。接下来的热菜依次是‘太祖吃包’、‘蟠戏玉笋’、‘秦开藏胆’、‘山龙潜海’、‘野意双簪’、‘凫参瑶池’、‘御猴捧寿’、‘猩唇含宝’、‘金盏果锦’。最后这个是甜菜，也是各吃各的。”

大家都听得瞠目结舌，似懂非懂。

“那冷菜呢？冷菜都是些什么？”许经理怔了一阵子，才想起问这话。

“冷菜的设计，我选取了咱们这个地方的八大名景为主题，让它每一景都坐落在六寸盘子里。当然啦，这要有所选择，有个角度，要选取每一景中最有代表性的特征。这八款冷菜是‘太阴八卦’、‘西陵晴雪’、‘明湖孔桥’、‘后宫门扉’、‘御府金狮’、‘宵邀月泉’、‘凤楼落照’、‘南岭春色’。”周文博说着，又把那份关于“八珍宴”的补充材料拿了出来，递给侯副经理。

“太祖吃包？是不是努尔哈赤吃肉包子？”许经理笑呵呵地打诨道。

“不，不像你说得那样轻率”，周文博的脸上现出愠色。他真想回敬许经理几句，说他数典忘祖，玷污历史，是一个对烹饪一无所知的庸俗之辈。但他终于没有说出口。他略微停顿片刻，这才接着说：“我们这个地方，特别是庄稼院，自古就有‘吃包’的食俗。大概你们也吃过。明朝万历年间的太监刘若愚所著《酌中志》中记载：吃‘包儿饭’是‘以各样精肥肉、葱、姜、蒜，如豆大，拌饭，以莴苣大叶裹食之；又说：‘辽东人俗亦如此’。可见起码在明代之前，我们的祖宗就有吃‘包儿饭’的习俗。相传，努尔哈赤率兵进入辽沈地区时，途中因粮食供济不上，军队处于危难之中。幸好附近村子有人及时送来米饭，努尔哈赤便同八旗兵们一起以苏子叶裹饭而食。这种说法是否确凿，尚难考稽。但后来清宫中每年七月五日，御膳房必做苏叶菜包，供帝后食之，却真有其事。‘太祖吃包’一菜，就是根据这一典故创制而成的。不过，它是民间烹饪的升华，属于艺术再创造。这款菜是用鸡肉蛋卷、笋、红樱桃制成清太祖的‘顶戴花翎’，经‘蒸’法制成后，置盘中间，再用十二块糯米纸包上调味后的野鸡丝、米饭、松子等，比麻将牌长些，用油炸酥后，围在‘顶戴花翎’的一圈。”

许经理被周文博的“轻率”二字说得十分不痛快。他耐着性子听到这里，那股反古情绪使他像喝了白兰地一样反起后劲儿来：“什么清太祖，他吃的与我们有什么关系？我们不承认！”

“你承认不承认清太祖，他也等于是清朝元帝。就如不承认陪都故宫，它也是历史文化遗产。”周文博说这话时，显得很冷静，在冷静中透着一股自信的神色，那神色当中流露出一丝轻蔑。

这时，侯副经理连忙站起来打圆场：“周文博，你的设计方案就暂时谈到这里吧。闻科长，是不是再谈谈你们的设计方案?”其实，他还是倾向于支持周文博这个方案的。因为这是他授意周文博设计的，他毕竟是一个知识分子。但许经理对此方案持抵触态度，这事儿也就不好办了。他还是那个观点，你的是非观念对不对没有什么关系，关键是与许经理合不合拍。你认为周文博是对的那有什么用。你要支持周文博，那就得罪了许经理，那你这个官就不好再当了。

“今天不要谈了”，许经理好像余怒未尽，“快十点了，我要去开会，再找个时间谈吧。这事还要向赵会长打个招呼。”

闻庆喜听了这话暗自高兴，因为昨天晚上他们都喝得酩酊大醉，哪有工夫核计“八珍宴”。他原想选八种高档原料，琢磨八个菜，在会上叨咕叨咕做法就行了。哪像周文博想得那么多，写得那么多，画得那么多。周文博和许经理谈僵了，真是救了他的驾了。要不他们这个所谓方案，肯定会让周文博笑掉大牙的，那有多寒碜！听许经理说，这事他还要请示赵会长，他就更高兴了，因为他同赵会长的关系非同一般。赵会长摆家宴，或是儿子娶媳妇、老太太过生日，都要他去做菜，因此赵会长的口味他拿得最准了。赵会长每逢到“珍味楼”来赴宴，专点他做的大虾菜和甲鱼菜。想到这里，他似乎领悟到了一点儿什么，觉得这“八珍宴”非他莫属。

周文博稿酬多，少分点什么也不能在乎吧

赵会长就是前面说到的赵总经理。他是个很有风度的大个子，五十八岁了，看上去只有五十岁上下，脸又宽又白，五官长得很柔和，举止也很文雅。经常也是戴一顶鸭舌帽，穿一身笔挺的毛料中山装，说话文质彬彬，待人和和气气。他参加革命很早，十八岁就当了县委书记，后来调到市里，当了商管局的办公室主任。因他天性聪敏，虽是工农干部出身，没念过大书，但如今写报告、撰文章，也谈得上行云流水，这完全是在长期的工作当中磨炼出来的。有一次，省委书记到他们单位蹲点，晚上要打麻

将牌，缺个人，有人就推荐他去凑数。没想到他的麻将牌打得非常好，很得省委书记的赏识。当时，省委书记忽然想起一事，有个发言的书面材料没有写，明天上午等着用，可眼下这麻将瘾还没过完。当场有人看出来了，就又推荐他来写。省委书记的麻将牌打完了，他的材料也写出来了。这材料不仅字迹好、文笔好，意思也甚合省委书记的口味。后来不久，他就被调到省里去了，不久又成了副局级干部。“文革”后期，他彼调到省商业厅任副厅长，主管业务方面的工作。粉碎“四人帮”后，那位省委书记因是“四人帮”的骨干分子，他也因与这位省委书记过从甚密而受牵连，于是他的副厅长职务被拿下来了。但因他没有什么明显的大错，所以还保持他的副厅级待遇，成了副厅级督导员，但人们还是习惯称他为赵厅长。周文博被借调到省迎宾馆的时候，他已是那里的总经理了。周文博回到市里不久，他因与一位女迎宾员有了暧昧关系，弄得满城风雨，于是又被调到市商管局。市烹饪学会成立后，因是个半官半民性质的组织，上级觉得他任这个会长很合适，于是就这样定下来了。他上任后，也确实抓了一些工作，比如搞食品营养鉴定、组织人给报社写有关烹饪的文章什么的。不久前，市内各大饭店都掀起了宴席热，也是在他的推波助澜下促成的。每家饭店搞一台创新宴席，当然都要请他这个会长亲临指导。所以，珍味楼要搞“八珍宴”，也不便违这个例。但赵会长与许经理之间的关系并不融洽。许经理是正处长、实权派，赵会长虽然比他高一级，但没实权，又是退到第二线的督导员。这样一比，许经理反倒显得更有话语权。所以赵会长的意见，许经理认为不合适的，也敢顶撞。赵会长就会认为他是庸才得势，是茅楼的石头又臭又硬。赵会长心里这样想，表面还要过得去。因为珍味楼是市内烹饪的最高学府，市烹饪学会的许多工作今后都要在这里开展，如果和许经理的关系搞不好，今后的工作就不好办了。许经理也经常核计，赵会长虽然落伍仕途，但毕竟还是副厅级干部，是上级部门主管一摊子的领导。如果一味和他顶着干，会被人认为是狂傲自大、目无上级，还会被认为是势利小人。所以在一般情况下，他总要说“和赵会长打个招呼”这句话，当然这都是给别人听的，是堵别人嘴的。赵会长和许经理就是在这种微妙的关系中维持正常工作的。这不，赵会长正在阅读《中国烹饪》杂志的时候，许经理在局里开完了会，推门走了进来。

“来来来，许处长，请坐，请坐。”赵会长放下杂志，一脸微笑，十分客气地说。

“赵局长，有个事情向你汇报一下”，许经理坐下来说，“咱们搞个‘八珍宴’，请你审查一下，拍板定夺。”

“听说周文博已经设计了，不知怎么样”，赵会长仍然含着亲切的微笑，“周文博这个人我倒很赏识，他是个人才。”

“你大概不太了解他，只看到一面”，许经理听了这话，就心不由衷地说，“他这个人很傲气，有点目中无人，说话口气也大，好像谁也不如他，离开他不行，别人的意见听不得，不但听不得，还要反唇相讥。要让他搞成了‘八珍宴’，他那尾巴还不翘到天上去啦!”

“不让他搞也不行啊”，赵会长柔和地说，“他在省迎宾馆搞的那本菜谱畅销东南亚，影响不小。他有知识，有文化，懂业务，别人恐怕不行。”

“我想，‘八珍宴’就是八个菜，啥知识、文化呀。闻庆喜炒半辈子菜了，咋就鼓捣不出八个菜来”，许经理坚持自己的意见，“再说啦，我这个经理在珍味楼要依靠谁？还不是得依靠闻庆喜和他那一帮子徒弟？我能依靠得上周文博么？周文博是天桥把式，东跑西颠的，身在曹营心在汉。你叫周文博设计出‘八珍宴’，就得让他主灶。他一主灶，闻庆喜他们哪能没想法，准给你撂挑子不干了！到时周文博又一走了事，我找谁去？让我这个经理今后怎么干?!”许经理说到这里，脖子涨得都起了大筋。

赵会长听了这话，知道不便再坚持自己的意见了。那样会把事情搞僵。于是又微笑着问道：“那你看这事怎么办呢?”

“昨天晚上闻庆喜他们到我那呈坐了一会儿，他说要用海参、王八什么的做菜，还说你最爱吃。”许经理说着，用眼睃了一下赵会长。

“哎，不能那么搞”，赵会长急忙说，“我爱不爱吃倒是小事，主要是要做好‘八珍宴’。不过，到时候我想把宋市长也请来，也表示一下市里对烹饪工作的关怀。”

“那好哇。宋市长每次到‘珍味楼’宴请客人，也都是闻庆喜他们做菜”，许经理显得挺高兴，“宋市长爱吃什么，闻庆喜他们都知道。到时候，市长一说好，不就成了，哈哈哈！”

“那就让闻庆喜他们准备一下，让他们好好搞搞，别总是那老一套！”赵会长说完，又想了想，说：“周文博……你再跟侯经理解释解释，是他布置周文博设计‘八珍宴’的。”

“没问题，包在我身上！”许经理说着，心里却想：真是官软货囊，顾左顾右；侯副经理怎么的？还不得听我的！

“周文博那方面也得处理好。他是个人才，别让他有想法，好像是我们不重视人才。”

“这事我想了”，许经理好像早有准备，说，“不是要搞个烹饪学会会刊吗？他能说能写，就把他借来干呗？这也是抬举他。”

“这事儿……”赵会长面有难色，“老叫他当干部使用，编制还是工人，闻庆喜都是科长了，周文博没想法？”

“那怪谁呀”，许经理侃侃地说，“他总那么东游西荡的，没个准地方，我们怎么让他当干部？任命完了，他走了，我们任命他干吗！他就这样下面还有反映呢。说干活找不到他，工资可照月开，还占着一套新房子。过年过节职工分点东西也少不了他的份儿。”

“他稿酬多，少分点什么也不能在乎吧？”

“局里没有编制吗？给他调到局里来算啦。”

“局里都超编呢，还得往下面精简人。”

“那就先借着干呗。他是个党员，也不应该讲价钱。再说啦，当干部也不是自己要求就给的，组织上还得考察。他离婚这个事儿就让人弄不明白。如果是喜新厌旧，当了干部，就会更滋长这种坏作风，那还得了！”许经理说着，抓起了帽子。

“行啊，这些事以后再说吧。”

……

咱这庙小装不了大神儿

由市烹饪协会主持的“八珍宴”鉴定会终于召开了。那一天来了不少人，除宋市长外，局里的杨局长也来了。赵会长主持会议，珍味楼的领导也全部到齐，还有市电视台生活部主任和《食品报》记者，当然也少不了请几位颇有社会地位的顾问。小会客厅里笑语声喧，烟雾缭绕。

厨房里，勺声铿锵，五味飘香。闻庆喜正率领几位徒弟表演“八珍宴”，灶台旁围了不少人，记者的镁光灯一闪一闪。

“诸位领导，诸位来宾，请入席。‘八珍宴’的首菜就要上来了，请多吃、多喝、多鉴定、多指导！”作为东道主，侯副经理这时显得异常活跃。他先请宋市长入座，再请杨局长入座，接下去就是赵会长、特约顾问、许经理、电视台主任、《食品报》记者……

正在来宾之间互相谦让、按等入座，服务员跑前跑后、端茶倒水的忙碌之间，侯副经理接到现场一位工作人员送来的信。他拆开一看，信上写着：

许、侯二位经理大鉴：

我因离异，心绪颇为不佳，十二指肠溃疡复发，不能届时到会，特此乞假。又：我下榻处已成空中楼阁，校方一时也不便分我寒舍。即使能分，也使你们作难（现在住房紧张众人皆知），且又在校园之内，与前妻仍是抬头不见低头见，甚感不便。我欲调转工作，到华南商学院烹饪系任教（那里已要我几次了）。请多关照，予以批准为盼。

顺致

敬礼

周文博

1986年11月20日匆草

侯副经理看完信，啧有烦言地晃晃脑袋，遂即将信揣到兜里。他想，等“八珍宴”鉴定会完事后再向许经理汇报。

大约过了两个小时，“八珍宴”的鉴定会撤席了。来宾们都陆陆续续被让进小会客厅内，有的用牙签剔着牙，有的红光满面地高声议论，有的三三两两地低语。趁着赵会长请各位来宾评议“八珍宴”的时候，侯副经现将许经理拉到一边，将周文博的信交给了他。许经理看完信，没有惊讶，也没有生气，他似乎早有预料地说：“你看看，我就知道留不住他嘛，咱这庙小装不了大神儿，小池里养不住大鱼。他愿意走就走吧，缺谁做不了糟子糕！我怀疑他的离婚就是有问题，要到华南商学院，调一家子去没那么容易，所以他甩开了家，老婆孩子都不要了，一个人要去闯天下，大展宏图啦。”

“这事是不是让赵会长知道一下？”侯副经理探询地问。

“咱们是县团级单位，对一个工人有审调权！”

“我看”，侯副经理小心翼翼地说，“还是打个招呼吧。”

俩人正说着，只听那边赵会长说：“两位东道主请这边坐下，宋市长要给我们作指示。”俩人听了，就各自找一个合适的位置坐下了。

宋市长先是夸奖了一番菜做得如何如何好，继而谈到第三产业的发展，旅游事业的振兴，烹饪工作要大干快上，等等。轮到最后，才说出一段令赵会长、许经理感到非常意外，又非常晦气的一段话。宋市长是这么说的，“‘八珍宴’嘛，总的说来是不错的，成绩是应该肯定的。菜做得形也好，味也好。不知你们感觉怎么样？我吃了是满顺口的。但有两个问题，需要你们大家研究一下。第一：这桌‘八珍宴’用的原料好高级哟”，宋市长边说边掐着手指头计算，“有鱼翅、熊掌、鹿茸，还有骆驼蹄子，还有……噢，对，还有人参、飞龙鸟，那个是什么？什么四不像，还是什么犴的？至不济是对虾和甲鱼。我看这桌席最少也得卖两千元！你们算算，是多是少？卖外宾得翻一倍价，只有高级外宾吃得起，一般外宾也吃不起，更不用说内宾了，所以你们在原料上还得考虑一下。因为要推广嘛，要宣传嘛，要让一般客人都有机会品尝嘛。价钱那么高谁能吃得起呢？是不是？这是第一点。第二点：据我所知，有些动物已列入国家重点保护范围，像熊、飞龙鸟，还有什么什么犴的，大概都属于此类。这样，国家要保护，你们却大开杀戒，这不和政府唱对台戏吗？所以究竟选什么原料，够不够叫个‘八珍’，你们也要研究一下。我就提这两点建议。我先声明，我可是个外行，仅供参考。你们都是专家，要多说。啊？哈哈哈。”

宋市长说完了，其他来宾也免不了都要说一通。大致的意思也都说这桌宴席如何如何好。临了，也一致同意宋市长的看法。这时，宋市长又插了一段话，说：“新闻部门的同志也来了一些，我看今天的新闻就不要转播和报道了。俗话说：好菜不怕晚嘛。等‘八珍宴’真正搞出个名堂，再转播和报道也不迟嘛。”

乘着大家发言的时候，许经理将周文博那封信给赵会长看了。赵会长觉得自己没有实权，不便表态，于是又将这封信转给杨局长。周文博早已是闻名全省的人物，杨局长当然知道他。此时，杨局长因为宋市长对“八珍宴”提了两条原则性的意见，心中已是很不愉快，看了周文博的信后，更是火上浇油。他不便对赵会长发火，于是这股火就冲许经理来了：“你们是怎么搞的？嗯！怎么搞来搞去，让宋市长点了这么两个大娄子。‘八珍宴’搞得好不好不说，还把一个人才搞走了。告诉你，周文博不能走，他是人才。他有困难，你们要帮他解决！”

……

算是尾子

可是后来不久，周文博到底还是乘机南下了。他这个人性情孤僻，清高少友，他的父母兄妹又在外省，校方当然也无人送他。他走之前没有告诉任何人，只让我陪陪他。我送他时给了他三百元钱，他不要。我说：“你净身出户，处在困境之中，收下这点儿心意吧。”他见我诚挚要送，就收下了，还说这是借的。我怕他意志消沉，又说：“但丁有句名言：走你的路，让人家去说吧。你的前妻不是让你和烹饪、和书过日子吗？要知道，‘书中自有颜如玉’哩。你会有个志同道合的妻子的，祝福你！”他听了，苦笑一下，说：“俩人不和，离了也是喜事。不过，我也和‘八珍宴’离了。”我说：“不！‘八珍宴’在你心中，那是祖国民族烹饪的发展。你对得起它，它也决不会辜负你。你还可以搞‘九珍宴’、‘十珍宴’。”他说：“好朋友，谢谢你。你说这些话是怕我消沉，我不会消沉的。我想：一个厨师，如今要到正牌大学当烹饪系主任，这很有意义，我要为这个意义勇敢地生活。”……

又过了不久，闻庆喜晋升为副校长，是副处级待遇。至于“八珍宴”，已改名为“珍味宴”（是许经理亲自定的）。珍味楼的买卖还是像以前那样维持着，不冷不热，不上不下，不好不坏。这也说明了，地球离了谁都照样转，都行。周文博走了，珍味楼的大楼也没塌一角，甚至连一块白瓷砖都没掉，依旧是那样光洁赫目，亮亮堂堂。

原载《鸭绿江》1987年第2期 ◎
《传记文学》1987年第3期转载 ◎

内化的人生苦乐和外化的人际把握

——评中篇小说《八珍宴》

库页诗

人生的意义就在于：一方面追寻人生价值的社会增值和自然增值的辉煌境界而永无止境地努力；另一方面，又必须直面人生命运的严峻现状，因为它常常打破人生进程中的历史连续性，呈现出追求受阻的惰性散状，给人带来人生追求的缺憾、痛苦乃至失败的生存基因，构成内化的苦乐相伴的人生世态的生命生存长旅。现实的生存环围，有制约和激励人的智能和能力的正常发挥的文化背景与人际行为方式。无疑，这正是吴正格在他的中篇小说《八珍宴》（原载《鸭绿江》1987 年第 2 期）中刻意展现的社会文化心理，人际行为心态和个体心绪的众生相，并潜入更深层、更细腻的社会意蕴和人生、人际内涵的双面并存的寓意走向。

周文博，这个书香门第出生的特级厨师，朝气蓬勃的人生能量和工作能力必定不断地释放出最佳的工作绩效和渴望取得重大的贡献。释放和渴望行动的价值取决于行动本身崇高的目的性，目的的崇高就是行动价值的自由取向。周文博设计八珍宴的目的是为了改变珍味楼饭店“不冷不热，不上不下，不好不坏”的平平常常的经济效益和社会效益，以及在顾客中的信誉和形象。然而，正当周文博潜心研制八珍宴的历史文化溯源和当地文化的地域特色融为一体的内涵意蕴和形式花样设计时，不知不觉而又是莫名其妙地遭到社会文化心理深层积淀生发的惰力、阻力的多维限制和制约，并且在精心设计八珍宴的生命热情和人生朝气的双重并存的人生进程中，受到夫妻感情破裂的沉重心理打击，但他用生命本身的道德力量，战胜生命现实存在的情感痛苦，从而体验到工作本体的欢乐。在辗转不定的地方工作，夫妻感情心理深层产生了难以弥合的裂纹，妻子为了得到感情的心理安慰，“与一个男人一起睡觉”。工作的尽情尽心和对工作的虔诚，淹没了他与妻子离散的忧郁和失落的惰性心理情绪，并在不断的自我扬弃和自我创造中磨炼生命的理性意志，自觉与不自觉地调整自己的能力贡献和工作献身与现实社会生活的距离，缩小人生进程中的理想愿望与现实的冲突强力度。但是，他的能力有限，不可能改变社会文化心理惰性积淀下来的嫉贤妒能的社会惯性，也不可能改变这种习惯势力对自己的冲击，“走为上策”是怎样避免或减少传统习惯惰力的冲击，走向人生进程的能量释放的主动。

生活总是那么真切而又不如人意。它常常给人留下众多的历史传统沿袭下的惰力，命运途中降生的不幸，生活道上遇到的苦难，总是与他相伴一程，又远离他而去。侯副经理找到周文博，让他为珍味楼饭店设计八珍宴，然而周文博费尽心机和心血设计的八珍宴，融烹饪文化、地域特色、形态艺术为一体，但始终突不破他的顶头上司许经理为他设计的人际关系潜网或人情关系网。侯副经理心有余而要考虑到官契，“忍痛”舍全求残，同意许经理的让闻庆喜及弟子来设计制作八珍宴的提议。闻庆喜在人情关系上比周文博精通十倍、百倍。他周文博既有烹饪理论素养，又有实际技能，但在人情关系上“老实木讷，迂气得很，有点不通当今人情世故”，李会长的儿子结婚，“他真按五元的标准做菜了”；闻庆喜技艺残缺、烹饪理论修养破碎，但他艺高一等地知道许经理、赵会长、宋市长爱吃的菜，偏颇的味，渐进地结成人情关系的潜网。让周文博去触网，周文博也并没有消沉，面对无力更改珍味楼饭店的现状和自身能力释放的契机受到压抑和排挤，面对自己的一切努力都将宣告为徒劳时，他把与一切人际关系惰力发生的冲突智化为无，并在无为中善身。这是知识分子的软弱面，带有共性。但是，他在自身处在人生苦闷和生活痛苦阶段领域，焕发出理性的意志力，把对人生生命的外在人情关系压力和传统文化心理积淀的习惯惰力转化为内在心理动力，追寻新的生存环境和工作能力正常发挥的释放契机，向侯副经理、许经理提出调离珍味楼饭店，去华南商学院烹饪系任教的人生价值选择和生存环境抉择，使他在苦难面前焕发出强大的人格力量，感受到征服苦难的欢乐。这实质是周文博对不如人意的现实的精神与人格超脱和积极的人生追求。

作者吴正格用客观、冷静的笔致写了周文博对工作的极大热情，对人生的乐观态度；又写了周文博冲不破传统观念形成的惰力和以这种惰力为心理基础形成的人情关系潜网。对他能力的正常发挥和施展用途而受到人为的压抑和排挤产生的复合困惑，苦闷和失落感交织并成的文化心理结构。他设计的八珍宴既有文化的内蕴，又有形式、色泽、鲜味交织妥切的方案而受制于许经理等人的不予理解和否定。于是，他在困惑中反思，在苦闷中彻悟，在失落中得到超脱的人生趋赴和走势，这比一般地浅层描写他如何的成功或失败，显得更具有深层和浑厚的文化意蕴与社会内涵，并对改革中的新观念与旧观念的冲突和人际关系的惰性面进行剖析性地透视

和理性地思考，并无削减作品激情和力度；相反，小说《八珍宴》更加厚重；有更多的思考余地，更多的思维空间。

通观吴正格的这篇题为《八珍宴》的中篇小说，作者以绘声绘色的场面剪裁和寓意深远的烹饪文化笔墨巧妙地纳入作品意蕴的构架之内，表层丰腴而内涵凝重——内化的人生苦乐相伴的心灵历程和外化的人际关系潜网的深层、多维、多侧面、多方法地自觉把握和切入，形成交织并进的双重、双层的社会意蕴和人生内涵。

载《鸭绿江》杂志 1989 年 2 期 ◎

袭人香酒楼

楔子

Y 市老城区的府台街是一条具有百多年历史的商业街，街的命名据说与清朝一位府台大人弃官从商的故事有关。这位府台大人是旗籍还是汉籍尚待考稽。如果是旗籍则违背了祖宗不许做买卖的遗训，这样的叛逆行为里肯定藏着惊险曲折的情节。府台大人的族籍问题没弄清楚，府台街的历史故事就有碍提及。但府台街的身后有条二马路，那疙瘩有段现代商家的故事，挺有意思。

1 邻里两家初相会

这条二马路是府台街的一爿屁股蛋，虽说是二荐子商号区，近些年来开发得也不啻于主街。本来是一片地缸子似的平房旧舍，像纷纷吃了催长剂，像争先恐后到美容院修了容，啥时候都高大光鲜起来的，没人在那里盯着查看。二马路北侧朝南处，也就是相当于府台街腚沟子那条地方，有两家紧挨着的买卖，一家是“袭人香酒楼”，一家是“二肥子酒家”。瞧瞧这店号，这厢飘着文绉绉的雅香，那厢冒着直乎乎地俗气，人们就会忍俊不禁，猜想到两家业主大概是品味不同的人氏。

“袭人香酒楼”的业主叫卢鸿儒，“二肥子酒家”的业主叫张万矛。听听这名字，一个文到底儿了，一个武到天了，人们也许能估摸到两家的经营套路会各领风骚。张万矛的小名叫二肥子，而且他喜欢张扬小名，美滋滋地还把小名写到门脸上，一本正经地印到营业执照上了。

不过，两位业主做生意的眼光倒是一致的。府台街的房子租金高，就是大款们也得“呲”口气犯一阵合计，而且门前还不准许停车，这样开酒楼就缺了便利，损了财项，不太划算。二马路距府台街仅仅有百步之遥，我说的是您别顺着马路绕弯子走，那得远出几站地，您得穿过净是一岔岔的楼胡同，出了楼胡同便是二马路。二马路的房价可低出一大截，门前停坦克车也没关系，所以两位业主英雄所见略同，几乎是同时在一座新建的巍峨商厦下面，租了双层楼面的门市房，又差不多同时装修筹备，夜里又像张飞战马超那样挑灯大干，张罗着营业前乱七八糟的事情，这就使两家膳所注定要成为傍肩擦膀的邻居了。

两家铺面前后脚地开张后，生意都挺兴隆。后楼山墙上的两个巨型排风机从早到晚呼呼地响个不停，这说明厨房里时时刻刻都在产生油烟水气，也就会让人知道钢灶和铁勺碰撞的铿锵之声终日不绝于耳，火和盐铸成的琥珀之光将会闪烁不止地映红行厨者们蹙得要燎掉眉毛的歪扭的脸。用卢鸿儒的话说，这是“灶觚日当午，汗滴技下俎，谁知盘中肴，勺勺皆辛苦”。可是，张万矛就不这么说了，他说：嗨呀，这买卖，瞎子闹眼睛——没治了！人挤得就差没用锹去撮了！

张万矛是社会人，讲究社会上那套习俗，那天闭店后，他将卢鸿儒请到自己的店里，令“哎呀刘”烧了四款流行的时尚菜肴，又摆上剑南春嘉士伯什么的，以行近邻的礼节。吃喝间，张万矛说，卢爷们儿，早听说您是本城餐饮业名人，小子这里有礼了。卢爷们儿是文雅人，开酒楼那是正宗正规。小子是粗俗家伙，做生意走的是野路子。不是讲雅俗共赏吗，您老雅，我小子俗，龙飞鸡舞，愿咱爷俩有财共发。来，爷们儿，就为这个，干上一杯！

卢鸿儒虽然和他干了杯，心里面却着实瞧他不起，那套世俗溜子话他听不惯。就说那店号起的，怎么能叫“二肥子”呢？听着让人倒胃口。俗不是错，俗也是一种文化，可俗也得有个尺寸，不能把拉屎当黄泥混着玩，那不就像小孩子过家家开口就喊小名，他把小名晒到牌匾上，这不等于让客人寻思开裆裤吗？这哪是正道邻居！卢鸿儒似乎有种不祥的预感，将来两家非得成为猪头上的两只耳朵——一对里外皮的俏冤家不可。尽管他这样想着，嘴上却说，老弟敢想敢为，接受流行事物很快，将来定能财运亨通。老夫我日暮西山，退职赋闲，开酒楼只图有个营生，免得寂寞，满足对饮食的品赏乐趣，与你就不能相提并论了。

那晚，卢鸿儒为邻里所束，勉为其难，言不由衷，那酒也喝得直辣嗓子。

2 近朱者赤，近食则吃

卢鸿儒年过花甲，去年从省商业厅饮食处处长的位置上退了下来。在我们这个“饮食王国”里，他这种退前的官职，等于古时一方地域中管食事的诸侯了。一般说来，与“吃”无关的官员，都不愿意涉嫌到与“吃”有关的绯闻中去，这关乎到自身形象的问题，也容易被牵扯进反腐倡廉的某种是非之中。卢鸿儒则不然，近朱者赤嘛，他近食则吃。他谈吃、写吃、研究吃、布置吃、指挥吃。一句话，只要把吃的事情调理好，都是他的本职工作。他认为，要想把吃的工作做好，非得吃出个子午卯酉来不可。当食官的不懂味，不如回家端屎盆。由于工作关系，他几乎踏遍了中国辽阔的版图，四海三江留下过他吃的踪迹，他的脑袋里为此装满了南甜北咸、东辣西酸的四方美食。尽管他是品尝天下、鲜有口福之士，但身板却很单薄，又显得很文弱，一副银边眼镜架在瘦削的长脸上，很像电影界里的那位老领导夏衍。他这种样子就会令人奇怪地想到，丰富的营养物质常年不绝地涌入他的口腔后，好像没有下咽到他的躯体内，却反刍到头颅上了，因而造成他在大脑皮层中，吃的智慧相当发达。以致有两家嗅觉灵敏的食品杂志社，为他特辟了“卢公谈吃”的专栏，请他一展吃的风采，这也就为他的美食家地位奠定了不容轻视的基础。后来，他把这些香气四溢的文章归集一起，出版了《卢公谈吃》一书，这是他数十年对吃事的感悟和学识积淀的珍贵积累。他认为饮食文化的研究，一定要依赖于烹饪的实践活动，他比喻说饮食文化是烹饪实践的“上层建筑”，烹饪实践是饮食文化的“经济基础”。这种认识就促成他想在退休以后独自开办一处酒楼，作为他研究饮食文化的实践场地，同时安享晚年的品位乐趣。他的这种愿望并非空中楼阁，因为他的儿子是理学博士，在美国已经定居了十四五年，给他掏出几十万人民币还是不成问题的。

酒楼在筹建时，卢鸿儒已经酝酿好了一幅如北宋“汴京攀楼”式的蓝图。他给前来装修的部门定下了古典、温馨、明丽、暖调的装饰风格。他请画家朋友们复制了《夏商饮食集市》、《卓文君当垆》、《韩熙载夜宴图》、《清明上河图》（部分）、《残冬京华图》（部分）等古代饮食名画，镶于厅堂和包房的锦壁上；又请老相识的音乐专家录制了《关山月》、《胡笳十八拍》、《阳关三叠》、《木兰辞》、《满江红》等古代名曲，用于渲染就餐情调；还托人请了服装和发型专家设计了明、清两代宫女和缙绅府宅侍女的服饰和发型，使选聘来的姑娘们都变成了发髻高盘、轻施粉黛、着红著绿的古美人。这样一来，便使酒楼内雅气横生、古意盎然。卢鸿儒也就捏起下巴颏儿，洋洋自得地陶醉在自行策划的优雅食境中。

当“袭人香酒楼”的牌匾悬挂出去时，张万矛就走过来，他掐着地缸一般的粗腰，仰着圆脸端详一阵那块黑漆中的金字，就对正在店门前浇迎宾花的卢鸿儒说，我说爷们儿，这“聋人香”是啥意思？聋和哑是一套号的，聋人怎么就香呢？

卢鸿儒听后啼笑皆非，但为了以正视听，不能叫这文盲小子胡诌八咧，就答道，是“袭人香”不是“聋人香”。“袭人香”是香气袭人之意，引自唐代诗人皮日休《橡媪叹》句：“山前有熟稻，紫穗袭人香”而得名。

张万矛听后似懂非懂，也就装懂，转着两颗活泛的大眼珠子说，呵呵呵，小子明白了。爷们儿真有学问，早知爷们儿这么大学问，小子那店号也请爷们儿起个好了。为了起这店名，把小子脑袋瓜子憋得生疼，尿泡也差点憋破了，就是撸不出个好名来。干脆就叫小子的小名——二肥子酒家。做买卖是赚是赔，先图个顺气，图个名堂，也不枉我二肥子到世上溜达一趟。

卢鸿儒听了这些话心里直犯嘀咕，那感觉就像大饼子没贴到锅帮上，却贴到黑锅底上去了。

3 他连身上的痦子也肥

张万矛时年三十有六。他十八岁时就跳到商海里独自扑腾起来，先是自制领带卖，这玩意本小利大，无甚风险，很快就捞着一笔不菲的利润；用这钱又倒腾煤、倒腾钢材、倒腾化工原料，也鼓捣过电子游戏厅和桑拿浴。他挺走字儿，处处歪打正着，做一笔赚一笔。这就使他自然而然地把发财的原因归结于肥胖的身体。他的逻辑是二肥子就等于二胖子，胖是啥？胖是发福，发福发福么，生意人的发福就等于发财。如今他果然发财了，如果把他的钱折合成百元票堆在一起用秤一称，真比他的脑满肠肥、丰脯厚腚重多了，所以他特别看重“二肥子”这个小名。这次开酒家所起的店号，他虽然对卢鸿儒说过一些憋不出来呀，请爷们儿起名呀之类的话，那是生意人真真假假的逢场作戏，最后还不是归根到“二肥子”身上了么。

可以想像张万矛的“二肥子酒家”的装饰格调是时下酒楼酒家十分流行的那种套路：密封单间密不透风，里面春光不泄；情人包厢里装着缠绵的世界，只献给鬼鬼祟祟的两个人；镭射音响里把疯狂和温柔兼容并蓄；小舞池像一张肉色大床，容得下十几对滚动的男女；唱盘上印着黑人歌手的肥厚嘴唇和香港歌星的樱桃小口，里边蓄满了快乐寡妇、尼姑思凡、徐娘夜愁、少女怀春。只要唱盘一转，喝了酒的老爷们儿就得晕眩，就会想入非非。张万矛招聘服务小姐有三条标准：一是脸蛋勾人；二是举杯不怵；三是能唱情歌。这些选聘的小姐们对客人张口闭口皆称大哥。有一次，一个小姐称一位老爷子大哥，那老爷子喝得红脸巴叉，说，喔嗬，大哥？我是你爷！那小姐说，叫大哥显着近便，妹子叫你大哥，你不年轻？老爷子大嘴一张说，呵，对对对，凭你这小口条儿会溜，大哥我明天还来。

张万矛双臂抱着膀子，看到这种场景这种气氛就十分惬意，就燃起一支烟，“嗞”地吸了一口，然后使劲一吐，下巴颏也跟着撅了起来。美中不足的是，他还缺一位贴心贴肉的女经理。

张万矛的肥胖是先天性的，一团小肉蛋子在人世间里喘了几十年的气儿，就喘成个不老不小的大肉蛋子，他头身手腿皆肥不说，连身上的痦子也肥。他排行老二，人家就叫他二肥子。由于发财顺当，心宽体就胖，所以他现在更肥了，说话多了气短，动弹一会儿浑身冒汗，拉屎蹲不了坑，非得蹲坐便池，那肥屁股把坐便池压得严严实实，一点臭味冒不出来。每到这时候他就很自得，就会想到那些瘦屁股的人，坐便时非得差出个缝来，使臭气钻到鼻孔里，那脸上肯定是筋鼻子筋眼儿的一副活受罪的怪模样。看起来屁股肥也是优点，但他毕竟太肥了，危及他的呼吸和动作。于是，他就想通过运动适当地减减肥，于是就跑步，跑了两天就不跑了，原因是一个人跑步孤单寂寞，感到气喘吁吁的活遭罪。再就是跑步得起大早，乘着街上没什么人的时候跑，可是他大清早起不来，大清早起来就像上刑场那样难受。迎着八九点钟的太阳跑吗？让一大堆眼睛瞅着耍狗熊？这时候他就想到跳舞，跳舞那玩意儿搂个娘们儿蹦蹦跶跶的，又有味儿又掉脂肪，不比跑步强多了？那次他来到舞厅，舞厅里漆黑，四周的壁灯半明半暗，像藏在暗处的一只只色迷迷的眼睛。他进去的时候什么人也看不清，只看到屋顶的五彩球灯一转一闪的，花里胡哨地扫射着一堆一团的，跳得支棱八翘、又抻筋又缩脖的黑影。他像瞎子一样双臂伸开，摸摸索索地走到一个角落里，晃晃糊糊地像看到了椅子，掉过屁股就坐下去，只听“噢”的一声凄厉的尖叫，他感到屁股是坐到软绵绵的大腿上了。叫唤的女人顺手扯着他的衣襟不放，哎哟哎哟地说，你这大坨子，八成把我的腿压骨折了，你瞎呀？往哪儿坐啊！

张万矛嘿嘿一笑说，我可告诉你，我这肥屁股值钱，没让你掏磨损费你就偷着乐吧，还他妈要讹人？

你嘴是用尿布擦的呀？你骂你老娘我，咱们上医院！那女人显然不是善茬子，她忽地站起来，又揪住张万矛的上衣领子就和他撕扯到一起。这时候周围的人都不跳舞了，收起胳臂腿围过来看热闹。

一位眼尖的哥们儿看清是张万矛了，忙走过来掰开那女人的手说，水豆腐，你住手，给我个面子。你知他是谁？二肥子，我大哥，开酒店的款爷！

那女人见有熟人劝架，就松开了手，又哈腰揉着大腿说，哎哟，这腿压的，他瞎猫虎眼地也不看着点儿呀。

那哥们儿说，你们这叫缘分，我肥哥的屁股咋没坐到别人大腿上呢？

叫“水豆腐”的女人一听不仅没生气，反倒吃吃地笑着说，滚你娘个蛋的吧。

那哥们儿又对张万矛说，肥哥，怎么到这穷欢乐的地方来啦？

还不因为太肥呀。张万矛说，想蹦跶蹦跶掉掉分量，正愁不会蹦跶呢。

想跳舞愁啥？那哥们儿说，找个舞师教教就会。

男的还是女的？

女的呗，男的有啥劲！不过，学舞得花钱。

多少钱？

每小时十块。

哎哟，那叫钱呢？张万矛说，你给我找个跳得最盖的，牌子最靓的，我一天学两小时，一次给她五十块钱。

哎呀！那哥们儿显得吃惊地说，那你自己都找好了，我还找啥呀。

我找好了？

你都蹭人家大腿了，欠人家五十了。那哥们儿说着，就瞟了“水豆腐”一眼。

我可不教，“水豆腐”的眉头拧个大疙瘩说，他这大肉块子扯巴两个小时，还不把我累岔气儿了！

张万矛的眼睛这时候适应了舞厅的昏暗，他见“水豆腐”脸溢风骚，身条如蛇，两个膀子白酥酥的，还真有点水豆腐风味。就说，她会跳舞？

啥话呀！那哥们儿说，有名的舞厅皇后！

那行。张万矛说，钱再加点，两个小时八十八，你发我也发，这成了吧？

行啦，豆腐姐。那哥们儿说，我再替肥哥说说话，累冒汗了供饮料，饿了你就跟着肥哥大胆地往前走，走到他酒家去，肥哥不差钱！

“水豆腐”听了，脸就笑得像朵野芙蓉，点点头说，这还差不多。

后来，这两人就跳出说道了。那次“水豆腐”教张万矛跳舞，教着教着就把他带到舞厅中央，挤在跳肚皮舞的人堆里，她伸开两条柔软的手臂钩住他的脖子，丰满的胸脯也贴了上来，和他擦着肚皮晃悠。这时她就说，肥哥呀，我总跳舞也不是个事儿呀，你给老师找个营生干呗。张万矛被晃悠得挺舒坦，心情正高兴，说，你想干啥？“水豆腐”有的放矢地说，我过去当过餐厅经理，唱跳说喝样样都能。张万矛说，你说啥，你当过餐厅经理？“水豆腐”说，是呵，我当过餐厅经理。张万矛说，这不冤家路窄吗，俏冤家，你咋不早说呢！没想到我学跳舞还寻着个人才来，我正缺个经理呢，你去当吧。“水豆腐”就乐了，她像跳芭蕾那样翘起脚尖，因怕口红脱落，就没去亲嘴，而是把舌头长长地伸了出来，从张万矛那两片肥厚的嘴唇间塞了进去……

“水豆腐”摇花摆柳般地上任后，就像一条在旱地里翻腾的泥鳅，一下子哧溜到泥水里，顿时活跃起来，充满生气。假如说“二肥子酒家”里的众小姐是鸡汤，是火腿、鱼肉丸子，是虾片肉片冬菇冬笋，或是除了精盐以外的任何调料，这时候都掺在一起炖熟了，但这菜绝对不是滋味儿，因为没有精盐。当经理的“水豆腐”来了，就起到精盐的作用。或者说她就是精盐，精盐一溶进炖锅里去，就把各种原料的滋味儿特质全部吊了出来。这时候“二肥子酒家”就像一个大炖锅，一股特殊的媚香味飘里飘外，四处扩散，店里的生意明显看涨，大有火爆的趋势。每当“袭人香酒楼”这边灯熄门闭后，“二肥子酒家”店门前的小汽车还总是一大遛子，迪斯科舞曲仍然咣嚓咣嚓地干个山响。这声音传到正在扒拉算盘结账的卢鸿儒耳朵里，他就像吃了韭菜炒香蕉那样，感觉很不是滋味了。

4 酒楼餐馆的山山水水他都看得明明白白

卢鸿儒是个老正统。就看他在闭店结账时，不用电子计算器而用大算盘这一点上，就窥其一斑。他当处长的时候很少算账，算账的事都由财务人员管着，到时候他只知道数字就行了。在家里更不算账了，电费水费、柴米油盐统归老伴负责。所以他只知道有计算器这种东西，却绝少接触它。他的脑袋里想着的，算账就得大算盘，那家伙稀里哗啦一扒拉很有怀旧味道。计算器抠抠唆唆地摁着还像耗子似的吱吱叫唤没啥意思。您看他这人就是用这种思维来认准一个事物，这就有点儿老正统的特色。他这人因久居上层机关，熏染的是大机关的风气，接触的多是领导干部，读惯了红头文件，这就使他好像置身在坝垒之上，社会上的种种庸潮俗浪虽然沫迹四溅，但迸到他身上的湿点子不是很多。再有就是他长期热衷于对几千年食道的探索，垂青于古今名馔中的学问，心中装满了秦肴汉菜、唐羹宋饼、明糕清饽。这两点大概就酿成了他的处世观和不与庸俗为伍的执着禀性，他也就难免在许多地方过于向传统性事物倾斜。但他毕竟曾是一省内领导过现代餐饮业的长官，是握惯了政策方向盘的人，对时下饮食市场的现状，他心中十分有数。当他退休后自办了酒楼，就等于从大机关的坝垒上下海了，也就等于从一个餐饮业的领导者变成了饮食市场中的竞争者，这一点他很清楚。酒楼是社会里的一个大细胞，这个大细胞中混杂着食与钱的种种交易，也掺揉着消闲、礼俗、享受、寻利、人情等等组成的复合体，当然也有暴殄天物的黑色罪恶和灯媚酒臊的粉色诱惑。当了近二十年处长的卢鸿儒，酒楼餐馆里的山山水水他都看得明明白白。

最近，张万矛聘个“水豆腐”，把生意整得还挺邪性，他当然不服气。不服气就要想对策，来个以正压邪。这些日子他就挑灯夜读，重又披览了《闲情偶记》中的饮食部分，还有《隋园食单》、《食宪鸿秘》、《养小录》、《调鼎集》等一批古籍食书，从中筛选出一批饶有特色的肴馔，如“四美羹”、“百果蹄”、“素蟹”、“杨妃蛋”、“四喜平安果”等，悉心告授厨师仿制，以振店誉。与此同时，他又别出心裁地从市歌舞团、市曲艺团请来了一些有名的男女演员，除了每晚在厅堂里表演古雅的歌舞和祥和的乐曲外，还将他自编的《公子宋与鼋羹》、《魏徵喜食醋芹》、《张翰的莼鲈之思》、《诸葛亮与馒头》、《宗泽与金华火腿》、《康熙赐食》、《慈禧喝洋酒》等评书小段也搬将出来，五六分钟一段，由那些演员亮亮堂堂的嗓子、字正腔圆地一阵抖落，就让人听得意犹未尽，饶有回味。更绝的是，表演这些评书小段时，还都配制了相关的名馔以待客人享用。比如有人点食鲈丝莼菜，演员就一拍桌子，那张翰辞官吃鲈莼的故事便娓娓道来；有人点食野鸡八宝羹，康熙赏食大臣的轶事就由演员跟着绘声绘色地唱起来。这样，客人嘴嚼名肴，耳听说唱故事，物质和精神的双重享受融于脑中，心里就会发出思古幽情。

新添的肴馔和配套服务节目一并推出后，很快引出轰动的效应。食客们的嘴巴就是播音器、麦克风，就是活的广告。于是“袭人香酒楼”就像一坛陈年老酒那样，散发出醇酽的香气，慕名者争赞不绝，门前小车老鼻子了，就连“二肥子酒家”那边的主顾们也都纷纷挪窝儿，跑到这边饮奇食异来了。

卢鸿儒挽回了面子，就捏着下巴颏想事，他就想到张万矛虽然俗不可耐，但毕竟是同业邻居，且不宜为此弄得隔隔生生地。那晚闭店后，他就令掌灶的烧了四款古菜，又摆上“状元红”什么的，将张万矛请来。他对张万矛说，上次你请老夫吃饭，来而不往非礼也，今得小闲，略备古肴老酒，与老弟对酌以表心意。

张万矛这些日子因“袭人香酒楼”的生意冲淡了自己的生意，正醋溜溜的不得劲，见卢鸿儒请他，虽然觉着尴尬，但又不便驳面子。生意场上的多年磨炼使他变得老道圆滑，他就马上装起一副大度的样子说，哎呀爷们儿，您老的撒手锏可真厉害，把我家的客人都鼓捣到你这疙瘩来了。

卢鸿儒马上打圆场说，雅俗共赏、雅俗共赏嘛，哈哈哈……

卢鸿儒早想好了，酒桌上和张万矛谈不出个四五六，就像秀才遇到兵，有理说不清。说经营之道吧，那是同业商家互相违忌的；说世面庸俗之事，又恐张万矛想得多，当着盲人的面不能说瞎子的不是；说饮食文化呢，更等于对牛弹琴。唯有大论其菜，才是这场礼酬的最佳谈资选择。所以每道菜上来，他就说，你看这道菜，载于朱彝尊的《食宪鸿秘》中。不不不，老弟你问错了，朱彝尊不是菜，是人名。《食宪鸿秘》是啥菜？你又弄混了，这是书名。对呀，“百果蹄”是这本书里写的一道菜，原料是猪蹄，得选大猪的后蹄，治净。什么是治净呵？就是把猪蹄刮净毛、刮净皮膜。懂了吧？然后呢，用卤汤卤至半熟，切开去掉里边的骨头，酿入松子、核桃仁、鸡肉块及零星皮筋，合好，外用绳扎之，再卤极烂，冷却后用红糟腌一日，即成。冷却是什么哪，就是晾凉的意思。你看这形状颜色，红嘟嘟的，皮面光亮，都切成薄片了，但还是一个整猪蹄。这玩意做工精细，味道特殊，给人以新异之感。来来来，你快动筷尝尝。待张万矛尝过并咂嘴首肯后，卢鸿儒又说，你再看这道菜，叫四美羹。载于李渔的《闲情偶记》中。不是鲤鱼，哈哈哈，是木子的李，三滴水加个鱼字的渔。李渔是明、清之际的戏剧家，也是美食家，这道菜为他所创。李渔将虾、莼菜、冬菇、鱼肉四料称为“四美”。这道菜就用这四种原料，均切细丝后，烩制而成。特点是荤素各半，鲜香味殊……

张万矛这次没多说话，卢鸿儒的大论其菜给了他启发，他耳朵听着，嘴里嚼着，心想：菜是老板的儿子，你起个啥名它就是个啥名，百依百顺，绝对听话。你卢老整出那么多古儿子，我张小俗就不兴整出堆新儿子……

5 明天都让她们带着屁股上来

第二天，天降大雨，终日没停。“二肥子酒家”里的顾客稀少。张万矛斜瞅一下窗外，见“袭人香酒楼”门前仍是车辆拥塞。他就感觉那些车子被雨星子迸得浑身冒花，像一排排的大甲鱼。一群混蛋！他狠狠地骂了一句。但心中却没了底，想到这样下去还不被人家顶黄了铺。于是就把“水豆腐”唤来说，卢古董从黄纸堆里抠扒出不少古菜，又整什么诸葛亮啃大馒头的节目，生意弄得贼火。咱就不能整点新菜，弄个新花样啥的？

“水豆腐”说，咋不能呢。菜我不懂，要说弄新花样，就弄密封单间，现在有的酒店就靠这个赚钱。

张万矛说，密封单间不就是弄腚吗。

弄腚不弄腚的就睁只眼闭只眼呗，“水豆腐”说，客人和小姐把密封单间一关，里边云来雨去的，别叫公安局的逮着就行。

那中，张万矛说，你手头不是有不少小姐吗，明天都叫她们带着屁股上来。添新菜嘛，我去找“哎呀刘”核计。

张万矛是最早做个体生意的那一批人。由于捷足先登，他对经济市场的发展变化看得比较熟稔。为了赚钱，他天南地北地走过许多地方，接触的是五花八门的“社会人”。对于生意场上出现的种种最新苗头，他感觉特别灵敏。比如电子游戏厅和桑拿浴这类买卖在社会上刚一冒头，他就本能地断定这是赚大钱的勾当，所以他就不惜血本，大投其资，结果他是赢家。他为了做成生意，套好关系，礼酬宴客是家常便饭。他虽然不会做菜，但吃得多了，见得久了，便悟出些门道。就像他时常享受小姐按摩那样，渐渐就能体验出按摩的规律和下手触摸的穴位。有一次他心血来潮，学着按摩小姐的手路将脱光了身子的“水豆腐”按摩了一遍，竟将“水豆腐”按摩得浑身酥软，惊呼他的手段高明。举这个例子是说明张万矛掌握触类旁通的道理。自从开了酒家以后，他对菜式更加注意。昨晚在卢鸿儒那里品尝了几道古菜，就启发了他的“弄潮”思想。现在有钱的食客都追求什么？他拿自己当样板、当例子，我追求什么？我追求新奇和刺激。啥是新奇刺激？他就在“饮食男女”的问题上铆上劲。您别看他对传统的食文化一窍不通，但对时下流行的食风潮却很熟谙。这也与他时常和哥们儿或“水豆腐”广尝城内的南食北食有关。所以当他双臂抱着膀子，坐在办公室里使人传唤“哎呀刘”来核计新菜时，心中就攒足了一些冲动的念头。

“哎呀刘”叫刘仁明，他是这里的厨师长。因说话常带“哎呀哎呀”的口头禅，就被张万矛呼成“哎呀刘”。张万矛能在店内呼风唤雨，“哎呀刘”的外号也就刮到每个人的嘴中。刘仁明对此很是不满，就对张万矛说，哎呀老板，你咋给我起外号呢？张万矛嘿嘿一笑说，外号？外号人人有，我叫什么，二肥子；经理叫什么，水豆腐；你是厨师长，没个外号哪行，那不生性嘛。没外号就没特点，就像你做菜，没特点行吗？你就叫哎呀刘吧，挺合适。刘仁明被说得有冤难伸，后来渐渐听习惯了，也就那么的了。这时候他大大咧咧推门进来，没等张万矛说活就一屁股坐到沙发上。张万矛不满地白了他一眼，说，进来也不敲门，我还没让坐呢，你倒先坐下了，你手艺高牛×大了。

刘仁明嘿嘿笑着说，哎呀老板，咱都不许外了，你还挑我？我一天到晚挨你骂，还不都笑呵呵的，我也不挑你。

张万矛扑哧一声笑了，说，现在的生意不大好，找你合计合计，添点新菜。

行呵，添粤菜还是添川菜？刘仁明问。

添粤菜川菜，我就找粤厨川厨了，张万矛说，还找你干什么？

哎呀哎呀，刘仁明笑嘻嘻地说，你是老板，说了算，你说添啥咱就做啥。

张万矛说，你少说大话，我说几个菜你能做？

刘仁明说，除非你把月亮摘下来要切丝炒着吃，这个我整不了。你就是把南极的企鹅拎到厨房，我也能给你做一桌企鹅宴。

吹牛吧，张万矛笑着说，那你听着，我让你做“玉女脱衣”、“小姐豆腐”、“小秘傍大款”、“风流寡妇”，你能做吗？

刘仁明听得直翻睖眼儿，说，哎呀，这不都是带色的吗？

你别管色不色的，你能做不？张万矛问。

我做不了。刘仁明脑袋晃得像拨浪鼓。

张万矛说，我告诉你做，你就会做。

你告诉我也做不了。刘仁明说。

张万矛眼一瞪，说，做不了就给我滚犊子！这月工钱，还有抵押金，一分不给了！

刘仁明一听就软了，说，哎呀，老板，那你告诉我怎么做吧，你可别打我的旗号哇，我蔫不叽的做了就得了。

你牛×大，胆儿倒小。张万矛说，我告诉你，“玉女脱衣”挺简单，去皮的黄瓜段，拿鲜贝一熘，这你做不了？“小姐豆腐”也不难哪，小姐爱吃酸甜的，把豆腐切小块，沾上干淀粉经油炸黄，再配上红绿樱桃和菠萝块，用糖醋汁一熘，你不会做……”

这批创新菜让刘仁明捉摸得差不多时，张万矛就双臂抱着膀子想事儿，就想到卢古董虽然刻板守旧，但毕竟身份在那儿，又是本城名人，今后兴许用得着他。不管怎么说，人家也请过咱。这回试新菜，也得把他弄来，他有道规，我有魔法，让他看看我二肥子也不是土坷垃，也能整出新菜。那晚闭店后，他就让刘仁明把创新菜全部做了，就把卢鸿儒请来。他对卢鸿儒说，卢爷们儿，小子不才，没办法，也鼓捣点新菜，请你老这位大美食家给鉴定鉴定，提点意见。卢鸿儒不知内情，又碍着邻居的礼节，不得不来应酬。当他品菜知名，方知这都是“色馔”，那“三陪”小姐又差点坐到他的怀里，他就感到整个人像掉到鲸鱼的胃里，胸堵气闷，呕咽难忍，就借口回店办个急事，去了就没回来。张万矛像傻老婆等野汉子，干等人不归，又打发“水豆腐”去找，也没找着。他那脸色就十分难看，愤愤地说，这不卷我面子么，还挺他妈老正经，不等了，“水豆腐”，咱们开吃！

“二肥子酒家”由于添了新内容，从四角旮旯招来了成群的寻腥者，店门前就像筑起了小汽车的围墙。卢鸿儒站在自家的店门里，望着门前稀稀落落的几辆小车发呆，心里却气得直骂，都是猫，哪块腥往哪儿块跑！

6 我倒要看看是你的钱厚还是我的钱厚

卢鸿儒这一气非同小可，他那领导干部的做派不知不觉间又恢复了。面对时下餐饮业的某种庸风邪气，他感到气愤难忍，这时候他就想到权力的重要性。可是权力能遏制意识吗？他又想，市场经济的强劲风势不可能不携沙裹土，可飞沙走石也会成为灾难呀。想到这里他就心绪不宁，一种社会责任感促使他连夜奋笔疾书，几乎是一气呵成地写了篇《胡诌菜名，文化垃圾》的文章。文中大意是抨击某些酒楼餐馆胡诌菜名，竟成了一个管理死角。他列举将“鸳鸯火锅”改称为“一锅（国）两制”；把一只小面船里放入烧鹌鹑蛋，称为“离港回英”，寓意“彭定康滚蛋”。这是“文革”中左派造反的伎俩！把西芹炒土豆丝称为“长江黄河”，这个菜还居然风行走俏，这是对伟大母亲河的无耻戏弄！他甚至认为那个起“长江黄河”的人犯了蛊惑罪，应该抓起来投进大牢。卢鸿儒也毫不客气地将“二肥子酒家”的一批“色菜”也列举其中，当然没有点“二肥子酒家”的店名。卢鸿儒认为此种现象如不及时制止，将会导致“文化垃圾”在社会上横堆竖放。

这篇文章后来登载在《锦都日报》的副刊上。文章发表后的第二天深夜，“袭人香酒楼”的灯匾就被人砸得稀碎。卢鸿儒怀疑是张万矛干的，就报了案。公安局的人找张万矛查询情况，张万矛说，哎呀我的警大爷，那天夜里是刮大风，他卢老板图着省钱，灯匾做得不结实，必是让大风刮碎了。我这灯匾怎么啥事没有呢？我肯花钱，做得结实。再说了，我斗大的字不识两筐，向来不看报纸，我就知道做买卖赚钱！公安局的人觉得他说的也有道理，又找不到实据，这案子就不了了之。

卢鸿儒损物难查，心中懊恼。人要脸，树要皮，他一狠心，就花了六万块钱，重新做了一块红框白底金字的大型牌匾，牌匾从一楼门楣起，高及三楼窗顶，并付了三楼住户的遮光费。那牌匾白天光鲜耀目，夜里煌煌灿灿，颇引路人注目。相比之下，“二肥子酒家”的店匾就显得低三下四，黯然无彩。

入夜，张万矛出了店门，横过马路，站在对面马路牙子边，双臂抱着膀子看着两家的门面。他感到“袭人香酒楼”的新牌匾像一张雅妆明丽的古美人面庞，端端庄庄，诱人接近，为此食客明显增多。再看自己那块“二肥子酒家”的旧店匾，昏暗陈黄，斑斑污迹，简直像几个月没洗脸的麻面老太婆！这时他又看到两辆小车明明开到他的店门前，下车的人却进了“袭人香酒楼”。气得他破口大骂，你个老兔崽子玩轮子，和我拼钱花是不是？我倒要看看是你的钱厚还是我的钱厚！说完就回到店内，给牌匾装潢公司的熟朋友挂了电话……

十天后，张万矛用十二万块钱制作的新店匾也戳了起来。这店匾高至四层楼，金框黄底褐字。匾中突出了“二肥子”三个字，这三个字笔划粗胖，将那“肥意”发挥得淋漓尽致；“酒家”二字倒显得单薄细小。新牌匾落成那天，“保本大酬宾美食月”的绿绸白字的横额也在店门上方挂起，一排大红灯笼明丽光鲜，吊在那里被风吹得摇摇摆摆，上面都贴着黄色的“二肥子”。空中飘着一群肥大的彩球，尾巴根悬着的标语带被风吹得拧成了麻花，看不清上面写的啥字。停车场的上空密密麻麻地扯满了五颜六色的三角小旗，小旗都被风吹得乱抖，抖动的声音像一百个小姐哇哇地乱喊乱叫。戴大盖帽子的礼乐队拥在那里操鼓执号，哐哨哐哨的打击乐把七个音符震得四处乱窜，在空中变着声音的戏法……

隔壁的卢鸿儒坐在办公室里，隐隐约约听得见吹奏乐声，心下就想到，保本大酬宾美食月？这就等于一个月内不赚客人一分钱哪，还得搭上整月的房租、员工工资和各种营业开销费用。这哪是做生意呵，分明是要挤垮我“袭人香”的黑道手腕。要想与之竞争，除非也搞个“亏本大酬宾美食月”，可我亏得起么？张万矛这样做，就是在和他拼家底儿，到头来谁亏得起谁就是赢家，亏不起的就得关门破产。想到这里，他就神色紧张，感到事态严重，额头上也沁出一层汗珠来。

7 叫“二肥子酒家”犯什么法?

“二肥子酒家”的“保本大酬宾美食月”开始的第四天，风闻此事的各路食客继续蜂拥而至，而且像汛期的水情一样不断看涨，以致店门前排起了不算短的等吃队伍，可想而知店内的所有椅子将被各类人等的肉臀压得没有喘息的机会。空间里各式酒菜的气流和小姐身上散发的香浪无声地撞击，满堂的男欢女笑像哗哗的潮声。“水豆腐”正领几个“三陪”粉面桃花地周旋一桌款爷，不知什么时候从四周来来往往的人群中蹿出几个刑警，就把吓得五官错位连喊带叫的“水豆腐”抓走了。“三陪”们见状如浮莺惊燕，知道出了“篓子”，也就一刻钟的功夫，就都向客人撒谎尿屁地推说有事，溜着边儿躲得无影无踪。那些要“三陪”的客人对此大为扫兴，也就心虚地预感已经发生了什么麻烦的事情，吃喝也就没了情绪，没了劲没了味，陆续走散。图便宜来吃饭的客人见该店经理被抓，知道这不是稳当地方，本来不想吃鱼别再沾了一身腥，也都抹嘴摇头，悄然离去。本来香浪滚滚的火爆生意，一下子树倒花散，所有的包间空荡无人，只有大厅里还有几桌醉人不知天高地厚地借酒神侃。

公安局抓人有因，但只抓“水豆腐”，别的“三陪”有惊无险，这显然不是一般的桃色案件，这里就有必要及时陈述“水豆腐”被抓的原因。“水豆腐”是舞坛高手不假，暗地里早就做起“陪睡女”了。她在和张万矛认识之前，曾卷入一场经济官司案。起因是两家公司谈生意，这两家公司的具体名字就不便披露了，那样会节外生枝。我们称外地的那家公司为A公司，称本地的这家公司为B公司。当时，A公司的老板出钱雇“水豆腐”陪B公司的老板，告诉她如果有办法拿到B公司老板手里的新产品图纸，复印一份，可赏她五万块报酬。重赏之下必有勇妇，“水豆腐”凭着水性杨花的功夫，就掌握了B公司老板密码箱的密码，然后就像电视剧里流行的那种情节一样，在B公司老板的办公室兼寝室的套间里，把这个贪色的老板灌醉，摸出了老板腰间的钥匙，就把密码箱中的图纸复印了。因为“水豆腐”比不上电视剧里的女间谍，手里没有袖珍高级摄像机，因此这个情节就很平庸，够不上惊险的场面，人们看了这段文字肯定神色不惊，心不紧张。接着就可以旁白说，这个本应值二百万元才能买到的技术，就让“水豆腐”偷窃了。A公司的老板得到图纸后，也就没有必要再与B公司谈技术转让的项目，就按复印来的图纸生产新产品。B公司这项技术竟没有申报专利，干气猴，气急眼了就诉讼到法院。官司打了近两年，因办案的是个“福尔摩斯”，“水豆腐”最终也就变成了冷牢里的冻豆腐。

“水豆腐”被押后，因为人软货囊，为了立功赎罪，就把常来“二肥子酒家”的黑道人物举报了几个，一些“三陪”们也受到株连。公安部门就罚了张万矛十万块钱，所有包房单间都被贴上了十字封条，勒令“二肥子酒家”停业整顿。

卢鸿儒那篇文章也是一石激起千层浪，文化部门不久就成立了“市场文化整顿办公室”，部署稽查大队撒网逮鱼，强令庸气十足的商号在三日内拆除店匾，到工商局更名注册。诸如“野妹子酒店”、“采野花餐厅”、“丰乳洗头房”、“肥臀裸浴”、“光棍咖啡厅”、“刘二麻子食杂店”等包括“二肥子酒家”，都在拆除之列。张万矛见经理被抓，酒家被封，钱被罚走，这回又让他拆除店匾，心中十分窝火，就耍了横，硬是不拆。那天上午，他对着稽查队长大嚷，你们还讲理不？我从小就叫二肥子，叫“二肥子酒家”犯什么法?！稽查队长根本不听他的解释，大手一挥说，给我拆！拆匾队的就像一群猴子一样，登楼攀梯，连撬带砸，一阵噼里啪啦，那大黄牌匾吱吱嘎嘎地就离了墙位，在一片“闪开、闪开”的叫喊声中，像一匹大骆驼一样，轰然一声倒地。这声巨响可就把张万矛激红眼了，他轮起肉拳头，一边扑向稽查队长一边大骂，我跟你们拼了！一下子就把猝不及防的稽查队长打个满脸花。稽查队长用手捂着脸，那血就从指缝间淌了出来。稽查队强行拆匾，是有公安局的人跟着的，哪容张万矛撅尾尥蹄，几个人同时冲上去，一顿动作就把他摁住了，又听“咔嚓”一声手铐响，他就被塞进警车里……

8 他非要把瘪了二寸的肚子撑出原状不可

张万矛在一个月后被释放出来。释放的那天是一个阴霾的日子。他先去美容院把小平头修理好，脸也刮得漂白，让人觉得脸皮子松弛了很多。然后他顺着府台街盲目地走，凭着感觉折进一家生意冷清的酒楼里，择个包间坐到正中，点了一桌子的酒菜自饮自酌，算是弥补了蹲巴篱子时候的营养不足。这顿饭让他吃得像喂填鸭，吃饱了喝足了还硬塞硬灌，他非要把瘪了二寸的肚子撑出原状不可。从酒楼出来，他打着饱嗝揉着超饱和的肚子又进了桑拿浴，选个小姐给他做了全套的按摩服务。这时他才找到往日那种优裕生活的感觉。但他的情绪仍很低落，躺在休息厅里心猿意马地看着投影屏幕发呆。那上面一个美女正在扭腰翘腚，他恍惚感觉是“水豆腐”正要教他跳舞，靡柔的情歌像是从舞厅里传来。这时候他已经很累，脑袋里昏沉沉的，就闷闷地睡着了。

张万矛醒来的时候已经入夜，他穿好了衣服，这才到吧台给店里扒拉个电话，接电话的是刘仁明。张万矛问，店里最近怎么样？那边刘仁明说，哎呀，是老板啊！你出来啦？我去看过你两次，还做了你爱吃的东西拿着，可人家不让见你呀。张万矛听了心里一热，嘴上却说，我他妈问你店里怎么样！刘仁明说，哎呀，雇的人都走光了，就剩我啦。要账的多，光酱油钱就欠了四千多块。张万矛骂了一声，心里一阵烦，就打岔说，你吃饭没呀？刘仁明说，没呐。张万矛说，你赶紧做几个菜，我马上回去，咱哥俩一块吃。刘仁明说，哎呀老板，你还寻思开业呢，都关门一个月了，啥玩意儿都没啦，能退的货我都帮你退了。现在只有发好的鱼翅和鲍鱼了，这都加工了退不了货。张万矛说，那就做鱼翅鲍鱼，一样做两盘。

说完就“叭嚓”一声把话筒摔了。吧台里的女老板吓了一跳，不满地说，先生你可慢点，这电话不摔坏了么？张万矛说，坏了么？坏了我赔你！女老板扫了电话一眼说，算了算了，谁都有不顺心的时候，您走好！

这边刘仁明开始不紧不慢地烧着菜，空荡的厨房里响着单调的勺声。他这人还算哥们儿够义气，自从“水豆腐”和张万矛先后被抓，他这“三把手”就代揽了店里的残事余情，费用报单、雇员离职、工资计算、货家催账、退料凭据等都记得一清二楚，只等张万矛出来时向他做个交待。这时他已经端着两盘烧好的鱼翅和鲍鱼从厨房里出来，与进来的张万矛打个照面，就又“哎呀”一声说，老板，你可瘦多了！张万矛说，天天吃牢犯的饭，还能不瘦！你把“人头马”打开一瓶，咱们喝！说着看了看桌面上的鱼翅和鲍鱼，就咽了咽口水。刘仁明说，老板破财了，省点吧，喝二锅头就行了。张万矛说，哪有吃鱼翅鲍鱼喝二锅头的？赶紧打开，喝！刘仁明就把“人头马”打开了，两个人坐下相对而酌。刘仁明敬了张万矛一杯压惊酒说，前几天，移动通讯公司来人说，问我们这店还开不开了，不开就过给他们当营业部。张万矛说，行呵，过给他们吧。想不到哇，我做了半辈子生意，却在我二肥子的名字上栽跟头了，这酒家是没脸再干了。我寻思好了，以后炒股票去。刘仁明说，话说到这儿了，老板，当初你不该让“水豆腐”当经理。张万矛说，这个骚×，挺他妈复杂。刘仁明说，是挺复杂的，她心肝也复杂。张万矛说，心肝复杂，啥意思？刘仁明说，她长期患乙肝。张万矛听了，本能地一哆嗦，惊得张大眼睛说，你咋知道她有乙肝？她咋不治治？刘仁明说，我听“三陪”说的。治治？治病得停活儿，钱不就赚不到了吗。你说她损不损，竟拿自己的筷子夹菜往客人嘴里塞，完了还跟人家亲嘴儿，假套近乎。客人也不傻，赏她的钱常是假的。张万矛瞪起眼睛说，你也他妈够损的，知道她有乙肝，咋不告诉我？刘仁明说，哎呀老板，我敢告诉你吗？她是经理，我看你都听她的。让她知道是我告的密，还不把我整走，我这碗饭上哪儿吃去！再说啦，你啥时候也没让谁到防疫站体检哪。张万矛听了，想到自己和“水豆腐”的亲密关系，就傻在那里了，两行眼泪就淌了出来，觉得自己该上医院了。他突然

抓起半瓶子的“人头马”，冲着鱼缸使劲地一撇……

结尾

卢鸿儒最近接到一件“礼物”，是一颗子弹。包子弹的纸上写着：一粒压惊丸，小心，事没完呢。他把那颗子弹在手里摆弄着，哈哈一笑说，人间正道，胜利者是儒商。

原载《章回小说》2001 年第 5 期 ◎

像个出逃者怕被追截

1978 年 5 月 5 日下晌，北京机场一架埃塞俄比亚航机机舱一侧，坐下一群身着蓝色毛料中山装的人，一看就是公派的出国团队。他们是中国医科大学等单位的专家教授组成的去也门的医疗队。其中有个人炯炯于色，在候机大厅里就留意有无可疑的人朝他这边走来，像个出逃者怕被追截。这时他仍在瞀瞀然地目视陆续进舱的东张西望的乘客，是找座呢还是有人寻他？他定定神，心想这是出国前的最后时刻，只要机轮一动，就“出逃”成功。这人是随队的厨师，就是我。

我这是第一次出国司厨。之前，尽管在沈阳参加了省卫生厅外事处开办的出国人员集训班，学习了外事纪律和阿拉伯语，也拿到护照，昨晚，也门驻华大使又为我们举行了饯行宴会，现在只差没到萨那了，可是我仍然担心飞机起飞前会被扣留。因为上届医疗队中就有个大连医生就是在候机时被吊销护照、禁止登机的，据说是家庭出身复杂，有海外关系，嫌疑他出国后会出意外。我的顾虑亦在这里。我虽是经过政审，但是那个大连医生不也经过政审了吗。不然，他哪能在登机前被追截呢。

不是我庸人自扰，这情况有前鉴。中美建交后，我曾被推荐报上去，要到驻美大使馆司厨，只因家庭问题未能通过政审。我的原籍在铁岭算是望族，自清道光年间“举贡才者尤多”（《铁岭县志》语）。远的不说，曾祖父为进士及第，任过翰林，后任龙江知府；祖父在日本的东京帝国大学毕业，做过奉天（今沈阳）机械局局长，属于李鸿章洋务派的末代；父亲是解放后在林业部主办的《森林工业》杂志当主编。这倒没啥，可是他在解放前的奉天林大就读时，有个老同学即我二姑夫的弟弟，后来当了台湾的“林业部长”，被认为是父亲的连襟。这祖孙三代的问题串通一起，哪能不影响我出国。从那以后，我就憋起一股非要出国司厨的气。哪怕去不丹、锡金、汤加、斐济这些小藩偏域，或去援非建筑工地给工人老大哥做伙饭，只要能出国就行。不然心里发堵，总觉着不被信任，自尊心被深深地挫伤。

我这次能去也门，多亏了老街坊的提携。他在沈阳卫生局当处座。据他说，辽宁医援的对口国家是也门，省卫生厅定期要向那里选派一批医生，并要随配厨师。他问我想去不？说现在的形势有变化，用人政策已经宽松，我的家庭问题应该不大。我听了精神一振，忙说：“去，去。你要办成此事，我请你喝酒。”他说：“酒你先准备好，我能不能喝成还在于你。我推荐了你，省卫生厅准会盯住不放。以往，随医疗队出国的厨师都是从医院的食堂里选。你可是大饭店的主灶，还是教师爷，上哪找你这样的？怕是你单位不放。所以，你还得与你的主管部门通融一下……”

为了不错失良机，第二天我就去找我的大舅哥，他是沈阳轻工局的供销处座，官场上熟人多。我说明来意后，他问：“你们饮服公司的领导是谁？”我说谁谁。他说：“那我熟啊，听我的消息吧。”没几天，大舅哥下班后来我家，一进门就亮嗓道：“你领导挺好说话，只是惋惜，说卫生厅把你大材小用了。”我一听有门儿，这要对我网开一面，兴奋得又将老街坊唤来，掂掇几个菜，把这两个处座喝得像红脸关公。

以致，我能登上飞往萨那的航机。

可是，在那个刚开始转型的年代，我还抹不掉打在我身上的那记“黑五类”烙印，而且，我这算走关系出的国，不这样也出不去。所以就犯核计：审批部门会不会马虎大意把我给漏网了？又会不会有对世界革命认真负责的同志再去进言，反映我的家庭背景可疑？这都有可能对我的政审结果产生变更作用，兴许会派人赶赴机场，对我进行最后的封堵。这时候，我最怕成为大连医生第二。

之后，我虽然相安无事地飞抵萨那，但在心理上并未平复当时的那场虚惊。

住到萨拉勒总统的旧邸

援也门医疗队的行医定点在萨那、塔兹、荷台达、依甫这四个城市的中心医院。每两年换届。我被分配到萨那医疗组。这个组有十五名大夫，还有翻译和司机各一。我为他（她）们承供一日三餐。直到这时，我才感到已经穿越过阴消霾散的天空，感到身心落定，确信是真的出国了。

萨那医疗组的驻地是萨拉勒总统的旧邸，其址闹中取静，在穆格尼大街北侧一条窄街的延伸处。院前有一排石屋，原先是警卫队住的，现已成为储存药品和医疗器械的仓库。四周的院墙也是石头砌垒，石缝间已虬出细藤；蓝色的木门漆色剥落，上面生满干苔。进了院门，喷泉池中间是尊阿拉伯雨神的雕塑，地面的马牙石已被磨得像陈年古牌；正面，一幢有华丽浮雕的石楼雄峙，使我想象到萨巴王国的古堡；楼后的花园是一片幽深而葱茏的草木杂芜。这是座已显颓弛的庄园。

我住在石楼一层挨着餐厅的那间屋子。头天晚上躺下时，静寂中听到宣礼塔那边传来尖异而神秘的夜祈声。这里是星空下红海的曼德海峡之畔，伸手就能够得着非洲。我躺在原先是萨拉勒的厨师卧榻，隔壁是当年的总统膳房，是我将要操俎之所。那种感觉是别样的诧异。我睡不着觉。

翌日，大夫们去了也门共和国医院接班，我到厨房与前任厨师小张换岗。小张来自丹东一家医院的食堂。说来也巧，我俩认识。他曾是沈阳饮服技工学校烹饪班的学员，实习时在南方饭店，我是带班老师。小张刚见到我时，像盼来个大救星，兴奋得有点失常，操着那股鸭绿江味大呼："哎呀，吴老师咋来了？你可来了，我都快憋疯了！"

我笑着说："想家了吧？这回，你得给我当当老师，把应该交待我的交待清楚。然后……"我想说，然后回家跟你老婆疯去。但碍于"师表"，这话就含住没说。

小张一乐，说："做饭做菜哪用我交待老师。只是萨那在高原区，海拔两千六百多米呢，九十度就开锅，煮饺子煮面条，蒸花卷蒸豆包，都得延长五六分钟，不然煮不熟蒸不透。再有，这些炊具国内都没有，我得告诉老师咋使唤。这都是小日本产的，是资本主义货色。咱们就按毛主席教导，洋为中用呗。"说着领我过去，他挨个示范。

小张教我使用的这些液化器灶、西餐灶、电烤箱、电蒸箱、电冰箱、恒温柜、微波炉等，我都从未见过。不是我老土，那时的国内市场上还没有这类玩意，连九寸的黑白小电视也是1979年后才成为国人的稀罕物。我那时还用煤灶，每天要扒炉灰，抬煤，然后拿着大铁锹到后院锅炉房的锅炉火口里铲出煤火，一路浓烟滚滚，再往灶膛里填，遂用小嘟噜煤块，往火面上撒一层，盖上炉盖，这叫"养火"；俟煤块燃红，再加煤。弄得满屋子都是烟，灶台上一层灰，还得费劲扒拉地一顿拾掇。我用的冰箱，是靠墙砌的一排砖泥槽，上面是死沉的厚木盖（盖不厚，冷气散得快），隔几天就要购进五大块人造冰，每块二百斤；先得用冰穿子都凿成四片，每片面朝上扔进冰箱，遂拿砸冰锤将其砸碎，再将倒腾出来的鸡鸭鱼肉放进里面。这些活儿我自学徒时就没少干。要说煤灶在南北朝时就有，那时称"石炭灶"，外有烟筒，能拔风旺火；冰箱更早，周代就懂得用，称"冰鉴"，汉代称"冰库"。如今，我不仍在沿用吗。所以，乍见这些省力省时省耗损又卫生的"资本主义货色"，自是惊喜不已。也想和小张抬抬杠：那我们用的煤灶、冰箱是啥货色？是"封建主义残余"？但想想还是没说。

晚饭后，我和小张又聊到半夜。他是逮着个以往有过从的相知同行，这下子可有了倾吐的对象。我这个学生直性、爽快，说人道事口无遮拦。当我说：“来前，还以为医疗队是巡诊部落，居无定所呢，哪想到会住进总统府，这礼遇够高的。”小张说：“老师你不知道，这有原因。老萨和他的家人夜睡时，煤气中毒过，多亏咱们大夫抢救及时，不然就坏菜了。他这是报恩，咱们不住不行，这不就一茬一茬住到现在。可他这一报恩，可把我给坑了。”我问：“咋把你坑了？”小张说：“寂寞呗。每天大夫们和翻译、司机都去了医院，这大庄园里幽森森空落落的就剩我了。想看电视解闷吧，里面嘚嘚嘞嘞全说阿拉伯语，不看还好点儿，一看更闹心。想出去逛逛吧，又不敢，萨那有苏修间谍，听说还有台湾特务，一个人出去犯外事纪律。我这是被搁这儿等于看大门的了。晚上又不方便串门儿，怕打扰大夫们休息。再说，和大夫唠啥呀，话都对不来。老师你说，我寂寞不？这一寂寞就是两年。现在我算懂了，寂寞这东西最可怕。”

我点点头，表示理解。

小张又说：“要说寂寞吧，应该是闲得发慌。可咱这工作还没日夜没钟点儿。一日做三餐是固定的。但大夫们出诊相当多，有时半夜才回来，有时早晨四点就走，这都得把饭菜预备好。而且，开大门关大门也是我，我住的房间离大门最近，就得我管，所以夜里常常睡不好觉。再说做饭，别看就十几张嘴，还挺不好整。张吃荤王吃素，李吃浓赵吃淡，众口难调，这都得关照。人在国外心态反常，吃不顺口就想家，愁人不？我这两下子老师还不知道，就愁技术不够用，哪会做多少花样。受憋呀，一受憋就上火。这把我弄的，都神经失调了，患上了夜醒症。要不，我咋说快憋疯了呢。还好，我终于入党了。不介，白丁出来白丁回去，屈不？老师你瞅瞅，我都成皮包骨了，比来时瘦了二十多斤。”

我听着很感慨，说：“你真行，向你学习。”

小张说：“还向我学习？老师不是党员？”

我摇摇头。

“老师还不是党员”，小张说，“哎呀，那可别白来。反正咋干也是炒炒寂寞加辛苦这盘菜，何不干好入党呢。我都能入党，老师你差啥。”

小张这话挺实际，我爱听。我差啥？就差夹着“黑五类”的尾巴。但既已出国，乃如“烧尾”而成新人，目前是重在表现。想到今后，我的处境和小张一样，他能做到的，我更该做到，老师总不能比学生差吧。我估计过自己的制馔能力，这两年内就是天天给大夫们吃不重样也没问题。至于寂寞，不就是独身自静吗？这正与我的生性相吻合也。我有静僻，能坐在南湖公园的长椅上望着垂柳莲荷，呆上大半天；能在昭陵前面那片黑松林里，坐在石凳上发思古之幽情，久不知返。有这种“静功”，我想我也能采菊庄园后，悠然思萨那，所以拿寂寞没当回事儿。想到这里，我却被一种要洗刷心灵中那块扭曲印记的本能意识所驱使，有了展现自我的强烈欲望。

食商沙利哈

按以往惯例，我还要兼职采购。袁枚说：做好饭菜，“司厨之功居其六，买办之功居其四”。这两份差事合二为一，都归我管，虽然辛苦一些，却遂我意。

小张回国前，领我和唐司机去趟老城。这是他要交待的工作，让我熟悉一下市场，也使唐司机认认道。老城为萨那内城，是往昔萨巴王国的中心，已被联合国教科文组织列为世界文化遗产。这地方真是奇特，数百年未曾改变，却无一处被围圈栏护，一直人烟稠密，是座活的古城。也门的建筑艺术、宗教特征、市井民俗和阿拉伯风情，尽在其中蕴藏。狭窄而喧闹的街道千迂万绕，密如蛛网。生人一脚进去，半天转不出来。

“萨巴”食品市场的老板沙利哈，就是那次小张引荐我认识的。小张叫他老沙。老沙约莫四十多岁，浅棕脸，眼睛圆圆的，瞅我时，眼神中有一股活泛、随和的性情闪动出来。他头缠铜色的卯隋里绸巾，身穿碎牛肉色的亚麻长褂，肚带左侧系一把形如羚角的腰刀。这种腰刀，也门男子个个佩带。其实刀皆无刃，乃为装饰性武器。在也门，评价男子的等级身份，就看腰刀。我留意了老沙的腰刀，不是那种皮革的柄、鞘，而是犀牛角柄，鞘上镶金缀玉。小张交待我：老沙的“萨巴”是萨那唯一的猪肉特供点，自打医疗组落户萨那，就买老沙的食材。别看他是大资本家，心却不黑，卖给我们的都是市场最低价，还保质保量。还说他挺仗义，中国话也整得贼明白，嘱咐我和他好好处处。末了又来一句：“就当他是第三世界食品领域的统战对象呗。”

所以，后来我即使买个盐椒蒜姜，鸡零狗碎，都去老沙那里。我品出了他不想在买卖上盘剥中国人，要的是中国人捧他场的面子。有时我忙了脱不开身，他就派车送货到门。间或他要问医用药，我自然帮着递嘴传舌。来往多了，我俩就成了好朋友。

我每次出去采购都要刮脸，擦上护肤霜，三七开的“华尔兹发型”拿摩丝抹得油亮，西服革履一穿，皮包一拎，这就像个体面的买主了。说来，我谈恋爱时就这样过，因为“炊家子”一向被人小觑，这样是表现自荣自亢，走到街上像闪亮登场，能招来不少行人欣赏的眼神。对象就挽起我，说我给她挺抬价。但“文革”时我被说成是“油头粉面的少爷”，是“老鼠生儿打地洞”那般的近墨者黑。这话刺得我心中留下一大块疤，所以，我现在这样打扮也是憋着一股劲儿，要释放被压抑多年的憋屈。再说，到老城采购也算国际的外交活动，不能让老沙和也门人瞧不起我。

老沙的“萨巴”是一幢规模不小的三层石楼。我头一次去买猪肉，见猪肉特供点设在一楼一间单独的屋子，与食品区隔离，冰柜里只有带后肘的臀尖。我问老沙：“没有别的忌讳?”老沙反问：“什么是忌讳?”我说是猪。老沙又问：“猪还叫忌讳?”我说：“你是穆斯林，猪不能明说。我不叫忌讳行，你该叫忌讳。”老沙想想，然后解释：“也门禁……禁忌讳，这你知道。忌讳是进口的，但不进头蹄五脏那些杂碎，只有腚。这是萨拉勒总统为关照中国医疗队，还有援建萨那棉纺厂和萨那——萨达公路的中国朋友，特别批准我这里经售的。但我不物稀为贵，忌讳给你，还是黄瓜价，我不赚钱。”我惊讶老沙的中国话说得一点儿都不笨拙，且声音浑厚，很有磁力。想他必是与中国人打交道年长日久了，已经被“赤化”。看来，菜买卖也能造就语言人才。

老沙这番话也让我核计：萨那的蔬菜贵，一公斤黄瓜竟然要卖十五里亚尔，折合人民币四元五角，比国内的黄瓜贵出十多倍。但在萨那用黄瓜价买到猪肉，就相当便宜了，我猜老沙能保个本儿就不错。我想他这是避讳吧？是在恪守一个穆斯林对穆圣的“则卡特”（纯净），这大概是天课里讲的“慈善好施”，以此示好援助也门的中国朋友。这是怎样的心理承受？我感到他的开通里还带有超越宗教的仗义。

说到老沙的仗义，我忘不了另一件事。那回吃过了早餐，唐司机开车拉着我去老城买灭蝇器，准备在厨房和餐厅的门楣上各安一台。大夫们最膈应苍蝇，我得严禁它们飞进我的管辖区。唐司机照样将车停在街口，俟我俩买回来，见车子装满了一箱箱干果、橄榄油、蜂蜜、奶粉、鸡腿……还有参虾蟹贝等冰冻海味。唐司机问我：“你咋订这么些货，这得花多少钱？”我说：“啥也没订啊，是谁装错车了吧？”唐司机说：“啊？谁这么二五眼呐，自己的车都不认识。”我说：“这还不能搬下去，搁到街上没人照管。等等吧，总会有人来找的。”结果，等了半天没人领取。唐司机说：“是不是老沙整岔劈了，打发伙计把别的客户买的倒腾到我们车里来了？”我笑道：“也没准儿，他这人心粗，有多少儿女都犯糊涂。你没听我问过他吗，我问他有几个老婆？他说六个。我又问，孩子呢，有多少？他说十五个，寻思一下又说十六个，然后还说不对，是十五个还是十六个，记不清了。”唐司机就笑。我说：“得嘞，别傻老婆等野汉子了，找老沙去问问吧”

老沙正坐在老板室里的沙发上嚼咖特。咖特是咖特树上的嫩叶，也门人闲着没事儿或聚首聊天时都嚼这玩意，乃为习俗。老沙曾让我嚼过，味青涩，有麻醉性，嚼后浑身发热，神经兴奋。嚼时只将汁液咽下，渣滓留在嘴里。这有说法，叫“嘴储咖特”，谁的嘴里储存的多，会受人称赞。我见老沙的腮帮子撑出个老大的圆包，就笑道：“又吃羊食呢？”老沙马上反击：“你们吃韭菜，那才是羊食呢。”互笑后，我就把来意说了。

老沙一听，连忙诡笑道：“我可没装错车，我是认识你们的车的，可你没订货，不知道要什么，哪会去装？不是我的货啊，与我一点儿关系也没有。”

我看出他煞有介事，遂说：“老沙，你别开玩笑啊。既然货已装车，我就要了，你让人结账吧。”心想，得让他知道我能买，这时候不能说掉链子的话。

老沙仍诡笑道：“你以为我让人去装的货？有证据吗？你没证据，凭什么和我结账？”

我被这话一堵，瞅着唐司机不知所措。

唐司机就说：“老沙呀，要不是你的货，我们也不好搬进来；拉回去吧，不是买的又犯纪律；在街上等着呢，还没人领取。这事儿挺难调理，你得帮着想个解决的办法呀。”

老沙搓着手说：“哎呀，这种事我可是多次听说过。准是你们的医生治好了患者的病，患者要感谢，送礼物你们不收，就被逼得用这一招了。傻瓜，还等谁来取吗？这是存心要给，你们不收也得收。让我想办法，那很简单，嘀——嘀——拉货回去。”说着做起转动方向盘的动作，摇头晃脑，屁股直扭。

我瞅着老沙的怪相，呆在那犯愁。咋整？拉货回去？我可是拿钥匙的丫环——当家做不了主。

唐司机碰我一下，侧身与我耳语：“先拉回去吧，别耽误午饭。再向组长汇报呗。”

老沙显得很开心，一直送到我俩上车。

我们组长刘教授，是中国医大的胸外科专家。午餐后，他听了我的汇报，笑道：“我不用猜，就是沙利哈搞的鬼。这个富商很出名啊，医院的人都知道他。上个月，他母亲的风湿性心脏病突发，有二尖瓣狭窄，我做的手术。这病极危险，晚来一步阿拉就招她归天了。但术后恢复得很好。沙利哈接他母亲出院时，找到我，说他订购了十八台二十四寸的松下彩电，要送医疗组每人一台，过两天提货。我说，你把订单退了吧，我们有纪律，不能收礼，那要挨通报，你等于撵我回家。这样，他知道了明修栈道不行，就来暗度陈仓，让你得而难却，查退无证。我这是跟你说他在搞鬼，但你要去退货，他肯定死不认账。哈哈，成了‘无头案’了。他很可能觉得给的还不够，还要继续‘作案’。往后，你们停车时把车门、车后厢都锁上，他就无机可乘了。买东西时也要注意，别让他少算钱多给货。我们大便宜都不占，还值得占小便宜……”

要说，也门这个国家挺好，没小偷。出个小偷极稀罕，那要被剁手的，据说是哪只手偷的剁哪只手。被剁手的人无脸见人，那就不能活了。所以，停车时谁都不上锁。我们的车不上锁是入乡随俗，却惹来“货案”一桩。后来，我每去采购，都得谨防老沙的“狡猾”，生怕他不“宰”我，我“宰”他。您说，天底下哪有这样的买卖。

日记杂摭

我刚来那阵子没写日记，觉得往后的日子都要在孤寂中做那些按部就班的灶觚琐事，写了也是乏味的流水账。后来，引起我写日记的是一条蛇。那天我做午餐，忽见这条蛇在纱窗上趴着，它是闻到香味，探头探脑想钻进来。我急忙操起铁锹绕到后窗下，蛇却不见，寻觅半天未知去踪。这使我想起《天方夜谭》里那个桑第巴德险些将蛇的毒液当成奶汁来喝的故事。于是，午餐时我肃着脸发布了这条消息，提醒大夫们莫要夜不闭户。我担心这也门蛇不知深浅，它既敢在光天化日之下骚扰我调鼎，就敢在黑咕隆咚时钻进谁的被窝。不日，我又写了一则《菜园保卫战》，因为发现后花园里我栽种的一块菜地已经成为山斑鸠们的聚餐之所，虽然轰一下都扑棱棱飞到树上，我一走又都落回来。我想《天方夜谭》里的山斑鸡很本分，只吃树种，这怎么变了胃口竟来侵吞我的劳动果实？于是忿忿然，就请孙翻译到使馆借支气枪。起先，我专盯着几只屡教不改的混账家伙，盯住一只就不放，直至击毙。后来清肃有些扩大化，凡见觊觎菜地的可疑分子，一律格杀勿论。我把这些战利品烹成了餐桌上的美味，自谓：亡园而捕鸠，未为迟也。

后来，我们驻地的不速之客渐多，也被我写进日记。来者都在晚上，他们晓得这时候大夫们都已下班。如那晚，有个老妪乘车携来一卷波斯壁毯，非要医疗组收下。刘教授和孙翻译怎么劝阻都无济于事。僵持不下时，老妪就从卷毯中抽出长剪，说如果不收下，就将毯子剪成碎片……又如一晚，有人敲门，我去开的。见几个男子朝我点点头，也不说啥，随就将车上的几件包装箱搬进来。我以为是国内来的药品，遂唤来刘教授。却听有个人说话了，大意我能听懂。他说中国大夫喜欢穿蓝色毛料制服，但找不到地方会做，又怕做得不合身，只好送来衣料。刘教授也不知来者是谁，还未及谢绝，那些人已经登车，驰驱而去……像这类因患重疴而康复者，为报恩大夫的“夜闯”事件时有发生。这都是被医疗组不收礼的铁纪律给逼出来的旁招左道。虽然礼物最终还是退还原主了，但那就像破案，先要分析事发原因，然后摸出实情，再搜查线索，找出“嫌犯”。最难的是取证。你以为是他或者她送的礼，人家却矢口否认。因无旁证，这就缠杂不清。若不是肃言以告，收礼要被遣送回国，没一个会老实交待。

可是，换个角度讲，铁纪律亦可解释为“不开面”，这与也门的世规民俗大有落差。不给受到恩浴者按着“也门模式”去表达心意，等于使他们违心于穆圣。这个问题就很严肃了，外事无小事，以致经医疗组向使馆“报案”，之后就有所转变。约在1978年秋后，医疗组的友谊之为开始活络，允许在不收礼的原则下酌情应邀，譬如赴宅做客。

这样，遇有节日或周假，大夫们往往难辞宴请，一请还是全体。我也便暂停了灶觚活动，跟着去充客。这类外事，其实是以吃饭为主。也门人特实在，你去了就别装相，大可不必小口矜持，若不吃得大快朵颐，是扫主人的面子。这对大夫们来说，许是“美满的交际立于健全的胃口之上”（老舍语）；对我而言，则是采风和触俎旁通的机会。所以，我每次回来都写日记。下面，只录一则，免得冗赘。

1978年9月2日　晴

萨那之东有赛巴台山，山上世居哈希德派的一支部落。应酋长侯赛因邀请，上晌，我随大夫们前往做客。

这个侯酋长有一宠女谓牟娜，曾患“嘴眼歪斜症”，毁了面容，更不能出嫁，去过伦敦、开罗的大医院诊治无效。后来听说中国的针灸神奇，遂求疗于徐大夫。徐大夫用两个半疗程（25天），使牟娜痊愈，她喜泪横流。侯酋长为示感激，欲送医疗组每人一块浪琴嘉岚手表，但遭婉拒。他岂肯作罢？今日是他五十寿辰，便又借机延请，这就不可不去了。去前，刘教授核计要带两样礼物，定下了西湖龙井，说还得有样吃的。那时国内尚未兴赠生日蛋糕，我提出用糯米粉酿澄沙，做十八个百寿桃，以示医疗组十八人的礼数。刘教授说：“这好！”

车至山口，侯酋长已率部族人迎候。遂闻鼓声骤起，欢歌豪亢，众人手执腰刀，舞态狂劲。另有朝天鸣枪者，女大夫骇捂双耳。侯酋长见状，急一挥手，枪声即止。“阿富万，阿富万”，他直说道歉。然而礼仪之隆重，却令我情兴意奋。

侯酋长特胖，不便徒走，骑毛驴引我们上山。我虽知也门人骑驴为俗，但仍想他该像山大王乘竹椢，得由八个人抬着。我是怜悯那瘦腰细腿的毛驴何当承载如此重负？

这山若论风景，说不上雄伟或秀丽，虽有峭壁、仙人掌，还有月神庙和小瀑布，但都上不了等级。我惊叹的是山上的生态景观。那些拥聚的石楼皆建在最高处，七八层或十来层不等，与峰岩屹屹一体，岿然耸峙，在山岫间的云雾罩映中，宛若天宫。也门多山，这类石楼山山皆是，据说都有二三百年的历史。也门曾两度遭受奥斯曼帝国的入侵，民不屈于外辱，乃采凿岩石磨砌而筑石楼，凡顶层必有炮台和枪射口，居高临下，成为抵抗意志的象征，也成为延续至今的历史，依旧坚撑着他们的传统生活。

登上山顶，时已傍午。我见那毛驴累得像洗了澡。侯酋长亦大汗淋漓，他抹把汗，指指那幢有华丽浮雕的石楼说："到了。"顺他的指向望去，有女人们头顶食钵或水罐出入其间，她们穿花袍或黑袍并蒙面纱，猜是侯酋长的妻妾或使女。在也门，女人穿花袍为已婚，穿黑袍为未婚，但面纱皆为黑色，里面还有层眼纱：你看不到她们的容貌，她们却能将你看得很清。蒙面纱据说亦是为抵拒奥斯曼帝国侵略军的污辱，因为女人除手外都被认为是羞体，所以是一种道义性的防卫措施。由此，陌生男人不允许窥见女人的脸部，以免"冶容诲淫"，就成为这个国度的规俗。可是，当我们坐到侯酋长的豪华客厅里，女人们前来斟茶，却无一有蒙面纱者。可见，侯酋长已将中国大夫视为亲人相待。

这时，我已将带来的用南瓜肉雕成的百寿星置于大白圆盘中间，那十八个配有桃叶的百寿桃摆到外圈，初谓"桃寿五旬"，转觉狭义，又谓"中也情长寿久桃"。这馔名虽嫌长冗，但用中国传统的寿馔以贺也门友人的生辰，意思算表达出来了。遂由刘教授赠予侯酋长，孙翻译释以其意。侯酋长听之大悦，"秀克兰，秀克兰"地迭声致谢。

我以为一个山地部落的酋长办宴，准是上风甚浓，毯面上摆满大铜盘子，盛着整饬的禽畜之肉，匕插其上，会吃出一番古拙犷蛮的趣味。我想错了。当我们被引进宴厅，竟然如临宫境！使我想到哈姆迪宫。医疗队刚来时，曾受到穆赫辛·艾尼总理在那里的宴请。里面的喷泉、壁毯、石榴式吊灯、素馨花，还有宫壁上油画里的阿拉伯长者和汲水村妇，以及穿着燕尾服的侍者，都与这里几近相同！据说，侯酋长的厨师是从土耳其聘来的，这就很有寓意了，等于奥斯曼帝国在当今也门的食俎遗风中已经化干戈为玉帛。所以，你不能从哪本书里读到的将白人当成烤熟的香蕉来吃的酋长——用这种恐怖的思维去想象现代酋长的饮食方式。

侯酋长和刘教授坐到餐台上下首，大夫们列坐两侧。我挨着孙翻译坐下后，职业性地扫一眼餐台上的冷餐，有咸水橄榄、玉蜀黍沙拉，有用豌豆泥和柠檬汁拌成的"荷不司"，有用熟麦粒、西红柿丁、香芹菜末和橄榄油拌成的"塔布利"，还有在烤茄泥上撒些石榴籽儿的"穆塔巴利亚"；

有名的是红鱼籽酱，开宴时我舀了一匙，放到碟里轻轻搅和，当我用叉放到嘴边，那股咸腥气味特烈，熏得我难以下咽，但又不便放下不吃，情急之中我突然装作想起啥急事要与孙翻译说，借机将红鱼籽酱放回碟里。其实我是说："今天是星期几?"乃明知故问，为的是替自己解围，别让主人看到我的失礼。不一会儿，碟子连同红鱼籽酱便被侍者撤下。

俄顷，侍者进热馔。头道为炖骆驼肉，是掺了骆驼奶炖的，汤呈浑白色，趁热先喝口汤，便立即皱眉。不能说难吃，但有臊味。我想这应该先将骆驼肉块用白兰地酒及胡椒粒儿、洋葱腌透，再用橄榄油炸尽肉中液质，涤油后再炖，这样臊味可除。可是，西亚的阿拉伯国家禁酒，以酒作调料自然不为所习，那只能保留这股原味了。这使我想到我用绍兴黄酒炖驼峰的情形，炖时以酒代汤，酒炖干了，驼峰美味十足。这么一想，食念就有了"相反相济"的变化，便将炖骆驼肉当成酒炖驼峰来吃了。这是我在也门期间做客时遇到不得不吃，吃又难咽时，养成的一种心理转换诀窍。接踵而进的土式烤牛肉、清炖羊排，还有用红海鲑鱼做的炸烹鱼片，都皆好吃。尤其是土式烤牛肉，不同于整饬烤火鸡或烤羊腿那样只是表层的焦香，内里却肉厚欠味、烤香不达。土式烤牛肉是将瘦嫩的精肉修切成很长的薄片，经香料和佐料腌味后逐一缠到像轴辐间的烤杆儿上，能缠三四十层，然后置于旋转的耐温玻璃烤箱中烤之。这样，肉中没了纤维，烤香也能在肉层中浸入内里，并使层叠的肉片在烤制中渐而粘连，俟表层焦香红褐时，内里也烤味透剔，且是松嫩不柴的"活肉"。烤成后由侍者执刀一片片削下，分盛于碟。此乃世界名馔，如今已流布中国。土耳其馔为何与中馔、法馔并列，成为世界三大烹饪流派之一?仅从此馔的制工特征中便可揣摩出端倪。进土式牛肉馅饼时，牟娜闪亮登场。她身穿绣满春花的纱裙，婉娈柔媚，翩翩起舞。我注视着她那五官端正的面庞：蓝眼、耸鼻、口如小桃红，肤如羊脂。这就是那个眼歪嘴斜的少女吗?惊异之间，她竟唱起了"洪湖水，浪打浪……"

写信，向国家建议

大夫们提出每周能吃顿面条。这样我得先和好面团，再乘车去中国大使馆的厨房，那里有压制面条的机器。我每次去都到阅览室坐坐，看看近期的报纸。医疗组只订《人民日报》和《健康报》，使馆的多一些，还有香港的《大公报》。记得1979年3月间的那天下午，我压完面条，去了阅览室，见多个栏架上面摆着新复刊的《人民文学》《新观察》《中国文物》《大众电影》《中国教育》《中华医学》等，有十来种。我翻阅这些杂志时，感到了新时期的文化复苏，很为蒸蒸各业所染，也随即涌动出“目睏鼎俎，耳听康衢”的那种心思：中国烹饪蜚誉世界，说是国宝国技也不为过，但一直被文化沙漠的积层湮没着，急需用一种媒介工具去挖掘开拓，使之求变履新。再说，美食之欲人皆有之，讲究美食绝不是资产阶级的专利。我被这样久违的情丝牵动着，就想中国咋就不该办个烹饪刊物呢?!

说来，这个想法在十八年前我18岁那年就有了。那时，我迷恋文学。文学是个浪漫的家伙，这种浪漫让我常生异想。比如，我想到寥无人迹的海滩上搭个人字棚，把胡子蓄得像恩格斯，在晨霞暮涛间读聂鲁达的诗和黑格尔的辩证法；还想，如果我突然有了十亿美金，就去买空开罗爱资哈尔大街所有珠宝店的珠宝，那都是闪烁着阿拉伯神话光芒的珠宝啊……记得，参加厨行的第三年，一个月照寒窗的严冬之夜，我守着火炉，读一本刚买到的《烹饪技术》。这是我国最早出版的关于烹饪基础理论的专著，由上海饮食公司编撰。这使我感到烹饪术正在完善为一门实用科学。不知是字里行间漫滤的香气熏出了我的灵感，还是文学的浪漫激起我冲动的意念，反正就在那时，我翻开“月夜日记”，写下一则“随感录”：

我相信，在不久的将来，《中国烹饪》这个刊物，会知名于国内外，知名于全世界。这个任务的完成，就依靠党的领导和文化青年的艰苦努力，以及老师傅的大力协助。落款是“晓雾”，即“小吴”的谐音。时间是1963年1月22日。这则“随感录”，意思应算不错，但仍带有浮想联翩的浪漫，也不乏几分幼稚。我就像在月夜下独自唱起随心所欲的狂想咏叹调，唱完了，天知道，地知道，火炉知道。时间长了，我也忘了。

“文革”狂飙刮起后，我因是“黑五类”，又传播《燕山夜话》，加上“站错了队”，造反派还猜疑我的祖父藏有地契和变天账，他们就在一天半夜里架梯翻墙入院，突袭我家，翻箱扒炕，又爬上房顶去撬烟筒的砖缝。因无所获就将藏书掠走一车。那本“月夜日记”被夹在书堆里，那则“随感录”就这样被“挖掘”出来，成了我挨批的罪证。我被专场批斗，被怒斥为“贼胆包天”，竟想为“封资修”的讲吃讲喝办个流毒全世界的黑刊物……

故而，我这想法有着萌生已久的引发点。以致那晚做完面条，就在后花园里独步。瞅着一轮金月像也门人盛全羊的大铜盘子，却勾起我回思十八年前那个严冬月夜和在“月夜日记”中写下的那则“随感录”。就想人有浪漫之心是真意，诚如孟子谓之的“不失其赤子之心者也”，这有罪吗？一种对不公命运的抗争意识霎时触动了我，试图复原曾经有过的心事之情在心间鼓荡，联想和预感的链条缠住思维。“写信，向国家建议！”我回到寝室，一捉笔文思就像被久堵的积水哗哗涌出，《关于创办〈中国烹饪〉杂志的建议》的信一蹴而就，静静心又勾泥抹缝，修润后誊写了两份，想定了寄处，翌日分别投往商业部办公厅和《人民日报》的“读者来信”栏目。

过半月后，我收到商业部饮食服务局的回信。大意是：我们很重视你的建议，信已存档，但因人力物力所限，一时难以筹办。这使我不免失望，想到商业部难办此刊，其他部委又不对口，更难办了。就不死心，遂又写信，斗胆直接寄至“商业部长亲启”（因不知部长姓名）。这回有了奏效。1979年7月初，饮食服务局又复我一封信。信中说：

你来信谈到关于创办《中国烹饪》刊物的建议很好，前已简单复你一信，不知你在国内还是在国外？如你尚在国内，想请你来我部详谈一下，如在国外，请你将这个刊物如何办、在什么地方办的一些具体想法详谈一下。同时，你在办这个刊物时能给些什么帮助……

我读后心情亢奋，领会到这是领导部门要我拿出个创刊设想，兹见此事已有希望。当时只能回信。我被这一转机所鼓舞，出于职业直觉，也是钟情文学得到的厚惠起了作用，使我在回信中恣情发挥了想象。回信大意是：刊址宜设在北京，由商业部主管，以利统筹此刊对商业系统的发行和流布；但又不宜局限于行业的框囿，也要适应社会各界读者和海外华侨的需要。宜试办季刊，再过渡为双月刊、月刊。刊名“中国烹饪”，建议请茅盾先生题写，并请中央领导和文化名人题词和撰稿，以扩大刊物的影响和提升刊物的规格。栏目宜设“饮食文化研究”、“烹饪史话”、“食疗营养”、“烹饪理论与科学”、“名师名店”、“地方风味”、“佳肴美馔”、“家庭烹调”等。鉴于业内的学资现状薄弱，要借助社会文化力量办刊，邀请或组织相关专家、作者挖掘、弘扬中华悠久的食俎遗产，抢救、宣传老辈厨师的技艺经验，发现、扶植业内的写作人才……

事隔约一个月，我又收到商业部经济研究所的来信。信中写道：

你关于建议创办一个《中国烹饪》的刊物的来信由《人民日报》社转来，我们十分同意你的建议，现已着手筹办《中国烹饪》杂志。附去《关于出版〈中国烹饪〉杂志的初步设想》一份。你还有任何建议或稿件望来信告知我们。

我读罢大喜。喜在这已不是希望而成事实。当时曾想：那两封信怎的交叉并轨成了创办此刊的引擎？其间的理顺过程又是如何？其实这些也不必知道。刊物真的要问世了，这才是我的由衷心愿。从《关于出版〈中国烹饪〉杂志的初步设想》中看，我的建议基本被采纳，这使我颇为欣慰。随后又多次去信，补充和细化了一些建议，并撰《我爱这一行》和《在南行列车上》，前者是敬业之谈，后者是记我的师父在新旧社会不同经历的小叙事诗，诗虽浅陋，却是我有志于饮食文学创作的初端。此二文刊在《中国烹饪》杂志的创刊号。

1980 年 4 月里的一天，我到使馆的厨房压完面条，又走进阅览室，见 4 月 2 日的香港《大公报》在头版有《中国烹饪》杂志创刊的报道。其载：

（中国新闻社北京一日电）专门介绍中国烹饪技术的季刊《中国烹饪》，在北京出版发行，创刊号很快销售一空。

茅盾为《中国烹饪》题写了刊名。第一期上辟有“烹饪史话”、“名店介绍”、“名师高徒”、“佳肴美馔”、“地方风味”、“食疗营养”等专栏。“烹饪史话”栏中，刊登了已故中国社会科学院研究员、北京大学教授吴恩裕逝世前撰写的《曹雪芹和烹调》……在同一栏目里还介绍了鉴真东渡所带食品考略，其中材料是广大读者前所未闻的……

我读了，比娶了媳妇还高兴。遂将这张报纸要来，回去就寄给了《中国烹饪》杂志主编、之前曾是商业部办公厅主任的肖帆长者。

后来，据央视午间新闻报道，《中国烹饪》杂志不仅发行到一百八十多个国家和地区，发行量亦居出口刊物的“三鼎甲”。刊物里有众多中央首长和文、史、科、教等各界顶尖名流的题词和撰稿，这是代表人民宣告“美食无罪”，真是起到了肇领的作用，使此刊成为这一领域文化解放运动的先驱，后又成为中国烹饪协会和世界中国烹饪联合会会刊。此乃编辑部和海内外广大作者之功勋。我仅是尽了建议者的敬业之情，至多妄比足球边锋，在机遇中传去一球，中锋大脚射门，踢中了！这球虽非我踢入，我亦奔呼忘形！

开斋节之夜

今为希吉来（hidjrah）日历的十月一日，即开斋节。应也门共和国医院外科主任哈德里邀请，这晚，刘教授率外科大夫们赴其宅做客，我亦随往。

开斋节之前的九月，谓“封斋月”。此间，也门举国上下黑白颠倒，即以昼为夜，以夜为昼。昼时，人们不饮不食，不嚼咖特亦不抽烟，凡是动嘴之为皆被法禁，但不限于夜时。故而，封斋月的萨那，昼时犹似一座空城。

车行途中，见华灯初上，街市乍喧，人们普着新衣，三色的也门旗随处飘展，电影院的门脸两侧是埃及、叙利亚的新电影广告。行经一宣礼塔旁，有个穿宽袍扎幞头者正将巡洋舰越野车里的一摞摞钱币分发给过往行人。

“看，石油大亨哈桑”，梁大夫指着那人与我说，“我给他看过病。听人说，他每到开斋节就这样撒钱，撒没了再去银行取一车，一直要撒到半夜。这家伙是没看着我们，不然能当街拦车，把一怀抱的钱扔进车里。那一摞钱少说有二百里亚尔，比我们的月薪还多。”我愕然，问：“这么撒钱，不会发生踩踏事件?”梁大夫笑道：“你没看那排站的吗，循规蹈矩，不用巡警维持秩序。也门人真好，不是穷人不会去站排捞便宜，穷人领过钱也不会再去排队。听说，没人领钱时，这家伙就解开捆钱的绳扎，把钱向空中抛扬，任由人接。他这是请天上的阿拉知道，我哈桑好施，在‘富济贫’呢，让穷人在开斋节都能吃上烤全羊。”我惊叹，想：这岂不是挥金如土为人民么。看来，今夜萨那无贫富，全羊烤香漫万家啊。

已见哈德里在宅前挥手。他的脸长，身亦长，穿花衣花裙，显得上窄下宽，像一株披彩塔松。车门一开，他见只下来五人，那脸就拉得更长了。“不高兴了”，刘教授自语，忙搪塞：“老哈呀，哈哈，都来都来，等会儿全到。”遂又与唐司机耳语，让他赶紧回去换辆“大面包”，将人悉数载来。俟唐司机驱车复至，哈德里率家人出迎，女人则振喉示欢，串串颤音似莺啼。我从背后望着他（她）们的盛装，似一丛错落的鲜花。

以前，我见过哈德里。那次去医院给患病的中国大夫送炖鸡，恰遇他查房，他在一群也门大夫的跟拥中，如将军般威风。他拍拍我的肩膀，张口就来一句："给你娶个也门老婆要不要?"我说要。这虽为戏谈，却能感到他与中国人相处得像鞋垫儿——没反正。这是有原因的。哈德里初为护士，后到中国医大学医，并成为外科医生。回国后又经历过历届医疗组外科大夫的帮带和扶助，现已是"也门外科第一刀"。因这样的原因，他就拿我一见如故，我也就成了他的姓光名棍的小兄弟。

书上讲，开斋节伊始是以麦加城上空出现新月为标识，但我见哈德里是竖着耳朵听到了郊外山顶上望月人的放炮声，即就站起，右手抚于胸前，躬着身说："请诸位用餐。"我们便由客厅被引进装饰一新的餐厅，围着蓝毯席地而坐。毯的中央已摆着素馨花、果盘和炸羊肝、"布拉克"等小吃。"布拉克"是用面皮包卷羊肉馅，炸制而成，颇似中国的炸春卷。俟进烤全羊时，哈德里作简短致辞，他说他虽为外科医生，却不敢宰羊，花了五十里亚尔请人宰的，又雇了名厨烤的全羊；还说也门有句谚语，客人不吃完全羊，不算知己的兄弟。

说起烤全羊，起码有三四十个阿拉伯国家将其当为国菜。这样的食俎价值使世界任何一道佳肴美馔都无法与之比堪。能吃到西亚正宗风味的烤全羊，实乃幸事。当烤全羊进上时，我见它赫然耀目，通体红润泛光，嘴上还衔一枝素馨花叶，盛在顶大的铜盘中；铜盘两侧码着生菜，上缀洋葱片拼成的"紫花"——这是供你吃得油腻时，可嚼嚼素，绿色一下嘴巴。吃时，没有刀叉，皆操"金龙五爪"。对此，哈德里的"抓功"甚是了得，他的手不怕烫，拇、食二指的操动能准确到位，倏地撕下一小块肉条，随即手腕往回一抖，那肉条恰好反弹进嘴里，手指竟不碰嘴唇。我就不行，乱爪纷动中拾得一块被撕掉的腿肉，嚼到嘴里很烫，咝咝哈哈间却又快感，那肉在喷泌的热挥发中使我享得皮脆肉嫩的真觉，还有一股阿拉伯香料的滋味。有趣的是，烤全羊被吃得差不多只剩一副骨架时，哈德里突然又一出手，抠起骨架一掀，里面还藏只小羊羔！引得惊声四起。

主食是"古斯古斯"和"盘中美"。前者，我称为也门的盖浇饭，盛在手盆般的埃及陶罐中，底下是小米干饭，上面浇着用杏仁、花生米和红椒粉炖的羊肉块。这也得趁热吃，那股咸香辣烈如同川菜的毛血旺，能吃得你额头冒汗。后者，其名为孙翻译所译，是卧在小烤盘中每人一张的麦粉饼。这种饼，我在老城一家饼店橱窗旁偷过艺，看着一个厚肉长脸的叙利亚饼师做的。成品状如“美人既醉，朱颜酡些”，吃起来甜香松软，让你想到秀色可餐。后来我曾照猫画虎，试着给大夫们做，居然颇得好评。之后，刘教授致答谢辞。他指着墙壁上那幅镶框的放大照片，提起十七年前的“萨那保卫战”。那时，被推翻、逃亡在外的巴德尔王室，依仗外国势力反攻萨那，哈德里与中国医疗组在战地救死扶伤。王元医生为伤员阿里做止血包扎时，被流弹击中肩胛。哈德里又为王元做止血包扎，当他扶助两人躺至担架时，却被炮弹炸伤腿肱。保卫战胜利后，三人就在医院前留下了这张合影。刘教授说：“所以，我们与老哈的交情不是请客吃饭，这是用鲜血凝成的友谊……”

在中国大使馆司厨

那天夜里，我在厨房做蔬雕，拿青萝卜雕两个“玉花瓶”，再把用胡萝卜、土豆、黄瓜、洋葱雕的“梅兰菊荷”装饰到“瓶口”上面——这是席中“看盘”。明天是徐大夫56岁寿辰，我在给这小老爷子献艺。

“黑灯瞎火的你鼓捣啥呢”，使馆的周师傅踅进来说。他四十来岁，挺白净，是哈尔滨“江南村”饭店的厨师。“哎哟”，我说，“你来干啥？来收压面机的使用费？”他一笑，说：“最近脑瓜子迷糊，找张大夫瞧瞧，拿点药。见厨房还亮灯，特来慰问。”我说：“带慰问品没？走，到我屋坐坐。”他说：“不啦。才听张大夫说，你是王甫亭的徒弟，王老师那是东北炒菜的一把手。你这高徒咋跑到这疙瘩猫着？”我说：“啥高徒啊，能出来就知足了。咋样，病不要紧吧？”他说：“高原反应，吃吃药就能好。”我说：“我刚来那阵，鼻子冒血，以为得了白血病，大夫也说是高原反应，没事儿。”他瞅瞅“花瓶”和“花”，说：“喂呀呵，雕得不赖。‘十一’快到了，使馆有招待会，你帮着雕雕花呗。”我说：“蔬雕这玩意可是白俄厨师在哈尔滨传下的，你那场是正宗，我哪敢去出丑。”他说：“拉倒吧，我雕不好，后来当了主任，也没工夫学。你别谦虚，就这么定了。”我说：“你升参赞了？我归你领导啊？”他说：“那啥，你抽烟不？”我说：“抽。”他说：“我给你弄一箱过滤嘴红牡丹，一箱五十条，每盒才一角六，国内一盒七角四。慢慢抽呗，抽不了带回去。”……

转眼间到了国庆节，使馆在晚上举办冷餐酒会，医疗组的都出席。我被借去制宴，一大早儿就去忙活。我见当过将军的赵大使在庭院里布置摆台；杨一秘帮着电工在灌木丛旁扯挂彩灯；大使夫人扎着围裙在餐具间洗涤餐具；经参处的孙参赞坐在菜案一角扒葱剥蒜……

万师傅是外交部的厨师，六十来岁了，精瘦，话不多。据说年轻时就辗转在驻外使馆至今。他做冷餐，我和周师傅做热菜和点心。周师傅说：“咱俩也分分工，一人做两道热菜和两道点心，行不？”我说：“那有啥不行，你分吧。”他说：“热菜你做芝麻虾排、杨梅团，我做烤仔牛肉、清炖羊肉；点心你做萨其马、三明治，我做方糕和扬州炒饭。”我眄他一眼，说：“你咋这会分呢，费工费时的全归我啦？那咱俩换换。”他嘿嘿笑着说：“你雕花雕的那么细，有耐心烦儿，这是各取所长。再说，你不没入党吗，你入党得经使馆党委批准，好好表现表现。”我嘟囔几句，又说：“不能雕花了，席面太多，要雕花别的啥也干不了，摆鲜花吧。”

冷餐酒会中的冷餐量多，万师傅那边儿压手。我担心别把老头累着，就掐着时辰干完我的活儿，赶紧过去帮忙。使馆的三个人正要操刀切摆冷拼，我想这可不行，码盘和围边不是谁都能整的，但又不便直说，就急忙喊一嗓子：“万师傅，我完活了，我来出盘吧？”万师傅说：“那好。你们几个把刀放下，去搬酒传菜，这活儿叫小吴弄。”万师傅今晚是菜将军，谁都得听他的。

酒会至深夜时，有些使馆的外交官仍不肯走，他们逮着茅台喝个没完没了，大有饮尽今宵的势头。万师傅自先休息去了，我和周师傅在靠花坛的餐桌旁也将一瓶茅台喝得所剩无几。这哥们儿的舌头有点儿大了，朝小姚摆摆手。小姚是使馆的服务员，来自天津一家宾馆，身穿燕尾服，英气逼人。他对小姚说："给你周大哥和吴二哥再拿瓶茅台，和他们老外拼……拼酒。"我急忙说："你别听他的，拿两杯橙汁吧。"我平时不喝酒，但喝起来不醉。小姚端来橙汁时，周师傅靠着椅背已经眯眯瞪瞪了。使馆司机老朱走过来，要送我回去。我说客人还没走完，厨房没人不行，就让老朱把周师傅搀回宿舍。晚上凉，我怕他受风。

那次冷餐酒会过后，没出一周，我又为使馆做回"赤豆宴"。

那天过午，我在驻地忙完医疗组为鸠玛、叶海亚等也门医生到中国医大深造的饯行宴，大使馆的孙参赞拎个大兜子进了厨房。他银衣白裤，头发油亮，身段轻灵，像个马戏团的大腕儿。他把兜里的包装精致的赤豆掏出来，放到案上，对我说："小吴啊，交给你个任务。我国要对也门出口赤豆，也门外贸部长看了这货样，说质量很好，但不知如何吃法，希望做些成品，他品尝后认为也门人能够接受，才可签订贸易协定。所以，赵大使和经参处准备后天晚上在使馆宴请他。你动动脑筋，做一桌适合也门人口味的赤豆宴。还要写出详细做法，交给你们的孙翻译，由他译出阿拉伯文，届时提供给也方。时间紧了些，有困难吗？"

我想想，说："使馆不是有两位师傅吗，叫我做是不是越俎代庖了？"也想到谁做过"赤豆宴"呐，也没这一说呀。准是周师傅出于好意，让我表现表现，就捧着我唠，鼓捣孙参赞找我的。但这活儿可不好干，做砸了要影响赤豆出口，于是便想推辞。

果不其然，孙参赞说："你不要想得多嘛，这是周师傅推荐你的，说你的活儿细。也考虑你对也门食俗的接触比使馆厨师方便，还要写出做法。这个任务很重要，一定下下功夫啊。"……

孙参赞走后，我备完晚餐，往常这个时候就困了，回屋却睡意全无，脑袋里尽想着赤豆。我想到赤豆源植中国，如今的栽培面积居世界之首，其次是日本。赤豆原是喜马拉雅山区的野生种，先秦时黄河、长江流域就有人工选育，宋时已扩植九州，称小菽、赤菽。从营养角度看，每百克赤豆含 27.7 克蛋白质，相等于瘦肉，脂肪仅有 0.8 克，其他是碳水化合物、多种维生素及钙、磷、铁等。这是一种出自中国农耕文化的保健食品，适合做甜馔。阿拉伯人喜嗜甜食，向也门出口赤豆就很对路子。但以赤豆为主材制宴，古今中外尚无先例。道理很简单，谁会赏识满桌子都是赤豆的宴席呢。可是当下，为敲开阿里巴巴的大门，厨艺竟像要驭载赤豆驶进这扇大门里的马车。以致那晚我煞费心思，再三斟酌，当定下“赤豆宴”的宴单并写出宴馔制法时，已见晨曦。

然后，我唤醒孙翻译，请他抓紧翻译宴馔制法。麻利又去炸油条、煮豆浆，给大夫们备早点。忙完早点，请唐司机开车拉我去沙利哈那里，选购“赤豆宴”所需的辅配食材。回来即煮赤豆、绞豆泥、炒澄沙……别看宴仅一席，但皆费工缠手，又刻不容缓，同时还得不耽误给大夫们做饭，折腾我两日无休无眠。当时，也就仗着年轻气盛，不觉得何为累耶。还好，我到使馆制宴后，服务员小姚传来反馈，说也门部长吃得蛮好，吃不了的还兜着走了，让家人也尝尝。

后来，听孙翻译说，这批出口赤豆由中国远洋货轮载至荷台达港卸货。货轮是何吨位？赤豆是何吨数？我没细问，只是一听一过。我只记得，没过双旬，经使馆党委批准，我成为中共预备党员，入党介绍人是大连外科大夫江学安和鞍山护校教师李秀华。

抵抗寂寞

每晚息灶，冲个澡回到寝室，一般是七点来钟。起初还不觉寂寞，那是出国的新鲜劲儿尚在发酵；再有还带些文学名著，书里的人能陪我喜怒哀乐。但时间一长，书又阅罄，就渐感冷清，这才体会到小张说的“寂寞可怕”，难免不临窗望明月，低首思妻儿。人遇此境，有个爱好会起些移情效应。我爱好写作，正可抵抗寂寞。

我这爱好来自家道的式微，是父亲那汗牛充栋的藏书熏陶了我。父亲嗜书如命，对我读书曾立下约法三章：先要包书皮；翻书不准蘸唾沫；阅不完严禁折页。我读初中时就听父亲讲过易卜生、狄更斯、果戈理和屠格涅夫，讲鲁迅译巴尔扎克的书没有傅雷译的好，还讲严复、郁达夫和苏曼珠，讲“左联”和延安时期的文学。父亲讲高尔基就有点儿针对性了，说高大师还没有我的学历高，在轮船上洗过碗当过厨，听得我心里一阵燥热，涌起当吴尔基的念头。父亲对诗有偏见，说句子太短，一书好纸上排的字细如蛇身，是糟蹋毕昇的发明。可我却钟情新诗。那都是黎明的春风嘘开玫瑰或秋月银辉浸浴河畔的时辰，我迷吟海涅和郭沫若的译诗。那诗中真像有个女妖啊，诡智又妖娆。以致学厨后，我开始写诗捅报刊屁股。最先的一首《砌灶台》，七段二十八行，是晓凡老师从成堆的来稿中捡到的，补发到当期《鸭绿江》大样的空位。但“文革”一来，报刊无文学，我也只能与她暗恋，现在，当我成了远离故土、长失天伦之乐的孤独汉子，文学女妖便来“第三者插足”，成为我在夜间的真情伴侣。

开始，我写了两组《厨师的歌》，发表在《诗刊》和《北京文学》。我揣摩大概因为是“海外飞鸿”，写的又是冷门，便博得编辑的兴趣。之后，驻也门的新华社记者老徐，建议我写写也门和医疗队，说国内还没有这类作品。当时，《人民日报》新辟个“国际副刊”，我就写了篇散文——《萨那，阿拉伯的明珠》寄去，没过二十天就发表了。大夫们挺惊奇，说咱们的厨师还能在《人民日报》上写文章。党小组长、内科大夫张大夫问我：“你能写，还能画不?”我说：“写也是碰巧，画可画不来，顶多能画个板报。”张大夫说：“你要再画到《人民日报》上去，我就怀疑你是不是要马勺的了。咱们就办板报。你是在组织的人了，辛苦一下，负责操办这事儿，向大夫们征稿。我也爱写，我投稿。大家都想家呀，搞点文化活动，你讲话，这能起到移情效应。”

孙翻译是北京“二外”的阿拉伯语系讲师，熟知也门。那天，他与我说：“周日下午，我约好了，带你去采访也门最著名的诗人阿卜杜拉·伯尔都尼。你要为他写篇文章，介绍给中国读者。”我听了想，孙翻译也是寂寞吧，想找点儿事干。遂说：“写这类文章不可无你，那就咱俩合作，你翻我写。”是时，我俩驱车前往，见阿诗人戴顶黑绸圆帽，圆胖的脸上架副墨镜，颏下蓄有长髭，身着蓝色宽袍，像一位资深的大阿訇。他极健谈，膛音洪亮，且声情于色，是那种秉性豪烈，哭唱即应的诗人。从采访中得知，他1922年出生于也门中部地区“伯尔都恩”村的贫苦农家，六岁时染疾盲目。父母节衣缩食，仍供他完成学业。他虽缺视却反济了思维的敏捷而活跃，这种特征使他选择了诗歌创作。那时，也门北部处在巴德尔王朝的封建统治末期，他投身反封建集会，用激昂的演说鼓动民众奋起抗争。而他的诗歌也表达出对也门前途的忧患和对黑暗现实的憎恶，在形式上讲求“节的匀称，句的均齐”。他似同时期的闻一多，虽未遭杀害，却三次入狱，受尽了严刑。直到1962年9月，萨拉勒发动革命推翻了巴德尔王朝，他才获得新生。他出狱后，仍用诗歌哭出了封建时代也门人民的苦难和悲伤，唱出了他们追求民主和自由的心声，倾吐着对祖国的深挚情感，且将古诗的形式赋予了新时代的内容，因而具有极强的感召力。代表作品有《在黎明的道路上》、《比尔基斯土地》、《明天的城市》等七本诗集和《也门诗歌今昔》、《也门文学的创新》、《也门的民族运动》等诗评集和政论集，在开罗、大马士革、巴格达、德黑兰、贝鲁特、科威特和萨那屡屡再版，使他蜚声阿拉伯文坛。以致采访后，我和孙翻译动之以情，即为这位天才的盲人诗人写篇万言的《从第一首诗歌到最后一颗子弹》，发表在“二外”的院刊《课外》。

写《塔兹情思》的报告文学，发表在《健康报》副刊。当时，我因牙痛才有缘写成此文。那是我头一次牙痛，不晓得何故而患，就去问临屋的常大夫。他看了说：“你这是齿漏风，要补牙。咱们医疗组没有牙医。哎呀，牙痛不是病，疼起来要了命。先给你开两盒止痛药吧，你得去塔兹医疗组找冯大夫治。我代你请两天假。”这样，我便搭乘纺织专家组的车去了塔兹。我在车上想，也别光去补牙，得借机采访，收集资料，为塔兹医院写篇文章。我早有这个念想。这座医院乃是周总理在1964年6月期间会晤来华访问的萨拉勒总统时答应援建的。医院建成后，即有三十五名医术精良的中国大夫上岗，是为援也医疗队之始。我那次去治牙，正值秋色烂漫，塔兹医院被苍山碧岭怀抱，那银白色的四层楼体在蓊郁勃舒间掩映着，场景让我有些穿越。而内部的环境和设施，又足以和北京或上海最好的医院相颉颃。难怪资料里说也门人称其是“阿拉伯半岛一颗晶莹的珍珠”；一位来访的英国泌尿科教授也喟叹：“在这个国家里，竟有这样一所医院，真是奇迹！”我亦为之感慨，因为这里曾有过中国建院者开拓荒谷的艰辛；有沸腾的工地之春；有工程师张其弦在视察工程中的以身殉职；有中国货轮横渡印度洋驶进荷台达港那满载着“北京制造”的医疗器械和药品；有中国大夫上岗后救死扶伤的白求恩风采；还有内科大夫彭伯秋在防治传染性肝炎中的患疾身亡……这都是中国对也门的无偿付出。这些细节后来我都糅融到《塔兹情思》中。

当时没想到投稿会这样顺遂，这令我写兴大增。那时我来也门已一年又半，虽说手笔不逮，亦懂些烹诗炙文的火候——即是国门初敞、体制初变之际，街头的老外、经济学家、伤痕文学……都是一道道新风景。我这“出口转内销”的稿件，亦属随势应时之类。何况，也门是旅游胜地，众多古迹是世界级文化遗产，旅人中素有“途程虽远，必到萨那”之说。因而，我的脑袋里满是题材，抓到篮里就是菜。我写红海，写萨巴王国，写马里卜水坝遗址，写哈德拉毛省的大峡谷……就说希巴姆古城吧，在萨那以东，写进去就是天方夜谭。这里卖牛羊肉的都盘腿坐在肉案后面一凹凹矮窄的石窟里，不动弹也不吭声，只转着眼珠瞅我过去；一个戴花帽的朝我挤挤眼，口中念念有词，一根手指顶个大圆盘在我眼前转动，盘上是包装的咖喱、芥末之类，这老兄既不碰着行人又不失礼貌，扭来扭去自当是娱人娱已的杂技；迎面来个卖饴糖的小老头，蓄着两撇上卷胡，给我做个鬼脸儿，遂衔起哨子猛一阵吹，满街听得见各种鸟叫，忽就蹿出来一群小孩跟着他走；一侧头，又见个卖阿拉伯大饼的土著黑女，拿中国床单当披巾，对我笑着，使劲儿敲起羊皮鼓……我记得组诗《寄自也门的诗》在《鸭绿江》发表后，阿红老师寄来刊物时还附有一册《诗天星云录》，即是报刊通讯录，使我得以将采撷的也门花草基本上没有损耗地移植到国内的文学园地。写荷台达港的那篇散文还在《旅行家》杂志举办的全国青年旅游文学征文中获奖。

还有那篇寄给《新观察》的《也门风情散记》，也勾起我的怀旧。当时，编辑回信说要配发两张我在也门的生活照片。我寄去一张是在垆边操俎，另一张是与沙利哈在老城闹市的合影。此文发表时是 1980 年 10 月，我刚回国。到家没出一周，即被调到《中国烹饪》杂志当编辑，上班在西单商业部大楼。其实我不愿意来，提建议也不是图着到这里捞个美差，因为我想厨师到中央的高层机关混不出什么结果，别说转干难，手艺还丢了。但我是预备党员，即要转正，我顾虑不服从组织分配会对转正有影响，所以还是得来。到编辑部没过半个月，那天午休时，一个薛姓佳丽找到我，说要与我单独谈谈，经研所的小朱便将他的资料室让给我俩“接头”。来者是××社记者，说话极爽直。她说她已辞职，要去美国接管老爸的产业。她老爸开了十多家中国酒楼，旧金山杰克逊大街就有三家。但她是外行，又是单身，想找个懂业务、有厨技又在国外工作过的帮手，更愿意与读书善文的人共事。她是读了《新观察》上我的文章，通过编辑部找到了我。所以就来确认一下。她说我挺年轻，岁数与她差不多；更主要的是我能出国，证明没有不良前科，这使她有安全感。并说我要同意，就签个工作合同，月薪初定为两千美元。因为得用合同及我用过的护照去办理转国手续，这样，我俩即可择日同行。她的意思是先到萨那小住时日，要领略一下我笔下的也门风情，然后再飞往美国。我一听眼睛就大了，两千美元那时相当近两万人民币。我在也门的月薪仅为二百八十里亚尔，虽然国内的六十九元月薪也照发，但加起来才值十七美元，还不足两千美元的百分之一。去美国一个月就能赚来两个万元户，我哪会没有“重赏之下必有勇夫”的冲动？但又一想，与个从未谋面的单身女人甫一秘谈，就跟她去旧金山，心里没底儿不说，这让好事者议论说是“私奔”，哪怕是打哈哈戏谑亦是可畏。我不能跑到部机关里被人舌长缠颈，就想还是稳当点吧，别为了钞票丢了党票。我说这些也不是狷介地以对她的婉拒来揽是推非，她来意透明，想法率真，实是好意，我得领情。只是她的倒错常理的唐突实在让我 embarrassed。当我颜色有怍地送她进了电梯，她回眸给了我很重的一瞥。那一瞥中透出一种沉稳的复杂，我感到那是柏拉图式的复杂，那一刻，我的心间也被狠狠揉搓一回……

经历过在也门对自身命运的一次突围，回忆起来还真是留念。以致几年后，我曾经去过省卫生厅外事处挂号，冀望有时机再去萨那医疗组司俎，但一直未接到通知。今年6月初，萨利赫在他的总统官邸被炸成重伤，知我的好友与我调侃："你要还在萨那，没准也叫没长眼睛的炸弹给崩着。"我说："你色盲啊？萨拉勒的官邸不是萨利赫的官邸，老萨当总统时小萨仅是装甲兵的连长。明白不？别拿假设找我的乐呵。"话虽诙谐，可我仍是担心那些邮包炸弹会把也门炸穷炸分裂，并遭世界隔离。虽说这位"九命总统"最近已经交权，但危机并未消除。我想世界需要隔离的是恐怖主义，而不是对这个世风俗厚国家的集体性惩罚。

也门，祝你好运！

原载《鸭绿江》2012年第11、12期 ◎

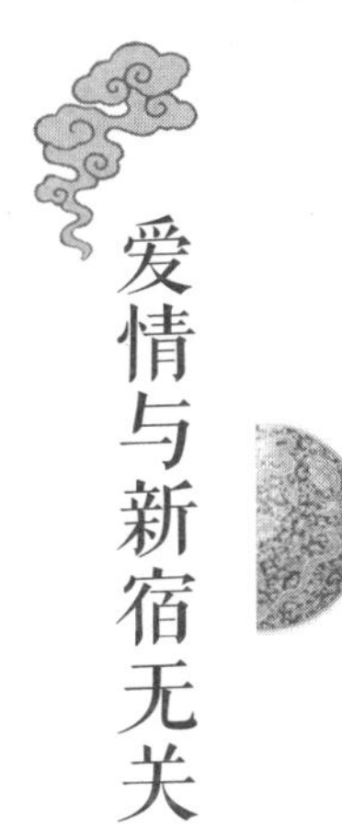

爱情与新宿无关

1

赵明是下午三点四十分登上大连飞往东京的班机的，当时雷雨初霁，候机大厅的窗外亮得挺快，像电视屏幕的混暗麻点被遥控器调好，跑道和驻机一下子显豁出来。广播里播着航次的延误通知，那女人的语言如声笼空谷，但毫无激情，中英文的吐字变换像琴槌弹击弦盘，使羁旅之人听得冷漠。乘客们好似切了片的香肠，参差不齐地挤列着，无所忌惮地像要往灰白巨豚的肚子里钻。这列一涌即散的队伍里，有没有怀着侥幸要潜逃的贪官？或去移民和去做廉价的劳务者？或是假考察真旅游的团队？也许有，也许没有。但赵明是个例外，他是以中方老板的身份，去东京新宿区与定居在日本的高中时代的女同学王立新合办中式餐馆。因而，这是赵明的一次充满怀旧和诱惑的远行。他的想象里，今天该是个明媚的日子。哪想天公不作美，投给他一片灰蒙蒙的阴影，也就是说，他将要在迷浓未散的气流中，漂泊到那片不安分守己的外藩。

今天凌晨，赵明的一帮弟子披星戴月为他送行。一路上说些师傅在小日本站稳脚跟，徒儿们随即挥师东进之类的豪言壮语。赵明哼哼呀呀地踌躇满志。当他被簇拥着来到长春火车站时，体内仍感到疲沓。

这次日本之行，他妻子顾月并不情愿。顾月毕业于吉林师专，属于知识女性，她知道新宿是世界上有名的红灯区。赵明身高1.8米，体重82公斤，消瘦的脸肌，健实的体格，连接着一身的劲力，外溢着一股雄气。在女人看来，这都是性感元素。顾月当初和他谈恋爱时没嫌弃他是炊家子，图的就是男人的这些原始气韵。

现下，他与那个叫王立新的老同学在合作契约书中签订，先在新宿工作三年，再看业绩的进展作长远打算。这期间，虽说有回国探亲的年假，但那毕竟是一年后的事了。在日本红灯区做过一年老板又不染娼女的单身男人不是没有，但能是自己的丈夫吗？顾月用狐疑的目光打量赵明一阵子，然后拉严窗帘，让赵明去洗澡。两人上床后，顾月说："我可告诉你啊，这是让你打预防针，有效期一年。你要在日本得了那种病，咱俩就离婚。"赵明笑着说："扯犊子，在日本理次发就得三千日币，顶在中国两年理发的钱了。为了省钱，我都剃平头了，可惜我这自来卷了，我总不能剃成秃老亮吧，日本又不缺电灯泡。"顾月说："说你下头，你说上头，你才扯犊子呢。剃了平头，省点理发费，多泡几次东洋妞呗。"赵明说："我叫你扯，"就使劲一阵子。顾月在下面乱动。赵明又说："那是花钱买病！要不是攒钱给咱孩子将来出国留学用，我犯不上去日本当炒菜机器。"顾月嗲声说："你不是中方老板吗？还炒什么菜？"赵明说："这你就不懂了。日本的餐馆老板哪有跷二郎腿的，都是扑克里的混儿，包饺子、刷大碗，哪缺哪到。我是大厨，干别的不是杀鸡用牛刀了，只能当炒菜机器，一个顶俩。"顾月说："可我直犯核计，那个王立新出资，你出技术，股份对半儿，还给你四十万元的月薪？总觉得这事玄扯。"赵明说："玄扯啥？契约书你不是看了吗，那可是日本入管局批准的，又是老同学，没问题。我也跟她说过，我只要二十万月薪，她非得给四十万。我说按国际惯例，我的无形资产占15%就可以了，她非要半分。人家老同学仗义，敢揽瓷器活，

必是有金刚钻。这回，我大小也是个老板了，也算出师有名。”顾月说：“名不名的我不管，你要是断线的风筝，我扯不住你。可有一点啊，你得按月把薪水寄回来。”赵明说：“你这娘们儿可真咯硬人。”顾月说：“钱在你手里，我不放心。”赵明说：“怕我泡妞呗。行，除了零花钱，按月都寄给你，这行了吧？”顾月就哧哧笑着说：“你这哈玩意啊，软巴拉叽的……”

火车临晌到大连。赵明出站时，雨已在微风中飘洒，这多少使他暗淡了远行前的灿烂感觉。不过他还是井井有条地把一中一小两只皮箱暂存到寄存处，然后信步走到站前一带的商区溜达。他买了两盒清凉油和一个玩具钢琴，算是带给王立新和她小孩的礼物。外籍女人都认中国的清凉油。王立新是女人，名字像男的。前面已写过“她”字，“她”和“他”在文字上的释义有本质的不同，口语里却能混为一谈。赵明的心眼里有幺蛾子，他不想把一个因车祸丧夫的遗孀的详情如实说给顾月听，这等于让顾月猜疑他们老同学之间有缱绻之情。他是有意因名利导，使顾月以为王立新是男的，不然，他的日本之行会有阻碍。

说来不可置信，赵明有生以来头一次乘飞机。当飞机离地升空时，他伸腕瞄了一下手表，起飞晚了两个半小时。忽然，一阵钻瓷器般的尖锐声音使他的耳鼓堵塞，遂就感到胸腔窒闷，大脑发胀。“哎呀，咋整的？”他一时慌神自言自语。

“没事，张开嘴，大张。”旁边一个年轻女人瞅着他说话，“坐飞机，这是正常现象。”

赵明张大嘴巴，眨眨眼，慢慢溢出笑意：“你这招真灵”。

“瞅你面恍恍地。”女人又睨了他一眼说。

“面恍恍地？啊，厨子。”赵明说，“没大能耐，混迹烹饪界。”

女人说：“你是宫廷菜名厨吧？我好像在东京食品周刊上看到过你的照片和专访。因为是同乡，就印象挺深的。你还是溥仪的御厨，叫什么的关门弟子。”

“你也是长春人？”赵明乐了，“刚坐这儿，巧儿他爹就挨上巧儿那妈了。”

“咋说话呢啊?”女人嗔怪。

“嘿嘿，我是说四个月前，有两个日本记者采访过我，还塞给我二百美元。我寻思采访是宣传我，咋还给我洋钱，我没要。但说我是名厨，那不敢当。”

“到日本耍手艺?”女人问。

“养家糊口吧，开个餐馆。”赵明说着，侧脸睃一下那个女人：披肩发、瓜子脸、肤白牙也白，一副神情悠闲的样子。

“你是华侨?”赵明问。

“啊，我……我住在上野，也常去新宿。”女人答道，“反正到处乱跑。这次回长春是给老爸做寿。”

这就让赵明想得多了。到处乱跑?什么意思?跑单帮?跑生意?或者当国际皮条?他感到这个女人有点江湖，也不便深问。

“开餐馆有意思吗?”女人问。

“有意思啊。”赵明说，“每天至少能为几百个客人新陈代谢，制造粪便。”

女人一声尖叫，把自己吓了一跳。她急忙捂住嘴巴，又低声说：“你这人说话真脏。”

那场交谈正进行着，被空中小姐循例的服务道白打断了。空中小姐说话带着海蛎子味儿，一听就知道是大连人。她将航班的班次、天气变化、到东京的时间、乘机事项，都说得细致板牙的，赵明听得很认真。

2

赵明绝对没有想到王立新会从日本给他写来一封情意绵绵的信，这太意外了。这是导致他日本之行的直接原因。1987 年，他俩高中毕业后，王立新考入北京第二外国语学院，就读日语系。赵明的数学成绩只差了几分，遗憾地成了“大学漏”。凭着他叔叔是省里旅游部门一个处的主管领导，他被安置到长春凯旋门酒店当了厨徒，学宫廷菜厨技。时光把一对情窦初开的青年男女拆散了。赵明很难猜测，这些年来王立新怎样在新宿过日子，她是不是盘起高髻、穿着和服、躬着腰、颠着碎步，在顿挫感很强、旋律老是一拧一拧的日本音乐中出出进进？

赵明和王立新在高中就是一对有情人。王立新的来信，使高中时代的初恋时光在赵明的眼前倒带重播。

……

赵明你忘没忘记我们的高中时代？还记得学校篮球场旁边那块绿茵茵的芳草地吗？还记得草地上的踢毽子比赛吗？当时，你一连踢了278下，获得全校第一名。我为你欢呼雀跃。你知道吗，那枚毽子我在大学时代一直保存着，看见它，就像看到了你的英姿。那时候我真快乐，看太阳、看蓝天、听树上的鸟叫，都感觉是你给我写的诗。你在诗里说，送我一块煤渣，你为我燃烧了。你现在还能为我燃烧吗？你是不是把我忘记了呢？那次你到北京，碰巧我忙，匆匆见面又分离了，但你过后为什么不去找我呢？当时，我是想通过他爸爸把你调到北京。后来发现，我家那个该死的，仗着是部长的儿子，利用家势之便朝三暮四泡女人，公然往家里带小姘。我受不了那份窝囊气，和他离婚了，只身跑到东京读研究生，学余时间在新宿一家中餐酒楼当迎宾。常来这里就餐的中山一郎先生虽然是个商人，但人挺好，他喜欢我，后来我就嫁给他了。我们有了孩子。哪曾想两年前他成了车下鬼，我的命真是好苦哇！海外十年，不堪回首。

上个月，偶然在东京食品周刊上看到报道你的专访和你做的菜照，使我大受震动！行行出状元，叫你厨子，实在是委屈你了。你还是那样英俊，你的菜做得真棒！日本人很喜欢中国的宫廷菜呢，也熟知满洲国的历史。当时，我马上联想到日本泡沫经济的时候所渴望的商机，所以我决定干一件事情，在新宿开创一家经营中国宫廷菜的酒家。我出资，你出技术，合股经营。将来让我们的事业在日本各地开花结果，让你成为日本的烹调明星。你愿意吗？我盼望你快快来日，一切手续费用你都不要考虑。如果你能来，我们就可以天天见面了。我真的好想你，想见到你。人的初恋感觉终生难忘啊！你来吧，新的生活将在我们的脚下开始，让我们共同加油！

……

一个当年的校花，学历不凡的高才生，居然能在异域恋旧怀谊，赵明不能不大受感动。欲望像一架航机，从二十年前的初恋跑道上起飞，拨阴驱霾，穿云越海，飞往陌生的彼岸。

3

飞机已经飞得较稳，估计云层低薄了。乘客都规规矩矩地坐在那儿。从后面望去，靠背上露出一排排的半个脑袋，黑色的、银色的、金色的、肉顶的，使赵明想到窗幔上缀出的弧形连接的套色花边。他又感觉机舱像录像大厅，坐满了无所事事的观众。前方正面的投影幕布上晃动着热海的滩头和裸身露腚的日本美女。海鸥伸展着狭长的羽翼，绕着礁岸寻觅爱情。一个日本女中音歌手唱得抑扬顿挫，吐字温柔流畅，还挺好听。赵明听不懂唱什么，在这种声音中浸浸沉沉地睡着了。

“用晚餐了。”那个女人说，她正在替他打开前面背垫后的小餐板。赵明随即醒来。

女人的脸斜在他面前。她的披肩发在一侧下垂，露出伸张的脖颈。她是那种脸瘦身丰的女人，丰腴的脖颈连着瘦削的脸庞。她的脖颈和脸都很白，皮肤更是细嫩。她的眼睛像潭水一样乌沉沉的，里面蠕动着一种东西，好像心中瞈脉，又好像浓缩的两个陷阱。赵明悚然一惊，垂下眼皮，两颗眼珠子像蝌蚪一样快速逃走，张开的嘴巴也卡住不会合拢了。女人咯咯地笑出声音来，知道自己的勇敢把赵明吓呆了。

“你睡得挺香，还打鼾呢，睡成一副傻样了。”女人说。

“是吗？”赵明提眉耸肩，“没淌哈喇子？”

女人抛过来一瞥目媚，然后偏头抿嘴。

晚餐来了，每人一个小方盒，里面一堆一撮的，花花溜溜。

“我不吃这个。”女人说着，把盛火腿片的小盒递给赵明。

“你是回族?”赵明问。

女人一笑：“我是满族，算是格格。”

“哎呀，咱们一唠是同乡，二唠是同族啊，这不越唠越亲嘛。来，这盒沙拉给你，格格菜。”

“还有这盒牛排，”女人说，“想换你那盒洋白菜心儿，没占便宜吧?”

“还不吃牛肉，标准格格。”赵明说着，递过那盒菜心，还有柠檬和葡萄。

“标准格格，这话咋讲?”

赵明说：“皇太极那阵子，不准满族人吃牛肉，说牛是农耕和负载的工具，谁吃牛肉，就抓谁坐大牢。你不吃牛肉，是皇太极的忠实良民，还不算标准格格吗?”

女人一笑：“是这么个标准格格啊，那你吃吧，我不向皇太极告发你。”

赵明说：“吃，我倒是敢吃。不过，这顿饭我吃了胆固醇，你吃了维生素，我亏了。”

“你这人真犹太。”女人白了一眼赵明。

“你还煽动我不尊皇法。”

女人扑哧一笑，笑得直缩脖子，说：“你挺有意思，叫什么来着?”

“走肖赵，光明的明，赵明，正黄旗人。两百年前你见到我得磕头，眼下就免了吧。”

“啊?”女人一愣，随即捂住嘴巴，笑就憋到口腔里了。又忽然一头栽到赵明的腿上，闷着声，咯咯地笑个不止。

“哎呀我……”赵明把最后那个字顿住了，“你别这样啊。”他急忙推着女人的肩头，感到那双乳房带着一股体温，在他腿上哆哆嗦嗦乱颤。

“我不给你磕头呢嘛。”女人岔着气说，“你可逗死人了。”

“你叫什么?”赵明问。

女人抬起头来，拢了拢头发说：“我叫那莺。”

“那英？歌坛大姐大？”

“黄莺的莺，不是英雄的英。”

“吓我一跳。”赵明说，“你再到新宿，去我那店坐坐，请你吃家乡菜。”

“让我也新陈代谢。”那莺又一阵笑，笑完了又说，“行，我去，你有地址吗？”……

那场交谈一直延续到飞机开始下降成田机场。

4

接站的人很多，男男女女都穿着深色的晚礼服，在检票口的栅栏处堆成一堵人墙，一张张黄脸像墙头上一盏盏的圆罩灯，肃肃穆穆地映照着从机场里涌出来的人流。没有挥手扬臂的激情，也没有大呼小叫的热烈。即使接到了人也像暗探碰头，小声嘀咕着悄然离去。赵明感到气氛有点异常。日本就是日本，和中国不一样。他推着行李车慢慢溜着，却没看到王立新。

马路对面，赵明见一男一女在灯光下走向一辆黑色房车。那个女的披肩发，胯间左右扭动，走出一副悠闲的样子。男人黑衣白裤，很高大。那个女人就是那莺。那莺上车前，把披肩发向后一甩，扭头朝机场方向张望，像期待着什么。车里伸出一只手，把那莺拉进去。车门“砰”的一声关严。黑色房车徐徐移动，在反光镜的闪亮里融进东京的夜幕中。

“嗨！你是赵明？”一个女人问。

赵明侧头，望一眼那个女人。女人穿一身黑色套装，露着袖绸白领口，胸前垂一枚闪亮的玉佛。学生头的旁鬓处，发端翘起，向后回卷着，雪白的脸上粉脂很浓，弧弯的细眉和秀巧的红唇都轮廓分明。浅黄色的眼睛活泛地顾盼着。是个浓妆的日本艳妇？赵明这么想。

“赵明，真的忘记我了吗？”女人靠过来，看着他笑。

这是王立新，赵明完全认不出她来了。

赵明愣愣地瞅着这个日本化的女人，疑惑地问：“你是王立新？你可变多了！”

王立新一笑，向旁边一指说：“这是渡边，他看到我们的招募广告，知道你是宫廷菜名厨，就从横滨跑来，非要拜你为师。往后，给你当个小使唤用。”

渡边是二十来岁的大小伙子，浓眉亮眼，体态壮腴，一张典型的日本男人的脸。他正值青春旺盛期，脸上长满了小粉刺疙瘩。

“腻——号（你——好）。”渡边操起日本人的折腰功夫，就来了这么一句。然后提起赵明的两只皮箱，摇摇摆摆往前走。

赵明和王立新瞅着鸭步鹅行的渡边，相视一笑。

这时，从王立新的后腰处露出一个小脑袋，八字眉、小细眼儿，手指在嘴里吸着。王立新回手一拽，那个小孩就势跑到赵明面前。

“京京快叫……”王立新说，“啊，他该叫你什么？”

赵明说：“我比你大四天，该叫大爷呗。”

“你这大爷当得可便宜。”王立新说，“京京，叫大爷吧。”

京京羞，一转身又藏到王立新的后腰处。

赵明说：“我真的认不出你了。”

“老啦。”王立新叹口气说。

“老啥呀，很有日本女人风味。”赵明盯着她说。

“还风味，我是菜啊？”王立新粲然一笑。

王立新是没有以前的样子了，不过更亮丽，浑身散发着成熟女人的气韵。那双浅黄的眼睛更迷离、更虚幻。赵明感觉她是一个陌生的女人，像那个那莺一样来路不明。

“过两个星期吧，我们的酒家就能开张了。”王立新兴奋地说。

赵明说：“老同学，我可只是米啊，你是做饭人。你在新宿买啥锅，咋做饭，可全仗着你了。在日本我是语盲，事溜行情任嘛不懂。”

王立新说：“我在日本整整十年了，在餐饮行业也干过。你呀，把菜炒好就成，别的你也真不懂。日本和中国完全不一样。”

“那是那是。”赵明嘴上谦虚着，心中却想：王立新可不能当二十年前的王立新看待了，她八成被小日本同化了，口气里充满了东洋人的自负和自信。

“见到你太高兴了！”王立新说，“就怕你不来呢。”

“哪能呢，凭咱们二十年前的关系，头拱地也得来啊。”

“瞎掰，你是头拱云彩来的。”

“不管是拱哪儿，反正我是来了。”

王立新说：“这些日子，我这火上的，嘴巴都破了。就担心你到时候来不了，那可唱空城计了。我花了一千万日元给你打广告，连东京新闻、读卖新闻这样的权威大报都登了，市内有五十辆公交车贴着你的人头像。你看，咱们的车上也有。”这是辆可坐五六人的小型巴士车，白色车漆上印着红色套蓝色的醒目大字：“中国宫廷料理正统派第一人者赵明大师来日！绝对美味、绝对正宗、日本第一！世纪首创！”赵明的人头像套在车轮大的圆圈里，像肯德基那个老头儿。五十辆车子轮子一转，满东京乱窜，赵明自然滚滚向前，妇孺皆知。

赵明一看，不禁抽了口气，感觉像一摞厚重的铝板突然压在他的脊梁上。他摇摇头问王立新：“各报纸上也是这样宣传的？”

“那当然了！”王立新说，“宣传口径要一致嘛，这是大陆话。老同学，你已经名扬东京了，就等你挥勺上阵了。上车吧。”

“太过誉了，咋一点儿余地都不留？”赵明说着，抱起京京蹙眉钻进车厢里。

王立新跟着上车，将门一拉说：“宣传这东西你还不知道，得往好里讲，就是吹牛也不犯法。要的就是一炮打响，轰轰烈烈，开业就得满堂红。”

赵明心情沉重，想要辩解什么，又想到这是日本，只得迷惑地点点头。

5

如果把东京比喻成一个艳丽的女人，那么银座该算是美容了，涩谷和浅草是玉臂和腰肢，池袋是秀腿，新宿则是丰乳和肥臀。就是说，这座东京湾畔的都市诱惑集中在新宿。正因为这样，王立新把开办的酒家设置在新宿，就有商家的眼光。酒家的地址是在什么番町的一条不显眼的深巷里，原来是标有“日丸”的“弁当”。形象地说，这等于把酒家设置到新宿屁股蛋下的腚沟旁边。但王立新不会把这些意思明说给赵明。

第二天早上，赵明出了住寮，掐着表走路，只用了六分钟就到了这里。王立新也恰好刚到。她对赵明解释说：“好酒不怕巷子深嘛，这是形容中国酒肆的古语。另外，日本客人都喜欢在日式的环境里吃中餐，习惯作用吧。所以，我兑下了这块地方，并根据你的厨艺特长，取名叫‘宫膳之味酒家’，可以吧？”

赵明若有所思地“噢”了一声。他感到这地方像是花柳巷。挨着宫膳之味酒家的是一家歌舞伎町，楼体的广告牌上，一个女人丰腴的后臀夸张地翘起，她的两手张扬着，作出一种暗示。

“开门吧，咱们进去。”赵明说。

“我忘记带钥匙了，渡边还有，他马上就来。”

赵明心下蹊跷，横滨刚来的小工居然有店门的钥匙？这在中国可能吗？看来日本真是和中国不一样。

“昨晚你好像很累，也没吃好饭。”王立新说。

“嗯……可能坐不惯飞机吧。”

“睡得好吗？”

“还行，就是睡榻榻米，像半夜里滚到地上，仰挺儿一瞅，呦，天花板咋高了一大截股呢。”

“是嘛。”王立新一笑，“慢慢会习惯的。要不，给你换张床？”

“不用”赵明说，“入乡随俗嘛，你不知道，我累了的时候，在哪都能睡着。”

“你以后肯定轻巧不了。”王立新说，“今晚起，我安排渡边和你住一个套间，随时照顾你。我不方便。”

正说着，渡边着急忙慌地跑来了。王立新指指门，他又撒开两腿，摇头晃脑地跑去开门。他到底是个大孩子。

卷帘门一开，就看到赵明的漫画头像悬在门楣上，看上去似是而非。赵明愣愣地张望自己，有点像猴子照镜子。漫画这玩意挺玄妙。赵明想：它可以夸张，也可以丑化。对于同一个人，夸张时能画成佛爷，丑化时就是蠢猪。就像开买卖办酒家，可能赚，也可能赔。赚是它，赔也是它。

赵明走进厨房，见满目都是盘碗盆罐，一摞摞摆在案子上、灶台上，但都已洗得很干净。这些兑店兑过来的旧餐具，想必是王立新和渡边劳手过，因不知这些日式餐具是否能用，就这样堆着，等着他来处理。赵明就喊了声："渡边!"渡边正在前厅与王立新说话，听见喊声，不知道赵明在喊什么。王立新听到后，就把渡边领到厨房来。

"赵老板，我还得给你当贴身翻译。"王立新笑着说。

赵明这才想到，渡边不是他在中国的徒弟，是个不懂中国话的小日本，就摇摇头说："你不当翻译，我不成了要修锁的瞎子找个补锅的聋子了吗。"

王立新咯咯地笑。

渡边听不懂两个人在说什么，瞅瞅赵明，又用询问的眼光盯着王立新。

没等王立新说话，赵明大声对渡边说："咱俩呀，是他妈张飞瞅绿豆啦。"说着把脸凑到渡边面前，冲他龇目咧嘴。

王立新笑得弯了腰。

渡边也笑。他笑得很放肆，无拘无束，嘴张得老大，满脸的红肉到处乱窜。

赵明笑着想：这个小日本子，倒退六七十年，要到中国当他妈的皇军，也不是块好饼。

王立新笑完了，对赵明说："收拾厨房，你让渡边干，你告诉他就行。"

赵明说："我告诉他？咋告诉啊？"

王立新"哎哟"一声，又笑得俯下身去，边笑边说："这下可麻烦了。"

“所以呢，”赵明说，“你翻译他贴身贴身地干活，大大地。”

“去你妈的。”王立新笑着，扬起拳头要打。

赵明张手要抓住那拳头，王立新瞥了渡边一眼，就把拳头松开，放回去。

赵明说：“你呀，除了别动手动脚，说啥下流话都行，渡边听不懂。”

这回王立新差点儿笑岔了气儿。笑够了说：“你可变多了，今后我们在一起，一定挺有意思。好啦，赶快告诉我，让渡边干什么……”

夜里下雨了，是小雨，柔毛一样无声地飘落着。赵明有睡前看书的习惯，不看段书睡不踏实。第二天一早，赵明醒时看看表，七点多了，就挺身坐起，光着膀子只穿个裤头走到窗前。雨大概后半夜就停了，天已大晴，外面阳光普照。阳光要摸索黑暗，黑暗就隐蔽得无影无踪。隐蔽很容易唤起人的想象力。这里该是娼女们的住寮区吧？赵明想，这使他不能不思索一个连带的问题：这里的住户是不是都与色情行当有关系？他知道回答这个问题也许不难，可是他还是要思索。这时，他盯着窗下过往的男女们就不怀好意，一张张平和而安然的黄脸或粉脸在他眼下浮动过去，都好像没那回事似的镇定自如，这样的隐蔽更激起他生疑。想到这里，他就觉得晦气，感到自己像一双无人认领的新鞋被王立新拎到了涨着浑水的河边上。但他又不能责怪王立新。王立新在新宿留学和打工，又在新宿认识了中山一郎并与他结婚。中山一郎经营过什么生意王立新没说，但能住在这里八成也与色情业有关。赵明现在住的就是王立新和中山一郎共同生活过的房子，现在让给他住了。他想这也很正常。

敲门声轻轻响了几下，赵明愣愣地听，忽然想起了渡边。这个小日本，准是出门忘了带钥匙。就穿起拖鞋，提里塔拉去开门。门一开，前面却站着王立新，看着他笑。她穿戴着紫色的风衣风帽，风衣敞开着，露出里边一身白色的紧身衣，手里拎着一大包东西。走廊明亮的窗户上洒进来的阳光，将她映衬得妩媚俏丽。一股脂香挥发过来，使赵明联想到是谁送过来一盆紫罗兰或郁金香。

“我能进来吗?”王立新说。

赵明畏缩着身子，笑着说：“我穿上衣服你再进来”。

王立新上下扫他一眼，脚就迈进来，摘下风帽，脱去风衣，熟练地挂在衣服架上，又弯腰脱鞋。

赵明把门轻轻地带上说：“这房子是你的，进来还客气。你呀，房子让给我们住，你带着京京去租房，这儿还空两间屋子，不合算嘛。”

现在的王立新已经从时光中走来，成为赵明熟悉而亲切的女人了。

“你什么意思啊?”王立新瞟他一眼问，提着那包东西走到客厅里。

“搬回来得了呗，”赵明说，“浪费那租房钱干啥。”

“那可不行，”王立新脸一热，“京京闹，会影响你们休息。”

赵明说，“小孩闹有意思，我喜欢小孩，京京呢?”

王立新说：“在店里玩呢，有渡边在那儿。”

赵明就进屋穿衣服。

王立新跟进去，在屋门旁一靠，看着他说：“我把你吵醒了吧？要不，你再睡会儿?”

“还睡?”赵明说，“店里的事老鼻子了。”

“哎哟，这屋子叫你糟蹋的，赶上破烂摊了。”王立新笑着说，用手在鼻子下扇扇，“你们男人的味，臭。”

“我来日本，可成了没娘的孩了。”赵明收拾着一地的书报和杂物。

王立新眼睑一垂，说：“店里还没开火，怕你饿着，我拿些早点来。”

赵明说：“我早上不吃东西，不过你想到了，我谢谢啦。”

王立新说：“你真的可以睡一下，中午我们到蜀香楼吃饭，那里的中华料理很有名的，你应该去找找感觉。”

“这对。”赵明说，“我是得找找中国菜与日本的中华料理之间的那种——那种差异感觉，这很重要。”

王立新说："那……那你睡吧。"说完脸一赧。

赵明感到身子里跑过一种东西，刺躁躁的。

"那你……你也歇会儿呗。"赵明说。他伸出一只手，手掌向上，指尖翘了翘。

王立新脸颊变得绯红，迟疑着把手伸过来，搭在赵明的手掌上。

赵明趁势一拽，猛地抱住了王立新，胸口紧贴着那双乳房，嘴就吻到她的两片温唇上了。王立新的小腹下顿时有了欲念，随即轻吟一声，两条手臂不自禁地搂住了赵明的脖子。

电话突然响了。这时的电话声像有人故意咳嗽两下。两人悚然一惊。

赵明松开手，晃晃脑袋。

王立新吃吃笑着，去接电话。

电话是渡边打来的，说来了几名募招的员工，请他俩回店里。

王立新撂下电话，转身对赵明说："我打了募招广告，这些天电话一个接一个，应聘的还不少呢。"

赵明耸耸肩说："得嘞，我还是先爱江山去吧。"

"再亲我一下。"王立新撅起嘴唇说，把一侧脸凑到赵明眼前。

赵明走前一步，在她脸蛋上狠狠咂了一口。

王立新快活地一笑，两手在脸上捂了一会儿。

两人在门斗穿鞋时，王立新说："昨天下午，你和渡边去买炊具，来个报侍应的，是咱们老乡。我看她日语说的比较好，形象又不错，就定下她了，今天就来上工。"

"老乡？她叫什么名字？"

"叫那莺。"

"那莺？"

"是啊，你认识她？"

"飞机上见过，我们坐一排座。"

"那可真巧。"

她要来打工？赵明心里犯核计，不过没说出口。

7

赵明和王立新出了住寮，从停车场里左拐右绕，走到对面的街道上。天色很好，行人稀寥。拐过小街，赵明远远看到宫膳之味酒家的门前摆了一排用木架高高撑着的纸制花篮，在阳光下分外素丽耀眼。这是中山一郎的生前好友们赠送的。赵明往前走着，眼珠子没离开那些花篮。他咋看咋像中国祭奠亡人的大花圈，心想日本和中国真是不一样。在中国开酒家要送这样的花篮，人家会以为是戴着孝帽去道喜，不等着嘴巴挨抽嘛？

两人走到店里，见那莺已经上岗了，她正站在椅子上往墙面上挂妃子服。合体的蓝套裙把这女人的腰肢身段伸展得很好看，衣裙之间露出一条白白的腰肉。是个美人胚子，赵明暗自想。明档上方已经挂起一溜小宫灯，餐厅四壁贴满了财神爷、男女福童和“招财进宝”之类的各式帖子，闪金耀红。赵明觉得这和“日丸便当”的原有装饰格调不太协调，有些不伦不类。就像玩相扑的，这回要涂个花脸唱京剧。他虽然心生反逆，又不便说什么。

那莺感觉有人进来，扭头一瞅，就把脸一扬，披发一甩，说了声：“王老板好。赵大厨好。”说着从椅子上下来。

“你好，你好，欢迎你来”，赵明笑着抬抬手说，“真没想到，你能来这儿。”

“他也是老板”，王立新说，“是赵老板。”

“我这老板是镀金的，王老板是纯金的。”赵明说着，又与那莺握手，感到那手很小，光滑而柔软。

那莺说：“你们都是老板，别谦虚了。往后，请多关照。”

赵明点过头说：“妃子服不穿身上，挂墙上干啥？”

“这是日本呐，你老先生”，王立新笑着说，“穿这身衣服要吓死人呢，只好挂起来烘托气氛。你问那小姐敢穿吗？”

那莺说："是不能穿，穿了把客人都得吓跑。"

"哦，是这样。"赵明说着就想：这是日本，往后少插杠子，还真得多听王立新的。

渡边抱着京京走进来，同王立新阿伊嘎哩一阵子。

王立新听了，转头对赵明说："应聘的都在那边儿等着呢，咱们去面试吧。"

两人与几个应聘者谈一会儿，就留下他们的手机号，说是研究一下，晚上通知录取与否。

送走了应聘者，赵明对王立新说："开业事情多，工作量大，我看，先都留用吧。"

王立新说："哎呦，你又是中国那一套。你以为这是长春的大酒店？这是在日本开餐馆，得连踢带打。我收完银得洗盘子，你炒完菜得包饺子。多用人多开支，我看厨房再添个切菜的就行了。渡边做机动，我和那莺管台面。五个人足够了。"

赵明知道是又犯日本的忌了，忙说："叫那个福建小个子来吧，他来日本五六年了，一直在后厨切菜，业务熟。"

"行，晚上我通知他。"王立新说着，又用日语把渡边唤来，交代他中午买两份弁当，给京京买份儿童套餐。她要领赵明到蜀香楼去找感觉。

蜀香楼在新宿的闹市区。赵明和王立新溜溜达达，穿街走巷，也就一刻钟的功夫就到了。这是座老饕们出入的顶级酒楼，类似高星级酒店里的豪华餐厅。两人在大厅的散台择了座位，赵明扫一眼周围的环境，在长春凯旋门酒店工作时的那种感觉就找到了。

一个华人侍应小姐轻盈地走过来，谈吐儒雅地问候，又笑眯眯地斟茶倒水，然后把菜谱簿递给王立新。

王立新把菜谱簿交给赵明说："你是行家，还是你点吧。"

赵明接过来说："日本的中国菜，最流行的点几个就行。"

"流行的？"王立新说，"啊，有干烧虾仁、回锅肉，还有……还有肉丝青椒、麻婆豆腐，还有……"

"行啦"，赵明说，"就这四个吧，要小盘的。别浪费，能找到感觉就行。"

"再来盘烧饺，我爱吃烧饺"，王立新说，"喝酒吗？"

"不喝酒，喝酒破坏品味。"

"菜少吧？再要两份鱼翅盅吧？"

"别要了，我吃鱼翅就像粉条。"赵明心里有数：宫膳之味酒家哪能卖得动鱼翅？真要卖了鱼翅，客人也得怀疑是粉条。

菜一道道上来了，香气在台面的四周弥漫，挥发着复合的味感。王立新用箸尖点着那盘粉面桃花般的干烧虾仁，说："日本人最认此菜，是个日本铁人创新的，如今风靡日本。"

"铁人？日本也出个王进喜？"赵明奇怪。

王立新就笑："日本还出个大庆呢。铁人是最棒的厨师，是烹饪冠军。"

赵明想：这名太硬，是不是把铁勺拟人化了？就搛了一筷子啖啖，也没说话。然后端起茶杯，呷一口茶，茶水在口腔里咕噜咕噜响一阵子，漱洗掉余味，这才去品尝另一盘中的菜，同样啖啖，又用茶水漱嘴。他就这样把桌面上的菜肴都尝了，这才寻思着说："较比中国菜嘛，嗯……日本的中华料理少咸、少甜、少辣、少硬。我说得对不对？"

"厉害"，王立新兴奋地说，"你可真是行家。"

"不过——"赵明说，"用这四少的特点去做我们的宫廷菜，宫廷菜还能是中国菜吗？"

王立新翻翻眼说："那也得入乡随俗。"

赵明说："是啊，总考虑宫廷菜的正宗，怕是日本人吃不惯，人家不买账；总考虑'四少'呢，又怕丢了祖宗的手艺。在日本烧菜还挺难，这得‘切’辩证法、‘炒’哲学。”

“哎呀，你找到感觉了。”王立新竖起拇指，头点得直颤。

宫膳之味酒家开业的前三天是“食心放题”的自助餐，就是进店随便吃，每客仅需付1600日元。五十辆公交车的车轮子没有白白滚动赵明的那颗脑袋瓜子，各大报纸的套色广告将宫膳之味酒家弄得香满新宿。客人都是寻奇猎珍，见便宜就上的主儿。这不，还没开业呢，黑男蓝女白叟花妪就在店门前摆起龙门阵。抬眼望去，停车场上房车拥塞，光闪闪的像巨鲤身上的鳞片。赵明满头大汗地拿着茶缸，到门斗旁的热水器前续水，伸脖子往外一看，就冒出一句：“呀呀乌喽！”这句词儿他是在哪本小说里读到的，现在一惊，突然蹦了出来。王立新啊王立新，他心里想，你只拨个福建小个子和我守山头，四面可上来个山本旅团。他这一急，茶缸子都忘记拿了，急三火四踅进厨房，冲着福建小个子嚷道：“你的快快地，配好的菜统统拿过来！”福建小个子叫周也，他“哈伊”着亮一嗓，跟头把式地将上浆挂糊的鸡丁、鱼条、虾片、肉段，还有菌菇蘑耳、火腿油菜，大盘小碗地往灶台旁的案子上端。

那莺捂嘴笑着说：“老乡，你刚来几天，成了日本大佐了。”那莺在明档里经管酒水、冷餐和点心。明档后面是连通厨房的传菜台，这里看得见赵明的一举一动。

赵明扑哧一笑说：“老乡啊，前面的菜哪样快没了，提前吱个声，别盘底朝天才告诉我，那就断炝子啦，我这就得麻爪。”

“哈伊，莺子明白。”

“啥玩意煳了？”赵明抽抽鼻孔，扭头寻着。哎呀，面条！一锅煮面条没及时翻动，抓锅底蹿烟子了。这是渡边煮的。渡边干活儿拣东忘西，还在那边水槽中只顾淘米呢。赵明急步过去，把锅下的灶火一灭，瞪眼喝了声："渡边！"

"哈伊。"渡边知道在喊他。

"你过来！"赵明冲他招手。

渡边抖抖两只湿手走过来。

"面条煳啦！"

渡边虽然听不懂，但闻到煳味就明白了，麻利鞠起九十度的大躬，对赵明说："阿里嘎豆、阿里嘎豆。"

渡边盯着赵明比比画画的手势，怯生生地摇摇头说："瓦嘎奈。"他是说听不懂。

赵明气得喘口大气，扬手要扇渡边的耳光子，但手在空中停下了。

渡边吓得双手护头，准备挨打的样子。

赵明放下手，冲着明档处喊："莺子。"

明档里没有人。那莺在台面旁摆餐具，她听不见。

"莺——子？"渡边不懂莺子是什么，一迭声地瓦嘎奈。

"妈个巴子，听不懂可咋整呢？"赵明瞅着渡边，眼睛直愣神。

"妈——个——巴——子？"渡边指着赵明说，"瓦嘎奈！"

"你妈个巴子！"赵明气得大笑。

渡边也笑，笑得一屁股坐到地上。

周也从后院推门进来，端着一箱青椒，听见笑声说："师傅，好高兴啊。"

"嗳，你日本话咋样？"赵明问。

"马马虎虎，说不太好。"周也答。

"拉倒吧，别再耽误事了，你把莺子叫来。"

"好嘞。"

那莺来了："老乡，啥事啊？"

赵明就把方才的事情说了，让那莺翻译给渡边听。

渡边听了恍然大悟，用手指着自己的嘴，又指指赵明的嘴说："NO！NO！"

赵明说："可别再闹了，再闹就火上房了。让他赶快重煮面条!"

那莺就翻译给渡边听，然后对赵明说："往后，你和渡边说话就喊我，我当翻译。"

赵明点点头儿，心想，你是二等翻译，我还有贴身翻译呢。

这时，王立新买菜回来，满脸兴奋地走进厨房，对赵明说："赢啦赢啦！外面的客人排了半里地。赵老板，准备好了吗?"

"没问题，照点儿开业吧。"赵明说着，操起炒锅放到火口上，呲啦一声，爆锅时那团火光将厨房映得通红。王立新的脸上像被胜利的焰火照亮了，淡黄的眼睛里反映出斑斓的光点……

三天下来，宫膳之味酒家的销售总额竟达200万日元！可是赵明翻锅的那条手臂却失去了知觉，麻木得好像一条假肢挂在左膀子上，五根手指僵直得不能弯曲。他顶住了山本旅团的轮番冲击，勇士一样露出疲倦的微笑。这天闭店之后，他累得坐在那里喘气。周也走过来递给他一支烟说："师傅，你歇着，我和渡边收拾卫生。"赵明吸口烟说："你先把王老板买来的原料归拢到冰箱里。"周也应了一声，就去后院了。没一会儿又踅回来。"师傅"，他说，"买的东西太多了，冰箱哪里放得下。"赵明听了就到后院去看。这一看就傻眼了，纸箱子、塑料口袋里装的鸡鸭鱼肉、大虾、猪排、干货鲜蔬，堆了半个院子。赵明瞪眼问周也："你让买的?"周也说："我哪里说得上话啊，还以为你让买的呢。"赵明就火了，说："这不混整嘛！败家玩意!"说着就去找王立新。

王立新在收银台整理账目。她的脸绽开得像朵白芙蓉，显然是陶醉在自己经营战术成功的喜悦中了。她想：照这样做下去，不出半年就能开个分号，弄好了三年就形成联销集团，到那时候，她将成为一颗耀眼的新星，在华侨界光芒四射。而赵明也有望成为日本的中华料理新铁人。正得意中，冷不丁被赵明的问话吓了一跳。

“老同学，你咋整进来这老些东西呢？”赵明劈头就问。

王立新正踌躇满志，听了这话，大度地一笑说：“多吗？我还嫌少呢。要不是流动资金短缺，我还得买。人家卖主说了，多买让利，咱们合算。你看这势头没，客人天天爆满，终日在店前摆龙门阵。你还怕东西多？”

赵明听了觉得不对劲儿，拉下脸说：“卖方和咱们是两个心眼儿，他们希望多销货、多盈利，你偏就上当。再说，买啥东西和我商量一下啊！今后正式营业了，不能老这么摆大盘子放开吃，品种还得调换，买啥不买啥，买多少，核计好了再进呐。你一下子干了半院子，这又不是码头！东西冷藏不下，过些天还不成垃圾？”

王立新被说得挂不住脸了，说：“你怎么中国那套经验又来了！这是日本、日本，你懂不懂？你不会不明白吧，进来的东西到了咱们这儿，就是加了毛利，转手就是几倍的钱呐。没等你冷藏好呢，原料早就脱销了。”

那莺见赵明还要争吵，忙对王立新说：“王老板，京京在办公室里哭呢，快去看看吧。”王立新“哎呀”一声，说忙昏头了。急忙找钥匙，找来找去没找着。“你那把钥匙呢？”她问赵明。赵明说：“你也没给我呀。”这可咋办呐，王立新急得要哭。“渡边”，赵明说，“把门撬开！”渡边听不懂，愣在那儿说：“那尼？”周也就把渡边扯过去，在门锁旁比画。两人鼓捣一阵，门开了。这几天，王立新没工夫照顾京京，怕她乱跑乱闹，就把她锁到办公室里，定时送饭，定时“放风”。京京哪肯当小囚犯，在里面就作妖了，把桌子抽屉全翻到地上，撒得满地白纸片子。王立新的裙子被撇到窗台上，半里半外耷拉着。台灯被塞到纸篓里；一泡尿在桌角边汪着，顺着桌腿往下嘀嗒。王立新见状大怒，扒开京京的裤子，噼里啪啦就是一顿大屁板子，扇得京京号啕大哭。那莺把京京抢过来抱了出去，用手点着她的鼻尖说：“你也太祸害人啦，妈妈生气了，快别哭了。”渡边龇牙咧嘴地冲着京京“呲”了一声，伸平了手掌往她的小脖子上一抹。周也看了就笑，低声对赵明说：“这小孩在店里闹，还能开好买卖？”赵明皱着眉头，心绪烦乱，预感到这五人小店像小船要遇上明涛暗流，要颠颠簸簸不大稳当。

京京这会儿不哭了，扯着那莺的裙子，被哄得嘎嘎直笑。

赵明对周也说："你和渡边把冰箱安排好，易坏的东西尽量装满，装不下的别打封别开箱，闭店后全搬到客厅里。然后门窗关严，把冷气开到最低处。没办法，只能这样了。"

周也说："有没有搞错？我打了好多家工。哪有采购不听师傅的？"

赵明说："你都看见了，我说了她听吗？日本咋的？日本开餐馆买东西就不和厨师商量？我也是老板呐，嘁！但这事儿硬吵吵还不行，闹僵了今后咋合作？掂量着来吧。没想到她这人变得这么自负。"

两人正说着，王立新抱着京京过来了，淡淡地说："我先走了，孩子得睡觉。你们还没吃饭吧？吃了饭也早点儿休息，大家都很累了。"

赵明说："你娘俩不也没吃吗？吃了再走吧"。

"家里都有，你们吃吧。"王立新扭身走了。

赵明跟出门外，要从王立新怀里接京京，说："送送你，带个孩子不容易呢。"

"不用了"，王立新说，"店里还得收拾一阵，你照看着点吧。"

赵明说："那你慢走，把京京放到地上，抱着多沉呐"。

王立新把京京放下来，说："京京，和大爷再见"。

京京背着往后退，把小手抬起来，朝赵明抓挠了几下。

王立新的眼中幽幽的，瞅着赵明一努嘴儿，哼了声说："哪天早点儿，上我这来认认门儿。"说完瞟个眼色，转身走了。

赵明望着王立新的美艳身影，眼内闪出欲望，欲望像两只手在黑暗中迫不及待地抚摸。

"师傅，赏点酒喝吧"，周也对进来的赵明说，"东西归拢得差不多了。"说着用袖角抹了抹额头上的汗。

"喝吧"，赵明说，"反正明天歇业，大家能睡个懒觉。后天可正式开张了，也不知道能是个啥样子。"

"老乡。"那莺在那边唤了一声。

“嘛事？莺子。”赵明仿了两句陕西腔，走到那莺跟前。

那莺在水槽里洗衣服，听见这动静要捂嘴笑，一看手上沾满泡沫，就扎撒着手，亲昵地说：“你的工作服我给洗了，晾到后院，明天你想着拿。”

“那哪行，我自己来。”赵明说着就到水盆前要搓衣服。

那莺把手摁到水盆里说：“别沾手了，这衣服净是油，你们男人洗不净。这点事还跟着抢。”

渡边端来热好的饭菜。周也坐在桌边说：“渡边。”然后用手比画一个拿杯子喝酒的动作。

渡边应着，又晃着脑袋去取啤酒了。

那莺用茶盘端来几盅茶水，放到桌子上说：“小个子，你别张罗喝酒，王老板知道了还不骂你。”

“哪里话”，周也说，“师傅也是老板，她是老板娘，老板说话了，老板娘敢骂我？”

赵明说：“你别瞎整啊，我们只是老同学。”

“师傅一个人，她也一个人，反正就是那么回事了。”周也哈哈笑着说。

那莺说：“笑个啥，你这话我要告诉王老板，炒你的鱿鱼。”

周也说：“我逗师傅玩呢。你和师傅是老乡，也可以是那么回事了。”

那莺飞快地瞥了赵明一眼，举起拳头要打周也：“小瘦猴，咋逮谁泡谁呢。”

周也双手护着头：“好好好，不玩了，喝酒、喝酒。”

那莺没喝酒，只吃了点炒面和青菜，急忙起身告辞了。

赵明说：“这么晚了，要不要送送你？”

那鸾说：“我开车来的。”

“还回上野？”赵明问。

“我搬到新宿来了，离这儿不远。”那莺说着，和三人招招手，悠闲地走了。

赵明盯着那莺一扭一摆的背影，喝了一口啤酒，心想：从上野搬到新宿，开小车来打工，这女人真是有点来路不明。

11

那莺走后，渡边吃了饭要开车送垃圾，也走了。赵明和周也仍在喝酒。两人越喝越冷，周也抱着膀子“唷”一声，抬眼望望喷着冷风的空调说：“师傅，不喝喽，再喝，要变成冻肉瓣子了。”赵明说：“要堵脖？那不行，你不是要喝吗？我陪你喝个够。”周也说：“那把空调闭了，喝一宿也行。”赵明说：“你他妈不当家不知柴米油盐贵呀，这一屋子原料，全指它降温呢，凑合喝吧。”周也说：“东北人抗冻，喝酒又厉害，师傅人高马大，我瘦小枯干，哪里是对手？酒不要喝了，我和师傅去打炮。”赵明没明白过来：“打炮？打啥炮啊？”周也眼半翻着，色相地说：“对门的日本小妞，打她们炮。”赵明乐了，说：“就你这虾干样，放个屁都打晃，还能打炮？”周也也乐了说：“他妈的，这几天累死了，爬都爬不动了，打炮是亏，白白送人家钞票。我们去看歌舞吧，新宿歌舞最有名的，外国人来了都要看。”赵明说：“是吗？那咱们看歌舞去。”周也嘿嘿笑着说：“师傅真要去打炮，老板娘知道是我搞的鬼，我可真要被炒鱿鱼了。”赵明笑着给周也一个脖儿拐：“滚你娘个卷儿的。”周也说：“娘个卷儿是什么意思？你们东北人骂的我不懂。”赵明说：“别磨叽了，走哇。”

俩人三拐五绕，来到一处房型和房色都像巨大乳房的歌舞伎町前。周也故意不去买票，领着赵明在门前转悠，装出犹豫不决的样子。一个穿黑长皮衣的日本男人凑了过来与周也搭讪。不一会儿，两人嘻嘻哈哈互相拍起肩膀，像一对久别重逢的哥们儿。周也递给那个人一支烟，替他点着，然后掏出钱。那人没接钱，让周也随他到售票处。那人与里面的人嘀咕几句，扭头示意周也把钱交进去。当两人进了灯黑台亮的表演厅时，周也遮着嘴对赵明说，五千块钱一张票，两千块钱就到手了。

表演厅里，舞台前面还设有 T 字形的长台，四周坐满了黑乎乎的观众。没多久，舞台灯光骤然大亮，报幕人说了一阵子后，节目开始。先是一个打扮得像丫鬟的俏皮女子担着两只花篮在舞台上来回蹦跶，音乐的旋律也挑挑逗逗，舞台两侧有伴乐者拿着铃子手鼓敲。观众纷纷击掌助兴。这时，那个“丫鬟”撂下花篮，蹦跶到T型台上来回走了两遭儿，然后忽然脱去裤子，光着个腚坐到台上，两腿高高翘起，挤眉弄眼，发出大便干燥般的声音，胯间遂砰的一声射出一只烟卷来，烟卷在空中直翻跟头，飘呀转呀正好落在赵明的大腿上。周围的人“噢”的一声，都瞅着赵明鼓起掌来。赵明纵然闯过肴山馔海，却没经过这种情势，顿时窘得满脸通红，瞅着那只烟卷犯了懵怔。周也见他不知所措的样子，立马拿起那只烟卷叼到嘴上，算是替赵明打了圆场。赵明这时醒悟过来，抬手就把周也叼着的烟卷打落下去，打落到另一个人的腿上。那人哈哈着拾了起来，竟燃着猛猛地吸了几口。

周围的人一片唏嘘声。周也小声对赵明说：“师傅不捧场啊，叫我没面子。”赵明说：“啥面子？叫她往你嘴里灌尿得了呗。”周也就憋着声嘻嘻地笑。

又一曲乐声荡起，优雅而闲逸。这让赵明的心情由阴转晴，使他想到了天郊的云朵，想到了远山，想到了篱栏内一片盛开的黄菊。这时，一个女人披着蓝色的薄纱，轻盈地从舞台左侧飘了出来。她的披肩发像瀑布，在灯光下淙淙流淌，她的青眸在瘦削的脸上显得纯净亮丽。她的胯部迷人地摆动着，踱着跳恰恰舞的狐步，像一个超级名模。啊！赵明看了大吃一惊，急忙捅一下周也，低声说：“你看那是谁？”周也正色相地盯着那个女人的长腿，经赵明一说，才翻愣着眼睛看她的面部。“哎呦，那鸾！”说着就要鼓掌，却被赵明一把抓住手腕子，不容分说，像牵一只猴子一样把他牵了起来，一直牵出门外。

“你发神经啊！”周也气得大叫，使劲挣脱了赵明的手，“我白花四千块了，你有没有搞错？”

赵明心情很懊颓，很复杂，像是受了欺蒙，但又理不清、道不明，只是平静地说：“我太累了，回去睡觉吧……”

12

一晃半个月过去了，来宫膳之味酒家的客人依然稀稀拉拉。这不犯邪了吗？坐在收银台那里的王立新想。收银台对着店门。这时，她看见一男一女在门前的告示灯箱旁直脖瞪眼瞅着里边的菜照，又疑惑着转个圈，欲进不进，最后还是撒腿走了。

厨房的门在收银台后面。赵明在那里抱着膀子，也看到了，走过去对王立新说：“门前有个迎宾就好了，客人怕劝，一劝就能进来。”

王立新讪笑一下说：“你是本性难移啊，中国可以这样，日本不可以。你劝他进来，他走得更快。”

“你不是当过迎宾嘛？”赵明不悦地说。

王立新白了他一眼说：“我当迎宾，只管迎来送往，不是上街拉客，那成什么样子了？日本没这个风气。”

“我看呐”，赵明说，“咱这店是焖了夹生饭，有钱人不肯屈就，没钱人不敢进来。在弁当里做皇食，总是有点……”

“有点啥呀？”王立新不满了，“为啥开业那三天轰轰烈烈，这些天冷冷清清呢？好像没有一个回头客。”

赵明犹豫一下才说：“我这人嘴直，说了你别不高兴。你策划的开业广告传单，我认真分析了。正面宣传了我和宫廷菜，把我们长春凯旋门酒店的宴会厅和包房都照进去了，主题却是‘放开吃’三天。背面呢，印的却是我过去做的山珍海味、满汉大菜。这就给客人一种误导，一位一千六百日元就能在宫廷的环境里吃遍天下美味，这谁不来呀。可来了一看一吃，不是那么回事，觉得上当了。要说没回头客，我想这是主要原因。”说到这儿，赵明勾起气来，本想要说，你这人太虚荣了，咋不实际一点呢？见那莺在旁听着，就把话咽了回去。

那莺这时说：“日本人最怕上当，吃不好，不像中国人那样吵闹计较，而是把饭菜一推，不吃了，钱还照付，也不吱声，就走了。下回呀，路过你这餐馆，看都不看一眼。”

“日本人更焖，还不如爆炒好呢。”赵明把这感觉联想到烹调上了。

王立新听得不顺耳，心里烦躁，就问赵明：“做菜我不懂，你应该懂啊。那你为啥不按广告传单上的那些菜做呢?”

赵明苦笑一下，心想：你可真是个上等女迷糊。但他没这么说。他说：“那些菜可都是燕翅鲍肚、刺参龙虾呀，成本太高，咱一是做不起，二是费工费时，尽是花色菜。我就是三头六臂也整不了，就算我是三头六臂整得了，也得把你赔个底朝天。”

王立新不吱声了，似有所思地摇摇头。

进来客人了，是一男一女，男大女小，不像夫妇，可能是情人，也许是嫖客和娼女，令人猜测不透。那莺迎上前去。

赵明折回厨房。不一会儿，菜单下来了，有乾隆醋椒鱼，一例四粒的荔枝澄沙球，一盘烧饺，还有两份安宁豆腐。乾隆醋椒鱼是乾隆的喜好之食，在他南巡期间的《江南节次照常膳底档》里有记载。菜为半汤半料，料是切成片的鳊鱼精肉，任后酸辣口。为示帝尝，赵明就在菜名前冠以“乾隆”二字。这菜上去后，那莺到厨房传来反馈，说客人说啦，顶好，真正的亚洲风味。赵明听了，高兴地看了那莺一眼，那莺也在看他。那莺眼中传来的神色挺专注，里面聚敛着柔善，又像一种示意，有一种期盼，又似在表露什么。这是男人博得女人好感时的眼神，或说这种眼神是女人想亲近男人的特有内心的外映。这让赵明心中一动，他想：能传出这种眼神的女人也许不坏。是嘛，在这远离中国的东瀛餐馆里巧遇个老乡，巧遇个善解人意的美丽女人，也是缘分。她当舞女又能说明什么？她毕竟是自己的海外同事。那莺就是那莺，既不能当成顾月，也不能当成王立新。也就仅此而已，还能咋的？想那么多干啥。那莺这种眼神竟使赵明被瞬间感化，感化又使他释然自解，他对这个女人的上涨的复杂情绪开始回落。

这时，赵明又把盛油的锅坐到灶口上，准备炸制荔枝澄沙球。这个菜是康熙在热河避暑山庄赏赐大臣的甜品，外酥香里酸甜，女士和小孩都爱吃。京京也爱吃，京京吃过几次就把这个菜记住了。京京现在不是小囚犯了，她曾经为此作出两种颇有成效的反抗，一是哭闹，二是绝食。王立新见她嗓子也哑了，脸也瘦了，心里一酸，就把她释放了。告诫她要老老实实在办公室里玩魔方、积木，或者看图画册，如发现在店里耍闹或淘气，立即重关禁闭。孩子和妈妈没反正，京京嘻嘻答应着，过后就忘了。这时，京京偷偷溜进厨房，小玩意不大，谁也没注意她，赵明见锅中的油已起温，准备将荔枝澄沙球放里时，一回身去取，见案子上只剩个空盘了。“咦，怪了。”赵明正自语着，冷不丁发现菜案后面露出个小脑袋，嘴巴上沾着澄沙和松仁渣子（这菜生的也能吃），瞅着赵明嘻嘻地笑。赵明气得拿手勺一敲案子，吓得京京刺溜一下跑了。赵明只得重又取来四粒炸了。

没一会儿工夫，那莺走进厨房说：“不好了，京京把客人的荔枝澄沙球偷吃了。”原来，京京吃这玩意吃上了瘾，没吃够，看着这盘甜食端上去，就贴着墙壁溜到那两个客人的餐桌底下躲起来。那两个人只顾说话，沉溺在娇柔的情感里，没注意腿下躲个小扒手。小扒手悄悄地把小手伸出来，一粒一粒地把摆在桌沿旁的荔枝澄沙球抓走了，抓到桌面下偷吃了。那男的先发现盘子空了，以为女的爱吃，就告诉那莺再添四粒。那莺听到那女的对男的说，你胃口真好，我还没吃一粒呢，都让你吃了。男的说，我吃了？不是你吃了吗？女的说，我什么时候吃了？是你吃的。男的说，吃就吃了嘛，我见你爱吃又要了四粒。女的不高兴了，说，谁吃了无所谓，不过谁吃了就是谁吃了。你说我爱吃，又要了，这个情我可不领。我明明还没吃呢，怎能说我爱吃？男的说，你这人真有意思，何必这样认真呢？我管你吃个够行吗？女的生气了，说，你以为我吃不起饭是不是？乞求你来赐食？男的就拿脸子了，说，这点小事还值得不承认吗？你这样和我交往可让人不放心。女的气得拎起皮包站起来，说，不放心就别再找我好了，找我的男人多的是。说完一扭屁股就走了。男的坐在那里生了会儿闷气，也不吃了，就到王立新那里买单。其实，那莺早就看到京京躲在餐桌底下，她不敢让她出来，小孩子在餐厅里淘气，还偷吃客人的菜，这要让客人发现，投诉事小，弄不好还要当成新闻上报纸。所以那莺就装作没看见，京京偷吃了东西，吓得缩在那里也不敢出来。

赵明听完那莺的话，气得俯身直笑，说：“京京这个小兔崽子挺能导演卓别林的喜剧啊”。说着就拿眼睛找京京，想找这个小淘气包算账。正前屋后院地找，忽听仓库里“哇”地一声哭叫。赵明把仓库门打开一看，京京弄得一身面粉，正拿着一瓶辣椒油咧开嘴大哭，她是把辣椒油当成苹果汁喝了一口。赵明忙让渡边帮着京京漱口，就气呼呼去找王立新。

赵明进了办公室，对坐在电脑前编排菜单程序的王立新说：“京京太闹，不能送到幼儿园去吗？这话别人不说，我得和你说说了。”

王立新抬起头说：“我早就送过了，送去一天，他哭一天，也不吃饭，我能放心吗？再说费用很高，钱得紧着办店用，省着点儿吧。我有啥办法。”

赵明说：“京京不懂事呢，在地上打滚儿，起来就去抓没洗的西红柿和黄瓜吃，这不要找病吗？方才他把客人的菜给偷吃了，完了就到仓库里找饮料，把辣椒油当苹果汁喝了一口，辣得哇哇乱哭，你说这……”

王立新说：“那你们不会帮着照看照看吗？你看小孩子吃没洗的蔬菜，吃客人的东西，就看着他吃？你的小孩子这样的话你管不管？这是我的孩子，不是你的是不是？”

赵明顿时火起，说：“你这人咋不讲道理呢？我们各有各的工作，谁能一天老盯着京京？店里营业不好，都得加把劲往生意上动脑筋，不能说不忙就得兼职当保育员，那不成家家店了吗？”

“你可真没人情味。”王立新拿眼睛锥着赵明说。

赵明的脸更阴了，“我没人情味？那我大老远跑到日本干啥？办店得像办店的样子！那好，我明天就当保育员，专给你带京京。”

王立新把桌上的计算器拿起一摔说“你戗啥邪茬？说得好听，你跑到日本干啥来了？是图赚钱来了，不赚钱你来吗？”

“你……”赵明指着王立新，气得手指头直哆嗦。

那莺听到有争吵声，急忙进来劝解说：“效益不好，大家心情都烦躁，有话慢慢说嘛，可别伤了和气。”说着给赵明使了个眼色，让他离开……

13

临闭店时，赵明对周也说：“我脑袋迷糊，先走一步，劳你和渡边把厨房拾掇一下。”周也说：“吃了夜宵再走啊。”赵明说：“不吃啦。”他因为京京的事跟王立新叽咯，心中烦闷，情绪低沉，想早点儿回去清静清静。回到住寮时还不到九点，先冲了淋浴，换了衣服，就坐在客厅的靠椅上想事。他有点想家了，想儿子和顾月。儿子上高中，规规矩矩念书，按时放学按时睡觉，从不瞎淘，也不惹事，是个乖儿子。顾月当教师，秀雅白净，虽说有些小心眼儿，那也是爱他爱的，是个好老婆。现在他很想与顾月亲近，而不是和王立新。假如王立新这时候找他，他也没有情绪。那种事属于情绪行为，没了情绪，绝对没有欲念。

这时候电话响了。他以为是王立新打来的，也许王立新要找他谈谈，抹平感情的裂缝。他拿起话机。

“老乡吗?”那莺在电话里说。

“是莺子啊，一听声音就是你。”赵明淡淡一笑。

“我挺特别是不是?”那莺在电话里笑。

“很出众，善解人意。”赵明脱口夸着。

“这么说，我给你有好感了?”那莺还在笑。

“那当然。”

“你晚上没吃东西走的，是吗?”

“唉，气也气饱了。”

“那可不行，气不能当饭吃。生气伤身，这你该懂。”

“谢谢，谢谢老乡的关怀。”

“今天是周六，我想请老乡改善生活。”

“别啦，那多不好意思，也用不着。”

“盛情难却啊，我可是盛情。”

"那……"

"不会说难却吧。"那边又笑了起来。

"那好吧，那就难却吧。"

"一刻钟后，我开车在巷口等你。"那边一直在笑。

赵明撂下话机，饰理一番就出了住寮。他倒无心吃饭，只想和那莺吐吐闷气，发泄烦恼。到了巷口，见那莺在车里招手，就上前拉开车门钻了进去，车子缓缓启动。

"咱们上哪儿?"赵明瞅瞅那莺，又移目车内。车饰华丽、舒适，开起来没声，内动力很足，是部好车。

"这是长春吗？上哪你知道"？那莺笑着说，"跟我走吧，今天咱们情调一下。"

车子时疾时徐地开着，路过新宿闹市区的十字路口时，赵明向外望去。周围一片霓虹世界，千形百态的店匾高低错落，重叠辉映，一片十分稠密的艳光媚色。行人黑压压地挤塞在大街两旁，一股一股地涌动着。这里的日本人真多。

"你的老同学好像不是办酒家的材料。"那莺开着车说。

"她这人呐"，赵明说，"也许是好翻译，好母亲，但不是好老板。"

"我看这店开得玄乎"，那莺说，"拿个日本便当去开五人编制的中国宫廷菜酒家，定位就错了，又摊上个自负的糊涂老板。"

"唉，我说我是米，她要拿我做饭"，赵明抖着怨气说，"结果她买个小锅，米多水少，她又搞得火急。现在可好，锅要烧坏了，饭也串烟子了。愁啊。"

"我听她念叨没钱了，又贷款六百万日元。"那莺说。

"这不扯吗"，赵明气咻咻地说，"就这么个小店，租了那么大个驻车场，她自己还另租房子住，给我在五十辆公交车上打广告，在各大报纸上可劲吹我。我是中国元首访日咋的？又一家伙买的原料够使半年的。本来是小鸡仔，愣要充老鹰，那钱还能够花？你说她气人不气人？她是把赌注都押到我身上了，以为我是厨神，只要我的大马勺一响，这小便当就能把康熙乾隆炒活，全新宿的人都得来站排等着吃。我咋摊上这么个浑犊子老同学。”

“既然干不到一块儿，就算了，好来好散，让她另请高明呗。”那莺说。

“你说得轻巧”，赵明说，“散了我得回国。来日本两天半就打道回府，我咋交代？我是犯法被遣返了，还是被王老板炒鱿鱼了？在长春的工作还给辞了，咋有脸回单位去？”

“不一定非得回国嘛”，那莺说，“咱们到了，一会儿接着谈。”

车子停在一幢黑黝黝的楼房下。楼前没有店匾，也没有标记，只有一个昏暗的小灯箱，上面绘着两根交叉的猪骨头棒子，被里面微弱的灯光映得使人想到了骷髅。店脸的破玻璃窗用胶条横七竖八地粘着，楼檐处直往下滴水，下面用两个小筒接着，小筒像两只蹲着的黑犬。楼前左侧从楼顶上垂下来一条铁索链，索链上拴着一个白惨惨的猪的扇面骨。

那莺将门一开，一股喧阗的气浪扑面而来，里面竟然宾客满盈。烛光下，一个戴礼帽的胖子满脸髭须，在墙壁上那个粗糙的舵轮下弹着吉他，沙哑着嗓子唱着忧伤的情歌。

赵明的感觉是上了一艘海盗船。

“咋样，很浪漫吗？”那莺说，“你看桌上的蜡烛，多有情调啊。”

两人择了位置，对面坐下。烛光中，赵明感到那莺那张脸和上半截身姿像框在一幅陈旧的油画里，好似幽暗古堡里的美女。

那莺点了蔬菜沙拉、罐闷鸡、烧鳗鱼、天妇罗，还有两只清蒸网鲍和六听麒麟啤酒。

酒菜上来后，那莺倒了酒，微笑着举起酒杯说：“我没要牛菜啊，来吧。”

“还记着皇太极。”赵明也笑着端起酒杯。

“祝老乡晚上胃口好。先敬你一杯。”

“也谢谢莺格格的情调，干了。”

两人对饮而尽。

那莺一边为赵明续酒，一边说："如果……如果我要请你帮个忙，你能答应吗?"

赵明一愣："帮忙？我能帮你啥忙?"

那莺说："我想你能帮忙，我有这种预感。"

"你说说看。"

"是这样"，那莺给自己的杯里倒满了酒，说，"我有个男友，是上野一家歌舞伎厅的老板，十二年前，我在长春一家夜总会里认识他的。那时我们歌舞团的效益不好，为了赚点生活费，每天晚上我都到那里表演节目，后来就随他来到上野，在他的歌舞伎厅里……"

噢，这个女人的来路似乎清楚了，赵明想着就问："老板是日本人?"

"日本人。"那莺说，"这么些年了，我干腻了，再说年龄也大了，得为自己寻条后路，就想做生意，开个饭馆，可他不干，说我走了，他那里就没有台柱子了……"

赵明说："你直说吧，让我帮你干啥?"

"你听啊"，那莺说，"他说除非我的先生来了，能放我走。我早离了，一直独身，走不出去。自从在飞机上认识了你，我就有了想法。以前他问过我先生的情况，我胡诌是长春一家酒店的厨师。哪想到你就是厨师，还是老乡，这事太巧了。"

赵明听了，心中乱跳，说："你啥意思，是不是让我冒充你的先生?"

"是啊"，那莺说，"这样我就可以出来了。"

赵明有点晕眩，这种事有风险，弄不好会惹祸，眼中就流露出为难的神色。

那莺觉察到了，说："你别担心，没有事的，他这人很讲理，他不是日本黑社会那类人，真的，我不骗你。"

"方才你说，你出来后要开餐馆?"赵明很留心这一点。

"对呀"，那莺说，"过去这个想法只有些模糊的意向，自从认识了你，就明确了。咱们中国人在国外，多数靠开餐馆起家，这是习俗还是特征，就搞不清了。对啦，咱俩来时在车上的话还没说完，你可以不回国吗？我出来后，咱俩办个经营东北菜的餐馆，我出资你出技术。这样，你不也没了后顾之忧。”

赵明想到自己的处境，就动心了，说：“那我问你，你为啥来我们这里打工呢?”

那莺脸一赧，笑笑说：“我要实话实说，怕你见怪，你要见怪，我可不敢说了。”

“你说吧，我不见怪。”

“那我可就实说啦”，那莺说，“你在飞机上给我的印象挺好，我就想，到了日本，能听到老乡话，吃到家乡菜，是什么也不能替代的感觉，我是跟着这种感觉来你这里打工的。我不是想开餐馆吗，但心里没底，通过打工可以做实际的体察。这次回日本后，我和男友说了，说我先生来了新宿，在一家餐馆打工，我要请一段假陪陪我先生。他说你先陪着，我们再研究。我是撒了谎才来的，真不好意思，我拿你当先生为借口了，请你谅解。”

赵明叹口气说：“你也不容易。既然都这样了，谅解不谅解的又能咋的。不过，我这假先生可咋当法啊。”

那莺说：“我在新宿有房子，到时候，你过来住几天就行，他得来看，看了就相信了。”

“这不合适吧。”赵明脸色发窘。他有顾虑，又想到了王立新。

“你这是帮着赎我啊。”那莺的眼睛在烛光下晶莹起来，有泪滴往下淌。又说：“这种地方的歌舞和我们国内不一样，我无论如何不想再干了。老乡见老乡，我可是两眼泪汪汪了。”说着埋下头去，掏出手帕拭着眼角。

男人在这种时候很难摆脱怜香惜玉之情，何况又是同乡同族同事呢?而且是帮了忙，俩人都有新希望，新的前程。赵明抵挡不住诱惑，同意了。

那莺的头猛一抬，现出凄美的笑意，说：“谢谢你，咱们干杯。”

两人出来时，赵明故意漫不经心地说：“你的表演，我看过。”

“是吗?”那莺很感惊奇，“你啥时候看过?”

赵明就把那天夜里与周也到歌舞伎厅的事说了。

“噢，那是客串”，那莺解释道，“我的朋友，她病了，让我顶替几天，刚好你看到了。老乡，我真不好意思呀。”

一晃又过了一周。这天夜里，赵明正倒头大睡，被仍在看电视的渡边推醒了。渡边不会说中文，握起拳头在耳边比画一下子，赵明起身。电话是顾月打来的，顾月说：“你是赵明吗?”赵明没听出是顾月的声音，以为是那莺打来的，那莺这些天常常这时候来电话。她好像有许多话要向赵明表白，好像她日后的希望和愿望就在够够话和套套近乎之中。赵明睡意未消，有点儿不耐烦，说“鶯子，你别老这么晚来电话啊，我都睡了。”说完打了个呵欠。他与那莺通话不背着渡边，因为渡边听不懂。顾月在那边说：“莺子？啥莺子？你听听我是谁?”赵明这才知道接错茬了，心里骂声粗话，慌忙说：“是你呀，你还没睡?”顾月说：“少来这一套，我问你，莺子是谁?”赵明这时睡意全消，支吾着说：“莺子……莺子是店里的应待。”顾月说：“放屁，应待半夜三更给你打电话?！方才还是个日本人接电话。你给我说实话，那个日本人是不是拉皮条的？你赚了大钱烧的是不是?!”赵明说：“那个日本人是我的新徒弟，和我住一个宿舍。再说，我还没发月薪呢，有钱扯犊子吗?”顾月就嘤嘤地哭了，抽泣着说：“好哇，你就骗我吧。月薪月薪，你到日本一个多月了，哪能没钱？姓赵的，我可告诉你，三天之内把月薪给我汇来，到时候接不到钱，别怪我无情。我就登报和你离婚。”说完把电话重重一摔。

渡边见赵明撂下话机时神态反常，闪着疑惑的眼神问：“那尼?”他是说怎么回事？

赵明心中气恼，情绪烦躁，瞪着眼瞅了渡边一阵子，突然大声说：“我不想告诉你，不想！你那尼那尼个屁！”说完又倒头躺下。

这一宿，赵明长吁短叹，翻来覆去翻动身子，他睡不着。

第二天上午，赵明将厨房的事情一应就备，就去了办公室，随手把门关严，对正拿小调羹给京京喂饭的王立新说："老同学，和你商量个事呗。"

王立新说："商量吧，咱俩可别再拧劲子说话，我脑瓜子疼死了。"

赵明想了想，说："我知道，店里效益不好，你手头紧，可是……"

"可是啥呀？"王立新把小调羹停在空中，狐疑地瞅了赵明一会儿，忽然明白了，"你是不是要我给你发月薪？"

赵明没吱声，轻轻地点了点头。

"你好意思吗？"王立新绷起脸，把小调羹往饭碗里一摔，说，"我的钱都办店了，现在还贷六百万日元的债呢，咱们是合作，懂不懂？要共担风险。你也是老板呀，我还想朝你要月薪呢，你有吗？"

赵明嘿嘿一笑，说："你朝我要月薪？那我朝你要技术呗？谁拧劲子说话呀？不过我现在明白了，你给我的月薪是定高了，这种小店付不起我那么多的月薪。老同学了，我不计较。我的月薪减半吧，付我二十万日元行吧？"

"二十万日元？"王立新说："我连新贷的六百万日元都搭起去了，这几天又要交营业税，交电费，交煤火费，交水费，愁死我了。要说发月薪，得先给招募的员工们发，发也只能发半个月的，还得向他们解释道歉，请他们体谅店里的难处。你倒好，不雨中送伞，还雪上加霜。你还有点儿跟我共渡难关的样子吗？"说到这儿，她寻思寻思，又说："行啦，不管怎样，我还得照顾你的生活。要二十万日元没有，二万日元都没有，先给你一万日元吧，留着买个烟抽。这可是我从自己的生活费中挤给你的，和店里没关系。"说着掏出钱包，把钱放到桌子上。

赵明一听发薪无望，又想到顾月的逼迫，心里哪能不着急上火？就说："烟我可以不抽，我戒一个礼拜烟了。可我背井离乡，也算尽了能力，到头来连减半的月薪都没着落，我咋向家里交代呀？我总得养家糊口吧？你赏我这一万日元，还不够半个月零花的，你逗弄小孩子呢咋的？"

王立新说："生意都做成这样了，真要黄铺，我得赔个倾家荡产，你能替我赔吗？我还有心思拿你当小孩子逗弄？那好，我和你老婆解释去，让她知道一下你没发月薪的原因。”

赵明慌了，他怕王立新和顾月通话，顾月要是知道她是女的，那不更乱套了。忙说：“你别这样啊，还是我跟她说吧，解释咋的，解释你能解释出二十万日元来？”

“你这是啥话？”王立新气道，“不行，我非得和她解释，你不能养家糊口，我可担不起这个责任。”

赵明也急眼了，说：“干啥呀？非要惊天动地咋的？你这么搅和有啥好处？”

王立新的眼色又狐疑起来，说：“你不让我和你老婆解释，说明啥？说明你是拿养家糊口做借口，自己想要月薪。店里这么缺钱，你还想往口袋里划拉。我算看透了，你纯粹是巴尔扎克笔下的小人，是契诃夫笔下的市侩。京京，我们走。”她气得脸色煞白，赌气领着京京出了店，不知上哪去了。

赵明看着桌上的钱，一股火直往脑门子上冲。他突然扑上去，把钱抓起来撕成碎片，边撕边喊：“干了一个多月，就值一万日元，还他妈是慈善的。”说完眼泪就淌了出来。

这时，门稍开，缝间挤出一条脸和一只眼睛，悄声说：“师傅，有客人啦，菜我给你配好了。”这是周也说话。

赵明挤挤眼睛，又摇头把眼泪甩出来，回到厨房。一阵锅声火光，菜一道道上去了。

那莺今天告了事假，渡边充当应侍。这小子穿着黑西服，白衣领下扎个蝴蝶结，头发吹得倍儿亮，美滋滋的像个新郎。

赵明做完了菜，心事沉重地走到厨房的后门外，周也跟过来说：“师傅，比目鱼和猪排都臭了，不能用了。”赵明眦愣眼睛问：“还有多少？”周也苦着脸说：“两样加一起，至少有三四百斤。还有二十多箱的鸡腿和春鱼，也不新鲜了。”赵明叹一声，说：“那有啥辙，人家还嫌买得少呢。钱都搭在这些臭鱼烂肉上了，哪儿还有钱？这是自作自受，败当自己。”周也说：“粥多僧少了，犯了生意忌。”赵明问：“伙食能将就吃吗？”周也翻着眼说："哪里可以，剩东西吃不过来，豆腐干就吃半个月了，还没吃完，吃得我直跑肚。你看我这脸，瘦一圈儿了。师傅，你也瘦多了。"赵明说："都是人，你拉稀我就干燥？这些天肚子疼的，就怕忙起来要拉稀。也怪，我要拉稀客人就催菜，拉稀都拉不好。"周也就笑，一口烟没吐出来，呛得他抻着脖筋直咳嗽。

15

那莺那天告了事假，是去上野找她的男友西池圭三，要解除她在歌舞伎厅的契约。西池圭三就是在成田机场接了那莺同乘一辆黑色房车的那个男人。他好像总喜欢穿黑衣白裤，现在仍然是这身装束，梳着黑亮的燕尾头，粗粝的脸上有几道狭长的肉沟延伸到腮帮子下和脖根处，显得很风尘，也很苍劲。西池听明了那莺的来由，说："你这阵子告假，我们的营业大不如前了。当然，这是我准你的假，就不说了。你听着，你必须提供你的先生确实已来新宿的有效证件，才能解除契约。不然，你得马上回来参演，我不能允许你的长期离职影响我们的营业。你们的结婚证件带来了吗？"

那莺一愣，说："谁出国还带它？就是申请来日，你们入管局都不要这些手续。再说，我这岁数，结过婚不是很正常吗？你不要难为我。"

西池说："你们如无有效证件，我怎能相信他真是你先生呢？"

那莺说："证件只是形式，我们住在一起，生活在一起，才是实际的证明。"

西池摇摇头说："那不见得，这种地方，只要两厢情愿，男女同居不受任何约束。我们不是夫妻，不也同居了吗？"

那莺生气了，说："西池，你不该说这种话，你我相处十二年了，除你之外，我同别的男人同居过吗，这你清楚。"

西池点点头说："你不是随便的人，我知道。但仅凭你和他同居，就要证明是夫妻，你也是难为我。你想没想到，你的离职将对我们的生意影响很大。你不提供有效的证件，我不能批准你的离职，因为我无法向董事会交代。”

那莺沉着气说：“契约书是你和我签订的，与董事会有关系吗？你这时候又搬来董事会，不太合适吧。你让我提供结婚证件也不难，可是结婚证件也有真伪，你能分辨清楚吗？其实，这件事凭着情理解决就可以了，何必较真去损伤我们以往的情意呢？我和你相处这么些年，对不起你，还是对不起歌舞伎厅？”

“好啦，我们不要争论了。”西池冷冷地说：“看在我俩以往的情分上，我让一步。明晚吧，我到新宿去拜访你的先生，这个形式你总得让我走吧。到时候，我会相信我的眼力。”

那莺从上野返回新宿时，是夜里九点多钟。这时宫膳之味酒家已经闭店。

赵明正恹恹无力地往住寮处走，他感到脑袋昏沉，两腿滞重，渡边在他身后哼着小曲跟着。路过一株石榴树前，渡边突然向上一蹿，哗啦一下摘下一个石榴，把赵明吓了一跳。他回头瞅了一眼渡边手里的石榴，骂了一句：“你死啦死啦地。”渡边似乎听懂了，顽赖着说：“哪里死啦地。”说着张开手臂把赵明的脖子勾起来。赵明任由他勾着，趔趄着往前走。

回到住寮，赵明让渡边先去洗浴，自己则躺到榻榻米上，心绪烦乱地望着天花板发呆。

这时候，电话响了。

赵明以为是那莺打来的。

他起身过去，抓起电话。

“赵明吗？”是王立新冷漠的声音。

“是我。”赵明说，“你回来啦，走了一天。”

“我找个日本厨师，他中、日菜都会做。”王立新说。

“店里不忙，还用添人吗？”

“不是添人，是顶替你，我告诉他明天就来上工。”

赵明心里一惊，说："那我明天干啥？"

"随你的便。"王立新说，"你要回国，我负责买机票。你也可以逗留日本，你的入日签证还有十多个月的期限嘛。到别处打工，也许能多划拉点儿钱。"

赵明的脑门儿上冒出虚汗，说："老同学，我们可是合作，做这种决定也不和我商量，你觉得合适吗？"

王立新说："我就想到请神容易送神难。说吧，你还有啥要求。不过日本厨师明天上班的事可是定了，实在资产是我的，我说了算。"

"我没啥要求。"赵明反而奇怪地镇定下来。

"我有要求，我的资金紧张，租住的房子准备退掉，我希望你尽快搬回到我的屋子里，渡边住店里。"

"你是在下逐客令？"赵明说。

"我凑了四万日元给你。"王立新说，"这是人道主义，你让渡边来拿。渡边在吗？让他接电话。"

"渡边不在。"赵明说着，恼怒地摔下话机。

这时，渡边裸身从浴间出来，哈着腰拿毛巾遮着下部，贼一样蹑手蹑脚地斜盯着赵明，怕他看到自己。赵明的眼角余光感觉到了，侧头一瞅，渡边晃着屁股哇哇乱叫，哧溜溜跑回自己的屋子，随手哐地一声把拉门一关，就在里面嚷："师傅，NO，NO，哈哈哈……"

赵明苦笑了一下，脱光了衣服走进浴间。他把浴缸蓄够了水，将身子泡进去。这时他忽然感觉到像掉进了一口陷阱，懊悔随即流进心头。他想到了那一纸空文的契约书，上面曾沾满了初恋季节的芳香，引诱他来到了新宿。可是，自从与王立新的初恋中断后，他们之间似已无爱情可言。要是有，也仅剩下欲念衍生的一种非分的刺激。是谁说的，新宿没有爱情。他来新宿是为了爱情吗？现在他才明白，他是为了对方一个自负的奢望，一个随心所欲的臆想而来。当这个奢望臆想无法浮生，就经不起得失之耙的勾刨，歪扭的爱情之巢就散成了一堆枯草。所以，他甚至认为临来日本时，大连那个淫雨霏霏的天气就不是好的征兆，可惜他不是先知先觉的哲人。

当他穿着内裤出来时，看到渡边已经换上西装革履，抽着烟在接电话。渡边交了几个新朋友，常在这时候约他到居酒屋喝酒。渡边放下话机，瞅着赵明做了个饮酒的手势，说："OK?"赵明说："NO。"并把手一伸，请他自去。渡边下楼后，只听屁驴子"突"的一声，放出很响的动静，然后由近及远。

现在他在想自己的事情了，不过他并不慌张。凭一身手艺，他敢到日本任何一家中华料理店去应聘。但他也想回国，回国稳当，在风平浪静中耍手艺，赚月薪过日子，还有伸手就来的性生活。现在不行，他想那种事，那种事恍恍惚惚，没有着落，男人不喜欢这样。还有那个那莺，今天没来。她干啥去啦？辞职啦？出事了？还是有病了？他搞不清。平时，那莺这阵子该来电话了。他正这样想着，电话就响了。赵明抓起电话，果然是那莺的声音。

那莺开口就说："老乡啊，请你帮忙的事情，你可答应过了。"

赵明说："我随时待命，听候差遣，现在都可以去。"他心里明白，这是被逼无奈的话。他不想在这里多住一天，更不想跟王立新这个无情无义的女人再有接触。这时候，他觉得那莺是在帮他的忙。

"那你来吧。"那莺兴奋地说，"我正希望你现在就来。"

"半小时后，你还在巷口等我呗。"

"好啊，一言为定。"

当赵明拎着两只皮箱走到那莺车前时，那莺把后车盖打开，说："真要搬家啦？王老板不见怪？"

赵明紧皱眉头，摇摇脑袋，"唉"了一声："上车吧，车上跟你说。"

行车途中，赵明把今天发生的事情，还有王立新打来的电话，都跟那莺讲了。

那莺没料到是这种结局，更没料到自己的心思设想竟然这样快就要成为现实了。眼前这个男人像一只困惑无窝的公羊，已经沦为她唾手可获的擒物。车等绿灯时，她把脸侧过来，看着赵明忧伤而失望的神情，顿觉他很性

感，让她怦然心动。于是，一种操纵意识将她的目光热切切地投过去，在赵明的脸上火辣辣地灼了一下，然后说："那咱们就开个长春料理店，经营东北风味，小熘小炒，加上各种饺子。你的老同学呀，不懂因店制宜，也不会合理使用无形资产，还不和你……咯咯咯……傻帽儿一个！她的失败，是咱们的成功之母。我可不是王立新，我听你的，你是内行……"

渡边和他的新朋友在居酒屋里喝酒时，王立新给他打了手机，说有事情让他回店。渡边不敢怠慢，就回到店里。当时王立新啥也没说，只嘱咐渡边把四万日元转交给赵明。渡边揣了钱回到住寮时，赵明已人走楼空。

这是王立新与高中同学赵明的最后一次没有落实的经济交往，后来的事情在第二天深夜里猝然发生。王立新在宫膳之味酒家倒闭后的很长时间里，始终深陷在惊惧和忏悔之中。她一直没有搬回自己的住寮，常在深夜里突然醒来，望着租寮里的一片昏暗发呆。她没有亲睹那个离奇而骇人的场面，只是在《东京新闻》的头版下栏里，看到了那篇醒目的报道。

当时，赵明乘车随那莺来到她的住寮，住寮里的装潢是日欧合璧，比赵明原先住的华丽宽敞多了。赵明环视屋内，眼中不觉露出羡慕的神色。那莺盯住他的脸说："是不是很好？很好你可以长住。"住寮是不是西池送给那莺的，作为她与那莺同居过的补偿？还是那莺自己攒钱买的？那莺没有对赵明说，赵明当然也不便明问。

那莺走进卫生间，把浴缸的冷热水调好，对赵明说："你先洗吧，我把睡床调整一下"。赵明虽然洗过了，但觉得住在别人这里，还是重洗一下为好，免得对方觉得他缺少一道睡前的卫生程序。于是就去洗了。赵明泡在浴缸里，想像着日本人的男女同浴，他觉得这是风俗。风俗这东西挺有味道，男女共浴在有些人看来是有伤风化，但这得分怎样去讲，若是两口子或者是情人，共浴实属正常，就如男女在一起跳舞，或在一起唱歌一起喝酒，都是调剂情趣，共享其乐。其实，在特定的社会意识认同的环境下，把男女组合搭配的享乐事情引申到生活的各个领域，是人类的自然本能，不必大惊小怪。赵明正这样想着，那莺进来了。她的长发紧紧地罩在浴帽里，脸庞显得瘦狭许多，本来丰腴的颈项这时看来有点肥硕，高隆的前胸和美妙的裸体像异形的气球催胀得恰到好处。赵明奇怪地想，这女人平时衣着适体，身形有度，现在脱去了衣服，全身咋变胖了许多？当然，这是他的感觉。

当云消雨散时，那莺才把西池的谈话内容向赵明讲了。末了又吃吃地笑着说："这算战前演练，最好多演练几次，这样能和谐性情，避免生疏，附应实况。不然就演假了，不像夫妻，会让西池看出破绽"。

闲言少叙。单说第二天夜里，西池来了。看来他情绪正常，脸上平静，没有笑容也没有怒色。房间里飘着淡淡的香水味。湖蓝色的窗幔遮得很严，室内灯光不明不暗。播音器放出的乐声很轻，里面唱着邓丽君的小马车，柔俏而欢快。

西池进来时，那莺把赵明介绍给他。赵明朝他伸手，说："我叫赵明，长春人，那莺的先生，来新宿一个多月了"。那莺遂用日语向西池翻译。西池没有与赵明握手，只是眉梢抖动一下，轻微地点点头。那莺请西池坐下，用日语与西池交谈几句，侧过脸对赵明说："你把入境签证让他看看"。赵明就取出来让西池看了。西池看时很认真，但没有特别的表情，然后把赵明的签证放到茶几上，继续与那莺交谈。那莺听后脸上浮起红晕，一个劲摇头。西池的脸色就冷酷起来，起身要走。那莺急忙站起，红涨着脸又与西池说了几句什么，西池就愤愤地站到寝室门口，燃起烟狠狠地抽着。这时，那莺对赵明说："他非让咱俩当他的面做爱，他才相信。"赵明顿时大怒，不肯做。那莺的眼泪就含在眼圈里，说："你不肯做，我永远是个舞女，你愿意我这样吗？那咱俩办长春料理店可就没指望了。"说着就涕泪涟涟。赵明的心就软了，又想到了自己的处境。在希望和羞辱面前，他还是贪恋前者。于是，他锥了西池一眼，一股怒气直往上涌，脸已涨得通红，就顾不得别的，拉起那莺进了寝室。当他脱得只剩下裤头时，西池像蛇一样滑到他身后，一道寒光闪了一下。那莺尖叫一声，从床上爬起来扑向西池。赵明在刹那间感到不妙，却不知事情在猝不及防中发生了。西池声也不吭，把刀子一下子捅进了赵明的后心处。赵明嚎叫一声，失去了抵抗能力。那莺扑上来的时候，西池已拔出刀来，顺势又向那莺的胸前扎去……这时，赵明只觉得身体软绵绵地展开，纸一般轻薄，轻薄得像王立新宣传他的那张彩色广告传单，随风飘去，花花绿绿的飘到新宿上空。他在空中看到日本人排成长龙，在长春料理店门前等候就餐。真的能同那莺开个长春料理店吗？这是赵明脑袋里最后浮出的一线希望。

原载《鸭绿江》2008 年第 4 期（责编：铁菁妤） ◎

转载《小说日报》2008 年增刊 ◎

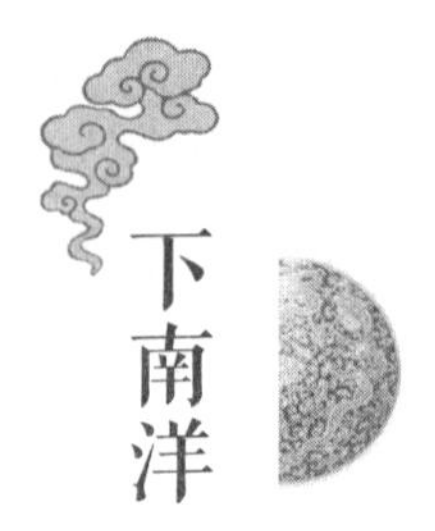

下南洋

1 祖踪

张世铭靠着舷窗，神色凝重地望着窗外的天郊映映和下面被苍蓝、铅灰交染中的太平洋，想着张氏家族中他是第二个，又是第二次下南洋的人。他这次去新加坡与上次仅隔三个月，而与他太父，即他祖父的父亲张思荣当年的出使，却隔了一个世纪。

一艘舶轮映入他的视域。舶轮小如水蛭，拖着一杠白色水线。他想象那该是十桅十帆吧？想象舱中的太父正与他海空并进，齐下南洋。太父是不是也靠着舷窗，映着眼上望，把他乘坐的这个大家伙当成一只金丝燕了呢？

张世铭这时怀想太父，自然是身临其境，触景生情，也因他骨子里生来带有敬宗孝祖的遗传基因。现在城市人的家庭观念越来越重，家族观念却越来越淡薄。可张世铭不是，他的家族观念仍很淳厚，又很坚执，这与他太父的奇特履踪和多舛命运密切相关。他们张氏一族，据春州府旧志载：原籍辽北银州，清嘉庆初，北迁郭尔罗斯前旗之长春厅做垦民。道光甲申后，举贡才者尤多……载他太父的文字，他更能背得出来：“张思荣，光绪己酉进士，初入翰林编修，后放任陕西延庆知州。光绪丁亥，转任广东嘉应知州。”但太父出使新加坡却无载。为何无载？他祖父分析，那时，大清国的日头还未坠落，编修人对叛离朝廷的进士官，是不敢贸然多录的。祖父说，太父是在光绪辛酉秋，按如今纪年算，即1891年秋出使新加坡的。现下是1992年秋，他又沿着太父当年的不归路，做起旷世之行。他望着缥缈的流云和被时遮时现的深邃海洋，感到时空倥偬，岁月沧桑。一种追索祖宗的思绪在脑中隐隐漾开。祖父的声音，那种向他传递太父前尘往事的苍老声音，在他心间连续倒带，倒带出使他情怀牢落而沉郁的一股股酸热的记忆。

那时，嘉应州是英国人开发南洋的重点募工地。可是，“猪仔贩子”的活动也很猖獗，常有进城赶集的农民突然被绑架，从此销声匿迹，致使城里人也不敢轻易出户，谨防被“猪仔贸易”。太父为官一方，无法容忍这种光天化日下的为非作歹，为了平息民怨，决心整肃积弊，还给治地一个平安世道。于是，一纸官函越洋，请来了英方募工机构的代表，经过义正辞严的交涉和谈判，迫使英方签订了维护本州侨民利益的《劳务法案》。后又亲自侦缉，铲除了州内“猪仔贩子”的窝点，案首竟是州衙掌管侨务的倅吏。太父大怒，也不管这个倅吏何以能怙恃营私、暗通黑恶，秉公惩以重法，这就得罪了案首的连襟巡抚爷。其实，头号的“猪仔贩子”，正是这个二品恶吏，太父难免遭报复，报复很诡诈。那时，训政的慈禧有谕：府台以下官员之任免调遣，可不必上奏朝廷，由本埠督抚酌情裁决。所以，这个恶吏就敢放言：“嘉应不可一日无侨务，张知州不容属下，本巡抚容他。”以致太父竟顶了案首的职缺，成了州衙倅吏，知州一职却被这个恶吏的亲信取代。祖父说，自古“进士为令，无迁倅者”，这不是黑暗官场之怪现状吗？太父秉性刚直，但又正不抵邪，因失权职，有被黑恶势力暗算的危险，忧悒之下，本想断仕还乡。时值黄遵宪被授任为驻新加坡总领事，之前回故里歇职省亲，闻知此事，痛斥权贵荒谬。又想到正缺一位既具学资，又熟谙侨务的副使，旋觉太父甚宜此任。黄遵宪是嘉应人，为清廷外务部的高层使官，此前曾任驻旧金山总领事。他对太父作为嘉应的父母官自有一层亲近感。太父也是被处境所迫，又得悉黄遵宪已通融了南洋大臣，保住了自己的身份，便感激黄的帮衬和提携，就应了举荐。祖父说，当时他已留学美国的弗吉尼亚大学，太母放心不下，随往陪读。太父走得仓促，只带个洗衣做饭的佣人。

后来，黄遵宪任满回国，太父却未同归。他是憎恨官场腐败，与给权贵当奴的人格格不入，觉得回来也前程暗淡。尽管他这样想，但还是准备回来，不回来怕连累黄遵宪。哪知嘉应同乡会的老侨领得知此事，率高辈长者数众谒见黄遵宪，自称寿登耄耋，非要让贤，恳请太父接替他的位置，这使黄遵宪感动覼觑。那几年，太父作为主掌侨务的副使，为侨民维权解难做了不少事情，深得侨民信敬。黄遵宪是明达仗义之人，自然情向家乡父老。其实，他也厌憎清廷无能，屡受外强欺辱，没心思再当这种两头受气的外使了，也就不忌瓜葛，倒是赞许太父的“民权”精神，觉得太父回国也处身未卜，徒无所施，与其嘉应失去个好官，莫不如成全老侨领的恳请，顺应家乡侨民的意愿，就当场拍板允准。后又与太父细说去留利弊，鼓励太父留下。

想不到的是太父留下后，老侨领不仅让位，不久还将独女相许，使张世铭有了二太母。老侨领是看好了太父的人品、能力和进士官的身份，觉得自己来日无多，得有个牢靠而体面的赘婿来支撑门户和家业。也是关照太父只身在外，举目无亲，会有飘零感，需要有个不孤之所。太父至此境遇，走到这一步也就情意难却。这样，太父接管了会馆，兼着经营老侨领的橡胶园和甘蔗园。老侨领逝后，太父又开办渔业公司、海洋整染公司……生意越做越大。祖父感叹：太父官场失意，商场得意，正是“物极则反，命曰环流”啊。之后，太父常有银票汇来。祖父说，那时他已任职长春机械局局长，属洋务派的末代，倒是不缺家资，缺的是被国界和大洋阻隔的亲情。直皖、直奉战争时，这种亲情还能靠书信保持，自“二战”爆发，通邮失传，太父的音讯就中断了。太平洋战争期间，嘉应那边传来噩讯，说是太父可能被侵略新加坡的日寇杀害，据说，竟被刀劈！如果这噩讯属实，太父是八十七岁那年被杀害的，那样高寿还遭此毒手，惨无人道啊！但这噩讯是“可能”和“据说”，真是“可能”和“据说”吗？一切都不清楚。因为后来的政治原因，也怕“海外关系”再给张家添祸……

张世铭知道这些事情时已读高中，那时，他迷恋文学。虽然他父亲对诗有偏见，说是一书好纸，排的字都细如蛇身，是糟蹋“洛阳纸贵”这个成语，但他对新诗却情有独钟，常捅报屁股发表新诗。文学是个传染浪漫的家伙，这种浪漫让他常生异想。比如，他想到寥无人迹的海滩搭个人字棚，把胡子蓄得像泰戈尔，在晨霞暮涛中将拜伦和聂鲁达的诗全部倒背如流。还想如果突然有了上亿美金，就去买空开罗爱资哈尔大街珠宝店的珠宝，那可是闪烁着阿拉伯神话光芒的珠宝啊。以致当他读普希金，读到这个俄国诗人的太父竟是非洲黑人时，又有了联想和冲动，他不知道普希金去没去过非洲寻祖，但他却萌生了下南洋的愿望。那时，太父在他心中已成为能够触摸得到的先世，他已将太父认作张家之祖了。书本知识告诉他，祖上的遗传基因对个体生命的延续有着不可逆转的生理作用。所以，太父一定是把魂魄和心智通过精脉和骨血的遗传钟于他祖父一身，又钟于他父亲一身，以致钟于他的一身。他认为，这是生命本体的遗传，比身外的名利、财产都要珍贵。随着年龄和阅历的增长，他这种认知就越来越实际。尤其是太父出使不归，成为南洋人，后来遗踪不明，死因不清，使张家人断了祖脉，更是促发他这种与众不同的引擎。上次去新，他曾去过狮城郊外美芝路左侧的“日本占领时期死难人民公墓”。他猜测，如果太父真的被日寇杀害，墓地会不会就在这里？

那天早晨很晴朗。阳光将肃穆的陵园照得有一种温柔的宁谧。他穿着白衫白裤，像一挂活幡在密密匝匝的墓碑间移动，他的脚步很轻，生怕踩着什么，他虽然手持素花一束，却不情愿在这行沉痛的土地上找到张家的祖墓，倒是希望那些“可能”、“据说”的噩讯在此处化为子虚乌有。可是，事与愿违，太父的灵魂好像与他有种默契，那座大理石陵墓就是这样被他看到的。陵墓很堂皇，是岁月积久的那种浑厚的乌白，墓碑朝向湛蓝的海洋，前有香鼎祭器，后有乔木萌茂，棠梨花映，墓碑下方镌着“嘉应同乡会　一九四五年十月十六日恭立”。这先是给他片刻安慰，太父葬在异国他乡，已经够委屈了，哪能不将陵墓修得气派些。随即浑身一阵战栗，抖着手敬上花束。许久才哽咽了声：“太父，玄孙报孝!”说着腿就软了，跪在那里深深重重地磕了九个头——他是代表张家祖孙三代来磕头的。然后起身扑向墓碑，像抱住太父的身体把脸贴过去，就觉得太父和他紧紧靠到一起。这时，他意识到太父罹难于日寇的屠刀之下，已成眼前的事实。想到这里，那潸潸的泪，凄怆的泪，涟涟滴到墓碑上……

之后，他就打听嘉应同乡会的地址，可是无果。是不是太父被杀害后，这个侨民组织就旗倒人散了？他想。那么，在这个移民国度里，哪里还有经历过“二战”又熟知太父的历史老人？谁又会是半个世纪前日寇杀害太父的见证者？他感到迷惘。他上次是应聘去新，短期签证，又被紧凑的工作束缚，难以向陌生的社会伸展触觉。但感到欣慰的是，能寻到太父的九泉之所，记住这笔国恨家仇，也算不虚此行了。

令他幸运的是，这次去新逗留时间较长，能赶上清明节，他想到要在这一天再去祭奠太父。他认为这一天他从万里迢迢的关东故园带到南洋的敬孝之情，会得到太父神灵的感知。这一天，他还要在墓前守孝。他想，太父在南洋不会没有后人，不然，墓前怎么会有香鼎祭器呢？他希望亲眼看到太父墓前的香火连燃不断。这是个难逢的机会，唯一可行的机会。否则，他下南洋岂不是心怀缺憾，有失初衷。

张世铭从提包里取出那本《岛夷志略》，这是他此次孤旅中选择的伴侣之一。他拿起书，拇指一拨，页中夹着一幅被他用薄塑装帧的烟色照片，这是张家老相册里仅存的太父在新加坡摄下的珍照。这次他特意带来，认为有利寻祖，必要时可出示“祖据”。照片里，太父头戴黑缎瓜帽，身穿绸袍马褂，看去天庭饱满，弧眉浓重，狭长的鼻下蓄着山羊胡；左臂弯曲，手扶腰间，一副神坚情毅的派头；尤其那双眼睛，让他感到深不可测，那是异域的岁月风尘在心灵中的古老积淀。他盯着照片，神情凝聚，任凭那双眼睛触动着他的酸热记忆。猛然间，太父的前尘往事像御着天风灌进机舱中，扑入他心里，如同祖魂归来。

2 红杏出墙

航机前翔，舷窗外云朵如絮，缓缓后移，像徐徐推着机舱往回返。

张世铭的人生之旅，是在他不曾经意的地方启程。他高中毕业后，因病辍学。开通的祖父对他说："可不必抱守鲤庭，新社会业业有出息，行行出状元，'天厨特敕赐芳馨'，待你病好，去学做天厨吧。"祖父感叹："纵有金屋颜玉，莫如一技怀身"。于是，一锤定音，把他送上了厨道。

他祖父这话并非空穴来风，已为他做了安排。天厨，清时指御厨。他祖父引用的句子是《清史稿》里记载宫廷宴会中所唱的一句歌词。伪满时，"新京"的"御膳房"里有位万宝林，是溥仪从清宫御膳房里带出来的"上手厨子"，擅制满汉全席。万宝林的师傅叫钱鼎，是慈禧西膳房的荤局庖掌。张世铭被他祖父安排要拜的师傅就是万宝林，也等于要当钱鼎的徒孙了。这是上世纪六十年代初的事情。那时，张世铭的祖父和万宝林都是市政府的统战对象，每次政协开会两人都分在一组，彼此便熟悉了。万宝林没上过学，对知识分子十分崇敬。当他听到留过洋的人要将高中毕业的孙子交与自己为徒，简直受宠若惊，又缘于同在政协的这层关系，就高高兴兴答应了。

对此，张世铭的父亲也很赞同，对他说："伊尹员鼎，易牙辨味，都是厨师父，你入了厨门，哈哈，我也成了厨师父啦。你去烹小鲜，虽不能治大国，但总是侍奉肚子的。法国作家拉伯雷说，'是肚子发展了人的天才，是人类的真主宰，肚子就是上帝。'这话有理，肚子一天到晚要我们把饭菜向它祭献，它不是上帝又是什么呢？你为上帝造就天才而学俎，不说伟大，也是光荣。听祖父的话，去效忠上帝吧"。

张世铭的父亲是省里一家出版社的总编辑，藏书汗牛充栋，是嗜书如命的书痴，假日里最大的兴趣是拿橡皮擦藏书。那次，他擦到袁枚著的

《随园食单》，擦完又看了一阵儿，忽然拍腿嗟呼："吾儿调鼎有鉴矣！"夜里，张世铭下班时，这书已摆到他的书桌上。父亲过来，见他正在翻阅，便坐下来说："看书要先识作者，知道袁枚吗？鲁迅对他的印象不太好，说他穿罗纱大褂，和苏小小认乡亲，过着飘飘然的无聊生活。鲁迅是把他的轻薄看得太重了。其实，他不无聊，他是乾隆已未进士，后来做过四任县令，很有政声，但总升不上去，原因是他不避权贵，不肯为大官做奴。这方面，你太父就像他。你祖父说，庚子之役时，慈禧逃往陕西，那时你太父正在延庆知州任上，上司令他用满汉全席接驾。你太父看过牍文，愤道，'时下年景瘠困，灾民流离失所，这个马屁拍不得，本官只能添个粥厂，让太后也尝尝天灾人祸的滋味。'你看你太父，也是不避权贵。所以，他在延庆、嘉庆当了七年知州，也是升不上去，后来被逼下南洋。老人家不曾想到，他的玄孙后来竟成了老佛爷宠厨的徒孙，世事真是难料。还说袁枚，他是文学家，也是食俎家，这对你来说，值得一生学鉴。而且，他还是乾隆中叶官场始有满汉席的见证人，这书也是挨着满汉席写的。万师傅教你满汉全席，这书就是理论教材。袁枚写它用了四十年，你起码要摸二十年。到那时，你可能把万师傅和袁枚这两个人的成果贯通一身，有望成为满汉全席的专家。父亲熟食生俎，但凭总编辑的嗅觉，认为这书是你务必要当宝典来读的。书中有校点注释，你方便读。还有，这书可是光绪壬辰由勤裕堂印行的版本，还是约法三章啊，一要包好书皮，二不能折页，三不准蘸唾沫翻书……"

祖父、父亲的话，二十六年后回旋在张世铭耳边，使他有了切肤感觉。当初，祖父让他不必抱守鲤庭，是指孔家父子的"叨陪鲤对"。可是，祖父、父亲又何曾僭越了鲤庭？自己又何曾不是遵循张家的鲤庭？现在，他终于明白，孔家鲤庭仍然在张家鲤庭中延续，只是世进人易，符势更履，不再以人明规，而是继续濡染张家的读书人。因而，"叨陪鲤对"就被张家前辈奉承为对他的人生教诲。他回顾以往，感到自己像那个孔鲤趋而过庭。祖父说："要学技，不学技，无以立。"他就退而学俎。父亲说："要学文，不学文，无以言。"他就退而读书求知。这使他惊叹鲤庭力量的恢恢无截。这种力量已经贯穿他的身心，且未因他的学业被搬了道岔而减缓冲向。正是这种力量，劲挺着他的愿望，使他二十六年跋涉宴山僎海间，经历了对万御师之艺和随园老人之文的含英咀华，并使之沉浸到他披览家父藏书的富识和淘漉食俎史迹的积蓄中。以致，当政治天空中阴消霾散，新时期的宽容气氛为可继承和利用的文化资源提供了生机时，他便得以将贫寒时代“禁谈美食”的蹇涩，积发为“美食无罪”的思想释放，他像一匹黑马乘势脱缰，奔跑出一道奇特风景。他被媒体宣传为“满汉全席正统料理人”，又相继出版了《烹饪原理》、《食俎史话》和一本标榜他“目睡鼎俎，耳听康衢”的自选诗集，并被聘为东方商学院餐饮系的客座教授，成为这一方域的学人翘楚。

说来天假以缘，这年秋季里的一天，张世铭在《中国酒店》杂志上读到一篇《南洋巨商文坛健将》的专稿，文中评介新加坡有位“奇人”杨国安，身为福吉国际酒店集团的董事长，竟然著有 14 卷的《杨国安文集》，这使他大为赞叹。他以为实业家和文学家譬如学与道，本是两类不相及的概念。古人云：“为学日益，为道日损。”这位“奇人”为道日益，为学却也日益，并能学、道相辅，互为依济，搭出那么闳大的经济台，唱出那么丰厚的文化戏。尤其是文中说到“文革”，更使他深受触动。那时，中国的文艺家普遭厄运，所著“黑”书皆被封禁或销毁，凄惶之讯传到海外，杨国家如兔死狐悲，感到整个华族在丢人。愤慨之中，他决定干件事情，即不惜代价，将那些被批为“大毒草”的名著在新加坡再版发行。这既是对受害文化人的道义奥援，也会适应华侨关注“文革”事态的寻索心理，又能在海外弘扬中华文化。结果，“黑书”大畅其销。

当大陆内斗的硝烟未消，他又屡返故国，去穗泸，去京津，去秦蜀，胆大包天地专敲“大牛鬼蛇神”的家门。他知道，越是“大牛鬼蛇神”越是心层干裂，家贫如洗。谁也不清楚他带来多少版权费、稿费，也不清楚他供给受难者多少解决营养危机和拮据生活的赈济款。他每次回新，除了脱不掉的一身衣裤，手里囊中总是空空如也……张世铭读了，心发感喟：能在两个华人主政的不同国家之间，以胆识驾驭政治气候，以精明装饰富有，这边光大其书，那边资济著者，运用“仓廪足而知礼节”的道德行为去翻云拨日，并在道德后果中升华自己，这就不仅是学与道的结合之为了，在他眼中，这是一个华侨儒商挚爱宗邦文化的特立独行，诠释着一种真善美的人生境界。

当时，张世铭的脑中就有了两种感应。一种感应是亲切。因为他从文章中判断，杨国安在新加坡再版的“黑书”，有多种版本是他父亲责编。父亲是有成就的出版家，“文革”时被批为“文艺黑线”上的人，家中的藏书也被造反派抄走，后来又被乱世书贼连偷带劫，归还时所剩无几。父亲为此患上抑郁症，为了不能回返的藏书神志恍惚，终因长悒积疾而早逝。倘若父亲现今无恙，那么，杨国安和父亲可能要为版权的交涉而结识，进而，以“人以类聚”的角度说，两人也可能因为“书缘”而成为朋友甚至知交。另一感应也是亲切。他从文章中得知，杨国安的酒店素以经营中华传统美食而著称，而且还邀请过上海、台湾、香港的名厨去他那里演示名宴。这使他想到万师父，他在“文革”中被批成“溥仪的黑御厨”，倘若万师父不遭受身心摧残而作古，也极有可能被杨国安请去，万师父被誉为“满汉全席之父”，这个价值杨国安不会不去掂量。届时，自己自然要随师助厨。就在那一刻，这两种亲切的感应又在他的脑中汇聚成一种意念，促发他想要夤缘杨国安并希冀在他的某一酒店演示满汉全席。就是说，他想用满汉全席“搭桥”，借以去新加坡寻祖，以图达到“祖俎双效”的心愿。这是他天性中的又一浪漫。直到这时，他才经觉自己的术业已为他下南洋的愿望铺展了一排垫脚石，使他在高中时代不着边际的幻想已转变为脚踏实地的进取。于是，那晚他字斟句酌地给杨国安写封自荐信，连同他的几部著作一并寄往福吉国际酒店集团总部。当然，他未提寻祖之事，那是家私，不能在信中明说。

没出半月，一份内有杨国安的亲笔信和邀请函、契约书的邮件，就寄到张世铭的所在单位——春州大酒店。

酒店的徐总看过张世铭递交的这几个函件，当天下午就召开班子会，研究张世铭出国问题。会上，管经营的副总首先提出异议：“世铭是餐饮总监兼首席厨师，他走了，酒店的经营明摆着要受影响。让一个与我们毫不相关的国外大老板请去满汉全席的传人，是外商得利，我们吃亏。再说，世铭将满汉全席传到国外，是否违反国家关于高科技不能外泄的相关规定？”管人事的副总接着说：“我不怕得罪人，张总监出身名门，虽然现在不讲家庭成分，但他祖上有去新加坡不返的先例，这情况连市面的老辈人都知道。丑话说在前头，他去了如果重蹈覆辙，酒店可要担着干系，这责任由谁来负？”徐总听了这些意见，很是用心思考一阵，才说：“张总监出国，泄密是言重了，他又不是帮着新加坡造核潜艇去了。至于他祖上去新加坡是清朝的事情，也不必作远距离的设想。我是考虑，这位杨国安我早有耳闻，他是世界酒店协会的副会长，尤其在华人酒店业举足轻重。如今，中国酒店业已是世界酒店协会的会员单位，所以，我们也别想得那么狭窄。人家请了不让去，怎么向人家解释改革开放？这负面影响岂不更大，就让他去吧，不过为慎重起见，可准他私假出国，不算酒店公派，这期间他算离职停薪。他也是名人，出去干好了，算是促进了中、新两国的友好交往，弄出错来，责任由他自负，与酒店无关。另外，还要向他解释，他在酒店的徒弟不能带，都带走了，餐厅谁去烧菜？至于如何选配助厨，由他自己张罗，他在市内还有徒弟……”

徐总这样拍板，使张世铭有些意外。但事已至此，公去私去都得是去，这是他自己揽的瓷器活儿，杨国安的邀请也是对他个人。所以，他觉得酒店的决定还算开通。

双旬后，当张世铭率徒在狮城乌节路的胡姬大酒店推出满汉全席精选宴时，使他深有感慨的是，满汉全席在中国大陆，似乎只是口传或文传的精神大餐，寥见实用，那么昂贵的盛宴，有多少人能吃得起呢？但在新加坡就不得了，当地人称它为“百代王朝宴举的顶峰”，是“中华宴魁”、“烹饪之最”，简直视它为神品，吃它趋之若鹜。本来安排表演一个月的承供席位，仅在一个上午全被订空！连东南亚诸国的老饕们都乘专机飞来大快朵颐。这在杨国安的经营史上书写了风光的一笔。当地有名的美食记者司徒川在《联合早报》上撰文云：由能炮龙炙凤、煮古烹今的张世铭大厨主理满汉全席精选宴，在本地还是头一回。张大厨来自努尔哈赤建立后金国的关东，他是慈禧宠厨钱鼎的徒孙，是溥仪宠厨万宝林的封门弟子。他出身书香世家，能著书立说，擅驭诗文，口才出众。他将满汉全席的固有风格，巧以现代鼎鼐的调剂，恰如其分地适合了南洋人的口感，这很了不起。光是瞧菜单，就令人馋虫满腹，其中好些菜，如正黄八仙翅、真假龙王、脑后摘金瓜、天朝一炷香、封侯挂印……对本地人来讲都极为特别，好吃得不得了。七珍八赘，七筷八筷，吃得骀荡透姿，好不痛快……

张世铭红杏出墙了，惑眼狮城。之后，他又被杨国安延聘，在该酒店主理为期两个月的清宫菜厨政。星州电视台也不失时机地辟出“跟张世铭大厨学做中国菜”的专题节目。张世铭每去录制节目，要先讲菜的掌故，然后示范操作。他讲话时，穿蓝衬衫扎白领带，头发漆黑油亮，脑顶左侧的分发沟笔直成一道白线。如果不听内容，以为他是驻新加坡大使馆的外交官在讲中国的改革开放。他做菜时，那张被衬在白高帽和白衣之间的脸盘，又随俎而宜，弧眉、圆鼻、厚唇、长耳，都红润得一团光亮，尽显富态大厨的炉边风采。他那关东味的幽默，神采飞扬的表情，灵巧的烹制手法，使千家万户的华族主妇们为之着迷，又交口相传。由此催发一场家庭厨房里的烹饪革命，在街街巷巷里扑出来一股学仿中国菜的热风。多家报纸的副刊主编也来登门拜访，请他惠赐诗作。以至张世铭走在街上，时常被人认出。他成了狮城家喻户晓的人物。

3 离婚

舷窗外的天景无常，方才的云还像一抹抹柔薄的纱巾，现在却像凛冽的冰洋，寒意袭人。

张世铭载誉归来的那天，已近深夜，他没有预先告诉妻子丁娟，是要给她一个意外惊喜。他想，她这时候应该在看电视，他要悄悄打开门锁，蹑手蹑脚到她身后，然后假咳一声，她准能吓了一跳，会惊眼扭头回望。

这时候他就伸开双臂，等着她嗔怪着又是欢愉着扑入他的怀抱。可是，他进了门，客厅没人，往里屋一瞅，丁娟和一个男人在床上同时惊起的情形使他愕诧失色，他简直不相信自己的眼睛。当时，他的脑袋像被重物一击，陡地涌出被屈辱的泪水。接着，他像凶兽一般扑过去，狠狠扇了那个男人两记耳光，咆哮道："赶快穿衣服滚蛋！"那个男人惶惧着溜走后，丁娟向他跪下了，泪眼而出认错求饶。但他一口咬定："离婚！"

面临行将破裂的婚姻，丁娟也想开了，这事已无保密可言，不如实话实说，也许诚实能自拯，坦白能从宽。原来，自张世铭出国后，儿子又在武汉上大学，她下了班没事儿，常去舞厅打发寂寞，于是就认识个建材装潢公司的经理。这男子个高体称，卷头发、高鼻梁、络腮胡子，形象和气质天生是跳国标舞的材料，他的舞姿有点像舞蹈王子卢卡。他教她练方步，教她端正舞架，怎样运胯用腰，又教她狐步、箭步、燕踢……后来，他请她吃夜宵，还喝点酒；再后来，经过家门，就请他进来坐坐，谁知他竟动手动脚……张世铭听到这里，暴怒地喝断她的表白，牙缝里挤出一声："无耻！"他虽然不会跳舞，但看过跳这种舞的人，男的胸右侧要紧贴女的乳房处，下胯要顶在女的小腹处翩翩旋转。这两个部位的紧密贴合，相互的肢体摩擦，哪会不产生性觉，哪会没有后来的搂抱亲吻和鱼水之乐。这给他的刺激太深，打击太大。尤其是他不能容忍，也不能原谅自己的女人在他眼前做出这种赤裸裸的背叛。想到这里，那股火力猛然伸张，像要把他的脑筋崩断似的，嘴里还是那句斩钉截铁的声音："离婚！"

两人到法院办理离婚手续时，张世铭的心里这才一软，想到夫妻一场，又考虑到她的再嫁，得给她留有情面，就避谈离婚实情，只说两地生活导致感情淡薄。法院的人认为这不够离婚理由，就进行调解。但张世铭底线不丢，离意已定，态度坚决。调解无效，法院的人在判离过程中就了解到张世铭学业有成，又刚从国外归来，身份高了，名气大了，可能是喜新厌旧，或是遇艳思迁。不然，孩子都上大学了，二十年的夫妻怎能仅因一时的两地生活就非离不可呢？就认为张世铭道德不端，对家庭不负责任。结果，判离的天秤自然倾斜，房产家资还有他这次去新加坡所赚的薪水，都判给了女方，并要张世铭承担孩子上大学的费用。张世铭气噎，说："孩子上大学我管，可房子是单位给我的，家资也主要是我赚的，我去一趟新加坡就赚了两三万美金，总不能判我净身出户吧？"法院的人说："那就不离呗，不离就不吃亏了。"张世铭又被一噎，气性大了："不离不行，非离不可，就是判我裸身出户，也得离！"法院的人动气了："你咋说话呐？你以为你是谁！出了段差就借口感情淡薄闹离婚，还理直气壮！哪家夫妻没有舌头碰牙的时候？都像你这样，《婚姻法》还有保障吗？我们是秉公办案，离婚是你提出的，女方不同意，你非要离，就得这么判！"说着把判决单往张世铭面前一摔，又说："你不吃秤砣了吗，那就签字吧！"张世铭哪肯服这个软："签就签！钱是身外之物，还能把谁穷死！"法院的人就"嘁"了一声，斜眼撇嘴看他签字……

两人分手时，前妻怨怼地对他说："你不是净身出户，是裸身出户，要不是照顾你遮羞，裤衩都不让你穿。我赏你两个皮箱，准你拿一箱衣服，一箱破书。我翻你钱包啦，还有四十三元，再补你七元，凑个整数，也算我尽了仁义，没让你到街上要饭去。你赶快收拾完滚犊子，我瞅你闹心！"张世铭虽然心中有气，但想到既已离婚，再与她争吵毫无必要，好男不跟女斗，就什么也没说，收拾完就走了。七块钱也没拿，他觉得"七"与"妻"谐音，拿了这钱晦气。

张世铭出了已不是他家的门，拎着两个皮箱走到街上，这才想到下了趟南洋，不仅赔了老婆，又财空家无，身孤形单，心中凄惨惨、苦不叽的不是滋味，情绪低落到了底点。他没心思回单位上班，又怕离婚的事情被人当成议论的话柄，这是他不愿意面对的难堪。想了想，反正已是离职停薪，歇歇再做打算。就强撑着精神，到他的一个徒弟家暂住。

过了几天，正当张世铭不知作何归楚时，那天晚上，徒弟下班时将一份来自新加坡的函件交给他。函件里是杨国安的信，还有聘约细则的正、副本。杨国安在信中写道：

世铭先生惠鉴：

华艺餐饮学院（国立）欲聘台端担任主任讲师（培训督导），为期八个月（一九九二年九月一日至一九九三年五月一日）。台端职掌：一、培训新加坡首届中餐烹饪教师贰拾名；二、编撰《中华烹饪》（学院课程教材，正式出版物）。台端俸禄：月薪伍仟坡币（俸禄结构：每月底薪 $ 3.400.00；预计个人所得税 $ 500.00；若有余额，仍归台端所有；公积金合计 $ 1.100.00）。此外，按新加坡政府外聘专家之规定，台端可享食宿、交通等优渥待遇。附后聘约细则，祈为酌定。

专此敬颂

俪福

院长：杨国安（签字）

一九九二年八月十日

还敬颂俪福呢，张世铭读罢，苦笑着自语。又看了聘约细则，遂就思忖：这位酒店业巨擘何以又有了院长的身份？但从酒店与餐饮本归一业的角度看，由他担任院长倒也合适，这对学院很有充值作用。既然他请自己去教学，可能是在搭建某种前因后果的逻辑，便有所会意。这时，他的郁闷开始转向豁朗，以致觉得离婚倒是一种解脱。如果不是离婚，他早就上班了。可是，上了班又接到杨国安这信，岂能再去离职停薪？即使上了班、能有副总级待遇，月薪也就三四百元。问题是他已一无所有，穷到底儿了，还要承担儿子上大学的费用，这点月薪无异旱灾中的微雨，这使他头一次注重起资本的作用。这下好了，既无岗职牵连，又甩掉了绿帽子，净身出户成了净身出国，这个机会挺利索，连护照都不必再办，续个签证抬腿就走。这让他能凿堵为快，走出困境，走出落寞。南洋也没亏待他，橄榄枝这么一伸，又让他再去找回失而复得的经济补偿。

何况，他想，就为夙素未酬的寻祖心愿，也值得旧地重游。

……

航机开始下降，星州群岛渐渐清晰，宛如一堆越来越大的翡翠，浮凸在太、印两洋之间的浩瀚水面上。阳光从衬着日轮的云朵那橙黄色边缘处，迸放出像宽阔扇面一样的金线，枪锋般密集地斜射，落到岛屿上又像奔流一样扩大开来。张世铭的目光开始逡巡海岸边迅速延伸出来的绿地。

终于，他望到一柱细长的白色标识物，那是高高矗立的“日本占领时期死难人民纪念碑”。在那片公墓中，有他太父的长眠之所。这是他用眼睛在表达着一种沉默的亲情。

4 重返狮城

杨国安亲自来樟宜机场接张世铭。这是个六十开外的小老头。上次来新，张世铭第一眼见到他时，觉得他与太父有些相像，那天庭也饱满，弧眉也浓重，鼻子也狭长，眼睛也深不可测，也是一副神情坚毅的派头。与杨国安同来的，还有位长发披肩，眼睛像葡萄粒似的白净靓女。杨国安待张世铭向他鞠躬问候，就操着清朗的普通话说：“这是郑婉丽小姐，本地国立大学毕业，你这次工作的助手”。郑婉丽忙抬起右手抓挠着说：“哎呀，哎呀，怎么先介绍我了？张老师，这是我们华艺餐饮学院的……”杨国安摆摆手，说：“不必介绍，我们是老朋友了。张先生，欢迎你。你这次来，是政府职能部门的邀请。我也是刚来兼职，第一件事情就赶上签署你的聘约合同。有意思，我在酒店聘过你，又跑到学院聘你，看来我们有缘分”。说完霭霭一笑，请张世铭上车。又对郑婉丽说：“麻烦你开车，到乌节路的望北楼酒店，我们为张先生接风洗尘”。

夕阳西斜，天郊挂着斑马霞。高速公路两侧，热带林木蓊郁，透着一股沉厚的深茜，又是那么新鲜。这是赤道风、热带雨和大洋浪搞的三角恋爱而产下的无数绿色子孙。公路左边是蓝色海湾，远处的印尼廖内群岛依稀可见。在车中，杨国安拍拍张世铭的肩膀，说：“你的起居，郑小姐已做了安排。至于工作嘛，不要有什么顾忌，我们也没有任何框子。你是专家，只管按你的思路做事，郑小姐会努力配合”。说完取出花镜戴上，从车壁的特制袋囊里掏出一摞文件、信函翻阅起来。张世铭知他事务繁重，也就不便多语。

用过晚餐，杨国安嘱郑婉丽领张世铭到下榻处歇息。这时，乌节路的霓虹灯已将贾楼商厦辉映得花枝招展，中、英文的店匾眉飞色舞，祖示出夜都会的妖冶风情。两人过了马路，顺着人行道向左走了四五百米，进了凯旋门酒店，再乘电梯来到房间。郑婉丽指着马路对面的那幢高楼，说：“张老师你看，我们华艺就在斜对面的鸿安大厦里，上班很方便。我们的办公室在六楼”。张世铭说：“我明早八点就去上班”。郑婉丽说：“不用那样早，九点就可以。旅途很累呢，你早些休息吧……”

郑婉丽走后，张世铭拉开窗子，透透空气，一股热气裹着噪音扑面而来。他并未专注窗外的夜景，而是在思索杨国安。他这次来新，本来以为又是杨国安的邀请，倘若杨国安不做表白，或避而不谈这些，他仍会这样认为，假设杨国安说是自已邀请的，他更会深信不疑。其实不是。他也本可被安排在“福吉”的酒店，但他知道，凯旋宫是马来人开的“五星级”，入住这里是笔很大的开销。为什么这样？他想，方便自己上班固然是原因，主要的还是避嫌吧？是不肯让政府的这笔费用纳入“福吉”的账户。从这些小事上能看出这位老先生的坦荡、率直和公私分明。像这样一位在商品世界中滚了大半辈子的超级老板，做人的心态还如此本正，真是不易。想到这里，他对杨国安的印象加深了……

翌日早上，张世铭经过鸿安大厦旁边，一些人在那里围堆。他从人缝中朝里望去，见有位撑着双拐的独脚汉，脖上挂的支架中固定个大口琴，这使他能探颈直接用嘴去吹奏。他吹奏得很卖力气，衫后脊背处汗津津的，那曲调很欢快，围观者却都神色怆怆。一个小女孩在她母亲指使下，蹦蹦跳跳来到独脚汉旁边，往地上的旅行袋里掷下一把硬币。张世铭见状，心一热，感到这是一首诗，遂经意地瞥了一眼小女孩的母亲。那女人的脸上正挂着微笑，微笑的女人使他的脑际间霎时掠过一道回忆，那女人是陈凤美。俟他绕过人群想去搭话，这母女俩已经过了马路。

张世铭怔在那里，望着陈凤美脑后的披发富有弹性地飘动着，感到匪夷所思。因为昨夜他几乎枕梦而眠，他是迷迷糊糊瞅着壁画中的马来女歌星入梦的。梦中，他背着巨大的炒镬游洋登岸，气喘吁吁坐到乌节路一家灯红酒绿的夜总会里。壁画中那个马来女歌星扭着屁股唱着柔婉的情歌。

舞池中，他的前妻正与一个小白脸跳吉特巴舞。他看着心头火起，操起一盘奶油蛋糕朝着小白脸的头上掷去。小白脸狂动的双腿一下子拧成了麻花，身子失控，“叭叽”一声摔倒，双手胡乱扒着脸上的奶油。“奶油小生、奶油小生！”他喊着又神经质地大笑。这时，陈凤美穿一身红色连衣裙从烛光里闪出来，捂着嘴不住地笑。她掏出手帕拭去笑泪，然后挽起他的胳膊，说：“来，咱俩跳舞”。说着，那丰满温柔的双乳就贴到他的胸前。他斜睨着她，感到眼前是一只烤得焙软浓香的火鸡。突然，一群戴白高帽的大厨将他俩围住，躬身抱拳齐声说：“时辰已到，请张老师授课！”他被惊得猛一睁眼，仍在亮着的水晶灯顿时映得他神志清醒。这时，薄纱窗幔上已经透进来青白色的晨曦。他索性翻身下床，燃支烟，心中块垒被吐出的烟雾缠绕着。这梦做得蹊跷，又像放释他心中的怨气和一种欲望，也像孤旅者在寂寞中希冀心仪的异性从旁内出，与其结伴同行。是不是他的爱情将要延续，驱使他很想接近另一个曾经相识的女人呢？这时候，偏偏是已婚有女的陈凤美从梦中向他走来，又背着他飘然而去。这是梦中的真实，还是真实中的梦？

他仍然怔在那里。陈凤美已经淹没在人流中，但他还是朝着那处地方张望。那里的街景很好看，楼似珊瑚，空气似澄清的水，人似彩藻，房车似一簇簇绚丽的浪花。望得这些，他心生憧憬，又空落落的一阵惆怅。

当他踱入鸿安大厦门里时，空调的冷气突然扑过来，使他肩膀一缩，一种进入角色的意识袭遍周身，也是在提醒他，先将陈凤美放到脑后吧。这时候，他的思绪迅速转换，想到自己如同远来的和尚要到这里传经了。怎么传法，他曾做过思考。新加坡是个长期被灌输西方文明的国度，餐饮业的背景与中国不同。这次教学对象虽然都是华裔，却是海外化了的华侨。因而，传统的饮食文化乃至烹饪工艺理论未必对他们构成真正的制约，支配他们的刀俎生涯的，是对餐饮市场境遇的敏捷专注的应付。面对这种情况，他感到教学有些难度。可是，他的使命是传播东方文明来了，这与新加坡政府目前倡导的“讲华语，表心意”的运动有关。尽管这样，他的教学仍然面对一个久而成俗的现实，就好比让画惯了油画的人改画水墨画，让唱惯了美声的改唱民族唱法。他对这次教学也有过踌躇，担心难以胜任。但想到上次来新，曾与本地厨师在一个厨房里同操鼎鼐，这是了解和熟悉本地烹饪状况的一段宝贵经历。那期间，他也参加过本地同业的各种集会，搜集过许多酒楼的食谱和资料，购买过不少反映本地餐饮状况和烹饪技术的书籍，并都认真研读过。这些感知和体验都在他的心灵光盘里蓄存着。对此，他像有了中彩获奖的那种庆幸，庆幸这些无形资产将要经过他的加铸，成为"货币"投资了。所以，他就想到，必是有了上次来新的工作经历，省去他许多对本地餐饮和烹饪状况的了解、调查和实践体会的时间，邀请方在认知了他的能力后，才对他心中有数，相信他能够完成此项任务。想到这里，他感到有了底气，对这次教学充满了信心。

从电梯上下来，张世铭来到"华艺"教学区。一个"娘惹"侍候门前，她打量张世铭几眼，问："你是中国来的张老师吧?"张世铭说："是啊，大姐，早上好。""娘惹"满脸堆笑着说："好，好，郑小姐嘱我早来，怕你进不来门。"说着开了门，引张世铭到他的主任室。又说："你穿过的衣服归我来洗，要是吃不惯酒店的饭菜，我给你做。这都是上面交代的，你不要客气。"张世铭谢过后，"娘惹"就忙她的去了。望着她的背影，他感到稀罕。在国内，他接待过"娘惹"们组成的旅游团队。"娘惹"为印尼语或马来语的译音，是南洋华侨社会中独有的名词，据说，最早是从闽南话里演变来的。这些"娘惹"烫着蓬松的头发，脸上描眉擦粉，涂着红唇，像一帮唱戏的老花旦。她们的耳根下、脖颈间、手腕上都挂金缀银，穿着或深或浅的碎花绸装，上衣半截袖，下裤宽而短，上下颜色一样。他曾自戏，这些富得不能再富的南洋婆，其中有个他的干妈或老姐就好了，能方便到南洋寻祖。可眼下这个"娘惹"，竟是他的洗衣妇和厨娘。

郑婉丽来了，她人没到话先到，"张老师呀，不好意思，我早上去机场送杨院长，他到泰国去了，那里有他一个酒店要开业。他让我转告你，这里人多事杂，你背课或写教材如不方便，可以回住处做，不必每天坐班，有事时我会打电话请你。"张世铭点点头，说："你先领我到各屋转转，与院里的同事们认识一下，然后碰碰选拔厨师的事情。"两人转一圈后，又回到主任室。郑婉丽备好纸、笔，做记录状。张世铭说："你别光等着记呀，咱俩得商量。"郑婉丽说："这是专业问题，我不懂，张老师你定吧。"张世铭想想："说，那就定六条选拔标准，你记一下。第一，得是四星级酒店以上炒头火的行政总厨。炒二火的不行，一定是炒头火的，要保证教师的资格和技术水准。第二嘛，不低于中国高中以上的学历。初中的不可以，这是保证教师的文化底线。第三呢，形象不端、作风不良、满嘴粗话的，都不能选。这些别写进去，你就写，要具备为人师表的内外条件。第四，能说标准华语的。说闽粤语的不行，一定要会说普通话，这可是你们政府提倡的，并要有较强的语言表达能力。第五，得有相应的文笔基础，不能提笔成文或没有写作观念，技术再好也不选。第六，被选试的人都要做四道菜，我来鉴定，还要通过笔卷测试。"张世铭这样说时，郑婉丽用英文记录，她的华文程度远不及英文。她记录时，长发披垂下来，脸被遮得狭长一条，两粒葡萄眼睁睁地盯着笔尖，像一道门缝里露着灯光，纸都被赶写得偏到一边去了，她的腰肢也像轴一样徐徐往一旁扭动，全身的力气都像用在笔杆儿上。是习惯使然还是顾不得矫正？张世铭看得暗笑。郑婉丽记完了，下唇托着上唇吐一口气，说："哎呀呀，条件高了些。"张世铭说："条件低当不成好教师，得从高处要求。我说这些，请整理成中文，我看一下，再传真给杨院长。他批复后，你马上着手落实……"

5 骚扰

这天傍夕，张世铭出了凯旋宫酒店，到乌节路散心，活动腿脚。这段日子，他过得紧锣密鼓，录取学员、安排教学计划、拟定教材提纲……忙得他昏头涨脑，颇感疲沓。他浏览着街景和行人，时而嘘口长气，使胸间畅展一些，身心也松弛很多。

赤道地带的太阳还在西天上高悬着，气温仍有零上三十来度。通衢主干道上很稠的人流涌动在两旁的幢幢高楼下。花色纷呈的窗伞像各式短裙，当空摩挲着绿头绿脑的树冠，给行人提供仰望时的景物交媾。空气中飘漫着香水和爽身露的气味，这与女人们的高跟鞋聚成阵阵踏嗒之声有关。这些感觉使张世铭在短暂的时光里心神不宁，使他想到这里是把地球上的峰漠旷野和穷乡僻壤统统割开不要的地方，只有世间精典物质和特色人种的堆塞，去鼓惑人们崇富恋贵，或者，在勾引人们想入非非。

最近，张世铭感到身心交疲还不仅是对教学的热衷和投入，养息不宁也是原因。豪华客房的异域氛围使他卧枕后总是眠而不实，是新奇和刺激吗？他说不清楚，但他认为住到这里是差强人意了，他认为这种寸土寸金的地方是为夜夜有女人陪伴的富豪们准备的，像他这样赚着固定薪水又没条件挥霍的穷汉不该错宿这里，只因是被挂上了外聘专家的光环才享有如此待遇，这样的安排对他来说就颇觉难堪。他这次来新的途中费用还是向朋友借的，现下他囊中羞涩，只有二百坡币，是前些天用仅有的一千二百元人民币兑换的。这点钱用在这里，喝杯洋酒付次小费就没了。他就自谑：借钱跑到国外当专家，住在豪华酒店装大爷，世界上恐怕只有他一人。但是这里的侍者们却以为他是来历不凡的华人阔佬，都对他恭敬有礼，关照有方。所谓关照有方，就是善意地向他发起色情攻势，深夜里总有那类女人拨他房间里的电话或敲他的房门。这类人中，还有大名鼎鼎的泰国人妖。这里的色情行当都很文明礼貌，不接电话、不去开门反倒是不守规矩。当他在电话里说两声 NO、NO，或去开门做出宛然谢绝入内的表示，就再难入睡，睡了也是梦。

他经过“Mah——hattah”酒吧，瞥见里面坐着个女人，确切说是个西洋徐娘，正与本地好像一个“登徒子”饮酒调情。这女人他见过，就住在他隔壁房间。昨天夜里，他隔壁的房间敞着门，他经过时里面传出两个女人放纵的谈笑声。他进了自己的房间，没一会儿有人敲门，他开了门，门前站着的就是现在坐在酒吧里的这个西洋徐娘，她看上去还算端丽，面色微红。她站在那里，说几句法语还是西班牙语，他听不懂，没等他做出婉拒入内的手势，女人径自进来，走到床边，从床柜上的烟盒里抽出一支烟叼在嘴上燃起，然后躺到床上，吐着烟圈儿斜睬着他。他一时不知所措，又不便用粗野的方式驱逐她。怎么办？他用手比画了一下，表示自己无性能力，于是她在他面前晃了晃，撇着嘴出去了……

翌日上午，张世铭去找郑婉丽，提出要更换住处。郑婉丽一愣，盯着他的脸，问："住得不舒服，还是不习惯？"张世铭说："都有吧，那是马来人开的酒店，我不懂巫语，说个话沟通个事情太不方便，不适应这种环境。那床也太软，我睡不实，总是失眠。就像吃饭，总不吃中餐不行，吃太香了也不行。"张世铭这话既明确又虚假，遮掩了不便启齿的实情。郑婉丽听了点点头，似乎理解了他的难处，说打个电话向杨院长请示一下。约过十分钟，她回来传话，说："张老师在这地方也熟，想到哪里住请自便自定，选好了我去办手续，这里非酒店的住房好找，报纸上的租房广告多得很呢。"张世铭说："想找个适合家居的静处就行，也不必太破费。"郑婉丽说："不是这样的，张老师，你是政府部门请来的专家，享受专家待遇呢。你的住宿费用是政府拨过来的专款专项，不能更改。请你心中有数，得按你在凯旋宫酒店的宿费标准找住处，低了不行呢，余下的钱下不了账，不好处理。"张世铭听了有些后悔，觉得给院方添了麻烦，他原以为换个住处既能解脱自己，又能给院方省些费用，哪想到还有这种说道，脸色就不自然了。郑婉丽觉察到了，说："张老师不要想得多，你是要保证休息、完成教学任务才提出调换住处的，这要求正当合理。你住得不适不便，是我婉丽安排不当，婉丽我要挨批评呢……"

6 迁居

午后，张世铭带了份当天的《联合早报》回到酒店，翻看上面的房产版。他选了一家广告做得挺大的房产中介所，拨去电话询问了行情，并说了租房的条件和标准。接电话的是个嗓音甜亮的女人，她说："你租房的事情我包了，保证让你满意，请你收拾好行装稍候，我开车去接你。"张世铭说："房子还没看，就让我搬家呀？"那女人说："你不看也满意，看了也满意，只有满意，没有不满意。你满意了咱们今后交个朋友，不满意呢，我手续费分文不取。”张世铭被逗笑了，说：“听你这话我就满意，相信那房子也能让我满意。那我先满意了，我等着。”那女人就咯咯笑着，撂下电话。

他拾掇完行装，燃支烟，站到后窗前，有些留恋地望着花园广场旁边那幢青檐白壁的图书馆。不知新住处离图书馆有多远？他想。上次来新时，他去那里查阅过本地的史料，希望从中能查到有关太父的足迹，却查到一册《牛车水纪闻灵》，著者为“沙砣遁叟”，这使他大感意外。“牛车水”是新加坡的唐人街，“沙砣遁叟”是谁？他就想到太父。他听祖父说，张家高祖当初从银州北迁长春时，将背来的父母骨殖葬到离城五里地的沙砣子。据说，沙砣子是一条龙脉的龙尾地带，是风水宝地。高祖这样相墓，使张家的祖坟真就放光了，以致后来张家人就有了“举贡才者尤多”的书香家境。可见，“沙砣”是张家人发迹的物象标志，用“沙砣遁叟”为化名，必是太父在隐示一种落叶归根的情怀，这是只有他才能破译的神秘化名。当时，他办个借书证，将这书借回去细读。凭一种难以表达的直觉，他感到太父当年衰迟畹晚、情怀牢落的心境，将在南洋漂泊的履迹渗透进“牛车水”这片土地上了。他猜测，太父生前的身影就弥留在曩年“牛车水”的木衣绨绣中和月光瓦砾下。之后，他去了“牛车水”，他挤进人群中看街头戏，到观音庙看华人老妇上香磕头，在大排档里吃嘉应鱼面，去巷陌中那些老式的阁楼前徘徊……他不是不知道这样寻祖已经没有实际的目标，可还要这样去意识，去希图。他是被一种模糊不清的向往所驱使。在他想来，能走进太父当年的生活境地，使久远的追怀成为亲近中的思念，也是一种精神告慰……

有人轻轻敲门，张世铭去开了。门缝间探出一张女人的脸，暗影中两粒眼睛莹莹发光。他警惕着问：“你干什么？”女人慢吞吞答道：“我是阿娇，房产中介所的。方才我们不是互相满意了吗。”他“啊”了声，笑道：“请进，请进。”阿娇进来，瞅一眼皮箱，说：“拾掇完了吧？请随我走吧。”

两人来到车前，阿娇说：“张先生，你的新住地在加东富人区，是独楼，靠海滩，我敢说这房子中国的部长都住不上呢。”张世铭听了，毛孔有些放大。他上车后，阿娇在车外给房主打了手机，约房主到时开门，请房客看房。车开出时，张世铭就想这地方离鸿安大厦和图书馆都不算远，能很静又靠海，适合背课写教材。而且，应该就在“凤美牙科医院”附近，探望陈凤美也方便。看来这房子找得挺遂愿。

加东是狮城的一个区，张世铭对这里很熟悉。上次来新时，他们一行被杨国安安排住在加东胡姬园，那里是一片高层住宅楼。他在早晨上班前，习惯站到窗前，眺望一阵太平洋港湾的片片帆影和水面上翻飞的银色鸥鸟；夜里回来，就躺在庭园的草地上，仰望一会儿南洋天幕下的满天星斗。这几乎成了习惯。这一带食肆中，有他喜欢吃的印度饼和咖喱鸡，也在水果摊旁闻惯了榴莲的气味。说起榴莲，他就想到陈凤美，她是第一个请他吃榴莲的南洋人。那次他牙痛，经一个卖福建虾面的小老板指引，他来到加东购物大厦里的“凤美牙科医院”，院长兼主治医生就是陈凤美。她看去有三十多岁，身段高挑，模样秀蜜，穿戴白衣白帽，像只走动的白天鹅。她为他填写病历卡片时，一歪头说：“咦，这名字好熟。哇，你是做满汉全席的中国大厨，还是诗人。”他顶着两排牙抽着气说：“现在什么也不是啦，是你的患者。”她嘻嘻笑道：“你这人怪有意思。”她就为他补牙，一边补牙一边说：“你们天津的《散文》特棒，春花秋月、秦砖汉瓦、小桥塘鸭，那么多的小巧玲珑。又说你们大厨烹调美味让人牙齿变坚，我这生意可要冷淡啦。你这大厨八成吃得差，不然怎会齿露风呢……”她的普通话说得相当好，清清脆脆像在他的耳边嚼黄瓜。补过牙后，她送他一本自写的散文集，说是以文会友。之后，他看了这本书，文中驭辞清丽，才思却在伤感中流淌。这是一个孤寂女人对切身生活的凄悱独白，使他感到文非其人，感到这个美大夫的内外反差怎么这样大呢？一周后，他去复诊后，她在会客室里请他吃榴莲。当时，她脱下白衣白帽，换件红底缀银花的连衣裙，像浑身闪动着鳞片，脚下一双红皮鞋像摆动的鱼尾。白天鹅一下子变成了美人鱼。他吃下第一口榴莲时，感到这种刺猬般的大青果里像包着一堆蜗牛粪，吃得他五官错位。她笑道：“这可是果中之王啊，南洋人都爱吃的。你吃不惯榴莲，不算南洋人的朋友呢。”后来，他回国前，曾到她那里告辞，医院的人说她到伦敦为女儿学音乐办理手续去了。

车已驶入加东地区。一起阵雨刚刚洒过，云朵在空中游移，像纱巾在轻拭澄蓝的天空。公路似江水，流淌到远方。两旁掠过形色纷呈的绮丽楼宅，左侧可看到一层蓝晶晶的海。车窗里吹进来纤纤柔风，牵动着张世铭的往日回忆。

车在一幢奶白色的双层独楼旁边停下。楼前有米黄色的金属栅栏和齐刷刷的热带灌木；庭院里草坪如毯，花缀其边；左侧有一泓泳池湛蓝耀眼，右面的秋千和跷跷板上落着几只雀鸟蹦跳。看去似一幅水彩画般的清灵和恬娴。这一带的独楼一幢一样，形色各异，皆是一幢两户，庭院内的户界间也隔着栅栏。张世铭看见有个女人已从右边的庭院门口走到左边的庭院门口，在开门上的锁。女人开了锁一转身，与下了车的张世铭正好打个照面。女人睁大了惊异的眼睛“咦”个长声，侧头问阿娇：“你是领他来租房的？”阿娇说：“是啊。”张世铭也被这突来的巧遇弄得错愕：“陈大夫，你……你是这楼房的房东？”陈凤美点点头说：“张大厨，咱俩不是在编小说吧？怎么这么巧啊。”张世铭说：“编小说？编小说这巧事就成虚构的了，我俩可都是生活中的真实者。”阿娇插话道：“哎呦，我这经纪人还经纪着了，经纪了一对老朋友。你俩要编小说，别忘了我呀，我也算一角呢。”仨人说笑着进了庭院。

在张世铭的想象里，这种欧式华宅是将文明棍和漂亮情人都捏在手里的豪绅们的出入之所。壁炉里燃着火种，地毯上绣着中世纪的海轮，油画中的神秘城堡将幽谧之气溢满客厅。一应生活物俱像高低胖瘦的仆从默然静立，恭候主人的吩咐。楼后是金色的海滩，那里椰影婆娑，两只白色靠椅把悠闲寄托给鸥鸟的羽翼。仨人楼上楼下走着。陈凤美说：“这房子原是我公公和婆婆住的，可这些年也没住上几天，他们不愿离开吉隆坡的老宅。所以，房子闲着也是闲着，谁住都是住，前些天才托阿娇代理出租，这就把你张大厨给代理来了。”阿娇说：“既然都是朋友，我就不遮着掩着说话了，这可是狮城顶尖的住宅呢，租价也就这个行情。张先生的住房标准高，我象征性收点中介费，每月大约还能余下两千坡币。余下的，张先生可当零钱用。”张世铭说：“这不合适吧，拿你们政府拨给我的住房费当零钱用，我不成了国际贪污犯啦。”阿娇说：“我可没这个意思，我是说余下的钱总得设法处理。”陈凤美说：“张大厨住房的事还挺特殊，早知这样不如直接搬到这里好啦。既然政府对张大厨有待遇，房钱不收也是白不收。”阿娇听了不悦，心想：直接搬到你这里，我这中介费还赚得上吗。她转转眼睛，说：“要不这样，张先生是专家身份，总不能自己打扫房间，雇个菲佣吧，每周来三次，一月雇金得五百；再雇个马来佣人拾掇庭院，剪裁花木、洗刷泳池什么的，每月也得五百；还得包辆车子。这样，余下的钱不就充账了，也省得张先生担心把国际都贪污了。”张世铭“扑哧”一笑，说：“还是阿娇聪明，要是这样，我就彻底满意了。阿娇啊，你就把这些也写在租房契约上，我签上字，再麻烦你到鸿安大厦六层找郑婉丽小姐，请她具体办理……”

这天夜里，张世铭的新居处透着灯光的窗幔中，隐约映出两个人影。可以想到，别后巧逢和房东、房客的近邻关系，足以使这两个异性朋友能延续谈资，但还不至于有什么浪漫的事情发生。

7 授课

张世铭正讲着《中国食俎史略》的专题课。听课的学员有十八男二女，均是按着他的六条标准遴选上来的厨杰，人数虽然不多，籍贯却很广泛，除本地的外，还有从中国大陆及港台地区、马来西亚、印尼、澳洲、泰国移民这里的华裔；其中又藏龙卧虎，有在法国、德国国际烹赛中拿过金牌的名厨，也有在亚洲美食锦标赛上名列前茅的高手。他们听课时，眼眸子里都映放出沉惑的神色，一个来自泰国的女学员，瞅着张世铭的长耳朵发怔。

杨国安在开学典礼上露过一面，有过一番言简意赅的讲话，他对荣录的学员谨表祝贺，说这次培训全部免费，感谢政府对这项教育工程的资助和重视，并宣传了张世铭，最后请同学们循以尊师之礼，向张老师三鞠躬。讲完话匆匆离去。郑婉丽说："他为河北涿鹿县修复黄帝城捐献一笔巨资，马上要去那里出席奠基仪式。"这让张世铭心生敬慕，又引发异想，感到这个小老头像条蓝鲸，潜游在世尘之海里，时而露出峥嵘，喷出积蓄的水柱……

张世铭在讲着远古尘寰中的食文化发轫。他讲，英国历史学家戴维·罗尔说，最早使用文字的人是记账员，这话不全对，那是指中东历史黎明中用小泥板儿划横竖的苏美尔人。中国不是，中国最早的文字是象形的，象形文字的起源来自绘画思维。所以，中国最早使用文字的人是绘图员。而且，象形文字又是从谋取食物这种人类最本能的动机中萌生的，它的萌生是接榫着吃的外延。就说"盐"字吧，他在黑板上写个繁体的"鹽"，接着讲，这是个高渗透物质的象形字，其实是对宿沙的原始绘画。《世本》里记，宿沙是黄帝的臣子，因始煮海盐被尊为盐宗。大家细看，这个"鹽"字就是一个臣子在器皿旁卤煮海盐。如果将这些繁多而缜密的笔画拆开，就会释放出宿沙的不朽生涯。可见，用文字表达人与物质的进化，远没有对文字本身的描绘来得生动而深刻……

学员们沉惑在张世铭营造的语境中。这些学员因常年在厨房里司俎，终日被五滋六味包围，脑子里装的都是翅鲍参肚和南肴北馔，平时少有功夫亲书近籍，也不大注重食道俎理，这是他们的短缺，因而听课就觉吃力，如今要当教师了，就都有了紧迫感。下课后，他们一致要求下午取消自习，请张世铭再做辅导。张世铭听到这种呼声很是得意，感到他的授课有了奏效，达到取向学员心理并使他们进入角色的目的了。就高兴地说："好啊，那这样吧，同学们先去吃饭，饭后把不求甚解的问题归拢归拢。下午，尽可提问，我来解答。这样能避免辅导重复，节省时间。不过，我的解答只限于这堂课的课题范畴，别问得跑题。你们问秦始皇每天吃几碗干饭？唐太宗膳前喝几杯小酒？你们不知道吧，我也不知道……"

下午，维多利亚酒店的西餐厨师长周维明首先举手了。他阔脸短髭，白胖而斯文，有点像年轻时的美国上校肯德基。他先说："我是做西餐的，但我是华人，华人厨师不学中餐就是忘本。所以，我要在这次集训中努力提升对中餐的认识和厨艺水平。"学员们使劲儿为他鼓掌。接着，他就问："老师上午讲课，提到'饮食男女'，这是成语吗？包涵什么意思？我不大理解，请老师启蒙"。

张世铭笑笑，请他坐下，遂说："谈不上启蒙啊，只是与你沟通。这句话是名言，但不是成语。原文是'饮食男女，人之大欲存焉'，出自西汉儒学家戴圣编著的《礼记·礼运》里。'饮食'指食欲，'男女'指性欲。这是人之大端，也是大实话。其实，'饮食男女'是个世界范围内关于人生经验和生存文明的基本话题。我认为，西方文化，特别是近代美国式的文化，可说是男女文化，而中国则是一种饮食文化。但是，说西方文化是男女文化并非有贬义，这是指广义的人生体验，不能视为狭义的感官或野合，也是以人性、情爱、享生的'反本'而认知出来的科学哲学。在中国，当初圣贤们设教，提倡道德、士节、修性、养生，男女问题是'授受不亲'的。比如孔子，他一方面主张'食不厌精，脍不厌细'，一方面主张'中媾之言，不可道也；所可道也，言之丑也'。他这种'饮食男女'观，随着他的'德治仁政'，持久地发挥着主导人们思想的作用，其实是给中国人的'饮食'和'男女'这两个本性之欲构筑了一条渠道，那就是放纵饮食，讳忌男女。这种伦理导向，应该是中国食俎和食俎文化后来得以高度发达的重要原因。这是个深邃的话题，我就简略作答。周维明，你问得挺好。"

华兴酒店的中餐行政总厨曹志宏又举手提问。他有点像周润发，那眉眼神色都很像，只是瘦些。他快人快语地说："请问老师，你上午讲'烹饪'的含义是指食物由生到熟的过程。可是，新加坡有些生吃的菜，如捞鱼生、生拌三文鱼等，没有加热过程。这应该做何解释呢？"

张世铭点点头，说："这位同学问得也好。我上午讲过这个问题，可能你没听清楚，也可能我没讲清楚，借此再强调一下。'烹饪'的含义是指可食的东西用特定的方式做熟。‘特定的方式’是什么呢？是指我们有了烹饪的环境、设备、工具和原料，掌握了烹饪技术。至于‘刺身’菜肴，是普遍存在的现象，西餐的沙司，日本的生鱼片，韩国的生拌牛肉，都属此类。中国江苏人吃的醉虾，那虾不仅是生的，还是活的，端到桌上活蹦乱跳。尽管这类原料是生的，因为它们可吃，所以，‘熟’的含义在这里不能误解，应视为‘成熟的熟’，而不是‘生熟的熟’。”

接着，星州酒店的中餐行政总厨刘斌举手提问。这人貌似游本昌，有股子诙谐劲儿，还挺嘎咕。他说：“我每天做鱼翅菜像做热汤面，一次就做几十份。有人对我说，刘师傅，你可别到海边游泳，鲨鱼要找你报仇的。我听了就犯合计。老师你说，我是继续到海边游泳呢，还是跟游泳一刀两断”。

张世铭脱口一笑，说：“你跑题了啊。不过，既然问了，我总得回答。我看过一则资料，说狮城每天消费的鱼翅总数量为六公吨。若以每条鲨鱼平均能出净翅三千克计算，每天需宰两千条鲨鱼，才能满足市场需求。人们为何喜食鱼翅？一种流传的说法是：吃鱼翅不生肿瘤。有个美国人威廉·雷恩就鼓吹这种观点，并写了本书叫《鲨鱼不生肿瘤》，又通过哥伦比亚广播公司上了电视，火了一把。之后，雷恩就开个公司，出售鲨鱼软骨产品。媒体的煽动力量加上患者的求生欲望，使他的产品十分畅销。可是，FDA 和美国联邦贸易委员会却将雷恩公司告上法庭。法庭裁决，雷恩公司必须停止销售鲨鱼软骨产品，并发出禁令，如再对产品进行虚假宣传，将要面临入狱的处罚。对此，美国肿瘤学会也有驳斥鲨鱼软骨可治肿瘤的学术报告。鲨鱼软骨是什么？就是鳍，鳍就是鱼翅。雷恩的理论支点是吃什么长什么，或吃什么像什么。按着这种逻辑，我们人类吃了那么多植物类食物，早该长出叶绿素来自己进行光合作用了。所以，包括我在内，大家都不要做雷恩的传销员。刘斌你更应该注意，你把鱼翅当面条，一做就是几十份，你已是鲨鱼的克星，鲨鱼见你就哆嗦，哪还敢找你报仇”。

学员们都笑，刘斌也笑……

8 圣陶沙之恋

这段时间，张世铭的授课进度已经超过写教材的进度。他想使写教材的进度赶在授课进度之前，因为两者内容一致，这样方便备课，利于教学计划的井然有序。为了翻这个身，他没日没夜地写，把什么都忘了。谁会发现孤独的豪宅里有个爬格子的拼命三郎呢？只有寂寞的海浪同情他，给他送来一声声空寥的叹息。这天下午，他感到脑袋迷迷糊糊，不觉间靠在椅背上睡着了。

夕阳把光彩卷到西天上，暗下来的屋内有断断续续的鼾声。这时，电话响了，像女人在静寂中突然惊叫几声。张世铭癔儿八症抓起话筒，里面传来陈凤美的清脆声音："哈罗，张满汉吗？嘻嘻，怎么样，这段日子住得舒服吗？"

张世铭精神一振，睡僵的体内即刻有了活气流动。他说："舒服啊，再不舒服就得住天堂了"。

话筒里传来笑声。"这些日子冷待了老朋友，我送女儿到伦敦学音乐去了，今天早晨才回来"。

张世铭说："冷待老朋友的是我，主要是工作紧张，隔壁住着，也没去登门拜访"。

话筒里又笑了。"你没睡醒吧？我那屋子没人，你去了要吃闭门羹呢。今天是周末，我想尽地主之谊，请你吃饭，赏不赏光啊？"

"不必破费了，"张世铭说："要吃饭，我张满汉有手艺，待会儿你们夫妇都过来好啦"。

话筒里有一阵没声音。张世铭以为掉线，刚要放下，里面的声音又传出来，"张满汉你这样就不好了，好像我请你吃饭是假的，想到你那里吃手艺呢。我是要行朋友、邻居和房东的三重礼情，诚心请你的"。

"那好，"张世铭忙说："我收回虚伪，尊重你的真诚。咱们上哪儿吃去?”

话筒里咯咯一笑。“你应该是满族人吧?满人嗜肉。圣陶沙刚开家元太祖烤肉店,满蒙一家嘛,我们去那里吃肉。我的车子就在门前,半小时后咱们车里见”。

张世铭放下话筒,睡意很知趣,悄悄跑开了……

陈凤美开的是红色流线型跑车。她穿件银白色无袖镶蓝边的薄缎旗袍,轻施粉黛,长发盘卷成一个元宝鬏在脑后坠着;身线显得曲秀利落。张世铭坐在车里,即刻有了感觉。穿旗袍的女人请他去吃蒙古肉,很有种亲情滋味。他又想到西方电影里的男爵,与情侣驾车在夕色里兜风,树丛和草坪迅速向后移动,红色的冲动在绿色的激情中摩挲。这时候,沉默就不够味,他就说些诙谐的话,引得陈凤美姿情大笑。

“圣陶沙”为马来语,是宁静、安谧之意。张世铭上次来新时,杨国安的公子杨兴邦领着他们一行来过这里,先是登临花葩山,纵览太平洋。当夕阳像巨大的番茄浸到海水里时,他们乘着缆车空降到圣陶沙岛,又改乘单轨小列车做了环岛之游。他在高于树巅的半空中看到,市区的楼光厦火投影在港湾的水面上,变成一片片闪烁的金银珠宝;泊轮上的灯链把天上的星星串连一起。天上有灯,船上挂月,水上漂浮着灿烂的光影。后来又到水上餐厅吃夜宵,餐厅是一艘豪华轮船,船体轻轻摆荡。他们嚼着汉堡牛排,啃着马赛鸡腿,听着吉他曲嘶嚎,像一群快乐的海盗纵情逍遥。

张世铭和陈凤美这次去圣陶沙是乘坐近程渡轮。两人在船上都煞有介事地凭栏观望。船下的水浪发出像狮子狗的舌头舔动的声音;左侧,金融区的摩天大厦像一群瘦瘦高高的绅士穿着烟色西装;右侧,群轮泊位,从那里飘来阵阵异国舞曲。陈凤美在船头亭亭玉立,把没事找事的闲话和周围的影致糅合一起,亲昵的气息勇敢地向张世铭扑来。

登岸后,两人随着人群往前徜徉。过了商号区,人流逐渐分散,周围的气氛温柔起来。树丛脉脉,芳草含情,到处都藏着深绿色的拥抱。张世铭感到一阵心跳,偷眼瞅瞅陈凤美,陈凤美倒是自得的样子,好像布置了圈套有了意想的收获。张世铭隐住心情,指着远处的一片灯光,说:“多美的夜晚啊，我们先去看看音乐喷泉？”陈凤美笑着说：“看完了，餐厅八成要打烊，元太祖等着我们呢。”说着就挽起张世铭的胳臂。

两人进了烤肉店。陈凤美说：“这是台湾人开的。要说正宗，得说你们那疙瘩。”张世铭说：“喂呀嘀，你还会说疙瘩？”陈凤美说：“我祖上是山东人，闯过关东呢，怎么不会说疙瘩。你得多吃些啊，看看这烤肉跑没跑味”。

餐厅中央设置一个巨大明净的玻璃罩，里面有四个假蒙古人围着圆形大烤盘在烤肉。只要客人从玻璃罩的传递口外递进装着生料的碗，假蒙古人接过，把手腕一翻，吱啦一声倒在大烤盘里，手铲就跟上来翻烟拨雾；然后，把烤熟的肉往碗里灵巧地一扒拉，托碗的那只手的手臂就势反抡一圈，像来个国标舞里的大涮腰，随即眨着眼睛把鬼脸和烤肉一起递出去。

两人选了生料，陈凤美跟屁虫似的跟在张世铭身后，看他怎样调味。其实，张世铭只从蓝花大瓷罐里舀了两勺已经配好的调味料，放到生料中。肉烤出后，陈凤美尝了后就啧啧连称：“真香，真香！不愧是张满汉。”她是把烤肉店的调味汁当成张世铭的手艺了，只因调味汁是经过他的手舀出来的，便以为这是他的本事。

张世铭就暗笑。

“我胃口好，也爱吃肉，”陈凤美说：“你看这肉都是我在吃。你真会调味，肉也烤得香”。

“嘿!”张世铭把憋在胸口的笑气扑地一下喷出来，“你可真有意思”。

“什么真有意思?”陈凤美没事似的，毫不觉得自己抖落个包袱。

张世铭忍着笑，说：“怎么不偕你先生一块来度周末?”

“先生?”陈凤美脸色一暗，“他嘛，早成死鬼了”。

张世铭“噢”了一声，说：“对不起，我不该这样问。”

“没关系，”陈凤美说：“你呢，你在中国时，是不是常陪太太度周末?”

张世铭犹豫一下，说，“我太太……和你先生——嗯，一样吧”。

“你太太也成……”陈凤美顿悟道，“那……那我们可算同命相怜了”。

张世铭叹道，“人虽故去，但夫妻一场，情义还在，你不该说他是死鬼”。

“他就是死鬼”，陈凤美有些愤然，“他当活鬼时都没情义，成了死鬼，这情义就绝了”。

张世铭暗自愕讶，拿眼探寻着瞅她，又不便深问。

陈凤美说：“要说情义，是来自缘分，没有缘分，哪会有情义。我最信缘分，我认为缘分是情义的前提。所以，我就寻思，咱俩，你说，有没有缘分？”

张世铭转转眼睛，顺风扯帆地说：“当然有缘分。我上次来新时患了牙病，偏偏到你的医院治牙，我们就成朋友了。这次来新，我一租房就租到你这里，我们又成了近邻。远亲不如近邻呢，这不都是缘分嘛”。

陈凤美听得顺意，大睁起眼睛，舌头一卷，打出一个响来，样子很俏皮，说：“为了缘分，咱俩干一杯”。

两人端起酒杯。陈凤美乘着兴头儿，酒喝得挺猛，往嘴里硬灌。张世铭老到，慢慢悠悠地喝。

陈凤美喘着气，顿时满面绯红。她看着张世铭喝酒的样子，下意识地想着他的厚嘴唇，心里掠过一丝念头。等他喝完了酒，见他看她，忙说：“张开嘴，我看看你的牙”。

张世铭咧着嘴，让她看。

“你把牙分开，张嘴，再张大些。唉唉，就这样。看看，又长牙蚀了不是。要认真刷牙呢，哪天到我的医院去，给你洗洗牙……”

深夜归来，陈凤美要张世铭到她那里坐坐。张世铭说：“太晚了，改日吧”。陈凤美白他一眼，说：“我没顾忌你，你倒顾忌我了，我还能把你当烤肉吃了怎的？你不是要登门拜访吗？赶快进去！”

两个人进了客厅，陈凤美打开暗灯，又放起歌曲，说：“来，咱俩跳舞”。张世铭说：“我不会跳”。随即就想起他来新的头天夜里做的那场梦，这不梦想成真了吗。正寻思间，陈凤美的双手已搭到他的肩头，晃悠起来。他急忙端直身板，挺胸扬脖。陈凤美吃吃笑着说：“你还想跳国际？

我可就会跳贴面……”

9 教学插曲

今天上午是实践教学。张世铭示范做菜，学员们围观。他的刀功老道，翻镬轻灵，下调料准巧；起镬时，镬底带着一团火，那菜“刷”地一声经手勺一拨，弹到盘中圆满周正，无一点油星溅在盘边。一招一式都沉稳干练，透出很深的功夫。学员们看得都暗下点头。

张世铭示范毕，扫一眼学员们，说：“你们每人也要做一道菜，我看看”。刘斌说：“老师，我们做什么菜?”张世铭说：“随意，这不是技术考核，是要你们体验一下在教学实践中，如何给你们的学生示范操作。谁先做?”无人应声，谁也不想头一个伸手。张世铭说：“曹志宏，平时你总是抢先发言，今天怎么不积极？你先做”。曹志宏一缩脖子，想想说：“老师让做就做呗”。就选了原料，一阵切切炒炒，菜做成了，相当麻利快捷。

张世铭看他做完菜，肃着脸说：“你方才是给客人做菜呢，还是教你的学生们做菜?”曹志宏说：“应该是教学生做菜”。张世铭说：“我当是客人等得不耐烦，等急眼了向你催菜呢”。学员们就笑。张世铭说：“你这哪是教学，是给学生变戏法，学生还没看明白，你却炒完了。不行，再做一次，你要找到给客人做菜和教学生做菜的区别。窦尔敦使惯双钩，这回得使三节棒。我的意思你明白不?”

曹志宏点点头，又做了一道菜，比上次稳当多了，操作也显出步骤和层次。张世铭看着学员们都做完了，就在现场讲课。他说：“关于实践教学，除了方才说到的一点外，还有三点，大家也要切记。一是示范做菜时，不要用手勺ㄠ溜ㄠ溜尝味道，学生们围着看你呢，看你喝生抽老醋?所以，手头没准不行，这有损为师的形象。二是要操作规范，包括站相、姿势和面部表情。有的学员做菜，歪着膀子哈着腰；有的翻镬时一用力还一咧嘴，灶火热气扑过来，脸就脱相，像心绞痛突发”。学员们就笑。“别当笑话听啊”，张世铭接着说：“这都务必要矫正。三是要强化基本功，该切三刀就不切四刀，也不切两刀，该翻三下镬就不翻四下，也不翻两下。做到不败刀，不败镬……”

下课后，张世铭回到主任室，郑婉丽跟着进来，一副愁相说：“张老师啊，教材你都写那么多了，杨院长让我先送到印刷厂排版；你一边写，我一边校，这样进度能快。出版社只管出版，不管审校。可我中文水平低，又不懂烹饪，里面引用的古文我瞅着迷糊；还有爆、煀、煸、熘的，像一堆小虫子在爬，校得我眼珠子快掉下了”。张世铭笑着说：“你挺认真。不过，校稿切忌急躁，越急躁越容易出错。我想，杨院长也是要你在校稿中熟悉教学内容，提高中文水平，这对你很有必要。别发愁，慢慢校。没关系，到时我还要终校”。

郑婉丽点着头，又说：“还有个事情向你汇报。是这样，政府技能发展基金会在植物园举办全国家庭烹饪大赛，今天是终裁。组委会为了避嫌，要请外国名厨担任终裁评委。请张老师在下午一点半前光临大赛现场，等会儿有车接你”。张世铭说：“下午我还有辅导课”。郑婉丽说：“我去向学员解释，张老师不要到外面吃饭了，我马上叫阿姨做……”

过午，张世铭来到植物园，见两侧高大的树椏上扯着一幅由华、英、巫、印四种文字组合的会名横额，算是正门。入口处两旁有四个六米多高的厨师气球塑像，一个黄脸，一个白脸，一个棕脸，一个黑脸，皆面相滑稽，憨态逗人，嬉戏性地表现着这个移民国家的人种成分。赛场内，人群如蚁，参赛和参观的几乎都是女性，一眼望去，像被风吹动的花海。列国乡音八方俚语，汇合着世间尽有的清脆和婉绵动静，那动静又像浪潮喧哗着涌来溅去，使张世铭感到自己不是来鉴定菜肴的形强色弱和滋优味劣，倒像来观摩妇女人种博展会。他惊诧烹调术竟会有牵动现代母氏社会的力量，狮城女性为追求享生而高度聚拢，竟因展台前的那些家肴宅馔！

组委会负责人与张世铭寒暄后，向他介绍了另外三个评委：白胖的英国厨师满头卷发，背着双手，朝他弯弯身子；扎着马尾巴辫子的马来厨师谦恭地瞅着他，点头哈腰；那个戴瓜形花帽的印度老头，鼻下有两撇上卷胡，左眼眨巴几下，眼皮子跟着哆嗦，算是与他打了招呼。然后就过来四个肤色不同的女性，操着四种语言向四个评委通报了四天的赛况，又发下四种文字对照的四本裁判册……

赛场中，草坪四周搭着一排排蓝色遮棚，恰似围墙将赛场圈定。遮棚中隔着一爿爿的操作间，各赛区预选赛的优胜选手已将成菜摆到前面的展台上，旁边的标牌也用四种文字写着参赛地区、参赛品种和选手姓名。张世铭等四个评委已在展台前徐徐踱步，审鉴成菜。他们像四头黄白棕黑的公牛，在棚子里寻觅可口的饲料。在张世铭看来，这些纤手之作虽逊于专业厨家的妙品，但上乘者也不乏其内：清蒸麒麟鱼把东方的神话演义到每瓣鲜香的嫩肉里，英国肉饼使他感到雾都上空一下子出现六个暗红的日头，马来筒囊肉串像从阿拉木图餐馆的暗炉里刚刚烤成，孟买的比萨饼犹同泉城食摊上的煎饼烙……张世铭熟谙对菜肴的评定规则，他认为，菜式颜色失正、入目不悦就是失败，盛器硕大、菜量单薄也要扣分，浮油外溢或菜表干涩乃是俎功不达所致，滋汁稠浓或芡状稀疏则属调鼎不得其法。像他这种专业程度，成菜被他瞄上几眼，得分率基本就有了框定，所以他评判的进度很快。那三个评委先是谨观慎记，但渐觉鉴接不暇，越发无所适从，干脆都跟在张世铭左右，时时偷看他的判分，便于照猫画虎。以致评判结束、统计评分时，张世铭的评判分数实际上就成为终裁的依据，上榜的前十名选手中，“状榜探”的桂冠皆被华人荣戴。

颁奖仪式结束，张世铭被一群参赛选手和粉丝们包围。在这种场合，他是倍受瞩目的明星。他回答起各种讨教，还要签字，还要合影……好不容易突围出来，又碰见阿娇。“呦，什么风把你也吹来了？”张世铭笑着问。阿娇说：“我来给妹妹当助厨，她赛菜得了第三名呢。你一到赛场我就看见你了，你要不是评委，早与你打招呼了”。张世铭赞许地点点头，心就一动，忽地又问：“第三名？是不是穿连衣花裙，做螃蟹虾和核桃肉的选手？她是你妹妹？”阿娇说：“是啊”。张世铭说：“把你妹妹找来，我要见她”。阿娇转转眼珠，说：“我是搞中介的，不能白找，你得收她做徒弟”。张世铭说：“那得面试，面试通过了，这事好办”。

不一会儿，阿娇领她妹妹来了，给张世铭介绍说：“她叫阿聪，你得答应，收她做徒弟”。张世铭定神瞅瞅阿聪，心想，应该是她，遂说：“阿聪，认识我吗?”阿聪笑笑，说：“师傅谁不认识，方才还给我颁奖呢”。张世铭说：“不是说方才，是说以前，以前认识我吗?”阿聪说：“以前也认识啊，师傅常在电视里教我们做中国菜，我这次做的螃蟹虾和核桃肉，还是跟师傅学的呢。不过，我认识师傅，师傅不认识我”。张世铭说：“不对，今年三月九日凌晨，大约十二点一刻吧，你在东亚酒店附近，就是麦波申路的十字路口，过了一次马路，我就认识你了”。阿聪愣愣，又想想说：“那时，我在星马银行上晚班，午夜十二点下班，要经过那条马路到停车场开我的车子回家。咦，师傅怎么说得这样准?”张世铭说：“那天晚上，我到东亚酒店参加你们这里的厨业集会，回去时在那路口过马路，当时，红灯还没变绿，十字路口也没车没人，我刚要过马路，但看到对面有个人却站着不动，我就羞愧地抽回了腿，也学着那人等绿灯。灯光下，我看清了那人穿着连衣花裙。绿灯亮时，我俩在马路中间相交而过。你想啊，深更半夜的，我不便瞅那女人，但又觉得那女人的守规道德蛮高尚的，禁不住就瞥她一眼，这个人就是你。真怪，有的人你看他一百眼，过后也忘，可我瞥你一眼就记住了。后来，我用‘蝙侠’的笔名在《星州晚报》上写了《彩裙女与指示灯》，专咏这件事情”。阿聪惊异地说：“那诗我读过，没想到是师傅写的，师傅还是诗人。读后就觉得诗里的女人像我，我就爱穿彩裙，你看我现在还穿着呐。当时就想，我怎么半夜里就成诗了呢？这诗人也怪怪的，黑灯瞎火躲在路角看人家过马路。不过这很平常，谁都应该这样做的”。

阿娇插话说：“新加坡国小人密，容易碰巧赶巧。上次，我代陈大夫租房就成了小说，这回，我领阿聪来又成了诗，新加坡文学是多么热爱张先生啊”。张世铭“扑哧”一笑，说：“那我得请你到东海岸吃海鲜，阿聪作陪”。阿娇说：“要请是阿聪的事，她要认师呢”。张世铭说：“阿聪德艺双馨，这徒弟我收了，但我是要酬谢你给我找房有功。你俩稍候，我去与组委会告个辞……”

10 杨宅

这天下午，张世铭在写教材，陈凤美打来电话。她说：“世铭，今晚，捷克女汉学家在潮州茶馆讲唐诗，我们去听听，一定很有意思”。张世铭头一次听她称自己为世铭，心中一阵温馨。陈凤美又说：“你得打理一下三千烦恼丝呀，别让杜甫看着不高兴”。张世铭一笑，捏捏后脖梗儿的头发茬，说：“行，长见识，烦恼的掌故，原来如此……”这时门铃又响，张世铭撂下话筒，到门处见视屏里现出菲佣和马来佣的两张脸，做家政的来了。就告诉懂些华语的菲佣，他要去理发，嘱她拾掇完了关好院门。

张世铭在街上走着，一辆“蓝鸟”从后面驶来，在他旁边戛然而止，车窗里探出个脑袋，是杨兴邦。杨兴邦说：“菲佣说你去理发，上车，我送送你”。张世铭说：“前面就到了，你这是……”杨兴邦说：“我父亲让我来请你，晚上到我们家吃饭，还有事情和你商量”。张世铭说：“打个电话就行了，还劳你跑一趟”。杨兴邦说：“你没去过我家，不接你哪行。张老师你去理发，正好我还有个事情要办，四点钟吧，我到你的住处接你”。张世铭说：“好好，你先忙你的去，咱们四点见”。

他走到一家“黛莉美发院”，便迈进去。店内无客，几个女工坐在一起比大腿，见有客人来，忙将裙子放开了。一个男工过来说：“先生下午好，理发？”他说：“吃饭就去餐厅了”。男工一笑，说：“我可以为你服务吗？”他说：“那就有劳你了”。男工说：“请坐吧，是不是休息一会儿，喝杯茶再理？”他说：“不用了，请理三七开的分发，鬓角留着”。男工把白罩单一抖盖到他的前身，说：“干洗还是水洗？”“干洗吧”。男工说：“我们有日本洗发露，泰国洗发露，还有本地洗发露，先生选哪一种？”“用本地的吧”，男工说：“用什么品牌的？我们有植物洗发露，水果洗发露，还有……”他说：“随你便吧”，他厌烦这套礼貌的问话，也不想再做决定。男工说：“我看还是用水果洗发露好，用这种怎么样？”“行啊行啊”。男工说："用苹果型的，还是用香蕉或菠萝型的？""你还有完没完？我只要干洗，随便你怎样洗！"男工说："可是，我们有八元一次的，十五元一次的，还有二十元一次的，先生用哪种价格的？""够了！"他忽地站起来，扭身把脸凑近男工的面前，说："到外面去解决这事情怎么样？"男工翻起眼，说："没问题，先生，你要去小巷子、停车场，还是就在美发院门前？""我想就地解决"，他"扑哧"一声又笑了，扬起右手就要打。男工梗起脖子，说："既然这样，先生，你想打我的脸蛋、胸脯，还是屁股？"他说："等我解下罩单，再说打你哪儿"。

一个老头惊着眼走过来，忙将张世铭摁到座位上，说："我是店主，我亲自给你理好不？再打八折"。他平平心气，说："折不必打了，你老别再问话就行"。老头说："好好好，我不问话"。老头不愧是师傅，手起手落挺轻巧。他感到脑瓜顶像有麻雀的两只小爪在蹦跶，小尖嘴啄着脑皮子当米粒儿吃。刮脸时，比他学徒那会儿收拾猪头还细致。给他掏耳屎时，先架起聚光灯照着他的耳洞，然后用织针般的掏耳笺慢慢探进，他刺痒痒的，觉得像从肚脐眼儿里往出钩蛔虫……

张世铭回去时，见杨兴邦已在门前等着，就笑笑说："这发理的，赶上给头发数数了，你还进屋坐坐不？"杨兴邦说："改天的吧"。两人就钻进车里上了路。路上，张世铭问："听郑小姐说，你们一大家子还住在'牛车水'一幢老宅子里？"杨兴邦说："是啊，我父亲哪儿也不住，也不让我们住到别处，这老头子可固执了"。张世铭说："你们这家境，该住到新加坡最好的地方"。杨兴邦说："你可别与我父亲讲这话呀，他最不爱听了。你是不知道，你这次来新之前，城建部门动迁建厦，要拆掉我们的老宅，我父亲和他们闹到法院去了。我父亲说，这幢老宅是'牛车水'现存的唯一值得保留的建筑，拆了它，就把'牛车水'拆没了，等于拆掉华人在这里艰辛创业的历史。结果我父亲赢了，官司在上个月才打完"。

张世铭听后不语，心中却在思索。他记得太父在书中写过：淡马锡开埠之初，水源竭尽，劳手人皆用牛车从此处载水，以供饮用……这即是"牛车水"的来历。可见，今日的"牛车水"是当年华人取水求生、赖以立业的地方。但这是莱佛士开辟新加坡初期的情形，距太父来时还早八九十年。这使他想到这幢老宅里居住的杨家先辈，可能是太父当年居在这里时的同时期的人，他这是猜测。杨院长对这幢老宅如此情深并要一住终老，就令他寻味。他想，这里可能也拴着一个杨家家世的情结或是不被人知的故事。

车在杨宅门前停下。这是一幢黑瓦青砖的中国老式搢邸，孤零零窝缩在现代高厦之间，像一个穿戴陈旧、满脸斑痣的矮翁，被一群高大时髦的年轻人围观，嘲笑它的古怪和衰颓。

张世铭被引进杨国安的书房。这是中国传统文人的书房：陈旧的八仙桌椅，褪色的屏条字画，书橱里排叠着线装书，古董架上摆着唐陶宋瓷。杨国安身穿浅灰绸褂，在这种置境的衬托中像个晚清的儒士。他霭霭地说："老夫寒舍旧陋，让张先生见笑了"。张世铭本想说："杨院长富甲一方，酒店遍及东亚，岂可虚言寒舍旧陋。"但想他是长辈，这种调侃话是不当说的，就抱以一笑，遂以问候。入座后，佣女献上茶。接着，杨国安的老伴领着一家人都过来了，与张世铭寒暄一阵，行了家道之礼，又都退去。书房里只剩下杨国安和张世铭。

这时，杨国安说："前段日子我忙得很，对你无所关照。我这个院长当得也徒有虚名，都是你受累了"。

"杨院长言过了"，张世铭道，"你是抓大事的，教学中的琐事又有郑小姐去抓，她很能干。我的工作较为专一，相对省心"。

"搬到新居还可以吗？"杨国安说，"如再不便，就到我这里住"。

"谢谢，我现在住的挺好"。

"听郑小姐说，学员们对你的教学反映不错，也都敬重你，说明你很努力，也很称职"。

"尽心尽力吧，我才疏学浅，能力有限，往后还请杨院长多加指教"。

杨国安点头笑笑，说："有个事情想和你商量，你对新加坡印象如何？"

"那还用说，东方的瑞士"。

“在这里生活习惯吗?”

“习惯。看书看报、看电视、与华人说话，都和中国一样。只是热一点儿，就当天天度夏了”。

杨国安说：“今天请你来，是要告诉你，‘华艺’最近被定下来，成为政府职能部门的常设机构。这样，培训主任的位置也是常设的。你如果愿意，可以长期做下去”。

张世铭听了表情复杂，想想说：“这可关乎我的后半生。请教杨院长，能不能……能不能帮我拿个主意?”

杨国安说：“你在中国酒店餐饮业算是难得的人才，不然不会请你来。要说这事，好像在挖国际墙角，其实不然。中国饮食应该造福全人类，饮食不分国界。古往今来，中国人在吃的方面十分开通，从不保守，致使中国成为举世公认的饮食王国，这是中国对世界的一大贡献。所以，我认为你的去留，没有任何客观的约束，应该是你个人的选择。主意得你拿，我只能给你提供这个机会，望你考虑”。

张世铭点点头，觉得杨国安说得有分寸，也含蓄，又隐示着一种倾向。这种想而不露、不动声色的言谈，又一次给他留下印象。于是说：“好吧，让我考虑考虑，等教学工作结束时再定”。

杨兴邦进来，请两人到餐堂吃饭。

餐桌上已摆满饭菜。扎着围裙的杨国安老伴见张世铭进来，就笑着说：“张先生是大厨，我这是家庭手艺，可别见笑”。张世铭说：“哎呀，怎好意思让您亲自劳手。早知这样，我来当厨好了”。杨国安在旁说：“你是客人，哪有让客人做菜的道理。”就请张世铭入座。他又走到一间屋子门口，对里边说：“你们也都来吧”。屋子里的人就都出来，随着杨国安走到朝南的祭案前。杨国安将祭香点燃，他老伴从厨房里端出四盘食品，摆到祭器上。然后，老两口并站在前面，儿孙们排在后头，朝着祭案上方悬挂的一幅遗像，一齐躬身拜了三拜。

张世铭见状，心里发一声感叹。想这杨家真是重礼厚仪，连吃饭都不忘恭请先世。但又一想，杨家产业如此之大，该是先世打下的根基，用食祭去表达对先世的感恩，倒是中规中矩。杨家先世绝非庸常之辈，必是有影响后代的高风亮节，不然，哪会成就杨院长的今天。他这样想着，就用敬重的目光望向那幅遗像。这一望使他顿感惊疑，遗像中的老人头戴瓜形黑帽，天庭饱满，孤眉浓重，狭长的鼻下蓄着短髭，有接鬓的山羊胡，还有那双深不可测的眼睛，那副神情坚毅的派头。虽是半身之照，也能看出是穿着长袍马褂，这使他即刻想到太父。可是，这种直感遽然又被他摇头晃掉。他想这是杨家，杨家和张家绝对不会有同一位先世。世间常有相似的面孔，衣帽雷同也不能说明什么，那个年代，有身份的男人常是这种打扮。尽管他这样想，那幅黑色遗像仍是如泚笔着墨，洇合着太父的那幅烟色照片，在他脑中漾开颜色的变幻，使他心生疑窦……

张世铭回来时已近七点了，惑得陈凤美噘嘴抱怨，说怎么不事先打个招呼，告诉要迟到的原因？张世铭心里装着事，搪塞着说："在杨院长那里不好意思与你通话"。陈凤美瞪睛道："那有什么，我们是光明正大处朋友。你是不是见到大院长，就把我这个小院长忘了？"张世铭赔笑说："你扯哪去了，我……我不是难为情吗"。陈凤美说："难为情就别去听唐诗了！"张世铭目媚说："别别别，下不为例呗"。陈凤美哼一声，"上车！"

这时，潮州茶馆的楼顶上已悬出一轮长安月，楼内飘出一股七律香。那个捷克女人高大白皙，穿一身玫瑰红的长裙，正操着纯正的华语在台上讲着杜甫。两人进来，择了座位。张世铭坐下时仍是心不在焉，他还在想着那幢杨家老宅，想着那幅遗像，也想着自己的去留，脑子里杂念丛生。当陈凤美来挽他的胳臂时，他竟吓了一跳，以为是捷克女人走过来拉他……

11 周假日

这夜，张世铭没睡稳。翌日用过早餐，仍旧坐那里心乱：任职期限一到，是回还是留呢？一想今天是周日，去书市逛逛吧，看书能散散心。

他坐到大巴车里时，还在想这事情。这阵子他也想家了，这个意念虽然空乏得已无内容，可他还是这样想。他想儿子，也想前妻。在武汉上大学的儿子每个月都来信，但他每次给儿子寄信，却总要将家庭变异的懊丧在信尾掩饰为“爸妈祝你学业有成”。想到这里，他心中一揪，对前妻的怨气陡地从胸中冒出：这个不贞女人，可能成了舞魔，一定会继续跟那个混账鬼混。又想太父当年出使不归，是因为朝政腐败，好官难当，回去没有奔头。自己却摊上了家庭腐败，弄得无家可归，回去也没有奔头。他就感到惆怅，感到回去的意念像个不耐触擦的气球，“嘭”地破碎。

那么留下呢？他继而想。他觉得杨院长那番话虽然没错，但对他而言却是抽象而空洞的道理。这个富老头怎会体验到一个几无积蓄者要留在新加坡的困窘呢。要说留下，像他这样被视为专家且有名声的人，日子总不能过得寒酸，四十好几的人了，得考虑娶老婆，买房子，成家立业。他的想法，既然因为下南洋丢了在中国的老婆和房子，那就得在南洋再把老婆和房子续回来，这叫剜肉补疮，平衡得失。可是，这需要一大笔钱呐。他粗略算过，没有五十万坡币打底，休想完成对老婆、房子还有车子的三种进项，这是让他一想就挠头的事情。

说起娶老婆，他想到陈凤美。她对他确有好感，这种好感甚至超出一般男女朋友的界限。可是，他曾是爱情中的失败者，爱情欺骗过他一回，他对爱情自有过来人的那种慎重。他觉得与陈凤美目前的关系，只算是因有缘分而一壁之隔住着的房客和房东，至多是本能的欲望需要排解寂寞的独男孤女，这是特殊境遇中的异性相吸，虽有情爱的成分，尚缺成婚的根基。知觉告诉他，在这个讲究实际、注重务实的国家里，爱情的天秤是随着经济的筹码起落的，男人如无丰厚的财力，难以有如愿的婚姻。陈凤美能放弃优裕的生活，情愿与他共享吗？这很难说。何况他也不是那种攀富媚裕、没有自尊的男人。但这女人笃信缘分，看来有些另类，这又使他怀揣希望。或许他会获得一个柳暗花明的爱情，这需要摸石探路。想到这里，他的眼中流露出急渴神情，感到时间紧迫。他想他得在任职期间内将与这女人的缘分务到实处，有个着落，这也关联到他的去留问题。对他来说，时间也是爱情。就在那一刹，时间在他耳边“呼呼”地如同大风刮过，刮得他心中一阵迷顿。

他下了车，远远就望见“百胜楼”那块大匾，那里是百店杂集的书业市场。他对“百胜楼”早有耳闻，抵因“书、输”谐音，就起了这么一个避讳的名称，虽然武不对文，也无翰墨可言，但此时却引起他的共识。他以为这个讳避得好，并以为“书”的定谓原本就是错的，应该一步到位就叫“赢”。如有人问，你去哪儿？要答，我去赢店里买赢，这话就吉利了。若答，我去“输”店里买“输”，听着就败象。“图书”的读音就是“图输”，总是要“图输”，哪会还有黄金屋和颜如玉？由此他又想，父亲就是因为出版“输”和藏“输”惹的祸。自己也因为喜“输”爱“输”，读“输”成了嗜好，虽说学业有成，但结果呢，黄金屋没了，颜如玉也没了。这是宿命论吗？他不置可否。

他踅进亚洲书局，这是本地最大的华文书店。门口处的摊架上散放着各类时尚杂志，封面尽是隆胸的美女，乳房像一堆大馒头晾在那儿。往里走，书橱又都像披着七色盔甲，五花八门的出版物层叠罗列，斯大林瞪着李登辉，太乙真人斜睨黛安娜，唐太宗和彼得大帝肩并肩，李师师贴着巴尔扎克的脸蛋儿，一套《佩文韵府》像四个一般高的胖老头，披着黄布粗衣挤在一起……他想，也许有新版的《牛车水纪闻录》，转悠半天没寻到，这就买了港厨的《金牌菜谱》，洛夫的《葬我于雪》，唐鲁孙的《中国吃》，高阳的《古今食事》，还有阿瑟·黑利的《大饭店》。他买这些书，也是想借着“百胜楼”的吉意，冲冲以往的晦气。他买了该买的书，也过了一把书瘾，心绪始得调解，心乱也有了些许的平复。

回宅时，他开锁推门，见陈凤美在泳池里游泳，眼睛一亮，“呀嗬，你好兴致”。

“今天是周七呀，天又暖，想起游泳玩了，”她撸一把脸，说：“你不玩玩？”

“不行，我游不好，也没泳衣”。

“这又不是游泳场，你穿这短裤就行”。说着游到池边，问：“你拎的什么?”

“书”。

“放到那儿我看看”。她游到他的脚下。

他刚放下那包书，被她一把拽住裤角，“扑通”一声拽到水里，“哎哟”声、水声、笑声就响作一团。

她笑够了，说：“你别在我面前总装孔夫子，哪像个男人。这回拉你下水，不游也得游”。说完了又笑。

他就唏哩哗啦地撒一阵欢。

她从水里伸出头来，说：“我在那边新安个小门，你不介意吧?”

他扭头一看，见院内栅栏处的小门开着，便知她是从小门进来游泳的。何时安的，他倒没注意，就说：“这楼宅是你的，你就是凿墙壁、打地洞，谁还管得着啊”。

她俯头一笑呛了口水，就怪声叫着游上前去，冲着他的胸脯槌起小拳头，他将她的双腕捏住。她一使劲儿挣脱出手，就势勾住他的脖子，两眼在他脸上爬来爬去，说：“我开个小门进来方便，游完了泳从小门就回去了。不然要出这大门，还要开我的大门，多麻烦”。

“你都把我拉下水了，还解释什么”。

“哎呀，你说话这么坏呐。不行，你让我呛口水，得罚你”。

“行啊，怎么罚?”

“嗯——罚你包扁食给我吃，我还没尝过你的手艺呢”。

“不就包饺子吗，傍晚你过来，我招待你”。

“那我先回去啦，傍晚见”。她说着松开他的脖子，爬上池台，光着脚水灵灵地走了。走到小门前，又回身给他一个媚眼，一个飞吻。

他望着她婀娜体态、扭动的臀部和两条颤巍巍摆动的长腿，像望着一条鲜亮而丰腴的大鱼，眉间闪过一缕念头，使他有了捕获的欲望。

傍晚，他做了四样饺子：虾肉汤饺、鹿肉蒸饺、蛙肉水饺和蕨菜煎饺，水陆林山，四馅四形；还做了四样冷碟：山楂鸡丸、卤水鸭脯、芒果沙律和翡翠瓜卷，红白黄绿，四色四味；又将各种水果切成兰荷梅菊，使它们盛开在玻璃盘里；盘中间放只高脚酒杯，杯中盛入染了浅绿色的清水，上面置枚粉色的浮蜡。他在后阳台的白圆桌上摆布妥了，这才打电话唤陈凤美过来。

张世铭此次来新，还从未这样精烹过家庭晚餐。他是带着掩饰那种欲望的心情，显示居家过日子的长处。

陈凤美来了。她好像刚洗浴过，带进来一股女人气味。长发在脑后束成一绺，穿一身粉色白点的丝装，上衣袒胸无袖，下裤长仅过膝，趿着粉色拖鞋，显得光鲜靓丽。她走到后阳台，一瞥餐桌上的精肴美馔，双手一拍合在胸前，说："哇塞，好美丽！怎么不让我来帮你？怕偷了你的手艺？"

"你帮不上忙，这手艺家庭里学不好的，你就是学了，有功夫鼓捣吗？"

"鼓捣？嘻嘻，那你怎么有工夫鼓捣？"

"我是专业。再说，还不是为了招待你陈大夫"。

"你就认得大夫，不认得凤美呀"，她说着大睁着眼，巡视盘中的美味，双唇不住地吧嗒着。

这时候，远天的夕色斑斓，海滩旁闲浪悠悠，水溅湾环，风拂椰影。他在想象间与她在那里傍肩靠着椰树，出神地眺望落日，辨听鸥鸟嘤嘤，那该多么浪漫！可惜，天光很快隐遁。他燃起果盘中的水浮蜡。幽光中，两人款款对酌。

潮声由远及近，在暮色里喘息。

"凤美，"他说，"你看这蜡烛燃的多美"。

她瞅一眼蜡烛，低下头说："是啊，真美，趁它燃得正旺，我们离开这里吧"。

"那……咱们去哪儿？去新加坡河？那里的夜景更美"。

"好啊。没去之前，你……你不想做点别的？"

他的体内忽就热了起来……

12 如诉如泣

新加坡河的河口处，那个狮首鱼尾的祥兽雕像被灯光映照得浑身雪白，眼射异彩，昂首高啸。据马来纪年记载，十一世纪时，圣尼罗乌达玛王子在这里发现了它，便用梵语将此岛命名为“新加坡拉”，汉译为“狮城”。近两个世纪前，莱佛士从这里登岛，在河的两岸开埠兴商。由此，这条荒寂的河就飘出连延的风帆和炊烟，也流淌着许多如诉如泣的故事。

陈凤美在佐士顿码头租只小艇，张世铭划动双桨，向河湾处游去。安德逊大桥两面的商区巨厦将一片璀璨的灯光倒映河中。尘嚣从远处隐隐传来，这儿显得很静。桨声在灯影里“伊伊呀呀”，像哼着原生态恋歌。

陈凤美坐在艇头，像朵出水芙蓉，眼中透出幽光，在张世铭的脸上瞄来瞄去。她忽然说：“世铭，你的神态，这时候看很像我那位先生呢”。

张世铭的心旌荡了一下，眉一低说：“是吗，我真的很像?”

“是啊，很像”。

“你是说，你希望我像你的先生?”

“嗯。啊? 去你的，嘻嘻，我是说你很像，但不是。”

“随你怎么想”，张世铭笑着说，“凤美，你看这河景太美了，让人眷恋。我想起苏东坡的两句诗：‘小舟从此逝，江海寄余生’。诗中说的中国江南，后来也称南洋。这诗虽觉消沉，但有意境，能使人触动心怀，感叹人生。我现在依境随缘，也好像进入这诗的意境中了”。

陈凤美显然被这番话感染了，神情顿然一郁，说：“要说‘江海寄余生’，我可真有感受呢。别看我平时有说有笑、像模像样的，其实内心里很孤苦，我是一个不幸的女人”。

张世铭不曾想到他的话会引起她的伤感，这时候，就很想借机进一步了解她，也想探测她对自己抱有的态度。他的时间不多了，得明确与她的关系。无论她是真诚的婚恋还是逢场作戏，他都有心理准备。尽管这种心情很迫切，但还得掌控节律，他得认真对待这个一步一步靠近他的女人。于是他说：“凤美呀，我们已是很要好的朋友了，你有什么难言之隐，不妨告诉我，我会更多地理解你”。

张世铭的诚询使陈凤美深深叹息一声。沉默一会儿，便如诉如泣地道出了自己的身世和婚历。

她听祖父说，宣统年间，她的老家——山东莒州一带闹旱灾，她太父带着谋生的欲望闯了关东，在陪都盛京一个郡王府中当了下差。清亡后，太父娶了府中与他暗中相好的使女为媳，两年后生下她祖父。祖父成年时长得高大魁武，为人忠厚，在报考张作霖的侍卫时被选中，后来当上团长。解放前，祖父随着国民党的败军到了台湾，那时已是师长。不久，被派到台湾驻马来西亚的“大使馆”当了武官。大马与大陆建交后，台湾驻这里的“大使馆”解体，祖父借此退职，在当地定居了。她父亲出生在大马，她母亲是上海人。她的大学时代是在伦敦医学院度过的，学的是牙科专业。她说，用文学语言形容，她是马来半岛的雄风和黄浦江畔的柔雨融合，诞下的巫沪之女。她大学毕业后回到大马。那时都是包办婚姻，她被许配给当地一个木材巨商的儿子麻学德。

可是，强拧的瓜不甜啊。洞房花烛那夜，她问麻学德，爱我吗？他摇摇头，说不爱。这时候，喜气突然凝固了。她气自己为什么要与不爱她的男人同床共枕呢？气得她只穿了内衣跑出去，蹲在庭园里哭了一夜，可是屋内，那个没心肝的鼾声也响了一夜。此后，她就懊气与他分宿。麻学德的父母得知此事就来捏合，他父亲对他软硬兼施，说：“你不是总想去新加坡吗，只要我有了孙子，我可以在新加坡投资给你办个木材公司，你当法人，再给你买栋独宅。要是不听话不孝顺，还像这样，以后什么好处也别想捞着！”麻学德听了这话，才肯哄她同房。她以为他回心转意了，后来有了女儿。1976年，她随他移居新加坡，就选购了现在住的这栋楼宅。

她接着说，自从麻学德移居这里，就疯长了一肚子花花肠子，几乎夜夜眠花宿柳。后来，他嫌娼寮的淫境不够刺激，竟在自己的屋里换了水床，屋的上下四周都镶上水晶玻璃，然后把一个个娼女领回家。他这是把家改成娼寮了，玩娼都不避老婆，天底下还有这样缺德的男人吗?！每当她听到隔屋里传出淫声，简直像啃噬她的心。她这时才认清，这个缺德鬼已对婚姻毫不负责，根本就没有爱过她。他把她带到狮城是个假象，是拿她做掩护，让她扮个保姆角色，以便麻痹他的父母，以为他能夫唱妇随了。其实，他想离开大马，是要摆脱他父母的管教，又能在生意中捞取更多的金钱，供他挥霍，去随心所欲地玩弄能在床上刺激他的娼女。这是造孽呀！她曾流着眼泪诅咒他，他早晚要遭报应的。

她继续说，有一天深夜，麻学德没有往家领娼女，忽发“善心”，要她睡到他的水床上。他这是把被遗忘的老婆也当成娼女要尝尝鲜了。她气呀，死活不肯，挣扎着跑回自己的屋中，将房门反锁，任凭那个淫棍怎样来敲，就是不应。后来，下起了雨，雨越下越大，成了暴雨。她清楚记得，当时响过一声撕裂人心的炸雷，像把大地都震碎了，震得她突然惊醒。随即，她就听到麻学德的屋子里传出重重的掼地声。这时，又一道闪电把她的屋子映得雪亮，她感觉是映出了她的凄悱笑颜，就幸灾乐祸地自语，麻学德这是遭到老天爷的惩罚啦！也不去管他。当时，她带着怨恨的快意，伴着雨声流着酸泪昏睡达旦。岂料，隔屋里却永远中止了鼾声。她的诅咒竟成为现实！真是不可思议，一声异雷竟送走了一个淫灵！这是天意啊，是老天爷到人间打抱不平来了。噩耗也像霹雳一样，震撼着她滴血的心。以致后来，每遇雷雨的深夜，她却触景伤情，到耶稣像前忏悔……

桨声灯影里的陈凤美神色怆怆，有泪水在她的脸颊上闪动。她用手帕拭去眼泪，又说：“不怕你见笑，那个死鬼死后，他父亲来新将木材公司注销，还要把这栋楼宅卖掉，把公司账户上的钱只分五分之一给我，说这些钱够你们母女俩到民居区买套房子住了。这太没人情了！就因为我没给他生个孙子，他就想用这点钱把我们母女俩打发走了事。我能容忍吗？我就气怒地对他说，‘你是木材巨商，是大马有名的富翁，怎能这样刻薄？你不该再冷中添寒，在我们寡母孤女身上打算盘。你的儿子让我得到什么啦？我得到的是精神痛苦，是被抛弃，是毫无幸福的人生。我得与你讲明，我是你儿子财产的法定继承人。你注销公司是你的权力，但公司账户的钱，还有这栋独宅应该是我的。你如果不同意，那就恕我不仁对不义，只好诉讼到法庭。’他父亲怕事情闹大露了家丑，丢了体面，只得默许了”。

陈凤美说：“后来我就在加东购物大厦里开办‘凤美牙科医院’。我有专业医术，得体现自身价值，报效社会。除了抚养女儿，我把精力和情感都给了患者，生意也一直不错。自从女儿去了伦敦，我就感到寂寞。寂寞很可怕的，每当回到家中，寂寞就像幽魂一样跟随着我。我打开衣橱，里面没有一件男人的衣服；吃饭时是吃独食，好像只有一半的胃口；夜里卧枕后，闻不到热烘烘的雄气；风把窗户撞响几下，吓得我睡不好觉。女人呐，什么都能忍耐，就是难耐孤独，害怕寂寞”。

张世铭听着陈凤美的吐叙，像听了一出南洋的雷雨剧。眼前这个女人悲凉而孤寂的半生，唤起他深深的同情，也就感到她的心津正涌动春液，期待有个意中男人。但他还是控制住情绪，说：“凤美呀，你用不着这样伤感，完全用不着。依你这样的条件，再找个如意郎君，还不易如探囊取物”。

陈凤美苦笑一下，说：“那你可说错了，我找先生还真难。有钱的男人我不想找了。我倒不是淡漠钱，钱是好东西，谁不爱呀。我怕再找个王缺德李缺德，还不是自讨苦吃。好男人啊，早都有家了，谁会捱到中年等着我去找？漏婚的好男人也不是没有，那就像金粒掉在地上，哪能容易被我拾到。唉，爱情啊，就是靠缘分。无缘者天天相遇也无缘，有缘者即使远在地角天边也有缘，要不我怎么相信缘分呢”。她说完，就拿眼盯着张世铭的脸色。

张世铭没有慌乱，他停住双桨，迎着她的目光试探着问：“那你是想找个没钱的男人？”

陈凤美的目光一散，说：“你们男人呐，总是找不到对女人的感觉。没钱的男人我更不想找了，他就是再好，拿我当心肝宝贝又能怎样？如果一个没钱的男人看上我，我会怀疑他居心不轨，是要贪图我的财产。其实，爱情很实际。爱情的基础是缘分，有了缘分，下一步就看彼此间的等值如何了，等值绝不能相差悬殊，不然也会阻碍爱情的发展。男人无财要求色，还要在色中图财，这对我来说是屈辱，我不能接受这种爱情”。

张世铭听后无言。一种失落感像块石头沉入水中，打着漩涡在他胸间翻动，明光暗影混沌一起。他抬起双桨，使劲儿往水中一扎，水面上的纹圈随即紊乱，向四下茫然扩散……

13 祭缘

转眼间到了清明节，张世铭想着这一天。为了不错过给太父扫墓时能遇见族胞，这天他去得很早，陵门还没开。

陵门开的时候，沉重的转扭声如峪中虎啸，在周围高大树丛间震起一片回应。这声音又发瘆，像是来自陵土深层里凄闷的嘶喊。他心中一阵紧缩，怵怵的吐口长气，镇定一下神经走进陵门，挨着一溜灌木往前走。他望到“日本占领时期死难人民纪念碑”的前面已经搭了祭台，祭台后面可看到一层蓝晶晶的海水。近处，一个穿蓝装的护陵老人在捡拾地上的枯叶。他走近老人，道一声早，问：“今天这里有活动？”老人抬眼瞅瞅他，说：“九点，政府和民社团体有公祭会。你台湾来的？”他说：“不，大陆来的”。老人自语，“大陆来的，好啊，是个孝子”。他谢过老人，继续往前走。

海边晨曦中，像撒着无数细小均匀的晶莹颗粒，在陵园的空间静静浮游，又好像碰着什么就附着在什么上面，这使铺排在绿森森的茂草间的墓桩都像罩上一层冷霜，挥发出一种特别的凄白和清冽。他站到太父的墓前时，不禁打个冷战，只觉得一股寒气直冲五脏六腑。老半天他才想到去清理祭器，摆上祭食，燃起炷香，献上素花。就在那一刻，他突然感到有寒光一闪，一把屠刀直劈过来，太父惨倒在血泊中。恍惚间，太父的脊背又渐渐凸隆，身上的袍褂由烟色变为乌白，变成了眼前的陵墓。这时，一种被恐惧刺痛和被悲愤灼心的交感，使他爆发式地闷叫一声，泪水夺眶而出。他跪在那里，失神地盯着墓碑，好长时间才清醒过来，慢慢站起。

陵园里的人渐多。不远处，他看到杨国安与家人们走过来。杨兴邦朝他摆手，招呼道："张老师，你也来参加公祭会？"

"啊……我是来祭祖"。

"你来祭祖？"杨国安走到他面前，惊异地问："你祖上有新加坡人？"

他点点头。

说这话时，杨家人都已走到张恩荣的陵墓前。杨国安见祭台上香烟缭绕，摆着祭品，还有素花，便知有人行祭过。但他并不奇怪，因为每年这一天都有嘉应先侨的后代到这里凭吊，却没想到是张世铭。

张世铭也没想到杨家人会在这里止步。当他看着他们在太父陵墓旁的树下培土，又撤换祭品，重燃炷香，还献上花圈，然后都跪在陵墓前，一时就愣怔那里。愣怔一会儿，才又想到太父是本地的先辈侨领，有追怀者前来祭拜也在情理。可是，总不该撤换祭品和炷香啊，那是张家人的孝祖行为，外氏人怎可擅自撤换，没有礼数！他尽管这样去想，但还是拘于情面，还是隐忍着走过去，扶着杨国安，说："杨院长节哀，请起来吧"。

杨国安听了也一愣怔，感到这话有祭祖劝宾的口气，心下不快，将张世铭的手一扒拉，说："张先生你去祭你的祖，我这里怎样，你不必劝！"

张世铭又一愣怔，这怎么还像下逐祭令，撵他到别处祭祖？愕讶中，他又有种被篡祖的感觉，不免心中窝火。但想到杨家人是来祭拜太父，杨院长正硴着呢，这时候不能多说什么，有火也得忍着。既然杨家人都跪下了，他想他也不该站着，便又跪下。他从未遇过这种场面，懵懂中就以为他这样做是陪祭，以为是对长辈宾祭者行了张家人的家祭之礼。

俟杨国安起身，见张世铭也随之起身，即觉诧异。怎么回事？他怎么守在这里不走？可又不便明问。想了想，就唤过杨兴邦，让他陪着张世铭去祭祖，并嘱他也要祭拜，以示杨家人要行回祭之礼。

张世铭听了，再也忍耐不住，说："这里是我们张家祖墓，还要领我去哪里？杨院长，我还是陪你们去祭祖吧"。

杨国安的脸色倏地红涨，眼中闪出愠光，说："这是我家祖墓，你让我们到哪里去祭？你怎么这样说话！"

张世铭既惊又慌，忙道："杨院长息怒。我是想，这墓碑上刻的是……

你们杨家怎么……”

杨国安心中火起，厉声道：“你以为我们祭错祖了是不是？你……”他嘴唇直哆嗦，指着张世铭说不出话。

杨国安老伴急忙道：“张先生啊，你可不要这样刺激他！国安，有话你也慢慢说”。

杨国安平平心气，冷静下来，这才缓声说：“我听出来了，张先生好像与我们祖上有关系？这倒稀奇了。那我问你，你的祖籍是哪里？”

“银州”。

“是陕西银州吗？”

“不是，是关东银州”。

“关东？那是中国东北，那里怎么会有银州？不对吧？银州自北周保定三年置，唐辖境相当于陕西米脂、佳县地，北宋时移至永乐城，即今榆林东南，州名一直没改。这都有籍可查的”。

张世铭说：“关东银州为辽代设置，即今铁岭，清时称银州，这也有据可查。我们张家祖籍即是这里”。

“噢，是这样。那我再问你，恩荣大人是你的哪一代长辈？”

“是我祖父张家象的父亲，我父亲张伯韬的祖父，即是我的太父”。

杨国安一听，与老伴面面相觑。然后，瞅着张世铭说：“张家象？我知道，知道。张家象是你祖父？啊，我得称他为伯父。张伯韬我虽不知，但按辈分，该是我的兄长”。

张世铭也惊奇不已，两眼睖瞪着问：“杨院长，你说我祖父是你伯父？我父亲是你兄长？”

杨国安点点头，脸上却现出戚伤的神色。

杨国安老伴道：“你先不要问这些，先说说，我们祖父怎么是你太父？”她似乎不太相信这突来的会亲。

张世铭没有答话，从怀兜里取出太父的照片——他这是有备而来，递给她。在他看来，说别的都不足为据，照片才是信物，就如同鱼符，有左符、右符，他出示的等于左符，要契合右符。

杨国安凑过头去，两人细看。他老伴说：“祖父这是在橡胶园的交易所里拍的吧？”杨国安说：“不是，祖父外出要拿手杖，这照片里没有。噢，想起来了，是在嘉应同乡会馆拍的。当时，是我把手杖偷出去，跑到外面当棍耍”。说完又问张世铭，“你已两次来新，怎么没向我提起这事情？”

张世铭说：“我是你聘来工作的，怎好提起家事，让你觉得我在分心。再说，你又姓杨，我也不会想到向你……”

杨国安显然被“你又姓杨”这句话触动了，心里一揪，脸上又现出戚伤的神色。半晌感叹道：“说起这事，我与你一样，你来南洋寻祖，我也去过宗邦寻根啊。1982 年，我去过广东梅县，就是过去的嘉应州。可是，恩荣大人的遗踪只在嘉应旧志上有过简载，说老人家祖籍是在银州。银州是哪里？后来一查，得知是在陕西榆林东南。前年，我又去了那里，结果不对了。银州自古是党项族的世袭领地，不大可能出过进士到嘉应做官”。

张世铭说：“中国地名多有重复。关东的银州今谓铁岭，但铁岭也有另释，又为河南卢氏县北，杜甫去过那里，还写过诗。即使要去铁岭，可能又被杜甫的诗误导，去了河南卢氏县”。

“有可能”，杨国安笑道，“所以，我们叔侄会亲，可谓天假以缘，又是在祖墓前连通了族脉，这是吉兆。噢，家象伯父，他现在怎样？”

张世铭眼一暗，“早不在了，父亲也没了”。

杨国安摇头叹息，顿一会儿说：“世铭，我们再向祖墓跪下”。又对家人说：“你们也都跪下，祭拜逝去的大陆亲人”。

张世铭随着杨家人跪下。他跪下时，脑子里仍是罩着一团迷雾。他难以置信眼前的情形是真的，世间哪有这等奇缘巧遇？一时，他甚至怀疑杨院长是在制造一桩匪夷所思的奇事，是一种令他感到莫名其妙的故作多情。但当看到他跪在那里，那张五官颇似太父的脸上，实实在在是布满了真诚的哀色，心中的疑惑又消失了。他想，这是一个精明的大人物，绝不会糊涂到祭错祖墓的地步。然而，他仍然不解的是，姓氏之别是家庭之脉的根本分支，杨院长难道不明白背叛姓氏是对太父的不忠不孝吗？背叛姓氏也是悖祖离宗的行为，这种行为怎么会在他这里发生？难道这其中还有什么意想不到的变故吗？

众人起身时，杨国安对老伴说：“你们去参加公祭会，我要与世铭单独走走”。“世铭啊，清明时节雨纷纷，今年的清明节却是个好天气。走，我俩踏青去”。

14 清明惊梦

杨国安开着车驶上环城公路。张世铭问：“我们去哪儿？”杨国安说：“去唐城，那里是华人踏青的好去处，很有身临故园的感觉”。张世铭说：“我上次来新时，唐城还没建完”。杨国安说：“今年元月竣工，春节前对外开放的。新加坡要保持东方传统，建座唐城，能使华人有个怀国思宗的依托，所以我大力支持，投资了这里的吃住娱乐……”

车行山脚处，一幅巨型广告画赫然在目。画的上面是“讲华语，表心意”的隶体大字，画中两个面如满月、单眉细眼的唐装男女在殿阁叠错、竹兰交映中互吐衷肠。画面古雅瑰丽，像在青山之壁悬着个古长安。杨国安将车减速，车沿着广告画徐徐弧转，他从镜中见张世铭侧身瞅得专注，就说：“近些年来，政府提倡说华语，年年举办‘华语月运动’，我被选为这个活动的副主席。如今，新加坡的年轻华人说不好华语，言必英格利斯。我看将来要变成畸形人了，实在可怕”。张世铭说：“前天，我去银行打卡，见每处服务台前都摆着一个‘我会讲华语’的牌子”。杨国安说：“这不可怕吗，如果一个英国人标出‘我会讲英语’的牌子，他们的同胞会有何感想呢……”

两人至唐城前下了车。张世铭举目望去，垂杨柔柳后的大青砖城楼恢宏，城门前的华表上挂着彩幡和串串纱灯。它们纵然威仪，投影在护城河中也显得温柔起来。两人进了城门，这里是微缩的古长安，每个街口都标示着当年的旧址，因为是清明节，酒肆、客栈、食坊、茶楼、戏院等等都在营业。街头巷尾有艺人射柳、蹴鞠、放风筝；提篮或推车的小贩吆喝着胡食胡果；一队锦衣卫士兵扛着长矛长刀穿街而过。这时，左边一座府邸的朱门大开，唢呐笙管之声呜哩哇啦从里边响了出来，遂就蹿出一溜踩着莲花碎步的丫环，摆首扭臀，喜气洋洋。接着，轿夫抬出来一乘彩轿，穿大红袍的新郎跟在轿后摇头晃脑，然后将轿帘掀起，里面走出个珠光宝气的新娘。张世铭见状摇头说："清明节是祭灵节，弄得大婚大庆，不符节统"。杨国安说："你看那个粉面新郎，硬装成苍劲陕人，看着别扭，黄土高坡上长起南洋树，跑景啦，没法子，遗情可嘉嘛"。张世铭就笑。

两人绕到后城，一辆蓝绒遮蓬、锦缎软座的古车孤置草坪上，后衬一片青瓦飞檐、粉墙朱柱的殿阁，这景象渲染着旧时长安的龙衔宝盖、凤吐流苏的宫府风貌，杨国安见此处幽静，说："我们到车上坐坐"。俟两人坐定，张世铭说："杨院长，你的时间金贵，还陪我闲逛，真不好意思"。杨国安说："要称我叔叔啦，怎么还院长呢"。张世铭就不吱声。杨国安说："我猜你不称我为叔叔，是不是因为我改了姓?"张世铭沉默一阵，终于忍不住说："论年纪，你或是姓王、姓李，我都该称为叔叔，但那是对长辈的礼称。你是我的本家叔叔，我们连着宗族根脉，亲缘骨血。恕我直言，自古都是改朝换代，却没有改姓换氏的。要我称你为叔叔，请将其中的原因告诉我"。

杨国安许久没答话，他的两眼直直地瞅着前方的某一处，眼角缀着一颗豆大的泪珠。张世铭的话像在他的心上系了一根绳索，说一句牵动一下，牵得他如啮痛灵魂，他脸上的神色变幻不定。好一阵子，才说出了令张世铭惊心动魄的一段往事。

1942 年初，日本军队像蝗虫一样涌入新加坡，"马来之虎"山下奉文的警备部队迅速开进"牛车水"一带驻防。警备司令成田看好了祖父的楼宅，强占为司令部，将我们一家人强迁到街对面的旧楼里，目的是方便监控祖父。

成田是研究华侨问题的军籍学者，华语说得很流利。他对祖父早有耳闻，想让祖父出面组筹昭南岛华侨协会，以配合"大东亚圣战"。祖父不肯接受这个伪职，他的刚直不阿是出了名的，抖着山羊胡子就将说合人骂了出去。这要是一般人，必定要以“违抗圣战罪”被关押甚至枪毙。祖父骂走说合人，等于骂了成田，成田得知岂能不怒？但他顾虑祖父的社会影响，还是忍下了。

当时，正值壬申年新春，我那时才十五岁。祖父让我在门扇上贴了两幅门神，又在楼下摆了祭案，挂上日月寿星像，燃起炉香，供了果品和糕点。这给被炸得满街都是残瓦碎砖的凄凉景象中，平添一隅畸形的祥和气氛。那些天，祖父总是亲自燃香，更换供品。祖父那年八十七岁了，一位进士出身的岁月老人，头一遭遇到荷枪实弹的东洋兵，有理说不清啊，也没有应付的经验，只能以这种方式抗议侵略者的暴行，祝愿同胞解难，好人平安。一向安安宁宁、干干净净的自家楼宅，忽就变成捕戮抗日志士的魔窟！悲伤和愤懑，时常使祖父心口绞痛。

那天，成田从这里经过。他是个思维敏感又性情脆弱的投笔从戎的少将，受过山下奉文的特别武道训练，可谓文武兼毒。他看到两幅门神雄赳赳、气昂昂，正对着他的司令部耀武扬威，顿生敌意；又看到寿星像目泰神安，炉香从容升腾，就意识到是祖父向他提示抗日的镇定和活气。他像被蜇了一下，神经质地想到祖父的拒职骂寇。一股怒火再也按捺不住，“嗖”一声抽出指挥刀，大叫：“八格！我让你借着过年宣扬抗日，把门给我砸碎！”几个士兵冲过去，用枪托砸门。这边，成田挥刀朝着祭案乱砍，香炉被砍到地上打滚，供盘也被砍碎，四下迸飞。一块碎瓷像有意报复他，猛地迸到他的脸上。成田疼得一捂脸，再放开手一看，掌上都是血。他“嗷”一声，又嚷道：“把那个老东西押出来！”这时，门已被砸破，祖父颤巍巍走出。他气得脸色铁青，指着成田大骂，“你等犯我家园，霸我宅第，又来砸我房门，捣毁节俗祭礼，人德丧尽，禽兽不如！你等……绝无正寝之日！”成田正砍得兴起，听到这话恼羞成怒，大吼：“你这个抗日的老顽固，上次倚老卖老，算是便宜了你！这次，我先让你不得好死！”说着，双手紧握刀柄猛地劈去，刀刃从祖父的左肩胛骨劈入，竟劈至右腿股。可怜的祖父，一声没吭就被劈成两片。

当时，屋里有我父亲、母亲和我，还有个女佣。因门被砸破，祖父被杀的情状，我看得清清楚楚。母亲当即吓昏过去，我抱着母亲大哭，不知所措。父亲却只顾在屋角处畏缩着，浑身抖得如筛糠。成田杀了祖父，余怒未息，又进屋中，见父亲魂不附体的样子，眼珠转转，令士兵将他押到司令部。

父亲张基雄那年四十岁吧，他是祖父的二女一子中最小的。“二女”是我的大姑、二姑，你得称姑奶。她俩早已远嫁，在美国和巴西定居。父亲毕业于日本早稻田大学商学院，后来一直辅助祖父经营生意。可是，父亲和祖父不一样，他好像没有祖父的遗传基因，祖父的刚直正气、诚信重义，还有豪爽性情中的文心侠胆，在父亲那里毫无迹象。父亲诡智、活泛，善于应变，又很世故。祖父看不惯，一再教训他要做人重本，生意为末，切忌本末倒置。但他阳奉阴违，总是以表面的孝顺遮掩背后的反逆。其实，他的唯利唯已的本性已经成型，已经变成了纯粹的势利奸商。这就为张家后来的耻辱植入孽根。

所以，父亲被押到自己的家宅时，成田坐到祖父常坐的太师椅上，又将刀抽出，往八仙桌上一摔，眼露凶光地盯着他问：“你想走张思荣的下场，还是走与皇军合作的道路?”可想而知，那刀摔在桌上的声音，对父亲绝对是一种震慑。在生与死的抉择面前，他这种人会舍弃一切，不顾耻辱地乞求于生。当他用日语说出归顺皇军的话，成田就变得很亲善，问：“你怎么会说日语?”他答：“我在大日本帝国留过学”。成田乐了，说：“到底不一样嘛，你就应该是亲日派。你要明白，当今世界分为两大派，一派是以大日本帝国为首的东亚民族正义派，以道德为根本；另一派是英美为首的私利主义、物质万能派。从人类历史的发展来看，我东亚民族是神的后裔，英美是猿猴变的，他们只知道谋取私利，搜刮民财，对昭南岛侵吞盘剥，这是人所共知的。当今世界所以混乱，源于英美的邪恶思想。这种邪恶思想不铲除，世界永无安宁与和平”。父亲听了，你猜他说什么?他竟说：“高见，高见，听君一席话，胜读十年书”。真是无耻之至！成田又说：“本来我很敬重、抬举你父亲，希望他与皇军共襄圣战大业。可他不识时务，拒职不就，仇视皇军，又借着过年煽动抗日，说明他不是神的后裔，与猿猴同类。你要行大义灭亲之举，亲不亲，圣战分嘛。所以，我委托你组筹昭南岛华侨协会，协助皇军，配合圣战，宣传大东亚共荣圈的精神……”

父亲成为汉奸了。佐证是成田后来以检证为由，对抗日人士实行一场大屠杀的阴谋中。当时，父亲刻意乔装，消瘦的身上穿得圆鼓鼓的，分发剪成平头，用白纱将脸缠得严严实实，像个伤号，只露一双神色鬼祟的眼睛。他就这个样子在受检者经过他面前时，用点头和摇头来表示是否是肃清对象。他利用祖父生前的社会关系和他自己的以往交酬，对一些人和事深知其情，致使大批抗日人士，包括嘉应同乡会的许多人，都惨遭杀害或被囚。

战后，是我揭发了父亲的蒙面伎俩。他因触犯民怒，罪不容赦，被判绞刑。他死时，我虽然难过，也很不安，但想到他为残杀祖父的成田助纣为虐，谋害过许多抗日乡亲，不禁恨愤咄咄。他既然为成田大义灭亲，我为何不为祖父和抗日乡亲大义灭亲！是战乱和劫难磨练了我，使我成熟谙世，能明辨事理。后来，两位远在异国的姑姑鼓励我继承祖父的家业。这样，我先以嘉应同乡会的名义，在美芝路的陵园为祖父修建一座堂皇的墓塚。我想，以这种方式为祖父敬墓，是最得当的纪念。然后，又将张宅更为杨宅，我随了祖母的姓，更名为杨国安。我这样做是要刷洗汉奸家庭的耻辱，表明我对败类父亲的情断义绝，也是求得精神上的自我安慰。不然我会寝食难安，无法在老宅里继续生活。我所以不能离弃老宅，因为这是祖父定居、创业和蒙难的地方。我以为怀念祖父、振兴家业，最真挚的行为就是在这里长久地居住下去。

那时，我刚满十八岁，可谓年轻得志，有股子奋发图强的抱负，敢于超越传统，用前瞻的眼光统筹家业。新加坡是个没有天然资源，又是移民化的国家。独立后，当政府投资兴建世界上数一数二的樟宜机场和转口贸易海港，我就预感这个在东西半球和印、太两洋之间的岛国，将要以独特而美妙的地理环境，成为与世界广泛交往的核心都会之一。那么，这里面的商机是什么？我就想到是集食宿、会议、展销、外事交流、娱乐和旅游观光等综合商务活动为一体的酒店业。所以，我决定孤注一掷，将家产迅速转换为投资资金，并借以期贷，在机场、海港和繁华地段同时建起四座高星级酒店，并请来香港万通酒店管理公司的专家们管理，我也开始自修美国内华达大学酒店管理学院的课程。当然，这种转型曲折而艰难，但是我成功了。经过四十余年的打拼，我将祖父的家业发展为福吉国际酒店业集团，所属酒店遍及南洋诸国。

如今，我深深感到是祖父的家业成就了我的事业，也是祖父的文化续传和中国风骨，唤起我挚爱艺术的天性，并给了我较强的意志和毅力，使我又成为学者和作家，祖父对我真是恩重如山。因而，我在父亲的罪恶阴影和更改姓氏的思想煎熬中，就将做人的信念转化成对祖父的深切追怀和孝敬。我住的那幢百年老宅，至今仍是当年的样子，仍是摆着祖父生前的生活用物，再陈旧过时也觉得有种抚慰我灵魂的亲切。这种感受除却年代的差异，我想我是走进了祖父的内心世界和精神疆域里。因为我要学效祖父，希冀成为他在新时期的翻版。所以，我也不准儿女们去住豪宅，让他们在这里与我一起感同身受祖父的风节和情愫的熏陶，牢记这幢老宅里的艰辛历史和发生过的灾难和耻辱。而我对中国文化和公益事业的每一次赞助和捐资，我都看做是对故国的连亲行为，又觉得这像一块块净巾，擦拭着张家的污点……

张世铭这时已经泪流满面，无语凝噎。惊栗、愤懑、悲伤、感佩，使他心中又苦又痛，又酸又热。他情不自禁攥紧了杨国安的手，猛又张臂抱住他的双肩，把脸埋在他的胸怀里使劲揉搓。很长一阵，他才哽不成声地说出，叔叔……

一帮日本游客经过这里，有几个人端起相机要拍摄古车，发现车中有两人抱头饮啜，不知发生了什么事情，都神色诧异地走开了。

傍晚，两人在长安酒楼里用餐，出来时已是“河汉夜光流”，纤纤初月鸦黄圆润，片片薄云如仕女蝉鬓，城头纱灯煜耀。一千多年前的唐王和他的宠妃想是裹在罗幔锦被里了，张世铭却感到古长安遭到一场洗劫，亡灵、墓气、屠刀、暗岳、啜声、哭嚎，混成一片，他真的是做了一场清明惊梦。

15 心程

张世铭在沙滩的靠椅上呆望着灰蒙蒙的海天，心绪仍在波动。被他喻为蓝鲸的杨国安，不可思议地显现原形，居然还原成他的本家叔叔！他感到南洋真是神秘，又很奇谲，使他被捉了这么大的迷藏。可是，结缘了这位高亲富戚，他却兴奋不起来。太父的惨死和那个蒙面汉奸带给他的惊栗太大，刺激太深，他还深陷在一种家族感的悲伤和耻辱中。他无心做别的事情，也不想被人打扰，就在这里呆着，已经呆了一个上午。

阳光渐渐驱散灰霾，天色变得透朗，他才慢慢从那幢百年老宅里走出来，走出来的心程像那远处的波浪，经过长长的一段排挞，然后在沙滩上一漫一溅，终归是回落了。

这时，忽像有人在他的后背上猛地一拍，使他顿觉授课已近尾声，教学将要结束。一种紧迫感倏然在他体内挤出一股唤声，提醒他得聚精会神将《中华烹饪》最后的章节写完，也像催促他得像长跑运动员，在临近终点时要做爆发性的冲刺。

这天深夜，当他圈完这部书稿的最后一个句号，如释重负地长吐一口大气，脸上的痴重神情也被释放出来。他吸起烟，抚弄那些书稿，想着里面的章节。他听郑婉丽说，这书出版后，要对世界华人地区发行。那就是说，这书将要传播到世界每一处华人餐饮学校和飘着中国菜香的酒楼餐馆里，全球的华人厨师都有可能分享他的耕耘成果，这使他颇为自得。为写这部书稿，他绞尽了脑汁，付出了巨大努力，这叫养兵二十六年，用在八个月。他是将中国的烹饪主义与新加坡中餐的实际情况相结合，打造了一条连结海内、海外中华烹饪共同发展的理论环链。想到这里，他心里一热，不禁流涕长潸，忽忽承睐。

窗外，悄悄落下了雨，玻璃上挂满了水珠，像淌着无数道长长的眼泪。屋里的烟气很重，烟缸里堆满烟蒂，像一堆炸黄的腰果。他这才想起打开排风器，又推开房门，一股清凉的风涌进来。外面，昏黄的灯光里闪着倾斜的雨丝。这时候，他毫无睡意，又感到很孤独。陈凤美去雅加达参加一个国际口腔正畸的研讨会，过两天才能回来。如果她这时与他在这里观赏雨夜，谈论文学中飘洒着的爱情故事，再把爱情故事在对视中引进彼此的眼睛和情感里，那该多有情调。

想到陈凤美，她仍然让他捉摸不透，感到这女人像朵云，又遮着一层东西，让他萦系在心。她说有钱的和没钱的男人都不找，这是什么意思？有钱的男人她不放心，没钱的男人她也不放心，让她放心的，可能就是有钱和没钱之间的那种男人吧？莫非她已经把他当成这种男人了？不然，怎么会向他发出他“很像她先生”的信号？这信号很诱引人，是隐示或期许吗？他颇费寻绎。这时候，他又感到这女人已成深夜里的庙门，他得像贾岛那样叩门，是推还是敲呢？他被希望和失落的网羁搅缠一起，剪不断理还乱。但是无论如何，他决定去留之前，得找个时机与她开诚布公地恳谈一次，使他俩之间的缘分得以有个明确的归结。

16 答记者问

过一天上午，张世铭接到郑婉丽的电话，说有记者采访他，请他速来。“不去了吧”，他说，“我在备课”。那头说，“不行啊，这是杨院长的安排，再说，记者不好得罪的……”

张世铭来到他的主任室，见郑婉丽跟着进来，便将带来的书稿嘱她拿去排版，又将拟成的《结业论文选题及论述要求》交与她，说得给学员们提前布置。郑婉丽说：“知道了，张老师先去会议室吧，来了好多记者呢，等你很久了”。

来的记者有二三十名，都是本地各个电视台和中、英文报社的。他们见张世铭到场，把摄像机、录像机像长枪短炮般朝向他。一个记者拿着话筒，开门见山就问："张先生，我们是来采访你与杨国安先生是如何认亲的？请谈谈过程和感受"。张世铭一怔，他原以为是被采访教学工作，没想到记者会这样提问，遂讶然道："你们的信息真够灵通，怎么知道这事情？"那个记者笑道："追寻名人行踪，我们自有招法，张先生总不会采访我们是如何过招的吧？"张世铭一笑，说："我可不算名人，我叔叔是，那我就代他感谢诸位的关注。不过，这事情没得到他的允许之前，恕我难以作答"。那个记者说："我们正是得到你叔叔的授意，才来采访你的。他还让我们转告你，要将这事情原本如实地讲清楚"。张世铭听了，便知会了叔叔的用意。这事情由他缘起，是该由他来说，这比叔叔自己表述更为客观。他有面对记者讲话的经验，这事情又深深触动了他的心魂，所以，他讲起来声情并茂。他将张家的家世，太父的履踪，他自己二下南洋寻祖的经历，还有那憧百年老宅，清明争祭和叔叔在唐城古车里倾吐的心声，用他写诗撰文所磨练出来的叙事精练、突出细节的功夫，都描绘得跌宕起伏，颇为戏剧，听得记者们凝睛敛神。他讲完了，引起一阵激情掌声。有记者叹道："光知道杨先生的巨业宏才，哪曾想还有这等可圈可点的情操！"又有记者说："还有呐，张先生寻祖认亲，实际上是导演了一出中国人下南洋的真实历史剧"。

记者们兴致大增，情绪活跃。有个记者就问："张先生，中国改革开放后，许多人想利用海外关系改变经济命运，谋求到国外发财致富。杨国安先生可是富甲一方的国际名人，你不远万里而来，认他为叔叔，应该有些想法和打算吧？"

张世铭听了，像有把锤子突然砸了下他的自尊心，大脑皮层也跟着反弹，他看了那个记者一眼，想想说："里根总统有个公子，一边上大学一边在酒店刷盘洗碗。他这是自食其力，不想依赖他的总统父亲。我说这事，你该明白我的想法或打算了吧"。

又有个记者接茬："张先生来新加坡已是二进宫了，应该说这是你叔叔的作用，对吧？"

张世铭冷眼朝那个记者一瞥，答道："我认了叔叔是在清明节那天，之前还不知道他是我叔叔。请问，我一进宫二进宫的，与叔叔这层关系有关系吗？"他差点儿没说出，"你这是无稽之谈"。

另一个记者却跟着问："张先生，不管怎样说，你与杨先生的叔侄关系已是事实，行业又对口，你很幸运。依你的前程和利益计，请问，教学结束后，你愿意回国呢，还是愿意留在新加坡？"

这时，张世铭已心生反感，他讨厌记者这样问话，怎么总要在叔侄关系上找新闻？就有种被抓着话柄又被逗撩取趣的感受，不禁脸呈肃色，说："我来新的初衷是寻祖，认了叔叔是后来派生的事情，因为我未曾想到太父的后人竟是杨国安叔叔。假设他是贫庶穷黎，我也照样会认他，这不是幸运不幸运的问题，也与我的去留没有关系。你们是不是非得要问出我认了叔叔是想求荣求富，贪图什么不成？对不起，我的认亲过程和感受都已讲明。你们这种节外生枝的提问，我没有对话的逻辑，我很忙，谢谢诸位"。说罢拂袖而去。

记者们突受冷场，面面相觑，又相互摇头。他们感到张世铭的气色不对，答话又较劲子，而且扔下他们就走。没见过这样的被采访者，就有"嘁、嘁"之声，表达着他们的气噎和难堪……

过了一天，各个电视台和中、英文报纸都播发和登载了这一新闻，连记者们与张世铭的问答细节都如实报道出来。张世铭顾不及过目这些，他正陷在终校书稿的烦恼中。这天下午，他在主任室里与印刷厂经理通了电话，为书稿中几段铅字的重复排印和一些标点符号的混淆不清吵来吵去。这时，杨国安进来了，见张世铭摔下话筒，就问他为何发火？张世铭说："书稿都三校了，还是乱七八糟，气死人了！"

杨国安说："不要着急动气嘛。在新加坡，精通华文又精通烹饪的人不多，他们能做到这样，已经很努力了"。遂将门关了，又说："你先放下校对，我与你谈个事情"。

张世铭赶忙挪过椅子请杨国安坐下，又沏了杯茶端来，说："叔叔，什么事？"

杨国安说："采访你的节目和报道，在新加坡已经铺天盖地了。你说的认亲过程和感受都很好，叔叔感谢你。可你回答记者的问话，我看了却很生气"。

张世铭心中一懔，想想说："是不是……我中途退场，把记者们晒在那里，有失礼节？"

杨国安说："既然明白，怎么还做糊涂事？！而且你回答的那些话，也让他们听了不舒服"。

张世铭撅起嘴，说："他们问的也不让我舒服么，尽问些强我所难的话。我怎能面对媒体说我认了叔叔就要贪图什么呢，我不是还有自尊吗"。

杨国家脸色一沉，说："你不会委婉些回答吗，或者含糊一点应付场面，何必那样较真儿。我告诉你，新加坡人很现实，所以，记者习惯从现实的角度提问题。你可好，来个仗义避亲。这又成新闻了，人家就要跟踪报道。你的失误就在这里，你以为你在表现自尊，人家倒要看你今后是怎样不食叔叔的烟火。你想想，你这不等于往我的家门上贴了'张世铭不想进入'的告示吗"。

"叔叔，你说我这是仗义避亲？"张世铭不解。

"怎么不是"，杨国安说，"现在，新加坡人可都知道我是你的叔叔了，这消息也会传到中国。无论你怎样避亲，也避不了这个亲。你就是回到中国，政府的相关部门会对你另眼看待，要考虑通过你，来引进我到中国进行酒店项目的投资；你要留在新加坡，继续做你的培训主任，我可是你的院长；你如去我的酒店工作，我又是你的董事长。这亲你能避得了？这种事情，于情于理都受世俗观念的钳制。所以我就生你的气呢，简直刚正不阿了，说话不想着给自己留有余地！"

张世铭一阵心堵。他慢慢撬起头，思索一会儿，说："叔叔，我就这秉性，一遇事情从来不肯服软。我也知道人生需要妥协，可做起来却妥协不了，就是要个骨气和自尊。叔叔体谅些吧，别生气，大……"说到这里就卡了壳。他是想说："大不了教学后，我带着骨气和自尊回国，也不想让那些记者说三道四"。但怕再使叔叔生气，触撞了他的一番好意。又挂念着与陈凤美的关系尚未明确，就把想说的话咽了回去。

杨国安倒没注意张世铭说话时的神情和语气，只顾着说："你有骨气和自尊，这我赞赏。但是，我的富有不应该是你仗义避亲的原因。好啦，不说这些了。其实，这件事也没什么大不了，你也不要想得多。叔叔只是希望你从这件事上吸取教训，今后说话办事要学会圆通，也要学会妥协。不会圆通，不肯妥协，就是和自己过不去，总是要吃亏的。我还是那句话，你的去留要自己拿主意，还得赶紧决定。因为你来新的工作身份证快要到期了……"

17 试婚协议

两天后的傍夕，张世铭接到电话，是陈凤美的欢腔滑调："世铭啊世铭，你也太会创作小说了，你把我创作成了你的近邻和好友不说，这回，我去趟雅加达，你把杨国安又创作成了你的叔叔，用不用我再去趟伦敦，你把李光耀再创作成你的大伯父啊？呃？"张世铭说："别瞎扯了，什么时候回来的？"电话那边说："今天中午啊，我回到医院，看到前两天的报纸，你和杨国安在里面横行霸道。你知道杨国安有多少财产吗？去年的亚洲富豪榜上，他的资产被评估为220.7亿美元"。张世铭吃了一惊，想想说："那与我有什么关系，他如果是乞丐，我不也得认"。那边说："说得好听，你现实一点儿好不好？"张世铭说："好啊，现实一点儿，就是给你接风洗尘"。那边笑几声，"不对，现实一点儿，是庆你认亲大吉，贺你财星高照……"

晚饭的地点放在附近的广东酒楼，两人沐着夕光走着去的。陈凤美一路上讲着会议上的牙齿，她的周围也跳荡着雅加达的风光。进了店门，择位坐下。张世铭说："好久没吃鸽子了，点两个鸽子菜？"陈凤美说："行，要一炒一炖吧"。张世铭说："那就点爆炒鸽片和红煲乳鸽？"陈凤美说，"你是专家，你说了算"。于是定了菜，又点了冷碟、啤酒和BOBO Cha-

Cha。餐毕喝茶时，张世铭说："多日不见了，我们去散散步"。两人出了店门，往广场那边溜达。广场中落了一群鸽子，"咕咕咕"地四下觅食。两人看一会儿，绕道而过，在不远处的长椅上坐下。陈凤美仍瞅着那群鸽子，说："你看，它们多可爱呀"。说完，忽然眉毛一挑，眼神一惊："哎呦，我吃了鸽子，上你当了"。

张世铭瞟她一眼，想了想吟道："吃完红煲乳鸽/来到广场/碰到一群漫步鸽子/乃微笑/绕道而过　野生的/是朋友/饲养的/为俎下品/人间法则/壁垒森严"。

陈凤美抿嘴一笑，"你挺诗意啊"。

张世铭乘兴道："其实，我们不也像广场的那些鸽子吗，往后，可以在一起觅食，也可以各飞东西"。

陈凤美低下头，"你这是借题发挥呀"。

"那你说，到时候，我们是落到一个巢里呢，还是……"

陈凤美咯咯笑起，抚弄着裙角，"你说呢?"

"那就落到一个巢里呗"。

陈凤美把鞋翘起来，看着脚尖说："这事我想好了，不在我，在你"。

"我不是表态了吗"。

陈凤美把头一抬，瞅着他说："光表态不行啊，这事很实际的，你怎么实际呀?"

张世铭想了想，说："我们先定好前提，是你跟我飞到中国呢，还是我随你落在新加坡?"

陈凤美的脸上现出怪异的神情，说："我跟你飞到关东去？住鸽子笼？冬天穿棉大衣像狗熊一样？怎么想的你呀!"

张世铭不自然地笑笑，说："我怕落在新加坡，实际不了"。

陈凤美整理了一下头发，说："怎么实际不了，你说说看"。

张世铭说："申请为本地的永久居民，再有一份稳定的工作，这对我来说都不难，主要是……是我的经济条件太差"。

陈凤美说："我们这里的女人，向来不问男人有多少钱，就像这里的男人向来不问女人有多大岁数一样。不过，我们既然谈这事情，就得破例了。你说你的经济条件太差，差到什么程度，能说得具体一些吗?”

张世铭说：“不怕你见笑，我倾尽所有，只有二万坡币”。

陈凤美一愣，说：“不会吧，我估计这可能是你这次来新工作的月薪积累，你得坦率一点儿。我们这里都是这样，男女双方谈这事情，都有责任互报财产的，这能表明彼此间的真诚”。

张世铭说：“我是实话实说，真的只有二万坡币”。

陈凤美狐疑地瞅着他，说：“怎么可能呢？我知道大陆的工薪少，但你至少工作二十年了，有名气，是大厨，还出过书。难道以前你都无私奉献了吗?”

张世铭说：“你听我解释啊”。就把他如何离婚和净身出户，又如何辞职来新的事情都说了。

“原来这样”，陈凤美叹口气，说：“你那前妻也是个鬼，是活鬼。你也真是不幸呢。我原以为我们年纪合适，你来自中国，应该比较传统，又是政府部门请来的专家，还有条件租我的房子。看来是有些错觉，没想到你会这样。你现在的经济状况，连这里的没钱人都不如呢。这里的没钱人都有私宅，最差的私宅也值十几万坡币。你知道我的财产有多少吗？这是我了解你了，所以也不瞒你。我的这幢独楼就值三百万坡币，还有我的医院、股票、投资股份、存款、车等，约有……我都不好意思对你说了。唉，差得实在太悬殊了”。

张世铭听了虽觉窘赧，但他应对陈凤美的经济爱情观，心里早有准备，也想到过因为自己的“经薄”，可能会使这场婚姻泡汤。这时候，他有些黯然神伤是免不了的，但仍能控制情绪，平静地说：“贫富不由己啊，玄命在天。既然财富之门阻隔我们，就让友谊之门洞开吧。我们还是好朋友”。

倒是陈凤美过意不去，说：“世铭，我可没有明确拒绝你。我相信你会富有的，你有福相，凭你有杨国安是你叔叔这个缘分，我就相信你。你很特别的，与众不同。记者们采访你的报道，我都细看了。你是仕宦世家的子弟，家族里多有人杰俊才。你也了不起，你的潜能和爆发力会让人意想不到。虽然对记者有些耿直，不太活络，却能看出你的坦诚和率真，还有你的厨艺和文笔，这都使我留恋，使我难以割舍。所以，我就想啊，能不能不让财富之门将我们隔开？这需要你在里面推，我在外面拉。办法是要找个支杖，把这个门先别住，让它半天不关，能里外通行。不过，这个办法你不一定适应”。

张世铭怀揣希望，忙说：“什么办法，你说说看”。

陈凤美说：“我是经过西方文化熏陶的人，比较能接受西方的婚姻观念。西方男女从恋爱到结婚往往不是一蹴而就，这中间还有个过渡，就是试婚，至今也很时尚的。我想，我们就接受一次西方习俗，先来试婚怎么样?”

张世铭怔了一下，说：“试婚？怎……怎么试婚?”他虽然知觉不蔽，但不清楚如何操办。

陈凤美说：“试婚是结婚的前行站，也是离婚的终点站，好处是双方在这段时间里能各自保留继续选择的空间，我们的情况很适合先试婚”。

“那你具体一点儿说说”。

“试婚是有俗定规矩的，不能上教堂履行法定仪式，但也区别一般同居，双方要以人格担保，签定契约书，通常是签约一年。签约期满，视其情况或续或止”。

张世铭心想，这女人是不是试过婚？不然，对这些程序怎会张口就来呢。又想，既然已经这样了，不妨把话说透，无论如何，这回也要有个水落石出。于是就说：“你能不能再具体一点儿，具体到我们之间应该如何行施”。

陈凤美锥他一眼，说：“你猴急什么呀，得让我想想”。她想了想，说：“这样吧，和你商量啊。你现在住的那半楼宅腾出来，我要继续出租。你搬到我这半楼宅里住。不过，你得按着以前租我楼宅的费用标准，付给我一半的租费。我不多要，你也别少给，最好是交一年的。试婚期间的生活费用，一般都是男方承担的多。考虑到你的经济情况，就三七开吧，我出七，你只有三”。

张世铭问："你以往每月的生活费用是多少?"

陈凤美说："大约五千坡币吧。这要添了你这个大男人，至少得翻一倍呀，就算一万坡币吧。你这是娶了准媳妇了，可不能委屈我，降低我们的生活质量"。

"那倒是。你再往下说"。

"试婚期间，各自的财产归各自所有。如果试婚后有变，不存在财产纠纷"。

"这很公平，合情合理，你尽可放心"。

陈凤美咯咯一笑，说："这我看得出来，不然我哪敢与你试婚。还有，这期间比如你送我一个戒指，或者我送你一套西装，都属于各自的经济支配权，不在日常生活的开销中。试婚一场，也不能斤斤计较，还得培养感情嘛"。

"对，对，这话说得好。还有吗?"

"还有——就是试婚期间不能试出小孩。万一试婚后有变，小孩不好处理，会给我们添麻烦"。

张世铭的脑袋有点儿大了，但他还是问："还有吗?"

"没有了，大致就这些。具体细节可在签定契约书时再做斟酌。契约书一式两份，你我各执一份，以备自律和互检。就是这样喽"。

张世铭说："明白了。可是……我的经济条件你也知道，恐怕承担不起。你看啊，我想留在新加坡，应该没有问题。按我现在的月薪计算，是五千坡币，刨去所得税和公积金，每月只剩三千多了。这些钱只够支付每月的生活费用，租房费就没着落。再说过日子总得有些积蓄，赚的钱不能月月光啊，就是月月光，还要月月欠你的租房费"。

陈凤美说："你只说你，那我呢？我每月还要倒搭你两千坡币的生活费。而且我住的楼宅，生活用具一应齐全，不需再添置。这你应该知足了。像我这种身分，能这样已经很委屈，你不能再逼我让步，我还有女人的自尊"。

张世铭俯下身子，搓着双手，点了点头。

这时候，黄昏在落霞里漫溢，倩树芳草间像流曳着一枚枚翡翠音符，在暮色溶溶间向两人的情丝里游移。陈凤美用手臂勾起张世铭的脖子，给他一个碧绿的吻。然后娇柔地说："跟你讲啊，你可有个叔叔，找他去呀，就说你缺些安家费。我只要你这句话，只要你告诉我，你已经对你叔叔说了这句话，我保证不过夜，就准你正式上床。你是好汉，你很棒哎……"

18 结局

从那天黄昏后到张世铭登机回国，这两人一直没有见面。倒是陈凤美打过来几次电话，都被张世铭借故推掉，这期间他确实忙碌。教学收尾了，他得天天去坐班。每晚为他饯行的饭局也都排满，他无理由拒绝学生们的轮番邀请。深夜回宅，还要赶着终校书稿，审阅学生的结业论文。这样，陈凤美屡约不成，索性使起性子，不再约他。她这是怄气，又想拔拔尊儿，单等他来约她。

张世铭决定回国，与他决定放弃试婚有关。那天黄昏后，他回到宅中靠在床头不住地吸烟，围绕试婚一事想了又想，反复思考，结果是理智终于冲破情感缠夹，将陈凤美的提议毅然否定，并将否定的理由归纳为三点：一是，他觉得试婚因无法定性质，就与野合没有实质的差别。他想他是个传播东方文明的人，却不守华人的婚姻规俗，暗下搞起西方人的试婚，心理上犯忌讳，也怕好事的记者给跟踪报道出来，岂不是自损师表形象。外国记者连总统的隐私都敢曝光，何况是他。二是，即使向叔叔去借安家费，那就不能隐瞒试婚的实情，更不能撒谎。可是，不能隐瞒又不能撒谎，那话如何说得出口？那会让叔叔一家人怎么看他？三是，一个关东汉与一个南洋女试婚，毕竟嗜性甚殊，习异太大，新鲜倒是不假，但能阳阴常谐、恒久如初吗？这种试婚能有多少成婚的系数？他心中没底。如果将有限的血汗钱往这个无底洞里添，势必被套进内无积蓄、外有欠债的循环圈中，一旦试婚有变，他还得净身出户，再度沦为一无所有的穷光蛋。

他这样思考后，则倒抽一口大气，感到这个女人像是与他做心机博弈，要与他进行一场“饮食男女”的拉锯战。人家在那边轻轻松松，他得在这边倾其所有，也岌岌难支。他清楚，她是把赌注押在了自己的叔叔身上，才肯掷出这一骰子的。这个女人是不是因为遭受过失败婚姻的折磨，变得如朱熹所说的“淫女见绝”了？从此不想正式成婚，就思谋出这种进退有方的计策，以解决孤独中的饥渴？

由此，他才想到去留问题，想到留在新加坡，即使没有试婚这事，仍会陷入经济困境。首先，如何居住就让他摇头锁眉。若要留下，就不再享受外聘专家的待遇，也不可能继续住陈凤美的楼宅。如果被安置在小旅馆或单身员工宿舍，那就很难堪，而且这个国家没有供给制，住宿费用还得他自掏腰包。若不想这样的话，就得购房。假使中国的百万富翁要移居这里，这些钱折合坡币也就十六七万，只能买一套普通的民宅，然后就囊空如洗。而他有着专家身分，若在这里成家立业，起码得是个二百万富翁，才能适应目前的需要。对此，他不是没想到叔叔，但他对这位长辈还感陌生，这是迟来的亲情在遥远空间里的陌生。他也知道，在这个向亲老子借钱也要偿还的社会里，赖亲乞富有悖世俗，也不光彩。何况他已向媒体表明，不想以认亲去图谋什么。君子言必行，行必果，做人要的是骨气和自尊。想到这里，他才意识到自己下南洋的特别经历不是理念思辨的结果，而是他主观能动的个体性选择。这种选择，只是家庭观念驱使下的寻祖行为，构不成迁居此地的移民行为。一旦移民，他的留居条件和他的财资条件立刻就会出现巨大的逆差。想到自己已到中年，一切都要从头开始，为了换个国籍，就得顶着经济压力，过起无房无车、娶不起老婆的尴尬日子，这值得吗？既然寻祖的心愿和传播东方文明的使命已经实现和完成，莫不如人过南洋，雁过留声，就此打道回国，给自己在这里创立一个完满的结局。回国虽然也无房无家，但凭自己的资历和能力，选一家大酒店工作，能无偿分得一套像样的住宅是不成问题的。就是骑自行车，也能骑来一个像样的老婆。总不会像留下这样寒酸，身背成家的重轭而为经济苦斗。

然而，他又不能将这样的决定去与陈凤美明说，更不便解释。既然不试婚要回国了，最好什么也不说，什么也别解释，免得见面窘憷，语多伤感，适宜的方式就是回避，使对方心照不宣，知趣作罢。到时候悄然一走，请郑婉丽去办理退租手续。这样不告而辞虽然失礼，不尽情分，那是碍于无奈，实难启齿，只好留给她去理会和谅解了。想到这里，他面有怍色，猛吸几口烟，把烟蒂狠狠揿灭在烟缸中……

翌日上午，他打电话请见杨国安。下午，便去了滨海湾畔的福吉大厦，那里是福吉国际酒店业的总部。他被门警领进杨国安那间宽敞得像图书馆的办公室里。这个来自中国的侄子对他在新加坡的叔叔也没有解释，显得有些拘谨，只是惜话如金地表示，任职期满后想要回国。

其实，杨国安对张世铭的或去或留已经有了打算，只待他来表态。杨国安是想，这侄子两次来新，前掌宴俎，后掌理教，皆能胜而任之，是个专业全才，殊为难得。虽然抗辞记者有些意气行事，却能显出不徇私情不淫富的品德。经验和知觉告诉他，这种要骨气重自尊的人，一般都拗守人格，工作上也会认真执着，让人放心。如果他能留下，当然最好，这样他除了继任原职，还可担任院长助理。自己毕竟主持一个庞大的福吉集团，社会活动和写作事宜又多，兼职院长已是力不从心，又不能当空头院长，有负政府的寄托和依赖。能有侄子的辅佐，便可缓解兼职不周之虑。如果他要回国，也不宜强留。这样也好，那就有了迂回的余地，便于在以后的适当时机，以叔叔的名分让他到福吉集团总部担任餐饮总监，并负责对员工的业务和文化培训。正是出于这些考虑，他才一再含而不露地让张世铭在去留问题上自己拿主意。总之，去也好，留也好，都不强差人意，都能顺应有节，逢宜索需。

所以，杨国安听了张世铭要回国虽感意外，却没多说什么，似有所思地点点头，知他是经过一番思考才这样决定的，挽留的话已嫌多余，就用一种理会的目光瞅着这个晚辈，说："也好，那你先回去。过段时间我也要闯回关东去寻根，顺便考察一下你那里的经济市场和投资环境。到时候我会告诉你，你得给叔叔当个向导和参谋"。

张世铭点点头，想想又说："叔叔，你这里有没有《牛车水纪闻录》?"

“有啊，你想看？”说着去书橱里找了找，取出这书递给张世铭，又说：“这是位隐士写牛车水的笔记小说，很有史料价值，文笔也淬炼，你拿去看。还要什么书，尽管去翻”。

“不要了，我东西挺多，回去也拿不了。只是这书在百胜楼里买不到，我想留个纪念，请叔叔在上面签个名”。

杨国安签名时，张世铭本想说：“这是太父所著”。但想到叔叔竟不知这位隐士是谁，太父也是畸人，那就遵从太父遗意，先不说罢，待叔叔能去沙砣子，再告诉他……

过了两天，政府部门为张世铭饯行的晚宴与杨国安的家宴一并举行，地点在望北楼酒店的小宴会厅，“华艺”的教职员工和张世铭的学生们也都出席。宴前，杨国安致欢送辞，然后是赠礼仪式。当张世铭接过“作育英才”的银盘，掌声哗然响起，像潮水在他胸间涌荡。这是除了爱情之外什么情谊都兼容并蓄的掌声，使他感动之余，心中也回落一片悄悄的缱绻。宴后，学生们又要拉着张世铭去夜总会，郑婉丽阻止道：“张老师得回去早点儿休息，明天要赶早去机场呢”。刘斌说：“那就这样呗，明早天一亮，全体同学都开车去老师的住宅前聚齐，护送老师去机场”。张世铭笑着说：“刘斌，你是不是还得安排摩托车队开道？再说，你那车也没敞篷啊”。刘斌就笑，大家也笑。郑婉丽说：“杨院长也要送呢，到时候，张老师和我坐杨院长的车，你们列队尾随”。刘斌说：“那行了，老师，你找杨院长要敞篷车吧”。大家又笑……

过后，张世铭还是去了夜总会，是独自去的。他坐到一处角落，那里灯光幽暗。在靡柔的乐曲中，他饮着扎啤，像品咂着与陈凤美将要分离的滋味。这时候，他的脑子里映起电影，他与陈凤美从相识到交往的一幕幕开始连续不断地展开。然后，这些场景都化成了有颜色的风，吹着陈凤美渐渐远去。他看着她脑后的秀发被风吹散，像扇面一样飘动着，越飘越小，直至不见，镜头里出现一片混沌麻点。突然，镜头又放大，放大成他的神情痴愚的一张脸，他那两片厚唇嗡动着，心屏里迸出一排字幕：唉，我这南洋下的，是不是总与自己过不去？

翌日清晨，张世铭乘坐的航机起飞时，陈凤美刚起床，在洗漱间里刷过牙，正对着镜子检看牙齿。这个地面上的南洋女还不知道那个关东汉已经乘机上天，也没想到她因一段牙缘而引发的试婚计划，已在她听不到的一阵呼啸声中落空。

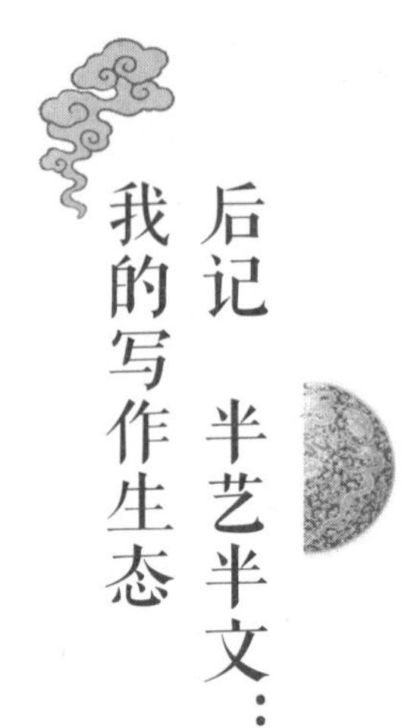

后记　半艺半文：我的写作生态

我是个饮食制作分子，写作基本在业余。在勤行敬业了半个世纪，“我感觉，我的烹饪专业是一眼掏不尽的井泉，掏得越深，厨道越高不说，还会掏出一个饮食文学的晶体来”——这段砥砺我前行的“格言”，曾应约而寄，被收入《中国作家3000言》一书中。

我的写作始于上世纪70年代末。先是写诗，最初在《鸭绿江》《沈阳日报》写《砌灶台》《金色的橱窗》等；逐至又在《诗刊》《北京文学》、新加坡《锡山文艺》《五月》写《诗言志》《厨师的歌》《红海情思》《星州写意》等组诗。后来又在《萌芽》《北京文学》《章回小说》《春风》等写中短篇小说，如《御厨传奇》《康熙宠厨张东官》《爱情与新宿无关》《八珍宴》等，多次被《小说月报》转载，有的被改编成电视连续剧。再后来又在《人民日报》《文艺报》《新观察》《随笔》《散文海外版》《散文》《美文》《散文百家》《北京纪实》等写散文随笔，如《清王朝的侧影》《袁枚的随园食经》《只为莼鲈也自贤》《“馋灯”唐鲁孙》《说鲤道鲭》《一羹亡西汉》《君子远燕窝》等。同时也在《书屋》《寻根》《四川旅游学院学报》《扬州大学学报》《满族研究》《四川烹饪》《餐饮世界》等写饮食学术、食俎文化专文，如《守望与推演：饮食文学积识》《清王朝从勃兴到窳败的斑迹——满

汉全席史释》《吟叫百端，如聆天籁——蔡绳格〈一岁货声〉释介》《清宫酱膳考略》《五朝畸店广和居》等。也在《北京晚报》（副刊）《中国烹饪》写过专栏。写了四十余年，至今已在中国大陆、港台和日本、新加坡、蒙古结集出版的文学专著有《光绪朝的司羊御厨》（长篇小说）、《康熙宠厨张东官》（中篇小说自选集）、《清王朝的侧影》（文化散文集）、《汉字林　食字树——解字说食》（学术随笔集）、《右灶觚　右樽俎——中国食廊绘像》（文化散文集）、《南国萍踪——周颖南传记》、《人生恋曲》（诗集）、《一位半又半艺的中国人看新加坡》（随笔集）等；出版饮食学术、食俎理论专著有《满族食俗与清宫御膳史》《中国京东菜系》《中国宴魁——满汉全席研究与应用》《乾隆御膳考述》《中华烹饪》《学厨偶记》等二十余部。获国际、国家、省级文学奖、学术奖、科技奖60余次。

曾有采访文章写我："厨师中，他是写文章最好的；作家中，他是做菜最好的。"我感谢人家的评骘，但听起来也有点儿打镲：与厨师比文，与作家比俎，都似搬了道岔，也似鲁鱼亥豕。可实际上，我仍是把操觚、翰墨往一块儿"拧葱"了。因为就想"半艺半文"，如马罗说，"按自己的意愿过一生"。

我这"半艺半文"，是因学历很低使然。15岁那年就懵懂着"纵有金屋颜玉，莫如一技怀身"的冀望，应招到沈阳一家挂双幌的饭馆，先是刷了两个月盘碗，经理窃嚎这"小埋汰"没被"贱"跑，才让我习脔练镬。后受名师亲炙，调到大饭店签了拜师合同。从此像个小嫌犯被老警察盯上，割烹从不敢二虎，二虎了非得挨骂。弹指16年过去，当上厨师学校的教师。改革开放后，我这出身"举贡才者尤多"之家的人通过政审，被派往驻北也门专家组和大使馆司厨。期间，斗胆向原商业部领导"海外飞鸿"，建议创办《中国烹饪》杂志，竟被采纳。当时我就像边前卫在机遇中传出一球，中锋大脚射门踢中了那样的亢奋。哪曾想甫一回国，又像鸭子上架被"撵"到部里经研所协助建刊。所里编《中国烹饪辞典》，我是编委，负责烹饪技艺部分。置身在这一方域的高端媒介机构，博瞻到古今食俎资讯，使我深感先前学识的狭隘和浅陋。人怕逼迫，那时候就很努力，励志要做食俎文化遗产的开掘者。之后调到人民大会堂司厨，为中外领导人制宴；又授命编纂《国宴菜点集锦》一书，我的三款菜也成为国宴保留品种。20世纪90年代后开始四海为家，先是率团到新加坡表演满汉全席，后被延聘为该国烹饪训练中心的主任讲师，所写的教材《中华烹饪》，对世界华人地区发行。再后被聘到香港兰桂坊、美国费城、日本千叶等地司厨。回国后，接到广东商学院的公函，定下我当旅游烹饪系教授，还给一套四室一厅的房子。那时当厨师都当疯了，也扑腾出了名堂，教授的光环也没吸引住我；又想到“苟失其本，又有越检之行，情理俱亏”（《晋书·戴逵传》语）。而且，我还有志于“半文”，怕离了本行喝不到井泉的活水，就一根筋回返酒店，继续鼎鼐春秋。

说起“半文”，我这爱好有家道的式微，是父亲那汗牛充栋的藏书濡染了我。父亲嗜书如命，这有遗传。所以我虽然学历低，但读书高。入厨后就常听父亲讲果戈理、巴尔扎克、托尔斯泰、司汤达，讲鲁迅、林语堂、郁达夫，也讲“左联”和延安时期的文学。父亲讲高尔基就有点儿针对性了，说高大师还没有我的学历高，曾在轮船上洗碗、当厨。听得我心里一阵燥热，涌起当吴尔基的念头。父亲对诗有偏见，说一书好纸排的字细如蛇身，是糟蹋毕昇的发明。可我却钟情新诗，那都是黎明的春风嘘开玫瑰或秋月银辉浸浴湖畔的时辰，我迷吟泰戈尔、海涅和郭沫若的译诗，那诗中真像有个女妖，她诡智又妖娆。

那时，餐饮业还似一块文化沙漠，业内人匮缺学历和文化是历史留下的遗憾和无奈，文学灵光仿佛也没有照拂过千古膳房。在这种境遇中潜伏文学，得要偷越肴山馔岭的阻隔，还得悖风逆俗，顶住“不务正业”、“好高骛远”之类的扰攘；一天到晚累得裤裆里淌汗，深夜还能握起沉甸甸的秃笔，痴情一种倾诉的欲望。可是荏苒数年，写的又全成废字，越是退稿还越是竭力驽钝，想来真是窅然难言。就凭着厚脸皮，一路竭蹶地写到现在。

认真地想想，这大半辈子的“半艺半文”，对我有何改变呢？

一是由生理性的求业者转变成自觉性的敬业者。认知到我烹小鲜，虽不能治大国，但总是侍奉肚子的。拉伯雷说，是肚子发展了人的天才，是

人类的真主宰，肚子就是上帝。的确，肚子一天到晚要我们把饭菜向它祭献，它不是上帝又是什么呢？我为上帝造就天才而司厨，不说神圣，也是光荣。也体验到这种光荣的背后，还有“配菜是科学，做菜是艺术，品菜是文化”的普益于天下的学问。这是我为之敬业的大抵原因，也深化为在写作上的一种驱动。由于在国营饭店、上层专业机构、中外合资酒店和民营餐饮公司都有过从业逾涉，切身体验到古老的餐饮业在新时期的体制变革中那些新旧思想的撞击，深刻的文化解放运动，还有人们将贫寒时代“禁谈美食”的蹇涩，积发为“美食无罪”的思想释放，我自己也成为其中奋勉笃行的一员。这使我建立了一个较为完整的看待餐饮世界的框架。从那时起，我就认为饮食范畴可以升华为一门文学学科，成为一种“文摊儿”。这是饮食作为社会物象在政治清浊、时代潮汐中曾遭沉落又复激扬而带给我的思考，也是自觉敬业顺衍为深入生活而带给我在写作上的思想定向。哲学家张起钧说：“西方文化（特别是近代美国式的文化）可说是男女文化，而中国则是一种饮食文化。我们中国圣贤设教把人生的倾泄导向于饮食，因而在这方面形成高度的发展。”（《烹调原理·自序》）他这话里有辩证思维，抽象地表达了一种东方哲学思想。中国被称为“饮食王国”，与圣贤们的设教有渊源，更獭祭于国人所创造的饮食故事所建构。所以，在社会人生的文学全集中，饮食文学是要墨酣笔犷地列为一卷的。

二是由关顾自我生态状况转变成关顾司厨群体生态状况的思考者。体验到自古以来，当鲊臛脍脯盛到鼎豆笾簋中后，就与司厨者无关了，司厨成果的文化演绎则为享食者所有。问题的弊端就在这里。孟子曾说：“闻其声（屠场的声音）不忍食其肉，是为君子远庖厨也。”以示君子要有不忍杀生的仁慈，由此也视司厨者为“贱役”。正如袁枚所说：“孟子虽贱饮食之人（实为制作饮食之人），而又言饥渴未得饮食之正。”（《随园食单·序》）孟子的话有教世作用，使汉以降的食与俎发生裂变，两者间被横起一块尊卑分明的厚重隔板，上面是君子在享食贱俎，下面是小人在供食受蔑。这种情形被时久弥深地附衍下来，至今仍有余绪。然而，俎为食之母，无俎何来食？食与俎本如鱼符之左符、右符，契合才能完美。孙中山先生说："单就饮食一道论之，中国之习尚，当超乎各国之上。此人生最重之事，吾人当保守而勿失，以为人类之导师可也。"又说："烹调之术本于文明而生，非深厚文明之种族，则辨味不清，则烹调之术不妙。中国烹调之妙，亦是表明文明进化之深也。"他还将烹调视为艺术："夫悦目之画，悦耳之音，皆为美术，然悦口之味，何独不然?！是烹调者，亦美术之一道也。"（《三民主义·民生主义》）我视他这话为精神北辰。可实际上，孟子的话还是比孙先生的话管用，司厨者们在历史中创造出烜赫的饮食成果，却艺无形，功无踪，仍是伦为"下九流"，陷入卑贱。历史在这里贪污了他们的智慧和文明资本。这种被截断文化肌理内连的创伤自然也触疼了我。因而，我矢志"半文"既是出于自我救赎，也是为了他们去追索文化补偿。因为我体验到，无论传统华筵还是贵族式的珍馐，脱掉它们的锦丽葛裘，无一不是劳苦出身。中国饮食文化的重头就在劳苦之中。所以，我的写作追求是从果位上表达饮食故事的真实性，从生活底层向外打开。所写的小说，主人公皆为厨师。这不是为了写作才掺采出来，是我本身就在他们中间。我还会认真地文学化他们，在这一方域"文化变绿洲"的推演过程中，自觉地领受一份社会责任和时代担当。

三是由匠厨转变成学者型的"儒厨"。受满族家世的食俗影响和所学厨艺风格的启迪，我体验到"术业有专攻"的道理。当新时期的政治天空阴消霾散，使我有了机缘去披览并研究解封的满族历史文献和清宫膳档。这就像钻进京东两地被岁月尘埃掩埋的历史隧道中，迂绕着寻索。我终于触摸到满、汉两族饮同食和的那处枘凿点，发觉它的后面是储藏清代食俎元素的富矿，对它一开掘就是二十余年。我把开掘的成果概括为"京东菜系"。这宗菜系，肇于努尔哈赤据有辽东后，使这一地区的民间形成"满汉通吃"的新食象为基因，继而延伸到前清盛京的皇宫，再由北京清宫的国宴和御膳所承袭和发展，以此为枢机和传导中心，在有清一代侧重辐射、染化北京饮食风味，对东北饮食风味也构成对流、反弹效应的这一主要流布轮廓而划定的。迨至清解，就积淀出清宫宴膳史、京都餐饮史、满族食俎史包括满汉全席在内的综合性载体，它们在主干上具有满、汉食俎

交融并同袭共承的特征。现代京东地区的传统饮食，大凡是这宗菜系的根脉所衍繁的花花果果。这是清史研究中需要弥补的一项工程，因而就成了我写《满族食俗与清宫御膳史》《中国京东菜系》二书的鞭策。这虽属学术问题，但也蕴涵着饮食文学的诸多独特的题材。我写《清王朝的侧影》《光绪朝的司羊御厨》，就是借助这种学术研究的“前结构”而完成的。我体验到，在这个方域凭阅历、回忆、际闻写作固然重要，也得溯潜到历史生活中去，积累学术收藏和史事储备，才会汲古开新、鉴往知来，使饮食文学的现代需求和历史精神的接榫中得到双向度的发挥。

按说，每个作者“深入生活，扎根人民”的入口和方式是不同的。就我而言，深入生活必得爱岗敬业。每个作者心中的“人民”也是具体的。我的“人民”在业外是顾客，在业内是餐饮人，还有饮食产业链中的从业者，也包括创造出辉煌的中国食俎史的历代先辈，如农膳、坊膳、商膳、御膳、衙膳、寺膳等的主宰者，挎篮担挑推车吆喝着的食贩，还有亲觚谙俎的文人学士。我的方位是扎根在他们中间。

如今提倡国学，说明我们的传统文化已在滑坡，这与东西方文化的交融有关联。两者间虽然需要相容互补，但也应该看到我们的穿戴、居饰、用物，乃至受之于父母的头发，都难以再保持中西扞格。只有执箸行膳时，饭菜没有变，味道没有变，吃下去感到心里踏实，脚下生根。这是因为我们的饮食观念和习俗还在，它最顽强，也最牢靠。假设之后连饮食也被改变，我们的物质文明将会遭到根本性的颠覆。恩格斯说“物质生活数据的生产方式决定着物质数据消费的性质、方式和水平，而且也制约着整个社会生活、政治生活和精神生活过程。”（《政治经济学批判·序》）这话醒人。因而，我仍要践履“半艺半文”的写作生态，以留住国人舌尖上的历史和故乡为己任。就是时间不饶人，我感觉：“人生的对手是时间。对于它，你得像商人，斤斤计较每一天；你还得像裁缝，对它精量细算，将属于你的剪裁得裘茵适体。能做到这样，你才赢得成功。”这段话也曾应约而寄，被收入《中外哲理名言》一书中。

但我尚未成功，仍需老骥奋蹄。